Über dieses Buch ›Duell in sechs Runden‹, Roger Borniches erster Kriminalroman, ein »dokumentarischer Krimi hohen Grades« (Neue Hannoversche Zeitung), wurde unter dem Titel ›Flic Story‹ mit Alain Delon in der Hauptrolle verfilmt.
Das Buch erzählt von dem Duell zwischen dem jungverheirateten Polizisten Borniche, der trotz seiner Erfolge kaum befördert wird, und dem Gangster und mehrfachen Mörder Buisson, der mit seiner kaltblütigen Intelligenz die Pariser Unterwelt beherrscht. Drei Jahre dauert die Jagd, bei der es Buisson immer wieder gelingt, in letzter Minute mit raffinierten Tricks zu entwischen. Drei Jahre ist ihm Borniche auf den Fersen, nicht als Supermann, sondern als kleiner Beamter, der gegen alle Tücken einer schwerfälligen Bürokratie zu kämpfen hat. Runde um Runde dieses ungleichen Kampfes geht an Bouisson. Dann beginnt die letzte...

Roger Borniche wurde 1919 geboren und trat am 1. Mai 1944 in den Polizeidienst ein. In zwanzig Dienstjahren bei der Pariser *Sûreté Nationale* hat er den Rekord von 567 Festnahmen gesuchter Schwerverbrecher zu verbuchen. In seinen Kriminalromanen, die in viele Sprachen übersetzt wurden, fesselt der Autor mit Fällen aus seiner eigenen Praxis.
Im Fischer Taschenbuch Verlag liegen außerdem folgende Titel vor: ›Elf Uhr nachts. Inspektor Borniche jagt Pierrot le Fou‹ (Bd. 8354), ›Schach und matt‹ (Bd. 8355)

Roger Borniche
Duell in sechs Runden

Roman

Aus dem Französischen
von Widulind Clerc-Erle

Fischer
Taschenbuch
Verlag

Veröffentlicht im Fischer Taschenbuch Verlag GmbH,
Frankfurt am Main, Juni 1989
Lizenzausgabe mit freundlicher Genehmigung des
S. Fischer Verlags GmbH, Frankfurt am Main
Die Originalausgabe erschien unter dem Titel ›Flic Story‹

Umschlaggestaltung: Manfred Walch, Frankfurt am Main
unter Verwendung einer Illustration von
Marek Mann, Köln
Gesamtherstellung: Clausen & Bosse, Leck
Printed in Germany
ISBN 3-596-28353-1

Dem Dicken . . .

Vorwort

Bisher kamen nur die Kriminellen zu Wort.

Einer nach dem anderen breiteten sie ihre Erinnerungen aus, berichteten von den Schwierigkeiten ihrer Profession, offenbarten uns die Härte der Gefängnisse.

Die Polizisten schwiegen zu diesen Klagen.

Wenn ich jetzt doch das Schweigen breche, zu einer Zeit, da die Polizei noch unbeliebter ist als früher, so nicht, um die zu rechtfertigen, die Unrecht und Verbrechen bekämpfen. Und auch nicht, um von meinem Leben zu erzählen.

Nein, ich will versuchen zu erklären, wer diese Männer sind, denen so wenig Sympathie und Verständnis entgegengebracht wird, die Polypen, die Bullen, die Polente, diese Männer, ohne die sich unsere Gesellschaft – ob sie es nun eingesteht oder nicht – kaum noch sicher fühlen würde.

Ich habe die Welt der Kriminellen kennengelernt. Während meiner Zugehörigkeit zur Sûreté Nationale* habe ich 567 Leute verhaftet.

Dies ist die Geschichte eines von ihnen, die Geschichte des kaltblütigsten Mörders nach dem Krieg.

Es ist der authentische Bericht einer Menschenjagd, die drei Jahre gedauert hat und die ich hier bis ins Detail hinein rekonstruiere. Aus verständlichen Gründen habe ich die Namen einiger Verbrecher, die ihre Strafe verbüßt haben, und die einiger Polizisten, die inzwischen pensioniert sind, geändert.

Im Verlauf dieser langwierigen Verfolgung wird dem Leser deutlich, wie dieser Polizeiapparat funktioniert, wie er »läuft«. Und er wird auch erkennen, wer diese vielkritisierten Männer – die Polizisten – sind und wie sie leben.

R. B.

*ungefähr das französische Äquivalent zum FBI; eine Art Staatspolizei. (A. d. Ü.)

Das Training

1

»Borniche, kommen Sie bitte zu mir.«
Das war alles. Er hatte aufgehängt.
Einen Augenblick betrachte ich, verblüfft über den scharfen, ärgerlichen Ton des Dicken, der sonst immer höflich und liebenswürdig ist, den Hörer in meiner Hand, dann lege ich ihn langsam zurück.

Die Zeitung, die ich gerade gelesen habe, flattert zu Boden. Ich stehe auf und greife nach meiner Jacke, die ich über meine Stuhllehne gehängt hatte. Ein kurzer Blick, ob sie nicht zerdrückt ist, denn der Dicke erwartet von seinen Mitarbeitern ein untadeliges, wenn nicht gar elegantes Äußeres; dann rücke ich meine Krawatte zurecht und gehe hinaus. Ein paar Schritte über den Flur, in dem es nach Bohnerwachs riecht. Vor der Tür Nr. 522 bleibe ich stehen, klopfe zweimal zaghaft und warte mit gespitzten Ohren, während ich die Uniformierten beobachte, die ein paar Schritte entfernt in der Halle emsig herumlaufen.

»Herein.«

Mit rundem, glattem und rosigem Gesicht sitzt der Oberkommissar Vieuchêne hinter seinem Schreibtisch aus Buchenholz; seine Rundungen hat er in einen dunkelblauen Anzug gezwängt, das schwarze Haar ist glatt nach hinten gekämmt, nur ein widerspenstiger Wirbel steht wie eine Krähenfeder ab. Die braunen Augen, die normalerweise nicht unfreundlich sind, sehen eher besorgt drein. Er bietet mir keinen Platz an und starrt ohne sich zu rühren das Fahndungstelegramm an, das er zwischen seinen fetten Fingern mit den gepflegten Nägeln hält. Schließlich hebt er den Kopf:

»Buisson und Girier sind ausgebrochen«, sagt er und reicht mir das Schreiben.

Ich nehme es ihm aus der Hand und lese: »*Polizeipräsidium, Abteilung Kriminalpolizei, an alle Polizeidienststellen, die Sûreté Nationale und Gendarmerien. Stop. Dringend gesucht wird ein gewisser Emile Buisson, genannt Monsieur Emile, geboren am 19. 8. 1902 in Paray-le-Monial (Saône-et-Loire), zur Zeit unbekannten Aufenthalts. Größe 1,60 m, untersetzt. Augen und Haarfarbe schwarz. Stop. Der Genannte war in die Psychiatrische Anstalt von Villejuif eingeliefert worden, während er eine Zuchthausstrafe verbüßte; von dort ist er am 3. September um 10 Uhr morgens entflohen. Stop. Der Ausbruch muß mit Unterstützung von außen erfolgt sein. Stop. Buisson befand sich zur Zeit seiner Flucht in Begleitung eines anderen Sträflings, und zwar Girier René, genannt Spazierstock-René, geboren am 9. 11. 1919 in Oullins (Rhône), zur Zeit unbekannten Aufenthalts. Besondere Kenn-*

zeichen: 1,80 m groß, schlank, Augenfarbe blau, mittelbraunes, leichtgewelltes Haar. Stop. Es handelt sich um zwei gefährliche Individuen, die möglicherweise bewaffnet sind. Stop. Die Gesuchten sind sofort zu verhaften. In allen Fällen bitte dringend verständigen: Polizeipräsidium, Abteilung Kriminalpolizei, Quai des Orfèvres 36, Paris, Telefonnummer Turbigo 9200, Apparat 357 und 865. Unterzeichnet: Badin, stellvertretender Polizeipräsident. Ende.«

Ich lege das Telegramm wieder auf den Schreibtisch zurück, während Vieuchêne sich in seinem Sessel zurücklehnt, dabei seinen kleinen Speckbauch enthüllt, und den Daumen im Ärmelausschnitt seiner Weste, jede Silbe betonend, sagt:

»Hören Sie, Borniche, ich will, daß Sie mir diese Typen schnappen, und zwar rascher als die Polizei, rascher als die Gendarmerie, kurz und gut, rascher als alle anderen. Ich will denen einmal beweisen, was wir von der Sûreté fertigbringen, und daß die Herren vom Quai des Orfèvres und die Feld-, Wald- und Wiesenjäger die Kriminalfälle nicht für sich gepachtet haben. Trotzdem, ein guter Rat, Borniche, nehmen Sie sich in acht vor Buisson; er ist ein Mörder.«

Mit diesen Worten steckt der Dicke wieder seine Nase in eine Akte und entläßt mich, wobei er wiederholt:

»Ich sagte, rascher als alle anderen. Vergessen Sie das nicht, Borniche.«

Und schon bin ich wieder in meinem Büro, Nr. 523, rechteckig, 3 x 3 Meter mit beigen Wänden, die die hohe Verwaltung mit zwei Tischen und zwei Stühlen aus hellem Holz, einem Papierkorb und einem Telefon, das ich mir mit meinem Kollegen, Inspektor Hidoine, teile, ausstaffiert hat, sichtlich ohne sich zu ruinieren. Hidoine steht gerade in Unterhosen da; jeden Morgen, wenn er ins Büro kommt, zieht er sich um. Er zieht seine Kordhosen, seine Reitstiefel und seine Tweedjacke aus und einen rotbraunen, für ihn viel zu weiten Anzug an; das ist seine Arbeitskleidung. Er hat mir einmal erzählt, daß er sich so als edler Reitersmann verkleidet, um den Mädchen in der Métro zu imponieren. Er ist groß, mager und dunkelhaarig, hat ein eher zartes Gesicht und lebhafte, lustige Augen. Sieht ganz und gar nicht wie ein Polyp aus. Wenn er sich über irgendwas aufregt, drückt er mit seiner Zunge sein oberes Gebiß aus dem Mund und schiebt es mit geschickten Zungenbewegungen hin und her. Ich hab oft versucht, ihm beizubringen, daß das eine abscheuliche Angewohnheit ist, aber Hidoine kann sich's einfach nicht abgewöhnen. Während er sich seine Hosen anzieht, fragt er mich gelangweilt:

»Was wollte der Dicke denn?«

»Buisson.«

Hidoine dreht sich erstaunt um:

»Buisson? Wer ist denn das?«

»Weiß ich auch nicht. Ich hör den Namen zum ersten Mal. Aber eins kann ich dir sagen, der Dicke scheint scharf auf ihn zu sein. Er hat mir eine hübsche kleine Predigt gehalten, daß wir ihn unbedingt vor der Kripo schnappen müssen; die hat er scheinbar immer noch gefressen. Ich hab' so ein Gefühl, daß er sich eine Beförderung verdient, wenn wir ihm seinen Buisson servieren. Vor allem weil demnächst sieben neue Abteilungsleiter ernannt werden.«

Hidoine nickt schicksalsergeben.

»Ja, ja«, seufzt er, »ich hab verstanden. Aus ist's mit unserer Ruhe und dem Flippern.«

Darin ist er wirklich ein As; ich kenne keinen, der je eine Partie gegen ihn gewonnen hat. Aus meiner Schublade nehme ich zwei grüne Karteikarten und schreibe links oben in die Ecke: KA/1; das ist die Abkürzung von Kriminalabteilung, Dezernat Nr. 1, mein eigenes. Auf der einen vermerke ich Buissons Namen, Vornamen und sein Geburtsdatum, auf der anderen die entsprechenden Daten von Girier und unterschreibe beide.

»So«, sage ich zu Hidoine, »ich lauf rasch ins Archiv. Wenn man nach mir fragt . . . «

»Weiß schon«, unterbricht mich Hidoine, »dann bist du weg.«

Jeder »Fall« fängt für uns erst mal im Archiv an. Es befindet sich im sechsten Stock des Sûreté-Gebäudes, eine Etage höher als mein Büro, in einem riesigen Saal, der um den Innenhof der Rue des Saussaies herumführt; unten im Hof sieht man die Dienstwagen der höheren Beamten stehen, samt ihren Chauffeuren, die infolge ihrer Untätigkeit fett geworden sind.

Ein paar Millionen Karteikarten, alphabetisch und phonetisch geordnet, lagern hier in Kästen, die auf Schienen montiert in langen rechteckigen Schrankeinheiten untergebracht sind, die jeweils von einem Gang getrennt werden. Jede Karte enthält von der bestimmten Person, die möglicherweise einmal Gegenstand einer Untersuchung werden kann, die Angaben zur Person sowie die Nummer ihrer Akte; sei sie nun verwaltungstechnischer, individueller oder kriminalpolizeilicher Art.

Hier in der Zentralkartei sind die braven Bürger registriert, die einfach auf Grund eines Antrags auf Ausstellung eines Passes, eines

Personalausweises oder einer Jagderlaubnis darin aufgenommen wurden. Sie sind deshalb dort, weil die Polizei in ihrer Weisheit der Ansicht ist, daß auch die braven Bürger zu weniger braven werden können und man dann besser schon vorher alles über sie weiß. Die Daten, die sie betreffen, sind in den Verwaltungsakten, V.A. genannt, enthalten, während die Kriminellen mit ihrer Biografie, ihren Fotos, ihren Vorstrafen und Gefängsnisaufenthalten in den Individualakten – I.A. – figurieren. Ihre Straftaten und die ihrer Komplizen füllen die K.A. oder Kriminalakten. Dieses umfangreiche Karteisystem wird von etwa hundert Archivinspektoren in grauen Kitteln auf dem neuesten Stand gehalten. Ihr Chef ist Oberinspektor Roblin, ein großer, schlanker Mann mit grauen Schläfen; er ist etwas pedantisch, aber nicht unfreundlich und meinen Eifer findet er amüsant, doch gleichzeitig auch etwas beunruhigend. Als ich vor drei Jahren das erste Mal zu ihm kam, fragte er mich, wie alt ich sei.

»Fünfundzwanzig, Herr Oberinspektor.«

»Aha. Ich bin zweiundvierzig und du hältst mich für einen alten Trottel. Aber du wirst sehen, das gibt sich. Du wirst auch noch so lange auf den Bananenschalen in diesem Haus ausrutschen, bis dir der Hintern brennt und du dich weniger eifrig gebärdest.«

Jetzt wirft er einen Blick auf meine beiden Aktenanforderungskarten, und seine Züge verhärten sich:

»Buisson? Ein feines Schwein. Seine K.A. ist ein wahres Monument. Hat er schon wieder was gedreht? Ich dachte, er sei hinter Gittern.«

»War er auch, aber heute morgen ist er mit einem gewissen Girier ausgebrochen.«

»Aha. Und du suchst ihn?«

Ich nicke bejahend. Roblin schweigt einen Augenblick und meint dann:

»Borniche, laß ihn nicht zuerst ziehen. Dieser Buisson ist ein Raubtier.«

Mit meinen beiden Karteikarten in der Hand sehe ich ihm nach, wie er in seinem Labyrinth verschwindet. Plötzlich, ohne daß ich dagegen ankämpfen kann, befallen mich Zweifel, ja fast ein Gefühl der Ohnmacht. Es ist mir klar, daß gerade in diesem Augenblick das ganze Polizeikommissariat fieberhaft bei der Arbeit ist. Kommissar Pinault, Chef der Kriminalpolizei, hat sicher seine beiden besten Spürhunde, Courchamp und Poirier, zusammen mit ihren Leuten zu sich beordert und sie auf Buisson gehetzt. Alles in allem fast zweihundert Leute. Und im mobilen Sonderkommando hat Kommissar Clot – sorgfältig gestutzter Schnurrbart und verbindliches Lächeln – mit seinem Stellvertreter, Oberinspektor Morin, Kriegsrat gehalten und dieselbe Parole ausgegeben: Bringt mir Buisson. Macht noch einmal hundert Polizisten. Und dabei rechne ich noch gar nicht die Ortspolizisten, die Verkehrspolizisten, die Gendarmerie und was weiß ich noch alles.

Entmutigt denke ich daran, daß wir in der Sûreté außer dem Dicken, der jedoch lieber in seinem Sessel sitzt als das Pflaster zu treten, nur zu zweit sind, Hidoine und ich, um uns auf diesen Wettlauf mit der Polizei einzulassen und einen Mann wiederzufinden, den wir nie gesehen haben, der nach allem, was ich so höre, nicht ungefährlich sein soll und – wie ein verfolgtes Wild – bestimmt auf der Hut ist.

»Da hast du die Heldentaten deines Monsieur Emile«, sagt Roblin, der wieder zurück ist und einen Berg Akten auf den Tisch legt.

»Eine besonders hübsche Lektüre für dich, denn dieser Buisson ist schon ein ungewöhnlicher Typ.«

»Weshalb?«

»Ganz einfach, weil er intelligent, heimtückisch, vorsichtig, mißtrauisch und tapfer ist. Weißt du, wieso sie alle so einen Schiß vor ihm hatten?«

»Nein, weshalb?«

»Weil er außer seinem Schießeisen auch noch eine Handgranate in seiner Tasche spazierenführte, um sich zusammen mit dem Polypen, der ihn verhaftet, in die Luft zu sprengen. Sag mal, liest du die Akten hier oder nimmst du sie mit?«

»Ich nehm sie mit.«

Roblin zwinkert mir zu:

»Recht hast du, mein Junge. Wenn sie noch jemand anderes haben möchte, weißt du wenigstens, wer sich dafür interessiert, und das ist immer nützlich.«

Die Akten unter dem Arm, komme ich in mein Büro zurück. Hidoine hat mir auf meinem Schreibtisch einen Zettel hinterlassen, daß er in der Santa-Maria ist, einer kleinen Snack-Bar in der Rue des Saussaies.

Und ich mache mich an meine erste Akte.

2 21. Dezember 1937. In den Straßen von Troyes ist es wirklich hundekalt. Ein ziemlich großer Mann, der nach vorn gebeugt geht, die Hände in den Taschen seines dicken, gutgeschnittenen Mantels vergraben, und eine Dame, die frierend ihren Pelzmantel enger um sich zieht, betreten einen Laden in der Nähe der Rue du Colonel-Driand. Der Besitzer, Herr Nas, erwartet sie. Der Mann legt seinen Hut ab, knöpft seinen Mantel auf und stellt seine Begleiterin vor.

»Darf ich Ihnen Madame Felippe vorstellen, von der ich Ihnen vergangene Woche erzählte und die Ihren Laden mieten möchte.«

Herr Nas begrüßt die junge, dunkelhaarige Dame äußerst zuvorkommend. Er ist entzückt. Die hübsche Madame Felippe hat vor, einen Frisiersalon aufzumachen und zahlt zunächst einmal tausendfünfhundert Francs an, bis ihre Papiere endgültig in Ordnung sind. Als sie gerade wieder gehen will – ihre behandschuhte Hand liegt schon auf dem Türgriff –, dreht sie sich noch einmal anmutig um und fragt:

»Da fällt mir gerade ein, Monsieur, ich möchte gern in ein paar Tagen aus Paris einige Arbeiter kommen lassen, die etwas vom Innenausbau verstehen. Damit ich mir die Hotelrechnung für sie spare, wollte ich sie gern im Hinterzimmer des Ladens unterbringen. Hätten Sie etwas dagegen, wenn ich ein paar Matratzen, einen Herd und ein paar Töpfe herbringen ließe?«

Herr Nas vermag dem Lächeln seiner neuen Mieterin nicht zu widerstehen und gibt seine Erlaubnis.

Das Paar geht erneut in die Kälte hinaus. Eiligen Schritts verlassen sie die Rue du Colonel-Driand und, nachdem sie an der Zweigstelle des Crédit Lyonnais vorbeigegangen sind, biegen sie in den Boulevard Victor-Hugo ein. Schweigend und vor Kälte erstarrt, laufen sie noch etwa vierhundert Meter weiter, dann biegen sie in eine Seitenstraße ab, wo ein schwarzer Hotchkiss geparkt ist und offensichtlich mit laufendem Motor auf sie wartet. Der Mann setzt sich neben den Chauffeur, die Frau steigt hinten ein. Gleich darauf setzt sich der Wagen in Richtung Paris in Bewegung.

»Nun?«

Diese Worte kamen von dem, der hinten neben der Frau saß. Ein kleiner, dunkelhaariger Mann mit breiten Backenknochen. Er saß zusammengekauert in einer Ecke des Wagens, den Kragen seines grauen Mantels nach oben geschlagen, und seine Füße berührten kaum den Boden. Man könnte ihn für einen kleinen Angestellten halten. Nur der scharfe Blick aus seinen schwarzen Augen, die sich zusammenziehen, wenn er jemanden aufmerksam ansieht, läßt einen die Gefahr wittern. Es ist Emile Buisson.

»Es hat alles geklappt. Wir können's uns in dem Laden bequem machen, sobald wir wollen. Und ihr?«

»Wir«, erwidert Buisson, »haben uns alles genau angesehen und noch einmal den Fluchtweg überprüft. Aber Schluß jetzt damit. Ich brauche Ruhe, um nachzudenken.«

Buissons Stimme, die noch einen leichten Burgunder Akzent hat, ist leise, jedoch scharf und befehlerisch.

29. Dezember. Drei Kassenbeamte der Crédit Lyonnais, Léon Forestier, Louis Chevalier und Louis Décombe, verlassen gerade die Banque de France, wo sie 1 800 000 Francs abgeholt haben. Auf dem Bürgersteig bleibt Léon Forestier einen Augenblick stehen, um seine Taschenuhr hervorzuziehen, und fängt dann an zu fluchen:

»10 vor 5! Und schon stockdunkel!«

»Sei friedlich, Léon«, erwidert scherzhaft Chevalier, der die Geldtasche trägt, »wenn's so dunkel ist, können uns die Gangster, die uns überfallen wollen, wenigstens nicht sehen.«

Bei diesen Worten steckt der leicht reizbare Décombe seine Hand in die Manteltasche und umklammert den Griff seiner Pistole fester.

Die drei Angestellten machen sich auf den Weg. Sie haben den Boulevard Victor-Hugo gerade überquert und, Seite an Seite wollen sie nun in die Rue du Colonel-Driand einbiegen. Ihre Bank ist kaum noch ein paar Schritte entfernt, als plötzlich fünf Männer aus einem Pissoir auftauchen und auf sie zuspringen. Die drei Bankangestellten spüren, wie die Mündung eines Revolvers gegen ihre Brust gepreßt wird.

»Los, her mit der Geldtasche!«

Die Stimme des kleinen Mannes, der eben diesen Befehl gegeben hat, ist lähmend. Sie klingt nach Mord. Die drei Männer rühren sich nicht; Forestier steht mit hängenden Armen da, Chevalier läßt sich seine Tasche widerstandslos abnehmen, Décombe wagt nicht, seine Hand zu bewegen, die immer noch die Pistole in seiner Tasche umklammert. Brutal werden sie zu Boden geworfen. Und während sie dort liegen, unfähig, auch nur zu schreien, rennen ihre Angreifer auf einen schwarzen Wagen zu, der ihnen langsam entgegenrollt. Und bis die Bankangestellten wieder auf den Beinen sind, sitzen die Verbrecher bereits im dem Hotchkiss, der nun mit aufheulendem Motor Richtung Boulevard de Belgique startet. Forestier, Chevalier und Décombe ziehen ihre Pistolen und schießen. Das Feuer wird aus dem Wagen erwidert. Dann hüllt das abendliche Dunkel alles ein.

Es wird Alarm gegeben. Mit verblüffender Schnelligkeit werden rund um Troyes und vor allem auf der Straße nach Paris Polizeisperren errichtet. Doch in dieser Nacht ohne Mondschein, und in dieser Stadt, deren Bürger gerade hinter geschlossenen Fensterläden zu Abend essen, bemerkt niemand die fünf Männer, die sich, einer nach dem anderen, in einen kleinen Laden schleichen, dessen Eisengitter herabgelassen sind.

Als schließlich alle im Hinterzimmer von Herrn Nas versammelt sind, die Mäntel und Jacken an den Haken hängen und ihre Waffen in Reichweite nebeneinander auf einem Wandbrett liegen, sieht jeder höchst befriedigt in die Runde.

Mit einem leichten Lächeln, das hinter der hochgezogenen Oberlippe die blitzenden Zähne enthüllt, befiehlt Buisson: »Milo, bring den Champagner her!«

Damit ist Courgibet, der zweite Emile der Bande gemeint. Er ist mittelgroß, hat – nach der damaligen Mode – streng nach hinten gekämmtes Haar und sanfte grüne Augen. Die Frauen finden ihn fast so anziehend wie Jean Gabin persönlich. Die Männer haben ihm den Beinamen »der Ausbrecher« gegeben, weil es ihm gelungen war, von der Sträflingsinsel von Cayenne zu flüchten, wo er die Strafe für den Mord an einer Frau, die er geliebt hatte, verbüßte. Buisson und Courgibet, die beiden Emile, arbeiten schon seit sechs Jahren zusammen; je nach den Umständen haben sie noch eine Reihe äußerst brauchbarer Komplizen, kühne und entschlossene Männer, die für die Gesellschaft der braven Bürger für immer verloren sind. Doch ein wichtiger Charakterzug unterscheidet die beiden Emile. Im Gegensatz zu Buisson, der fähig ist, gleichgültig das Leben eines Menschen auszulöschen, verabscheut Courgibet Schußwaffen. Gleich zu Anfang hat er seinen Freund gewarnt: »Verlange nie von mir, daß ich schießen soll.« Und Buisson hatte das akzeptiert.

Der Ausbrecher kommt mit zwei Champagnerflaschen zurück. Die Korken knallen, und die Gläser werden gefüllt. Die fünf Männer stoßen an.

»Wir bleiben ein paar Tage hier«, sagte Buisson, »so lange, bis die Polypen es satt haben, nach uns herumzusuchen, dann soll jeder allein mit dem Zug zurückfahren.«

Schmull stellt sein Glas auf dem Boden ab.

»Und was machen wir, wenn jemand während dieser Zeit hier an die Tür klopft, Mimile? Sollen wir ihm 'ne Kugel verpassen?«, fragt er.

Buisson zuckt die Schultern. Dann erwidert er:

»Du blöder Elsässer Idiot, Karl! Wir haben hier den idealen Unterschlupf: kommt nicht in Frage, daß ihr hier Krawall macht! Und das ist ein Befehl! Tagsüber ziehen wir alle die Malerkittel an, die extra hergebracht wurden, und tun so, als ob wir die Wände vollschmieren. So, und jetzt zu Tisch.«

Während die fünf auf dem Fußboden sitzend ihr Picknick veranstalten und sich am Champagner gütlich tun, sucht die Polizei wie verrückt nach einem schwarzen Hotchkiss. Und deshalb gelingt es auch Abel Sauty am Steuer eines beigefarbenen Citroën und einen Pudel auf den Knien, mit Leichtigkeit durch die sieben Polizeisperren zu kommen. Kurz vor zehn Uhr abends kommt er in Paris an, gibt dem Hund einen Fußtritt und zieht unter dem Sitz die Tasche hervor, die die Beute birgt.

Einer, der völlig verzweifelt und obendrein den Spott der Presse und die Witzeleien seiner Kollegen zu ertragen hat, ist Kommissar Belin, der beauftragt wurde, die Täter des Banküberfalls von Troyes zu finden.

Nicht nur, daß es ihm nicht gelingt, sie zu schnappen, ja, daß er nicht einmal weiß, wer die Täter überhaupt sind, sondern die Bande schreitet auch noch hurtig von Erfolg zu Erfolg.

Das große Kaufhaus auf der Ile Saint-Denis erhält eines Abends den Besuch von sechs bewaffneten Männern. Der Direktor, ein Herr Cabane und seine Frau werden um eine beachtliche Summe an Geld und Wertpapieren erleichtert, nachdem man Péricard, den Nachtwächter, gefesselt und geknebelt hatte.

Kurz darauf blockieren in der Nähe der Brücke von Nogent nach Fontenay-sous-Bois sechs Männer mit einem gestohlenen Wagen den Lieferwagen einer Bank. Während einer der Gangster die Reifen des Transporters zersticht, entreißt ein kleiner Mann mit schwarzen Augen und schwarzem Haar dem Bankangestellten die Geldtasche, die eine Million enthält.

Und noch eine weitere Million raubt wieder eine Bande von sechs bewaffneten Männern bei einem Überfall am Rond-Point de l'Aigle in La Garenne-Colombes.

Kommissar Belin, derselbe, der den berühmten Landru zur Strecke gebracht hat, kam nicht umhin, mit Bewunderung festzustellen, daß jeder Überfall nach einem genauestens berechneten Zeitplan ablief und die Täter über die Örtlichkeiten bestens informiert waren. Jedesmal arbeitete die Bande mit blitzartiger Schnelligkeit und verschwand dann mit einem Wagen. Jedesmal war den Opfern ein kleiner Mann aufgefallen, etwa 1,60 m groß, eher schmächtig, dunkel gekleidet, der mit dem Revolver in der Hand auf sie zugesprungen war. Alle hatten seinen brennenden schwarzen Blick geschildert, der wie von glühendem Haß erfüllt schien, und ihnen das Blut erstarren ließ.

»Mit einem Gangster von Buissons Format wird sich unser Land bald in ein zweites Chicago verwandeln«, bemerkte Belin.

3

Ich schließe die erste Akte, zünde mir eine Zigarette an, und während ich so vor mich hingrüble, überlege ich mir, daß es mit einem Gangster wie Monsieur Emile auf freiem Fuß sicher noch einen Haufen Ärger geben wird. Doch gleichzeitig fühle ich mich ausgesprochen in Hochstimmung.

Wenn Buisson einer der Könige der Unterwelt ist, so bin ich der geborene Jäger. Nichts macht mir so Spaß, wie zu schnüffeln, zu wühlen, herumzuhorchen, eine Spur zu wittern, das Erdloch ausfindig zu machen, das mich schließlich in die Höhle führen wird. So bin ich nun einmal; ein Jäger, der in seiner Tasche nie einen Revolver oder Handschellen trägt. Ich arbeite mit bloßen Händen. Was mich wirklich befriedigt, ist, mein Opfer zu schnappen, ihm brav die Händchen auf den Rücken zu legen, damit sie nicht mehr herumfuchteln können, und es dann wie einen großen Schmetterling in der Sûreté abzuliefern.

Das ist nun mal meine Leidenschaft. Und die braucht man auch, um solch einen verrufenen und schlecht bezahlten Job zu akzeptieren. Das muß mir wohl so im Blut liegen. Natürlich mag ich auch die Frauen und auch meine Freunde, aber meinen Beruf liebe ich mehr als alles andere. Im Grund genommen muß das wahrscheinlich so sein bei einem Polizisten.

Dabei hatte ich gar nichts, was mir diese Laufbahn vorgezeichnet hätte. Seit meiner Jugend hatte ich nur einen Ehrgeiz gehabt: ein Artist zu werden. Ich fühlte die Berufung dazu, den Charakter und die Begabung; in meinem Mienenspiel war ich so variationsfähig, daß ich vom engelhaftesten Lächeln zum schwärzesten Schurkenblick übergehen konnte; meine Stimme hatte eine solche Klangfülle, daß ich flüstern und in der nächsten Sekunde losdonnern konnte, meine Finger waren so geschickt, daß sie jedes Kunststück mit Karten und Halstüchern beherrschten; und ich besaß so berühmte Freunde wir Jean Nohain, Roger Nicolas, Pierre Louis, Henri Genès und den Akkordeonspieler Jo Privat.

Mein Traum war, Chansonnier zu werden. Ich hatte auch schon

einen Künstlernamen: Roger Bor.

Ich hatte eigentlich alles außer einem Engagement. Die Herren des Showbusiness waren zurückhaltend. Gewiß, der eine oder andere gab mir eine Chance, nur um mich loszuwerden, und ein mitleidiges Publikum ließ sich herab, mir zu applaudieren. Schön, ich blieb nicht lange auf der Bühne, kaum ein paar Minuten, doch wie unvergleichlich erschienen mir diese paar Augenblicke! Ja, eines Tages würde ich berühmt sein; daran glaubte ich so fest wie an das Amen in der Kirche; und ich wartete.

Doch was kam, waren die deutschen Soldaten, und meine Karriere als Chansonnier fand ein jähes Ende. Damals lernte ich das Elend kennen. Nach sechsunddreißig Monaten wurde ich aus der glorreichen Armee des Generals Pétain entlassen; und ich zog in ein heruntergekommenes Hotel auf dem Montmartre. Tagtäglich bedrohte mich die Inhaberin dieses Rattenlochs, mich vor die Tür zu setzen, weil ich meine Rechnungen nicht bezahlte; ohne einen Pfennig in der Tasche, ohne Arbeit und mit leerem Magen zog ich herum. Es ging mir damals so miserabel, ich war so verzweifelt und unglücklich, daß ich vielleicht sogar ins Lager der Kriminellen abgewandert wäre. In solchen Augenblicken entscheidet sich das Schicksal eines Menschen. Nie habe ich jene Zeiten des Elends vergessen, ihnen verdanke ich es, daß ich später diejenigen, die ich verhaftete, besser verstand.

Ich mußte wohl schon halb verhungert sein, um mich eines Tages in die Rue de Provence Nr. 118 zu begeben, wo sich die Personalabteilung der Printemps-Kaufhäuser befand, die Botenjungen und Verkäufer suchten, wie ich durch eine kleine Annonce im »Paris Soir« erfahren hatte. Aber ich hätte damals jede Arbeit angenommen. Hauptsache, ich hätte damit etwas zu essen verdient.

Weil ich von der Statur her einigermaßen kräftig aussah, engagierte man mich für den »Spezialdienst«. Ich setzte meine Unterschrift unter ein Stück Papier und war damit Privatdetektiv des Kaufhauses geworden.

Es war verheerend. Während der ersten Tage begleitete mich Fräulein Kim, eine alte Jungfer, die man mit meiner »Ausbildung« beauftragt hatte, doch ich war ein echter Versager: Ich erwischte niemanden – ich sah einfach nichts. So sehr ich auch in alle Richtungen schielte; nie ertappte ich einen Dieb auf frischer Tat, was mir eine Prämie eingebracht hätte. Fräulein Kim schalt mich, hielt mir vor, daß ich über kurz oder lang mit einer Entlassung zu rechnen hätte, doch es war einfach nichts zu machen; ich hatte kein Talent.

Eines Nachmittags jedoch glaubte ich, endlich meinen ersten Sieg davonzutragen. Ich hatte lange eine Kundin in der Handschuhabteilung beobachtet und frohlockte, als ich sah, wie sie ein Paar Handschuhe in ihre Handtasche steckte. Schon im voraus über meinen Fang triumphierend, folgte ich ihr diskret bis zum Ausgang, wartete, bis sie auf der Straße stand, bevor ich sie ansprach.

»Polizei, Madame, folgen Sie mir. Leugnen Sie nicht, ich habe alles gesehen, geben Sie mir die Handschuhe zurück!«

Es war ein kurzer Triumph. Die Dame zog ein Paar Handschuhe aus ihrer Handtasche. Sie waren nicht mehr neu: es waren ihre eigenen.

Nach diesem Mißerfolg wurde ich der Nachtwache zugeteilt, die die in den kilometerlangen Kellern gelagerte Ware zu bewachen hatte.

»Des Nachts«, hatte mir Fantomas, der Chef der Hauspolizei, erklärt, »werden die Lagerräume zu Bienenwaben: Da wimmelt es nur so von Schreinern, Malern, Elektrikern, Feuerwehrmännern. Und die stehlen wie die Raben.«

Und so strich ich denn nachts zwischen Kassen und Auslagen umher, denen die Plastikhüllen ein geradezu geisterhaftes Aussehen verliehen. Ich hatte gerade einen Feuerwehrmann dabei erwischt, wie er drei Morgenröcke klaute, als ich von dem Direktor der Personalabteilung erfuhr, daß mein Name auf der Liste derjenigen stand, die demnächst nach Deutschland abtransportiert werden sollten.

Ich war verzweifelt. Und zu allem entschlossen, um diesem Schicksal zu entgehen. Sogar dazu, in den Polizeidienst zu treten. Diese Idee hatte ich von einem Freund, den ich zufällig gerade an dem Tag auf der Straße getroffen hatte, als ich von der ärztlichen Untersuchung kam, bei der ein Trottel von einem Arzt mich zur Zwangsarbeit für tauglich befunden hatte.

»Die Polypen schickt man nicht nach Deutschland«, hatte mir dieser Freund zugeflüstert.

Der Gedanke daran, mich im Herzen des Dritten Reichs wiederzufinden, das die Alliierten mit Bomben durchlöcherten, schreckte mich nicht wenig. Ohne zu zögern, setzte ich ein offizielles Schreiben auf, in dem ich bat, zur Prüfung zum Polizeiinspektor zugelassen zu werden. Ich hatte die »Polizei-Revue« abonniert, ein Fernkursus für Polizeikandidaten. Am 16. Dezember 1943 sollte ich mich in der Sorbonne einfinden, um mein Examen abzulegen. Noch heute denke ich an das Thema der ersten schriftlichen Arbeit: »Erzählen Sie, was Sie über die Anfänge des ersten Kaiserreichs wissen.« Ich wuße alles. Und bestand. Ich war damals vierundzwanzig.

Am 1. Mai 1944 wurde ich der 5. Brigade der Sicherheitspolizei zugeteilt, und zwar in Orléans, Rue de la Bretonnerie 2. Man fotografierte mich, maß und wog mich, übergab mir ein Paar neue Handschellen; dann schob man mich wie alle Neulinge in die politische Abteilung ab. Meine Aufgabe: die Jagd auf die Résistance.

Kaum hatte man mich mit meinen Aufgaben vertraut gemacht, da fand ich mich auch schon mit dem Maschinengewehr in der Hand vor dem Eingang zur Kantine, um einen Mann zu bewachen, den man mit dem Handgelenk an einen Heizkörper gefesselt hatte. Er war nur noch ein Wrack mit völlig entstelltem Gesicht, unfähig, die Suppe zu trinken, die ich ihm ungeschickt einflößte.

»Der Kerl ist ein Kommunist, also ein schlechter Franzose«, sagte mein Chef voller Abscheu.

Nachts wurde der Gefangene von der deutschen Polizei verhört, tagsüber bewachte ihn die französische. Ich hätte so gern irgend etwas für ihn getan; ich habe nie erfahren, was aus ihm geworden ist.

Dann wurde meine Abteilung dazu ausersehen, zwei Razzien gegen Widerstandskämpfer durchzuführen. Bei der ersten kam nichts heraus. Und im Verlauf der zweiten half ich zwei Partisanen, abzuhauen; die Familie des einen schickte mir nachher zum Dank ein Päckchen, in dem ein Pfund Butter und sechs Eier waren.

Am 19. Mai 1944 desertierte ich. Nachdem man mein Zimmer von zwei Exkollegen hatte durchsuchen lassen, wurde ich entlassen. Jetzt war die Reihe an mir, von der Polizei gejagt zu werden. Ich verkroch mich in Paris, praktisch ohne einen Pfennig Geld in der Tasche, bis schließlich die Alliierten landeten und Frankreich befreiten.

Die Träume von einer Künstlerlaufbahn kehrten wieder. Doch wenn ich mich bereits – wie es in Aznavours Chanson heißt – ganz groß auf den Plakaten sah, so ließen die Verträge wieder einmal auf sich warten, und währenddessen nagte der Hunger an meinen Eingeweiden. Am 2. September erhielt ich folgenden Brief:

»Monsieur. Durch Verfügung vom 19. August 1944 wurden Sie wieder in Ihr früheres Amt als Inspektor auf Probe eingesetzt und als solcher der Kriminalpolizei in Paris zugeteilt. Sie werden gebeten, sich am 3. September 1944, 9 Uhr, mit dieser Ladung versehen vor dem Kommissar und Leiter dieser Abteilung einzufinden, der Ihre Einweisung vornehmen wird.«

In meinem einzigen Anzug, den ich schon mindestens hundertmal gebügelt hatte, war ich pünktlich zur Stelle. Zum zweiten Mal trat ich in den Polizeidienst ein.

In Paris, Rue de Bassano 42, bei der 1. Brigade, übergab man mir einen Revolver mit sieben Patronen und der Ermahnung, sie nicht zu verschwenden. Dazu eine Polizeiplakette in Goldmetall, einen Ausweis mit blau-weiß-rotem Streifen, auf dem meine Fotografie prangte, sowie eine Jahreskarte zur freien Benutzung von Omnibus und Métro. Ach, und – fast hätte ich's vergessen: Handschellen.

»Wo ist denn der Schlüssel?« fragte ich Dansen, den Vorsteher des Sekretariats.

Der hob nicht einmal den Blick von seinen Rechnungsbüchern.

»Der Typ vor dir hat sie geklaut. Sieh zu, wie du damit zurechtkommst.«

Und, wie in der Armee, war ich »zurechtgekommen«. Doch weder die Handschellen noch der Schlüssel waren mir je von Nutzen. Mein erster Auftrag führte mich nach Versailles, um Nachforschungen über eine Bande von Abtreibern anzustellen. Mein damaliger Chef war ein Oberinspektor und stinkfaul. Ich schrieb seine Berichte, leitete die Verhandlungen und lernte so dank dieses alten Polizisten mein Metier. Es war keine vergeudete Zeit. Und ich lernte auch, meine Kollegen zu beobachten, die, mit dem ganzen Einfallsreichtum des Hauses, meine Abteilung die »Gruppe Spekulum« genannt hatten.

Übrigens hatten sie nicht so ganz unrecht. Mein Büro war ein regelrechter Abtreibungsbasar. Zu Dutzenden besaß ich Spiegel, Sonden und andere einschlägige Instrumente, die ich im Verlauf meiner Untersuchungen konfisziert hatte. In meinem Dachkämmerchen ohne Schrank und ohne Aktenablage, in dem ich meine Berichte schrieb, lagen sie, mit einem Schild versehen, auf dem Fußboden aufgereiht und verstaubten, bis sie dem Untersuchungsrichter übergeben wurden.

Das benachbarte Büro dagegen war geradezu die Luxusabteilung der Brigade. Ein erst kürzlich ernannter Kommissar mit einer Gruppe junger, dynamischer Inspektoren, spezialisiert in der Bekämpfung »antinationaler« Bewegungen, war dort munter am Werk. Seit der Besatzungszeit hatten sich weder die Szene noch die Methoden geändert.

Eines Tages war ich dort eingetreten. Im Gegensatz zu sonst war die Tür nicht verriegelt gewesen. Ich hatte Schreie gehört, hatte die Tür nur einen Spalt weit geöffnet, doch lange genug, um ein abstoßendes Schauspiel zu beobachten. Inmitten des Zimmers hockte ein nackter Mann, mit den Knien auf die Felgen eines Fahrrads gebunden; die Arme gekreuzt, hielt er in jeder Hand schwere Telefonbücher. Vor ihm stand mit aufgekrempelten Hemdsärmeln ein Kommissar und zwang den Unglücklichen, die Arme weit ausgestreckt zu halten, indem er ihm harte Schläge mit seinem Gummiknüppel versetzte, die violette Striemen auf seinem Unterarm zurückließen. Ein Polizeiinspektor trat währenddessen in gleichmäßigem Rhythmus mit der Fußspitze gegen den Felgenrand, der diese Stöße auf die Kniescheiben des Unbekannten übertrug, der vor Schmerz laut aufschrie.

»Was zum Teufel wollen Sie hier?«

Und damit schlug mir der Kommissar die Tür vor der Nase zu.

»Da müssen Sie sich dran gewöhnen, Borniche«, hatte mir mein Chef geraten. »Schließlich war er ein Collaborateur, also ein schlechter Franzose.«

Aber ich gewöhnte mich nicht daran. Weder an die Abtreiber noch an deren Opfer, noch an die Brutalitäten. Und je länger meine Lehrzeit dauerte, desto größer wurde meine Abneigung gegenüber einigen meiner Kollegen. Ich fand ihre Brutalität, ihre Mittelmäßigkeit, ihre Feigheit zum Kotzen. Für mich bedeutete die Polizei etwas ganz anderes; und zwar vor allem Gerechtigkeit. Ich war noch bemerkenswert jung und einfältig. In meiner »Spekulum-Abteilung« hatte ich die widerwärtigsten Aufträge zu erledigen, führte ich die schmutzigsten Untersuchungen durch, hatte Tips von anonymen Denunzianten nachzugehen und schluckte tagtäglich meinen Ärger herunter; ich erniedrigte mich selbst immer mehr. Ich erstickte.

Mein Kündigungsschreiben war bereits aufgesetzt. Wieder einmal würde ich den Polizeidienst quittieren, doch diesmal freiwillig. Es war Ende 1945. Und gerade wollte ich formell meine Kündigung überreichen, als das Haustelefon läutete.

»Borniche? Kommen Sie bitte herunter.«

»Sofort, Herr Direktor.«

René Camard, ein normannischer Kleiderschrank mit breiter Hornbrille, barsch und schüchtern, musterte mich erst einmal eingehend, als ich in sein Büro trat.

»In Saint-Nom-la-Bretèche hat man den Leichnam einer unbekannten Frau gefunden. Nehmen Sie einen Fotografen und einen Chauffeur mit und zeigen Sie mir, was Sie können.«

Eine Stunde später betrachtete ich inmitten der Gendarmen den

Leichnam einer Frau, die einmal hübsch gewesen sein mußte und die jetzt mit blutverschmiertem Kopf auf feuchten Blättern in einem Wald lag.

Mir drehte sich fast der Magen um, und doch wurde ich genau in diesem Augenblick vom Jagdfieber wie von einer Krankheit ergriffen. Ich hatte keine Ahnung, wie man konkret vorgehen mußte, um den Mörder der Unbekannten zu fassen, doch plötzlich hatte ich nur noch einen Gedanken im Kopf: ihn zu verhaften.

Die Untersuchung war langwierig und die Spuren waren nicht leicht zu entwirren. Geduldig, pedantisch schnüffelte und horchte ich herum. Ich wurde immer aufgeregter, war völlig nervös, ich träumte nachts von meinem Fall, dachte an nichts anderes mehr. Eines Morgens schließlich führten meine Nachforschungen mich zu dem Mörder. Es war ein junger Mann von zwanzig Jahren, Claude Careli. In einem kleinen Hotel in der Rue Fontaine hatte ich ihn aufgespürt. Ich wollte gerade in sein Zimmer hinaufgehen, als er plötzlich aus der Haustür trat. Eine junge Frau stand neben ihm. Sie umarmten sich, und sie ging fort. Claude blieb einen Augenblick allein stehen und schnüffelte die Luft ein wie ein Tier, das eine Falle wittert. Dieser Augenblick war sein Verhängnis. Mit einem Sprung warf ich mich auf ihn. Meine Hand faßte seine Schulter, und ich hörte mich selbst mit lauter und drohender Stimme sagen:

»Polizei! Keine Bewegung!«

Im Handumdrehen verpaßte ich ihm die Handschellen. Gott, welch ein Augenblick! War dieses Gefühl unnatürlich, morbid? Ich weiß es wirklich nicht. Aber als ich spürte, wie dieser Mann unter meinen Händen zitterte, als ich seinen verängstigten Blick sah, empfand ich plötzlich eine fast unheimliche, doch unendliche Genugtuung, ein Gefühl, das ich noch nie gekannt hatte und das so stark war wie ein Orgasmus.

Claude war der erste Kriminelle, den ich überführte. Ihm verdanke ich es, daß ich zum ersten Mal erlebte, wie aufregend eine solche Untersuchung ist. Ich hatte zwischen Hoffnung und Verzweiflung, Zuversicht und Furcht geschwankt. Aber ich war beharrlich gewesen und hatte meinen ersten Sieg davongetragen. Bis dahin war ich nur ein einfacher Beamter gewesen. Jetzt war ich zu einem Polizisten geworden.

Ich zerriß mein Kündigungsschreiben. Ein paar Tage später wurde ich der Gruppe von Kommissar Prioux zugeteilt, einem Experten für Kriminalfälle. Endlich würde sich meine Phantasie frei entfalten können.

Gleich zu Anfang erfuhr ich, daß ein Polizist verraten und verkauft ist ohne seine Spitzel. Und deshalb trieb ich mich abends, statt brav nach Haus zu gehen, in den Bars und anderen übel beleumundeten Etablissements herum.

Ich legte mir ein ganz bestimmtes Gehabe zu, lernte die Sprache der Unterwelt wie ein Professioneller und gleichzeitig beobachtete ich genau jeden einzelnen dieser Typen – aus Paris, Lyon oder Korsika –, die sich gähnend an ihren Pokertischen langweilten, die Zigarette im Mundwinkel, den Hut in den Nacken geschoben.

Manchmal kam es vor, daß der eine oder andere sich in meinem Büro wiederfand. Sehr entgegenkommend tat ich ihnen dann so manchen Gefallen – im Tausch gegen Informationen. Und so führten mich die Zuhälter zu den Einbrechern und die Einbrecher zu den Mördern. Es war ein ziemliches Geduldsspiel, und ich kann ein Lied davon singen. War ein Mädchen bei einer Razzia hochgegangen, rief sogleich ihr Lude verzweifelt bei mir an:

»Ach, Monsieur Borniche, wenn die Sitte sie nicht wieder freiläßt, bin ich ruiniert.«

Wenn die Sache nicht allzu schlimm war, ließ ich das Mädchen dann laufen. Dafür verriet mir dann der Zuhälter, wann irgendeine große Sache steigen sollte, wer die Beteiligten bei einem Überfall gewesen waren oder die Adresse eines Flüchtigen. Langsam aber sicher verfügte ich über ein richtiges Informationsnetz. Ab und zu kam es auch vor, daß ich einem Ausgewiesenen eine Aufenthaltsgenehmigung bewilligte oder verlängerte, bei einer kleinen Strafe beide Augen zudrückte, oder sogar auch etwas bezahlte, wobei ich das Geld aus der »schwarzen Kasse« des Dicken nahm, der mich später in seine Abteilung versetzen ließ. Und so spielte man zwischen Polizisten und Gaunern das Spiel: »Gib du mir, so geb ich dir«, jedoch unter einer unerläßlichen Bedingung: Die Polizei durfte im Endeffekt nur sehr viel weniger geben. Bedeutend weniger. Fast gar nichts.

Ich ging spät zu Bett, schlief wenig und spitzte ständig die Ohren; so spann ich mein Netz. Ich hatte meine Informanten und Spione, diese kleinen, verstohlenen, aber nützlichen Figuren im Dunkeln, ohne die man keinen »Kapitalen« zur Strecke bringt.

Seit ich in den Polizeidienst eingetreten war, hatte ich bereits ein paar Dutzend »Kapitale« gefaßt. Ich war zum Liebling des Dicken geworden, der mit Genugtuung feststellte, daß ich – wenn ich auch mit etwas ungewöhnlichen Methoden arbeitete – zumindest Erfolg hatte: Die Gefängnisse füllten sich.

Deshalb war ich auch in den einschlägigen Abteilungen des

Polizeipräsidiums nicht gerade beliebt. Man warf mir vor, ich mische mich in Dinge ein, die mich nichts angingen. Alle Verbrechen und Vergehen, die im Departement Seine begangen wurden, glaubte das P. P. für sich gepachtet zu haben; das sei ihr Jagdrevier. Wir von der Sûreté Nationale hätten uns darum nicht zu kümmern. Schließlich bliebe uns der ganze Rest des Landes, und damit basta.

Aber der Dicke hatte da so seine eigenen Ideen. War es Ehrgeiz? War es eine alte Rechnung, die er begleichen wollte? Ich habe nie etwas über die wahren Hintergründe erfahren, doch eins war sicher: Jedes Mal, wenn es Hidoine und mir gelang, den anderen ein Schnippchen zu schlagen, rieb sich der Dicke freudestrahlend die Hände, lud uns zu einem Aperitif ein oder ließ uns sonst etwas zukommen. Alle Schläge waren erlaubt, um unseren Konkurrenten unsere Überlegenheit zu beweisen. Der »Polizeikrieg« hatte seinen Höhepunkt erreicht. Kommissar Clot nannte uns nur noch die »Wilddiebe«. Die Eifersucht meiner Kollegen von den anderen Abteilungen, die der Dicke seinerseits die »Geisterpolizisten« schimpfte, befriedigte mich ungemein. Meine Erfolge ließen mich Trottel den ganzen anderen Ärger vergessen, wie zum Beispiel meine Finanzkunststücke, um meiner Freundin Marlyse ein Weihnachtsgeschenk zu kaufen, meine mehr als bescheidene Dreizimmerwohnung in der Rue Lepic auf dem Montmartre, wo ich mich in einem Becken in der Küche waschen mußte, und die langen deprimierenden Stunden des Beschattens.

Ich brachte dem Dicken seine Kapitalen. Und der sammelte Medaillen, offizielle Glückwünsche und heimste Pluspunkte für die Beförderungsliste ein. Mir drückte man nur endlos und dankbar die Hände, speiste mich von Zeit zu Zeit mit einer Prämie ab und hielt mir stets, wie einem Esel eine Mohrrübe, das Versprechen vor die Nase, mich zum Oberinspektor zu ernennen, wenn ich einmal einen besonders dicken Fang machte. Und trotz allem bleibe ich bei der Stange. Ich liebe nämlich meinen Job.

Heute bot sich mir die Chance des großen Fanges: Buisson.

Aber seit Troyes mußte der Kerl ein Stück herumgekommen sein. Ich mache mich an die zweite Akte.

4

Das Glück und der Zufall führten Kommissar Belin auf die Spur des kleinen Mannes mit den schwarzen Augen. Der Kommissar fuhr jeden Abend mit dem Bus nach Hause. Eines Tages beschloß er nach einem besonders anstrengenden Tag im

Büro, zu Fuß nach Haus zu gehen, um seine Kopfschmerzen loszuwerden. Plötzlich spricht ihn etwas verlegen lächelnd auf der Straße ein Typ an. Es war Guillaume der Provençale*, eine kleine Ratte, dessen Aufenthaltsverbot Belin zur Belohnung für ein paar kleine Informationen außer Kraft gesetzt hatte. Die beiden Männer gehen zusammen in ein Café, um einen Schluck zu trinken.

»Sag mal«, fragt plötzlich Belin und rollt sich eine Zigarette, »hätt'st du nicht zufällig einen Tip über die Kerle, die Geldtransporte überfallen?«

Mit Unschuldsmiene schüttelt der Provençale den Kopf. Belin merkt genau, daß er lügt.

»Schade«, seufzt er und trinkt sein Glas aus, doch er läßt Guillaume dabei nicht aus den Augen. »Schade. Na ja, genieß wenigstens noch deine Zeit in Paris, lang wird's ohnehin nicht mehr dauern . . . «

Der Provençale, der gerade seinen Aperitif schlürft, verschluckt sich vor Schreck.

»Was soll das heißen, Herr Kommissar?«

»Das soll heißen, mein armer Freund, daß mein Chef ganz und gar nicht derselben Auffassung ist wie ich. Er ist nicht damit einverstanden, daß du nach Paris zurückgekommen bist. Stell dir vor, noch heute morgen hat er zu mir gesagt: ›Belin, Sie hätten diesem Menschen nicht so vertrauen sollen. In Paris wird er bestimmt wieder rückfällig. Glauben Sie mir, es ist in unserer aller Interesse, wenn ich veranlasse, daß er in seine Heimat zurückkehrt‹.«

»Aber das werden Sie doch nicht zulassen, nicht wahr?«, fragt Guillaume mit heiserer Stimme.

Belin zuckt die Schultern:

»Mein armer Freund, wie soll ich ihm denn beweisen, daß du dich brav verhältst? Was könnte ich ihm als Zeichen deines guten Willens vorweisen? Nichts!«

Und, seufzend seinen grauen Regenmantel zuknöpfend, fügt er hinzu:

»Ja, wenn ich ihm allerdings eine Information über diese Bande geben und dazu sagen könnte, daß du es warst, der . . .«

»Geben Sie sich keine Mühe, ich hab schon verstanden, Herr Kommissar«, unterbricht ihn resigniert der Provençale, »Ihnen habe ich es zu verdanken, daß ich ein Dreckskerl geworden bin, ein Verräter. Ich habe die Kumpel an's Messer geliefert. Einer mehr,

*In Frankreich können Aufenthaltsverbote für ein anderes Departement als das des Heimatortes des Betroffenen ausgesprochen werden. (A. d. Ü.)

einer weniger, was kommt's schon drauf an . . .«

»Also?« Das ist alles, was Belin sagt. Aber seine Stimme ist gespannt und so ungeduldig wie die eines Mannes, der seit elf Monaten völlig im dunkeln tappt.

»Kümmern Sie sich einmal um Desgrandschamps.«

Charles Desgrandschamps galt als ein ebenso dummes wie gefährliches Individuum. Und in der Tat, er mußte wirklich eine übermenschliche Dummheit besitzen, um sich ganz offen eine Wohnung in der Avenue Jeanne-d'Arc in Arcueil zu mieten, obwohl er seit drei Jahren wegen eines Mordversuchs an mehreren Inspektoren von Lyon gesucht wurde. Alles lief auf seinen Namen, die Quittungen über die Miete, Gas und Elektrizität. Dazu mußte schon jemand eine so gehörige Dosis an Unüberlegtheit und Idiotie besitzen, daß kein einziger Polizist auf die Idee gekommen war, seine Nachforschungen dahin zu lenken. Belin hatte sie schließlich. Das ist der Unterschied zwischen Polizisten, die nur mit den Beinen, und denen, die auch mit Köpfchen arbeiten.

Eines Morgens tritt Desgrandschamps aus seiner Haustür. Wie gewöhnlich trägt er zwei Revolver in den Taschen, und in diesen Taschen stecken auch seine Hände, die, bereit zu ziehen, den Griff umklammert halten. Ein Blick nach rechts, ein Blick nach links, nichts erscheint verdächtig. Mit langsamen Schritten geht er auf seinen Wagen zu, dessen Papiere ebenfalls auf seinen Namen lauten. Nur flüchtig schaut er zu zwei Mechanikern hinüber, die an dem Motor eines Peugeot herumhantieren, der offenbar nicht läuft. Und damit begeht er einen Fehler, denn kaum ist er an ihnen vorbei, da fallen sie ihm auch schon in den Rücken. Charles kann nichts tun. Im Handumdrehen hat man ihn unschädlich gemacht, ihn um seine Waffen erleichtert und ihm Handschellen angelegt. Die beiden Mechaniker waren Polypen.

Als man ihn Belin vorführt, leugnet Charles Desgrandschamps selbstverständlich alles: Nie hat er Verbindungen zu der Bande gehabt, nie hat er den kleinen Mann mit den schwarzen Augen gekannt.

»Na schön«, meint Belin. »Na schön.«

Und er fügt seine Zauberformel hinzu, die jeden kleinen Gauner aus der Fassung bringt und ihm an den Nerv geht, weil sie so unheilvoll klingt.

»Schade!«

Und auch Charles erliegt dem so beunruhigenden Wort des Bedauerns.

»Was ist schade?« fragt er argwöhnisch.

»Tja, mein armer Charlot, siehst du«, erwidert Belin höflich, »ich weiß, daß du zu der Bande gehörst. Leugne nicht, ich weiß es. Na und, was wird jetzt wohl geschehen? Nun, ich will es dir erklären. Du wirst so lange wie ein störrischer Esel alles leugnen, was schon längst sonnenklar ist, daß du alle Welt gegen dich aufbringst, mich, den Untersuchungsrichter, die Geschworenen und den Gerichtshof, die über dich urteilen. Und das Resultat deines Eigensinns? Eine schwere Strafe. Eine sehr schwere sogar. Und die Konsequenz ist auch völlig klar: Je länger du im Knast bleibst, desto weniger Chancen hast du, deine kleine Freundin wiederzusehen.«

»Ihr dürfen Sie nichts tun«, ruft Desgrandschamps außer sich, »sie weiß nichts, sie hat damit nichts zu tun.«

»Ich werde ihr bestimmt nichts tun«, versicherte ihm Belin. »Aber ich kenne jemanden von der Bande, die du deckst, der nur auf einen Augenblick wartet: Nämlich, daß du im Knast verschwindest, und zwar so lange wie möglich, damit er deine Kleine trösten und sich ein paar hübsche Nächte mir ihr machen kann.«

Die Falle war nicht gerade subtil. Doch Charles Desgrandschamps fiel prompt darauf herein, weil sein Gehirn eben nicht größer als das eines Kolibris war. Nach langem Nachdenken, das so mühsam für ihn war, daß die Adern an seinen Schläfen hervortraten, trug Charles' Eifersucht den Sieg davon: Er packte aus. Und so erfuhr Belin endlich die Namen der ganzen Bande: Abel Sauty, Julien Berthoux, Lucien Gransard, Karl Schmull, Emile Courgibet und . . . Emile Buisson. Mitsamt den Adressen.

Emile Buisson zum Beispiel verzehrte seinen Anteil an der Beute – etwa 400 000 Francs – in einem kleinen diskreten Hotel im Zentrum von Lille, zusammen mit Yvonne Paindelet, die seit vier Jahren seine Abenteuer teilte: eine junge dunkelhaarige Frau, ziemlich hübsch, ein bißchen verhurt, recht gewieft, furchtlos und außerdem ausgesprochen habgierig.

Belin nahm den Zug. Um 7 Uhr morgens kam er in Lille an, trank einen Kaffee und aß ein Hörnchen. Kaum zwanzig Minuten später betritt er, trotz der Reise frisch und rosig, mit seinem kreuzbraven, rundbäckigen und vertrauenerweckenden Gesicht das Hotel. Deshalb antwortet man ihm auch ohne Mißtrauen, als er am Empfang nach Monsieur Emile fragt:

»Zimmer Nr. 3, im ersten Stock.«

Erstaunlicherweise – denn Buisson ist schließlich ein äußerst vorsichtiger Mann – ist der Riegel nicht vorgeschoben, und der Kommissar braucht die Tür nur aufzumachen. Emile und Yvonne schlafen tief und fest, einander den Rücken zudrehend. Auf Zehenspitzen nähert Belin sich dem Nachttisch, ergreift den Revolver und klopft dem Schläfer auf die Schulter.

»Das Frühstück, Mimile«, sagt er.

Buisson knurrt nur und dreht sich im Schlaf einmal um.

»Es gibt Milchkaffee mit Handschellen«, fügt Belin hinzu. Da richtet Buisson sich auf. Seine Hand tastet nach dem Nachttisch, doch dann sieht er seine Waffe in der Hand des Polizisten.

»Auf auf, Mimile, es geht zurück nach Paris«, befiehlt Belin.

Unter den Blicken von Yvonne, die ihn schweigend beobachtet, zieht Buisson sich langsam an und läßt sich auch folgsam die Handschellen anlegen. Er ist nicht im mindesten beunruhigt. Er weiß noch nicht, daß Desgrandschamps gesungen hat, und verläßt sich fest auf die dreizehnte Einstellung »mangels von Beweisen«. Lässig eine Zigarette rauchend, betrachtet er ironisch den Kommissar, der das Zimmer durchsucht.

»Ich bezweifle, daß Sie außer meiner Zahnbürste und Yvonnes Höschen irgend etwas Interessantes finden«, sagt er lächelnd.

Belin bezweifelt das ebenfalls. Und eigentlich sucht er auch nur der Form halber, denn er ist überzeugt, daß ein so schlauer Gangster wie Buisson nichts unter seinen Sachen herumliegen läßt, das ihn kompromittieren könnte. Ohne genau zu wissen warum, dreht Belin sich plötzlich um und bemerkt dabei, wie Yvonnes erschrockener Blick an einem Regenschirm hängt, der in einer dunklen Ecke des Zimmers steht. Er geht hin und spannt ihn auf. Und siehe da, nicht nur er ist völlig überrascht, als aus dem Regenschirm lauter 1000-Francs-Scheine regnen, die langsam zu Boden flattern: Buisson ist es auch.

Außer sich vor Wut, schreit Emile, sonst Kavalier vom Scheitel bis zur Sohle:

»Oh, diese dumme Zicke!«

Er hat schon Grund, so aus der Haut zu fahren, denn Belin entdeckt sehr rasch, daß diese funkelnagelneuen Geldscheine zu der Serie X 50 500 gehören, die den Bankangestellten von Troyes gestohlen worden waren.

Die Knie unters Kinn gezogen, weint Yvonne in einer Ecke des Bettes. Sie stammelt, von herzzerreißendem Schluchzen unterbrochen:

»Verzeih mir, Mimile, verzeih mir.«

Aber Buisson ist nicht gerade in der Laune dazu. Mit kalkweißem Gesicht ballt er – leicht gehindert durch die Handschellen – wutentbrannt die Fäuste.

»Wann hast du das gemacht?«, schreit er.

»Eines Nachts, Mimile, während du schliefst«, schluchzt sie. »Ich hab deine Taschen durchsucht.«

Und so gelang es Kommissar Belin – dank der unersättlichen Habgier von Yvonne Paindelet, der Buisson immerhin eine Bar in der Rue Saint-Nicolas in Lille gekauft hatte, neben ein paar anderen Kleinigkeiten –, den unwiderlegbaren Beweis für die Schuld des kleinen Mannes mit den schwarzen Augen zu erhalten.

Seine Verhaftung hatte eine nicht zu unterschätzende Konsequenz: Sie lehrte Buisson, in Zukunft weder einem Mann noch einer Frau je sein Vertrauen zu schenken; sie lehrte ihn darüber hinaus, stets jede Spur hinter sich zu verwischen.

Man hatte ihn in das Untersuchungsgefängnis von Troyes eingeliefert, und dort wartete er – mit seinem Zellennachbarn, Charles Desgrandschamps – darauf, vor dem Geschworenengericht des Departements Aube zu erscheinen. Zu jener Zeit gingen die Gerichte mit den Kriminellen nicht gerade sanft um, und Monsieur Emile mußte mit lebenslänglicher Zwangsarbeit rechnen.

Dann kam der Krieg; für Monsieur Emile war er ein wahres Gottesgeschenk. Denn während dieser schmerzlichen Jahre erwarb er sich die letzte Meisterschaft in seinem Metier.

Als im Juni 1940 die deutschen Armeen in Frankreich einbrachen, erhielt der Gefängnisdirektor den Befehl, die gefährlichsten Häftlinge in das Gefängnis von Nevers zu überführen. Es waren siebzig an der Zahl, aber nur zwölf bekamen Fußfesseln, denn die Gefängnisverwaltung besaß nicht mehr. Buisson war unter diesem Dutzend. Von fünfzehn Aufsehern und sieben Gendarmen begleitet, machte sich die kleine Truppe auf den Weg; vor ihnen 200 Kilometer Fußmarsch.

Kaum hatte die Prozession sich unter dem Klirren der Eisenketten auf den Weg gemacht, schwante dem Oberaufseher bereits, daß er bestimmt nicht mit all seinen »Schutzbefohlenen« das Ziel der Reise erreichen werde. Es war ein wahrer Exodus. Die Straßen waren verstopft von Militär und Zivilisten auf der Flucht, auf die die deutschen Stukas unablässig herabschossen.

Am Eingang des Dorfes von Breuilly griffen die deutschen Bomber und Jäger mit geradezu entfesselter Heftigkeit an. Als es wieder still wurde – eine beklemmende Stille, in der jeder sich ansah, völlig verdutzt über dieses Wunder, noch am Leben zu sein, versammelte der Oberaufseher seine Gruppe um sich und zählte. Die Aufseher waren alle vollzählig vorhanden. Auch von den achtundfünfzig ungefesselten Gefangenen fehlte kein einziger. Die sieben Gendarmen, die den Befehl hatten, auf jeden flüchtigen Kriminellen zu schießen, waren verschwunden. Von den zwölf gefesselten Gefangenen waren zwei tot, zwei andere verwundet und die acht übrigen hatten sich in den Wäldern verloren. Unter ihnen war Emile Buisson.

Acht Monate vergingen.

Am Morgen des 24. Februar 1941 transportieren zwei Kassierer der Pariser Bank Crédit Industriel et Commercial auf einem Schubkarren 3 800 000 Francs, die sie gerade von der Banque de France geholt haben. Ihre Bank hatte sich wegen der Benzinknappheit zu diesem etwas gewagten Transportmittel entschließen müssen.

Kaum sind die beiden Kassierer in die Rue de la Victoire eingebogen, als ein Citroën auf ihrer Höhe hält und drei Männer herausspringen.

Zwei sind mit einer Maschinenpistole bewaffnet. Der dritte, etwas kleinere, mit schwarzen Augen, hält eine Mauser in der Hand und befiehlt:

»Hände hoch oder es setzt was!«

Einer der beiden, Guérin, macht eine Bewegung. Augenblicklich zerreißen zwei Detonationen die Luft, und ihr Widerhall schallt unheimlich durch die Straßen. Guérin schwankt, die Hände gegen seinen Bauch gepreßt, macht noch zwei Schritte und stürzt dann zu Boden. Er hat nur noch ein paar Minuten zu leben. Sein Kamerad flieht und versteckt sich in der ersten Toreinfahrt, die er findet.

Die Augen des kleinen Mannes verengen sich einen Augenblick lang. Seinen Körper durchläuft ein fast sexuelles Erschauern; er genießt den Rausch, zu töten. Er hebt den Deckel des Schubkarrens, vergewissert sich, daß die beiden Leinensäckchen auch wirklich das Geld enthalten. Dann hilft er gemächlich, ein Lächeln auf den Lippen, seinen beiden Komplicen, die Schubkarre in dem Citroën zu verstauen, der ebenfalls ohne Hast weiterfährt, nachdem die Schüsse jeden Passanten von der Straße vertrieben haben.

Paris hat einen neuen Mörder: Emile Buisson.

5

Der Schnellzug Toulouse-Paris verläßt gerade den Bahnhof von Vierzon und fährt weiter nach Orléans. In einem Abteil erster Klasse, stickend heiß durch die pralle Julihitze, sitzen drei SS-Offiziere, lesen und rauchen. Von Zeit zu Zeit werfen sie einen diskreten Blick auf den kleinen Mann in Hemdsärmeln, der zusammengerollt neben der Abteiltür schläft.

Buisson schnarcht. Er hat seine Reisebegleiter mit voller Absicht gewählt. Er weiß, daß sie ihm sozusagen als Schutzschild dienen, daß ihre Anwesenheit ihm jede Polizeikontrolle erspart. Er kommt gerade aus Marseille, wo er sich bei korsischen Freunden versteckt gehalten hatte; und nach einem kurzen Aufenthalt in Toulouse, wo er sich falsche Papiere besorgt hatte, fährt er nun wieder nach Paris zurück, um seine Komplicen von dem Überfall in der Rue de la Victoire, Abel Danos, Jean-Baptiste Chave und Jean Rocca-Serra, zu treffen, alles Männer wie er, für die ein Menschenleben keine Bedeutung hat.

Ab und zu seufzt er in seinem Traum auf, der für ihn ungewöhnlich melancholisch ist. Er träumt von seinem Freund Courgibet, der ihn nach der Geschichte in Troyes verlassen hat. Ihre letzte Unterredung war ziemlich stürmisch verlaufen, und der Ausbrecher hatte dabei kein Blatt vor den Mund genommen.

»Emile, eines Tages wird's bei dir ein Blutvergießen geben. In Troyes war es schon fast soweit. Und deshalb haue ich ab, bevor es zu spät ist. Ich habe keine Lust, unter dem Fallbeil zu enden. Meinen Anteil habe ich bekommen, und der ist groß genug, um in Amerika ein neues Leben anzufangen. Ciao.«

Und während Courgibet sich zum Gehen wandte, hatte Buisson außer sich vor Wut und Erbitterung zwischen den Zähnen hervorgestoßen:

»Milo, niemand hat je so mit mir gesprochen wie du eben, und niemand wird dies nach dir tun. Ich könnte dir jetzt eine Kugel in den Kopf jagen . . .«

Courgibet hatte ihm freundlich erwidert:

»Und weshalb tust du es nicht, Emile?«

»Weil du mein Freund warst, weil ich dich wie einen Bruder liebte. Du hast gewählt. Und jetzt hau ab. Für mich bist du gestorben, für mich bist du nur noch ein trauriger Waschlappen! Du hast Angst, deine Hände mit Blut zu besudeln? Daß ich nicht lache! Hoffst du vielleicht, daß die Gesellschaft und ihre Bullen dich verschonen werden, weil du nur ein kleiner Dieb gewesen bist und kein Menschenleben auf dem Gewissen hast? Irrtum, mein Lieber. Dich werden sie genauso verfolgen und jagen. Ob die Ratten nun beißen oder nicht, die Gesellschaft will ihnen an den Kragen. Nun mach schon, du armer Idiot, hau schon ab!«

Das wiederholte plötzliche Bremsen des Zuges weckt Buisson aus seinem unerquicklichen Schlaf. Er steht auf, reibt sich die Augen, streckt sich; dann greift seine Hand nach seiner Jacke im Gepäcknetz, um den Kamm herauszunehmen.

Die Jacke fällt herunter, weil er zu heftig daran gezogen hat. Eine Kugel, dann zwei, dann drei, mit 9 mm-Kaliber, seine »Veilchenpastillen«, wie Buisson sie nennt, fallen auf den Sitz, rollen über den Boden. Buisson schaltet sofort. Wenn die Deutschen ihn untersuchen, entdecken sie zweifellos die Waffe, die er sorgfältig in einer von ihm selbst eingenähten Bauchtasche seiner Hose versteckt hat. Er zögert deshalb keinen Augenblick. Das Abteilfenster ist heruntergelassen. Mit einer plötzlichen Bewegung zieht er seine Mauser hervor und wirft sie so weit wie möglich zum Fenster heraus, auf das Feld, das der Schnellzug soeben durchrast.

Einen Augenblick lang sind die drei SS-Leute wie vom Donner gerührt, dann begreifen sie, springen auf und schreien alle durcheinander; Worte, deren Sinn Buisson nur allzu gut erahnt. Einer zieht die Notbremse. Unter einem gräßlichen Kreischen der Bremsen hält der Zug.

Unsanft gestoßen und geschüttelt, steigt Buisson aus dem Zug auf den Gleiskörper; er soll die Waffe wiederfinden, die er fortgeworfen hat. Ein sonderbarer Zug formiert sich entlang der Gleise: Die Deutschen suchen ein Beweisstück, und Monsieur Emile, der noch keine Handschellen trägt, bittet den Gott der Räuber und der Diebe, er möge ihn die Waffe finden lassen, damit er in die Menge schießen und in einem kleinen benachbarten Wäldchen verschwinden könnte. Sein Wunsch wird nicht erhört. Zwei Stunden später buchtet die Gestapo von Orléans Buisson ein.

Die Gestapo führt ihre Untersuchungen jedoch – was für so gut organisierte und peinlich genaue Männer mehr als verwunderlich ist – äußerst nachlässig. Als der Tag seines Prozesses gekommen ist, erscheint Buisson vor den deutschen Richtern, unter seinem falschen Namen Métadieu, und vernimmt nach einer kurzen, langweiligen und deprimierenden Sitzung, daß er zu einem Jahr Gefängnis verurteilt wird.

Er sagt keinen Ton, legt keine Berufung ein. Denn Emile ist mit diesem Urteil bestens bedient, und das weiß er auch. Seit seiner Verhaftung im Zug lebt er in der ständigen Angst, daß die Deutschen ihre französischen Kollegen um »Amtshilfe« bitten und seine wirkliche Identität entdecken könnten. Denn dann bekäme er es mit den französischen Stellen zu tun, und nach dem Mord in der Rue de la Victoire würde nun nicht mehr das Zuchthaus, sondern die Todesstrafe auf ihn warten.

Erleichtert, ja beruhigt kehrt Buisson in seine Zelle Nr. 12 im Gefängnis von Orléans zurück. Doch seine Freude währt nicht lange. Eines Nachmittags empfängt er den Besuch von Kommissar Belin.

»Freut mich, dich wiederzusehen, Emile«, sagt Belin höflich.

Trotz ihrer offenbaren Nachlässigkeit hatte die Gestapo schließlich der französischen Polizei das Foto und die Fingerabdrücke von Buisson übermittelt. Und die Kriminalpolizei brauchte nicht lange, um anhand dieser Unterlagen den zu identifizieren, den sie schon seit fünf Monaten suchte.

Emile wurde in das Gefängnis von Troyes zurückgebracht, wo er zunächst in Einzelhaft genommen wird. Und in der Stille seiner Zelle lernte das Raubtier nun die Verstellung.

Buissons Verhalten ist untadelig. Louis Vincent, sein Aufseher, hält ihn für einen gefügigen und willfährigen Häftling, der etwas schweigsam ist, sich abseits hält und eine gewisse Distanz zu den übrigen Gefängnisinsassen zu wahren scheint. Nach kurzer Zeit hat ihm diese etwas hochmütige Haltung zusammen mit seiner Fügsamkeit die Verachtung und den Spott der anderen Gefangenen eingetragen. Emile bleibt gleichgültig. Diese kleinen Diebe ohne Format, diese Pantoffelhelden interessieren ihn nicht weiter. Er zieht die Einsamkeit vor. An seiner Tür hat die Verwaltung das übliche Schild angeheftet: »Gefährlich, unter Aufsicht zu halten«.

Vincent beobachtet ihn scharf. Er kennt Emiles Vergangenheit und seine Gewalttätigkeit. Anfangs denkt er, daß er die Folgsamkeit nur simuliert, um der ständigen Aufsicht zu entgehen. Viele hatten bereits vor ihm diese Methode praktiziert, doch Vincent ist ein zu alter Hase, der auf die Tricks der Gefangenen zu eingefuchst und gegen sie immun ist, um darauf hereinzufallen.

Zwischen einem Aufseher und einem Häftling spielt sich eine lange Szene des geduldigen Wartens, des Auf-der-Lauer-Liegens ab, während der ein jeder versucht, die Absichten des anderen zu durchschauen. Ein fast subtiles Spiel der Verstellung. Und das geringste Anzeichen genügt, ein boshaftes Aufleuchten des Blickes, ein zu spät unterdrücktes hämisches Grinsen, eine sich ballende Faust, um den Wolf im Schafspelz zu entlarven.

Vincent kennt das alles. Er wartet beharrlich, das ist sein Beruf, dafür bezahlt man ihn. Er muß sich jedoch eingestehen, daß Buisson aufrichtig ist.

Er ist davon so überzeugt, daß er eines Abends im Speisesaal der Aufseher zu den anderen sagt:

»Ich finde, dieser Buisson ist ein armes Schwein. Schön, er ist ein Gangster, aber ihr müßt zugeben, daß er kein gefährlicher Typ ist.

Er gibt nie ein Widerwort, schlägt sich nicht. Wenn ich mir überlege, daß man jeden Abend seine Zelle durchsucht, daß man ihn bewacht, als wäre er Al Capone persönlich, obwohl er doch nicht mehr Kraft hat als eine Frühgeburt, muß ich schon sagen, daß man sich um ihn wirklich zu Unrecht so viel Sorgen macht.«

Am Sonnabend, dem 5. Juli 1942, stöhnt Emile den ganzen Vormittag lang.

Er liegt ausgestreckt auf seinem Bett, ist nicht in der Lage, aufzustehen und windet sich vor Schmerzen. Mit verzerrtem Gesicht gesteht er einem der Tagesaufseher, daß sein »Magen wie Feuer brennt« und daß ihn gräßliche Krämpfe schütteln.

»Tja, aber was soll ich denn machen, Emile? Soll ich dich in die Krankenabteilung schicken?«

»Ach, das lohnt sich nicht, Herr Aufseher, ich werd schon versuchen, durchzuhalten ... Seien Sie nur so freundlich, Herr Aufseher, und geben Sie mir eine kleine Wasserration zusätzlich.«

Voller Mitleid läßt der Aufseher ihm ein Glas Wasser bringen. Kurz nach dem Essen, das er nicht anrührt, beginnt Buisson wieder so heftig und anhaltend zu stöhnen, daß der Aufseher ihm voll Mitgefühl eine neue Portion frisches Wasser bringt.

»Bleib nur liegen, ich erlaub es dir«, sagt er.

Als Vincent seine erste Nachtrunde macht, ist Buissons Stöhnen geradezu herzzerreißend. Vincent öffnet die Klappe, will mit ihm reden, ihn trösten, doch Emile wälzt sich nur auf seinem Bett, verkrallt seine Hände in der Bettdecke. Speichel läuft aus seinem Mund, und er ist unfähig, ihm zu antworten.

Zehn Minuten nach Mitternacht. Seit ein paar Augenblicken schreit Buisson laut. In den anderen Zellen fangen jetzt die anderen Häftlinge, die durch Buissons Stöhnen nicht schlafen können, an zu fluchen und fordern Ruhe. Doch Buissons Schmerzensschreie hören nicht auf. Louis Vincent, der gerade seine zweite Runde beginnt, versucht die Empörung der Gefangenen zu dämpfen, doch es gelingt ihm nicht. Mit raschen Schritten geht er auf Buissons Zelle zu. Von außen knipst er den Lichtschalter an, öffnet die Klappe und sieht, wie sich Emile, die Hände auf seinen Bauch gepreßt, mit wirren Haaren und irrem Blick auf seinem Strohsack krümmt.

»Emile«, ruft er, »soll ich den Oberaufseher rufen? Er könnte dich in die Krankenabteilung schicken.«

Buisson schließt die Augen vor Schmerz, schüttelt jedoch den Kopf.

»Das ist doch nicht nötig, Herr Aufseher, stören Sie ihn nicht, lassen Sie ihn schlafen.«

Er verstummt plötzlich. Seine Augen weiten sich, und er stößt einen so durchdringenden Schmerzensschrei aus, daß augenblicklich ein Sturm von Flüchen und Verwünschungen losbricht. Verlegen kratzt Vincent sich den Kopf.

»Beruhige dich doch, Emile. Nimm dich doch ein kleines bißchen zusammen. Was kann ich nur für dich tun?«

»Wasser«, keucht Buisson, »Wasser, nur ein kleines bißchen Wasser. Das ist das einzige, was das Brennen lindert.«

»Schön«, erwidert Vincent, »reich mir dein Glas.«

»Ach bitte, füllen Sie mir doch den Krug, Herr Aufseher. Das Glas reicht nur für eine Minute . . . Ich komme um vor Durst.«

Vincent ist das offensichtlich furchtbar unangenehm.

»Das geht nicht, Emile«, erwidert er, »der Krug geht nicht durch die Klappe, und du weißt sehr gut, daß ich nachts nicht allein in eine Zelle gehen darf.«

»Ich flehe Sie an«, stöhnt Buisson, »haben Sie Erbarmen, helfen Sie mir. Sie wissen doch, daß ich Ihnen niemals Ärger gemacht habe, geben Sie mir etwas zu trinken, bitte!«

Vincent zögert. Er wirft noch einen Blick auf diese arme, von Schmerzen gepeinigte Kreatur, und dann ist sein Mitleid stärker als die Vorschriften. Wie um sich selbst zu rechtfertigen sagt er sich, daß ihm ja nichts passieren kann, ihm, einem gesunden und kräftigen Mann, gegenüber diesem kleinen, kranken Schwächling.

Er schiebt die zwei Riegel zurück, dreht den Schlüssel zweimal im Schloß, öffnet die Tür und geht auf den Krug zu, der neben der Pritsche steht.

Mit ausgestreckter Hand bückt Vincent sich, um das Gefäß zu ergreifen. Und in diesem Augenblick schlägt Monsieur Emile schnell wie der Blitz zu. Am Abend zuvor hatte er von einem anderen Gefangenen für ein Päckchen Tabak eine leere Halbliterflasche bekommen. Mit einem kräftigen Schlag hat er den Flaschenhals zerbrochen. Mit Hilfe des Eisenhakens, der dazu dient, tagsüber die zurückgeklappte Pritsche an der Wand zu befestigen, hat er die schneidende Öffnung liebevoll noch schärfer geschliffen. Und nun bohren sich die Glaszacken in den Hals des Aufsehers, auf der linken Seite, und sogleich spritzt das Blut rasch und heftig wie aus einem Springbrunnen heraus. Der Schlag war mit solcher Heftigkeit, solchem Haß geführt, daß zwei Glaszacken am Unterkiefer ausbrechen und in der Haut steckenbleiben. Das rettet Vincent das Leben. Denn so kann das schneidende untere Ende der Flasche nicht weiter eindringen und bleibt 5 mm vor der Halsschlagader stecken.

Schon überschwemmt das Blut den Fußboden. Völlig ruhig tappt Buisson in der roten Lache umher und bückt sich, um seinem Opfer – das röchelnd und mit einem schrecklichen Gurgeln rosa Bläschen ausspuckt – die Schlüssel abzunehmen.

Aber Vincent, den der Schlag zu Boden gestreckt hat, ist trotz seiner Verletzung noch bei Bewußtsein. Mit übermenschlicher Anstrengung schreit er.

Am anderen Ende des Gebäudes hört sein Kollege den Schrei. Sofort löst er Alarm aus. Von der Treppe aus, die zur Kanzlei führt, und wo Buisson, wie er hofft, sich die Gefängnisschlüssel holen kann, beobachtet Buisson, wie sich die Türen öffnen und die Aufseher bewaffnet und im Pyjama herauslaufen. Er hebt den Kopf und sieht, wie Vincents Kollege gerade auf ihn anlegt.

Emile weiß, daß das Spiel verloren ist. Er hebt die Arme. Langsam steigt er die Stufen wieder hinauf. Genauso langsam geht er in seine Zelle zurück. Einen kurzen Augenblick lang ruhen seine dunklen Augen auf dem Körper von Vincent, der jetzt bewußtlos ist und kaum noch atmet. Dann geht Buisson hinten in seine Zelle, lehnt sich gegen die Wand und wartet.

Mit abwesender Miene, so als ob alles, was sich jetzt abspielt, ihn nichts mehr anginge, bleibt er unbeweglich vor den Aufsehern stehen, die ihre Gewehre auf ihn gerichtet halten.

Am 13. Mai 1943 wird Emile Buisson von dem Geschworenengericht des Departements Aube zu lebenslänglicher Zwangsarbeit verurteilt. Er wird in das Bezirksgefängnis von Clairvaux gebracht, wo er erneut einen Ausbruch versucht, der ebenfalls scheitert. Im November 1946 wird er in das Gefängnis der Santé überführt. Der Richter, der mit der Untersuchung des Überfalls in der Rue de la Victoire betraut ist, beschuldigt ihn des Mordes an dem Bankangestellten Guérin.

Die Untersuchung erweist sich als schwierig und langwierig. Die Dienststellen, die in diesen Nachkriegsjahren von Säuberungsverfahren, Kollaborationsfällen und Denunziationen überschwemmt werden, halten alle rein strafrechtlichen Akten für etwas höchst Störendes, das man möglichst beiseite schiebt.

Dennoch wird Buisson jede Woche im Landgericht, im Büro des Richters, verhört. Er weiß, daß es um seinen Kopf geht. Er hat Guérin getötet, doch der Richter muß es ihm beweisen. Zwischen den beiden Männern entspannt sich ein Duell auf Leben und Tod. Emile leugnet wie immer alle Tatsachen.

Und er hat Glück! Abel Danos, den man am 20. Juli 1941

verhaftet hatte, war kurze Zeit darauf ausgebrochen und, um sich der Gerechtigkeit zu entziehen, in die Dienste der französischen Gestapo getreten, wo er Bony und Laffont zu Freunden hatte. Seit der Befreiung ist er auf der Flucht und nicht mehr aufzufinden. Jean-Baptiste Chave, auch ein Mitglied der Gestapo, war im Dezember 1944 verhaftet und hingerichtet worden. Rocca-Serra schließlich, der nach Korsika geflohen war, um dort seine Beute zu vergraben, war bei einer Schießerei zwischen Gangstern ums Leben gekommen.

Die Untersuchung zieht und zieht sich hin, und stets sieht sich der Richter Buissons beharrlichem und gelassenem Leugnen gegenüber.

»Nun gestehen Sie schon«, redet der Richter auf ihn ein. »Ich weiß alles.«

»Das würde mich wundern«, erwidert Buisson. »Was ich in meinem Leben gemacht habe, Herr Richter, das weiß nur einer, und das ist der liebe Gott. Aber der wird bestimmt nicht ausspucken. Der ist nämlich kein Denunziantenschwein!«

6

Es ist bereits Abend geworden, als ich die letzte Akte schließe. Mehr als vier Stunden lang habe ich mich in Monsieur Emiles Vergangenheit vertieft und weiß jetzt, mit wem ich es zu tun bekomme. Mit pelziger Zunge, weil ich zuviel geraucht habe, stehe ich auf und sammle die Akten wieder zusammen. Während ich zur Tür gehe, stelle ich fest, daß Hidoines rostbraunes Kostüm wieder an dem Nagel hängt, den ich dort eines Tages eingeschlagen habe, weil die hohe Verwaltung sich trotz meiner wiederholten Bitten geweigert hat, uns eine Garderobenleiste zu bewilligen. Ich muß so in meine Lektüre vertieft gewesen sein, daß ich nicht einmal gemerkt habe, wie Hidoine aus der Santa-Maria zurückkam und das Büro verlassen hat. Ich stelle ihn mir vor, wie er jetzt in der Métro sitzt mit seinen Reitstiefeln, und den kleinen Verkäuferinnen schöne Augen macht, die nach einem langen Arbeitstag schlaff, mit verschmiertem Make-up und schwellenden Krampfadern nach Hause fahren. Irgendwie unlustig klopfe ich an die Tür des Dicken, doch der ist auch schon aus dem Haus gegangen und läuft wahrscheinlich geradewegs in die Deux Marches, die kleine Snackbar in der Rue Gît-le-Coeur, deren Besitzer Victor Marchetti ist.

Schließlich verlasse auch ich das Büro. Die Hände in den Manteltaschen vergraben, bleibe ich eine Zeitlang unschlüssig auf der Straße stehen, ich weiß nicht, ob ich lieber nach Hause gehen soll oder noch einen Aperitif in den Calanques, der Bar in der Rue Quentin-Bauchard, schlürfen soll. Zuletzt entscheide ich mich für die Bar. Ich mag die Calanques ganz gern. Es ist eine ziemlich luxuriöse Kneipe, gemütlich, mit gedämpftem Licht und weichen Polstern, eine Oase für die High-Society, wo sich jeden Abend Filmsternchen, Industrielle, Schriftsteller, Journalisten und höhere Beamte treffen und Bekanntschaft schließen. Kurz und gut, die Hautevolee.

Für meine Verhältnisse ist es dort etwas teuer. Doch von Zeit zu Zeit schleiche ich mich ganz gern bei den Reichen ein, um das Parfum ihrer hübschen, nerzbehängten Frauen einzuatmen. Der Reichtum der anderen hebt meine Stimmung.

Und außerdem mögen mich die beiden Besitzer ganz gern. Sie wissen natürlich, daß ich ein Polyp bin, aber sie haben mich in dem Kreis ihrer Gäste akzeptiert. Ich setze mich stets diskret in eine Ecke der Bar und würfle mit ihnen, und wir schwatzen ein bißchen. Ich entspanne mich dabei.

Die beiden sind Korsen und völlig verschieden voneinander. Den einen nennen alle Stammkunden Toto. In Wirklichkeit heißt er Antoine Rossi und ist der Bruder von Tino, dem betörenden Sänger mit der sanften Stimme. Toto verbirgt seine Glatze unter einer braunen Perücke, die er manchmal verkehrtrum trägt wie eine Schirmmütze. Er ist ein rundlicher, untersetzter Junge, der sanft und stets lächelnd zwischen den Tischen umherflattert.

Der andere ist groß, schlank und muskulös. Er ist achtundzwanzig, genauso alt wie ich. Trotz meiner Einmeterfünfundsiebzig reiche ich ihm kaum bis zu den Ohren. Er hat braunes, leicht gewelltes Haar, das er nach hinten gekämmt trägt, blaue Augen, sein – seltenes – Lächeln ist ein wenig hart, und die Frauen – allen voran Viviane Romance und Ginette Leclerc – verschlingen ihn mit den Blicken. Rein aus professioneller Gewohnheit habe ich im Archiv ein paar kleine Nachforschungen über ihn angestellt; das einzige, was ich fand, war eine Verurteilung während der Besatzungszeit, und zwar wegen des Diebstahls von Autos, die für die Resistance bestimmt waren. Seitdem nichts, nicht eine Übertretung, nicht eine Geldbuße. Das Führungszeugnis eines untadeligen Mannes, eines braven Bürgers – François Marcantoni.

An diesem Abend ist er es, der mich empfängt, als ich die Bar betrete. Er reicht mir seine breite, kräftige Hand und schlägt mir sogleich ein Glas Champagner vor. Er füllt meinen Kelch, denkt einen Augenblick nach, gießt sich dann selbst auch ein Glas ein, erhebt es und sagt: »Tchin tchin«. Sein ruhiger Blick beobachtet mich. Er schnalzt kurz mit der Zunge, dann fragt er mich:

»Na, geht alles so, wie es gehen soll, Herr Inspektor?«

»Ja«, erwidere ich. »Aber es ginge alles noch besser, wenn ich wüßte, wo Buisson steckt.«

Ich konnte diese Bemerkung einfach nicht unterdrücken. Ich möchte unbedingt von Emile reden. Seit ich seine Akten studiert habe, denke ich nur noch an ihn. Ich versuche, mich in seine Haut zu versetzen, so zu denken wie er. Ich stelle mir vor, wie er sich irgendwo in Paris versteckt hält, auf das geringste verdächtige Zeichen lauernd. Irgendwo, aber wo? Es hätte mir gutgetan, über ihn mit Hidoine oder auch mit dem Dicken zu schwatzen, aber sie waren ja schon weggewesen. Natürlich weiß ich, daß Marcantoni sich nicht im geringsten für meine Sorgen interessiert und im übrigen an nichts anderes denkt als an seine Rezepte und die Kunden. Aber ich mußte einfach mit jemandem von Monsieur Emile reden, dem kleinen Mann mit den schwarzen Augen, der so plötzlich in mein Leben getreten war.

»Buisson«, fragte Marcantoni und hebt dabei die Augenbrauen, »wer ist denn das?«

»Ein Gangster, mein Freund, und zwar von der schlimmsten Sorte. Ein Typ, der schießt, ohne zu zögern. Er ist heute morgen ausgebrochen.«

»Aha«, erwiderte Marcantoni höflich, »und jetzt läuft er also frei herum?«

»Ja, aber es würde mich wundern, wenn er lange Zeit untätig bliebe; er braucht sicher Geld!«

Marcantoni schenkt mir ein zweites Glas auf Kosten des Hauses ein.

»Ich hab den Eindruck, daß Sie mehr als ein Paar Schuhsohlen durchlaufen werden, um einen Kerl zu finden, der sich in Paris versteckt hält«, meint er ironisch. »Gott sei Dank sind Sie nicht allein!«

»Allerdings, ich bin nicht allein. Und das ist es gerade, was mich beunruhigt. Gewiß, meine Konkurrenten haben auch nicht mehr Material als ich und tragen auch nur dieses alte Foto in der Tasche, das von 1937 stammt und auf dem Buisson mit glattrasiertem Kopf und Flauschjacke zu sehen ist.«

»Nun seien Sie nicht so nachdenklich, Herr Inspektor«, sagt Marcantoni, »Sie werden ihn schon finden, Ihren Buisson. Und jetzt denken Sie mal an was anderes, sehen Sie sich all die hübschen

Frauen ringsum an: Sie sind so schön wie ein dickes Bündel Tausender.«

Zerstreut werfe ich einen Blick in den Raum; aber heute abend können mich nicht einmal die Frauen aus meinen Gedanken reißen. Ich zahl meine Rechnung, schüttle Monsieur François die Hand und gehe hinaus. Im gleichen Augenblick genießt ein kleiner Mann irgendwo in Paris seinen ersten Abend in der Freiheit. Und ebenfalls im gleichen Augenblick kämmen die Männer von der Polizei so ziemlich jeden Winkel der Stadt durch.

Knapp dreißig Minuten später bin ich zu Hause auf dem Montmartre. Kaum hab ich die Tür hinter mir geschlossen, ruft Marlyse mir wie jeden Abend entgegen:

»Bist du's?«

»Ja, ich bin's.«

Mit finsterer Miene kommt Marlyse aus der Küche und wischt sich die Hände an ihrer Schürze ab. Sie küßt mich nur flüchtig, und, ohne mir Zeit zu lassen, mich zu verschnaufen, meine Jacke auf den Bügel zu hängen und meine Pantoffeln anzuziehen, verkündet sie mit gereizter Stimme:

»Der Gasherd ist schon wieder kaputt.«

Ich seufze. Ich habe wirklich die Nase voll von diesem Gasherd, der regelmäßig irgendwas hat. Mal ist es der Backofen, mal die oberen Brenner, die entweder verstopft sind oder undicht oder verkrustet. Das ist überhaupt kein Gasherd mehr, sondern nur noch ein Wrack, das ich stundenlang unter den zweifelnden Blicken meiner Gefährtin auseinandernehme, zusammensetze, zusammenflicke. Wir müßten einen neuen kaufen, aber ein neuer kostet 7000 Francs, und unsere Finanzen erlauben eine solche Ausgabe nicht. Ich verdiene nur 11 000 Francs im Monat, dazu kommen noch 2000 Francs Spesen, die der Dicke mir jedesmal widerwillig abzeichnet. Wirklich nicht gerade ein Gehalt, um uns den Küchenkomfort der Zukunft zu leisten. Diesmal ist es der Herd, der nicht funktioniert. Wenn ich den Knopf nach rechts oder nach links drehe, kriegt das Ding einen kurzen Schluckauf, so ähnlich wie ein Röcheln, doch das ist auch alles.

»Wie sollte ich denn das Essen machen?«, fragt Marlyse giftig, während ich neben meinem Werkzeugkasten auf dem Boden sitze, herumschraube, mich überall beschmiere und dabei im Kampf mit diesem Museumsstück schließlich doch den kürzeren ziehe.

Eine geschlagene Stunde lang versuche ich's mit allen möglichen

Operationen, doch der Schlauch bleibt leblos wie eine verstopfte Arterie. Schließlich setzen wir uns, entmutigt durch diese hartnäkkige Panne, an den Tisch und essen schweigend eine Büchse Thunfisch, Salat und Käse. Wie jeden Abend mache ich nach dem Essen das Geschirr. Ich tu das übrigens nicht ungern. Marlyse bringt in der Zwischenzeit unsere Wohnung ein bißchen in Ordnung. Morgens kann sie das nicht, denn sie muß schon um acht Uhr ins Büro gehen. Ich wasche die Gläser und die Teller ab und denke dabei in Ruhe nach. Wenn ich Emile Buisson verhafte, so überlege ich, bin ich mit einem Schlag all meine Sorgen los. Zunächst einmal werde ich zum Oberinspektor ernannt. Das ist der erste Vorteil. Der zweite Vorteil: das Gehalt. Ich kriege dann 13 000 Francs im Monat, und meine Spesenrechnung erhöht sich damit, so schmerzlich der Dicke auch das Gesicht verzieht. Dritter Vorteil: ich kaufe Marlyse einen neuen Herd, mit soviel blitzendem Chrom, daß sie ganz sprachlos ist und mich endlich in Ruhe läßt. Nur eins ist wichtig, wenn ich Emile Buisson verhafte, darf ich mich diesmal nicht wie ein Trottel verhalten, so wie bisher. Ich ziehe Bilanz: Wem wurden alle Ehren zuteil, als ich die Mörder der Unbekannten aus Marly schnappte? Dem Chef. Und als ich die vier Gangster stellte, die die Freunde des Konsuls von Dänemark überfallen hatten, als ich alle Mitglieder der Bande von Pierrot le Fou verhaftet und die Entführer der kleinen Moineau identifiziert hatte, wer schluckte die Prämien und wurde befördert? Der Chef.

Ich wasche mein letztes Glas und fasse einen Entschluß: diesmal kriegt der Dicke mich nicht dran. Die Beförderungsliste der Inspektoren steht bald fest. Wenn ich Emile vor den Ernennungen verhafte, stehe ich mit darauf; dies alles natürlich unter der Bedingung, daß meine lieben Kollegen ihn mir nicht vor der Nase wegschnappen. Und ich werde versuchen, dem Dicken nicht alles gleich auf die Nase zu binden, damit er nicht die Presse in sein Büro bestellt und sich vor den Fotografen Schulter an Schulter mit dem Staatsfeind Nr. 1 brüstet.

Marlyse kommt wieder in die Küche und stellt den Mülleimer weg, den sie im Hof ausgeleert hat, dann trocknet sie gähnend das Geschirr ab.

»Weißt du, Roger«, unterbricht sie meine Träume, »ich wage diesen Herd nicht mehr anzurühren. Ich habe viel zu viel Angst, daß er eines Tages noch explodiert. Stell dir vor, ich wäre vielleicht für mein Leben entstellt!«

Mit ihrem Herd bringt sie mich jetzt wirklich auf die Palme. Als ob es nichts Wichtigeres auf der Welt gäbe. Also versuche ich, sie zu beruhigen:

«Mach dir keine Sorgen«, sage ich völlig zerstreut, »paß nur auf, daß du ihn nicht weiter benutzt.«

»Oh«, erwidert sie erbost, »das ist nicht weiter schwierig. Wann mach ich denn schon mal ein Hühnchen oder einen Braten? Wenn der Backofen nicht funktioniert, dann sicher, weil er so wenig benutzt wird. Man könnte ihn auch mit Wasser füllen und Goldfische reinsetzen, das würde doch niemanden stören.«

Ihr Vorwurf trifft mich, doch ich erwidere nichts. Ich bin zu sehr mit Buisson beschäftigt und im übrigen zu müde, um einen häuslichen Streit vom Zaun zu brechen.

Versöhnlich lege ich einen Arm um Marlyses Schultern und gehe mit ihr ins Schlafzimmer. Neben ihr im Dunkeln liegend, erzähle ich ihr von Buisson und den Vorteilen, die wir bei dieser Sache hätten. Ich erzähle und gerate dabei selbst ins Schwärmen. Ich beschreibe ihr im voraus den blitzenden Herd, den ich ihr schenken werde, und das Wochenende am Meer in Touquet, das wir uns von der Prämie leisten. Ich schwärme von den Austern, dem Baden im Meer, dem Weißwein, dem warmen Sand, den Hummern mit Mayonnaise, den Spaziergängen im Mondlicht. Ich werde völlig lyrisch dabei. Ich erlebe schon im voraus dieses Glück, das uns erwartet, und je mehr ich rede, desto romantischer werde ich. Ich verwandle mich in einen dichtenden Polypen, ich sehe mich bereits in Touquet, spüre die warme Sonne auf meiner Haut, den Wind vom Meer her, der mir das Haar zerwühlt und frage schließlich Marlyse:

»Hm? Was meinst du?«

Völliges Schweigen, meine Muse schläft.

In der Metzgerei an der Ecke der Rue Lepic erfahre ich am nächsten Morgen die Einzelheiten über Buissons und Giriers Ausbruch. Wie jeden Tag, wenn ich einkaufen gehe, lese ich, gegen die Kasse gelehnt, die Zeitung bei meinem Nachbarn mit. Man muß schließlich sehen, wie man seine paar Kröten zusammenhält.

7

Buisson brauchte nicht lange, um zu begreifen, daß, wenn er überhaupt noch eine Chance zur Flucht hätte, und sei sie noch so gering, er sie hier, während seines Aufenthalts in der Santé ergreifen müßte. Hier in Paris mußte er den Ausbruch wagen, z. B. bei einem der Verhöre im Justizpalast, hier, in Paris, wo er seine Familie und seine Freunde hatte, die ihm helfen würden, ein Versteck zu finden. Um seine Überführung in das Bezirksgefängnis zu verhindern, wo er, falls er in der Sache der Rue de la Victoire freigesprochen werden würde, seine Zuchthausstrafe abzubüßen hätte, entschloß er sich, Überfälle zu gestehen, die er gar nicht begangen hatte und, im Notfall, erfand er auch welche. Der Richter konnte daher die Untersuchung nicht abschließen.

Emile brauchte nur wenige Stunden Schlaf, um wieder fit zu sein. Des Nachts »vermaß er seine Zelle«, wie die Gefangenen sagen, das heißt, er lief in seiner Zelle unaufhörlich auf und ab, und schmiedete dabei die tollsten und gewagtesten Pläne.

Dies Scharren der Schuhsohlen, dies Hämmern der Absätze auf dem Zementboden brachte bald die anderen Häftlinge, die nicht mehr in Ruhe schlafen konnten, auf die Palme. Jede Nacht drangen aus den Nachbarzellen grobe Beschimpfungen, doch an Buisson prallte alles ab; gleichgültig und taub gegenüber allen Flüchen, setzte er seine Runde fort, jede Faser in ihm war nur auf ein einziges Ziel hin gespannt: die Flucht.

Eines Nachts kam ihm ganz zufällig eine Idee. Wütend rief aus einer nahen Zelle eine Stimme: »Der Kerl ist ja verrückt, der gehört in 'ne Zwangsjacke!« Emile blieb augenblicklich stehen. Verrückt! dieses Wort traf den kleinen Mann wie ein Pfeil; er lächelte leicht und beschimpfte sich selbst als Idiot, weil er nicht früher daran gedacht hatte. »Das ist die Lösung«, sagte er sich, »ich werde den Verrückten spielen und mich in die Psychiatrische einsperren lassen: von dort aus ist die Flucht ein Kinderspiel.«

Von einem Tag auf den anderen wurde Monsieur Emile bizarr. Er wusch sich mit seiner Suppe, spielte auf widerliche Art mit seiner Waschschüssel, lachte schallend während des Spaziergangs, wenn eine Wolke vorüberzog, sprach ernsthaft mit den Steinen und leckte gierig den Fußboden und die Wände seiner Zelle ab. Dies war die lächelnde Periode, die des sanften Irren. Danach kam die Periode der Halluzinationen. Die, während der er Ungeheuer sah, gräßliche Köpfe, die ihm Böses antun wollten. Er begann zu stöhnen, dann zu weinen, schließlich zu schreien und wälzte sich am Ende auf dem Boden, wand sich in Krämpfen, sabberte und schrie, man erwürge ihn, bisse ihn, bringe ihn um.

Mit pathetischer Stimme rief Emile um Hilfe, und wenn die armen Aufseher schließlich mit zerfetzten Nerven in seine Zelle kamen, warf er sich in ihre Arme, küßte sie und leckte ihnen das Gesicht ab.

Eines Morgens traten völlig unerwartet zwei kräftige Aufseher in seine Zelle, packten ihn und schleppten den laut Wimmernden in die Krankenabteilung. Dort knurrte er unzufrieden, wollte den Doktor, einen jungen, wirklich prima Kerl, beißen, bellte, küßte einen Aufseher und lief schließlich auf allen vieren umher.

Der Arzt, ein Spezialist, gab den anderen ein diskretes Zeichen. Sacht zog man Emile eine Zwangsjacke an und brachte ihn nach Villejuif. Der Himmel war von zartem Blau, die Luft ein bißchen frisch, wie gewöhnlich in den ersten Apriltagen. Man zog ihm seine Kleider aus, streifte ihm ein weites, langes Baumwollhemd über und schloß ihn in einen Glaskäfig ein, wo man ihn zunächst am Bett festband. Und während er die Tür verschloß, hing der Krankenwärter ein Schild auf: »Gefährlicher Irrer«.

Wieder einmal begann Buisson, die Örtlichkeiten, die Gewohnheiten, den routinemäßigen Tagesablauf zu studieren. Rasch stellte er fest, daß die vier Aufseher, die den Auftrag hatten, die Irren während ihrer Spaziergänge zu bewachen – eine Stunde morgens, eine Stunde nachmittags –, rein von der Zahl her nicht in der Lage waren, Herr einer Schlägerei zu werden. Sie warteten einfach, bis der Frieden wieder hergestellt war, um die anderen zur Ordnung zu rufen und die, die am schlimmsten zugerichtet waren, in die Krankenabteilung zu expedieren. Dabei brach fast jeden Tag eine Schlägerei aus, in jedem x-beliebigen Augenblick, aus jedem x-beliebigen Grund, und so urplötzlich, als hätte der Teufel seine Hand im Spiel.

Emile war klein, schwächlich, hatte keine Muskeln und war für eine Rauferei völlig ungeeignet. Er versuchte, sich abseits zu halten, Streit zu vermeiden, sich nicht einzumischen, doch die Irren sind jähzornig, tückisch und wild. Und vor allem unberechenbar. Er stellte das zum ersten Mal fest, als man ihn zur gemeinsamen Dusche führte. Der Duschraum war ein riesiger Saal, an dessen Decke lauter Düsen befestigt waren, aus denen, je nach Laune des Krankenwärters, lauwarmes oder eisiges Wasser auf rund dreißig nackte, kreischende und herumhampelnde Typen herabrieselte. Emile war gerade dabei, sich friedlich einzuseifen, als er an seinem Bein einen wärmeren, dichteren Strahl spürte. Er drehte sich unvermittelt um und sah, wie ihn ein Irrer mit gehässigem Blick und zusammengepreßten Lippen anpinkelte. Emile reagierte nicht weiter; er trat nur etwas zurück. Als die Dusche beendet war, ging die Gruppe der Irren wieder die Treppe hinauf, die zu den Glaszellen führte. Schweigend beobachtete Emile alles, sein Auge registrierte jede Einzelheit, die ihm bei seiner Flucht von Nutzen sein konnte, als seinen Schenkel plötzlich ein heftiger Schmerz durchfuhr. Er schrie auf und drehte sich um. Hinter ihm kauerte der Irre, der vorhin in der Dusche sein Bein bepinkelt hatte, und biß ihn wütend. Mit einer heftigen Bewegung zog Emile seinen Schenkel weg, doch schon wollte der Irre mit geöffnetem Mund und drohenden Zähnen sich erneut auf ihn stürzen. Da verpaßte Emile ihm – teils aus Wut, teils aus Angst – einen Fußtritt mitten ins Gesicht. Man hörte ein Knirschen, dann schoß das Blut hervor. Der Mann fiel nach hinten und zog in seinem Sturz die mit, die ihm folgten. Es entstand ein Tumult, Klagelaute, Schreie ertönten. Und dann ergriff die Irren sozusagen ein kollektiver Haß. Mit kehligen Schreien drangen sie vor. Buisson erkannte, daß nur noch die Flucht ihn davor bewahren konnte, daß man Hackfleisch aus ihm machte.

Mit verzweifelter Energie drang er auf die Meute ein, die ihm die Treppe hinauf entgegenkam, trieb sie mit Faustschlägen und Fußtritten auseinander, bahnte sich eine Gasse, rannte mit affenartiger Geschwindigkeit die Treppe hinunter und gelangte in den Hof, wo die Spaziergänge stattfanden.

Außer Atem war er stehengeblieben, doch schon näherte sich die Horde, und er begriff, daß er noch längst nicht aus dem Schneider war. Schon erschienen die ersten Verfolger an der Tür. Außer sich vor Angst, sah Emile sich nach einem Rettungsanker um – und fand nur einen Baum. Ohne zu zögern, lief er darauf zu und begann hinaufzuklettern. Schon krallten Finger sich in seine Waden, er trat heftig aus, brachte es fertig, sich loszumachen und weiter hinaufzuklettern. Einige der Irren versuchten ihm zu folgen. Er hinderte sie daran, indem er ihnen mit dem Absatz ins Gesicht trat.

Keuchend saß er jetzt auf einem Ast und betrachtete die Meute von Irren, die einen gräßlichen Lärm machten, die Fäuste gegen ihn ballten, ihn anzuspucken versuchten und an dem Baumstamm rüttelten, um ihn aus dem Gleichgewicht zu bringen. Emile beobachtete oben von seinem Ast aus die Wärter, die gegen die Mauer gelehnt mit gekreuzten Armen auf das Ende des Krawalls warteten.

Er konnte jetzt kaum mehr sein Gleichgewicht halten; an die Äste geklammert, die unter dem Rütteln immer stärker zu schaukeln begannen, mußte er obendrein noch mit heftigen Fußtritten die Beharrlichen zurückstoßen, die den Aufstieg wagten. Er war leichenblaß. Er hatte Angst. Plötzlich hatte er eine Idee, wie die Ordnung wieder herzustellen sei. Er streckte eine Hand über diesen wutverzerrten Gesichtern aus und, siehe da, es trat Schweigen ein. Mit unsicherer Stimme schrie er:

»Meine Freunde, der Augenblick ist gekommen, um über Politik zu sprechen.«

Ein Knurren antwortete ihm, das jedoch nach und nach verstummte.

»Ein Mann hat Frankreich gerettet, General de Gaulle!«, rief Emile. »Es lebe der General!«

Und in gemeinsamem Chor schrie die Gruppe der Irren: »Es lebe der General!«

»Ein Mann dachte an das Glück des Volkes, Maurice Thorez: es lebe Maurice Thorez!«

Die Irren brüllten: »Es lebe Maurice Thorez!« Und so ließ sie Emile, der in weiser Voraussicht immer noch auf seinem Ast saß, pausenlos weiterrufen: »Es lebe der Papst, es lebe die soziale Rentenversicherung, es lebe Stalin und Churchill!« Doch als er mit »es lebe Hitler« fortfuhr, wurden die Dinge etwas ungemütlich. Ein paar Irre stimmten ihm laut schreiend zu. Andere protestierten. Eine Diskussion begann, die in einen Streit ausartete, und bald brach eine wüste Schlägerei unter den Irren aus.

Gewandt sprang Emile von seinem Baum und flüchtete in seine durchsichtige Zelle, wo er sich von dem Wärter einschließen ließ. Und erst jetzt begann er mit schweißnasser Stirn an allen Gliedern heftig zu zittern.

Von diesem Tage an nahm Buisson nur noch selten an den Spaziergängen teil. Kaum stand er auf dem Hof, vertrat er sich rasch ein bißchen die Beine; dann kletterte er auf seinen Ast, wo er vor jedem heimtückischen Überfall sicher war. Von dort oben beobachtete er aufmerksam seine Welt. Ein Irrer sammelte eifrig Steine. Er besah sie sich interessiert, putzte sie an seinem Ärmel und lutschte sie dann. Wenn sie ihm gut schmeckten, steckte er seine Fundstücke unters Hemd, von wo sie sogleich wieder auf die Erde hinunterfielen. Er hob sie dann wieder auf und untersuchte sie erneut, bis zum Ende des Spaziergangs. Bei einem anderen Irren spielte sich jedes Mal die gleiche Szene ab: Er lief von der Anstaltsmauer bis zu dem Baum; dabei deckte er seine Begleiter mit einem imaginären Maschinengewehrfeuer ein, und rief dazu unablässig »tac-tac-tac!« Gegen den Baumstamm gelehnt, verschoß er noch einige Garben, dann sah er zu Buisson hoch, der auf seinem Ast saß, und keuchte mit hervorquellenden Augen und einem krankhaften Lächeln auf den Lippen: »Heut morgen hab' ich schon wieder sieben umgelegt.« Er schoß pausenlos bei jedem Spaziergang, und die Wärter sahen ihm lachend dabei zu. Er war noch jung, hatte braunes, welliges Haar und zarte, romantische Züge. Er hieß René Girier, doch im Milieu trug er den Spitznamen »Spazierstock-René«.

Eines Morgens während des Spaziergangs betrachtete Emile von seinem Ast aus mit finsteren Blicken die Irren, die unter ihm umherliefen. Er war schlechter Laune. Er konnte sich einfach nicht mehr beherrschen und murmelte mit erbitterter Stimme:

»Herrgott, was hab' ich dieses Irrenhaus satt! Mir stinkt es hier!«

René Girier, der unter ihm stand und wie üblich sein Maschinengewehrfeuer losgelassen hatte, hob den Kopf. Sein Blick war vollkommen klar und seine Stimme ernst, als er sagte:

»Ich habe von diesen Irren auch die Nase voll.«

Und so entdeckten Buisson und Girier, daß der eine genauso wenig verrückt war wie der andere. Von diesem Augenblick an wurden die beiden zu den eifrigsten, frömmsten und treuesten Besuchern der Krankenhauskapelle. Sie versäumten keine Messe, keinen Nachmittagsgottesdienst und gingen mit geradezu unersättlicher Gier zum Abendmahl. Die Aufseher und Krankenwärter sahen sie Seite an Seite mit frommgeneigtem Haupt sitzen. Von Frömmigkeit durchdrungen, hielten sie sich unbeweglich, und nur ihre Lippen bewegten sich. Doch nicht etwa, um Gebete zu murmeln. Es gab einfach kein besseres Mittel, um miteinander zu sprechen und Fluchtpläne zu schmieden.

Bei einem der Sonntagsbesuche hatte alles begonnen. Kurz nach ein Uhr mittags hatte ein Wärter Buisson mitgeteilt, daß man ihn im Sprechzimmer erwarte. Erstaunt fragte Emile sich, wer zum Teufel ihn wohl hier besuche, und ging hin. Eine Frau wartete auf ihn; er sah sie aufmerksam an, ohne sie zu erkennen. Nicht sehr groß, aber eine gute Figur, ein bißchen zu stark geschminkt – »eine Hure«, dachte Emile –, ein feingeschnittenes Gesicht, sinnliche Züge; sie beobachtete ihn lächelnd. Auf ihrer Besuchserlaubnis stand, daß sie Buissons Schwester sei; in Wirklichkeit hieß sie Yvonne Bernetou, aber das wußte er nicht. In dem allgemeinen Sonntags-Durcheinander im Sprechzimmer flüsterte sie ihm zu:

»Ich bin Le Nus' Freundin. Gib mir rasch einen Kuß, sonst fällt's auf.«

Le Nus! Bei diesem Namen bekam Emile plötzlich Herzklopfen. Le Nus, das war sein älterer Bruder, Jean-Baptiste, ein kräftiger Kerl, größer als er, für den das Wort Furcht ein Fremdwort war. Von ihm hatte er in seiner Jugend gelernt, wie man Schlösser aufbricht, stiehlt und später, wie man Tresore öffnet und mit einem Revolver umgeht. Lange Zeit hatten sie zusammengearbeitet, und durch die gemeinsam durchlebten Gefahren waren sie einander noch nähergekommen. Eines Tages, noch lange vor dem Krieg, hatten sie miteinander einen Pakt geschlossen: sollte einer von ihnen von der Polizei geschnappt werden, würde der andere alles versuchen, um ihn zu befreien.

Le Nus hielt Wort.

Emile küßte die junge Frau, dann betrachteten sie sich erneut, etwas verlegen. Yvonne blieb nicht lange, im ganzen höchstens zehn Minuten, doch das reichte, um Emile zuzuflüstern, daß sein Bruder und Freunde, auf die man sich verlassen könne, seine Flucht planten.

»Bald wird dich jemand besuchen und dir noch genaue Einzelheiten mitteilen«, fügte Yvonne leise hinzu.

Am Donnerstag darauf wurde Buisson wieder ins Sprechzimmer geführt. Diesmal war es ein männlicher Besucher. Als Emile seiner ansichtig wurde, hätte er vor Überraschung fast laut geflucht. Aber das war wirklich eine Überraschung für ihn – und was für eine! Der Mann, der, Hände in den Hosentaschen, vor ihm stand, trug eine weißbraun karierte Schirmmütze, und im Knopfloch seiner Jacke steckte ein funkelnagelneues Bändchen der Ehrenlegion. Er war klein wie Emile, doch kräftig, hatte ein eckiges Gesicht, eine große Nase, grau-grüne, harte Augen und hieß Roger Dekker. Emile hatte ihn im Bezirksgefängnis von Clairvaux kennengelernt, wo er eine Strafe wegen Diebstahls absaß, und drei Jahre lang war er sein einziger Kumpel im Bau gewesen. Sie sprachen über belanglose Dinge. Doch jedes Mal, wenn sich der Aufseher umdrehte oder auch nur für eine Sekunde den Kopf wandte, eröffnete Dekker ihm, was für Vorbereitungen Le Nus traf, wobei seine Stimme kaum zu hören war, und seine Lippen sich kaum bewegten, eine Kunst, auf die sich ehemalige Gefangene bestens verstehen. Es war eine Unterhaltung mit abgerissenen Worten, Gesprächsfetzen, unterbrochen von Familienneuigkeiten, die er laut erzählte:

»Deiner Schwester Jeanne geht es gut, und der Steife Brutus ist wirklich ein prima Typ.«

»Der Steife Brutus?«

»Ja, Paul Brutus. Er wird so genannt, weil er einen kaputten Wirbel hat und völlig steif geht, so steif wie ein Stock. Er kann nicht einmal den Hals bewegen. Er ist ein dicker, enorm lustiger Riese. Jeanne und er verstehen sich prima, und es macht direkt Spaß, ein Paar wie sie zu sehen (leise: wir haben mit Le Nus schon die Örtlichkeiten besichtigt; du verschwindest durch den Friedhof). Weißt du eigentlich Bescheid wegen Jeanne? Hat man's dir gesagt?«

»Ein bißchen«, erwiderte Buisson.

»Sie ist taub, mein Lieber, völlig taub, ihre Ohren sind zu, da geht kein Laut mehr durch (leise: wir bringen eine Leiter mit, um über die Gräben zu kommen).«

»Wie ist denn das mit Jeanne passiert?«

»Tja, mein Lieber, 1942 hat die Marine die Schiffe in die Luft gesprengt, damit sie nicht den Deutschen in die Hände fielen. Du kannst dir vorstellen, was das für ein Höllenlärm war, stundenlang. Jeanne wohnte damals in Toulon, in der Nähe des Arsenals, und dabei hat ihr Trommelfell was abbekommen.«

»Idiotische Typen, diese Seeleute!«, erwiderte Buisson entrüstet.

»Idiotisch oder nicht, so ist es nun mal. Jeanne hat ihre Ruhe. Sie lebt im ewigen Schweigen (leise: wir bringen dir ein Schießeisen mit; ein Versteck haben wir schon. Ich gebe dir noch Bescheid; es dauert nicht mehr lange).«

Emile ging in seine Zelle zurück und dachte dabei an Dekker.

Der kleine Roger, wie er ihn nannte, hatte ebenfalls Wort gehalten. Eines Tages, im Bau, hatten sie sich über die Flucht unterhalten. »Wenn wir nicht mehr zusammen sind und es dir gelingt, hier abzuhauen«, hatte Emile zu ihm gesagt, »dann geh nach Paris und besuch meinen Bruder Jean-Baptiste. Er wohnt im Faubourg Saint-Martin, Nr. 10. Er wird dir helfen.« Am 16. Juni 1947 gelang Roger Dekker der Ausbruch aus dem Bezirksgefängnis von Caën, wohin man ihn überführt hatte. Er lebte zunächst länger als einen Monat versteckt bei seiner Mätresse, Suzanne Fourreau, die in der Rue Bichat wohnte. Dann, als er sicher war, daß die Bullen sich etwas beruhigt hatten, besuchte er Le Nus.

Emiles Bruder war nicht allein in der kleinen, düsteren Zweizimmerwohnung. Außer seiner Freundin, Yvonne Bernetou, die des Abends in der Rue Blondel auf den Strich ging und gerade dabei war, Koteletts zu braten, saß da noch ein anderer Mann mit einer Stupsnase und mißtrauischen Augen, der kein Wort sagte. Doch an seiner bleichen Gesichtsfarbe und seinem kurzgeschorenen Haar erkannte Dekker sogleich zu seiner Erleichterung den Knastbruder.

»Das ist Francis Caillaud, ein Bretone, ein echter Professioneller«, sagte Le Nus, indem er ihn vorstellte, »er ist gerade aus Fresnes verduftet.«

Trotz seiner untersetzten Gestalt war Francis berühmt für seine erstaunliche Kraft; er brachte es fertig, ein Auto hochzuheben, indem er es an den Stoßstangen packte, außerdem war er ungeheuer hartnäckig, was typisch für die Leute aus der Gegend ist. Aber im »Milieu« schätzte man ihn vor allem deshalb, weil er »selbst bezahlte«, das heißt, er verriet nie einen Komplicen.

Dekker und Caillaud schüttelten sich die Hände. Dann brachte

Yvonne Gläser, Wasser und eine Flasche Pernod, und sie stießen miteinander an.

»Schön«, sagte Le Nus, und es war offenkundig, daß er nicht viel Zeit verlieren wollte, »wir müssen meinen Bruder aus diesem Irrenkäfig holen. Seid ihr einverstanden, mir dabei zu helfen?«

Die beiden Gäste nickten zustimmend. Le Nus fuhr fort:

»Ich habe mit dem Anwalt gesprochen, und der hat mir versprochen, daß er uns eine Sprecherlaubnis für Villejuif besorgen wird. Yvonne soll als erste gehen, um das Terrain zu sondieren. Sie ist eine brave Frau, und ihr kann nichts passieren. Dann muß einer von uns mit einem gefälschten Papier zu Emile gehen.«

»Das mache ich«, sagte Dekker sofort.

»Sag mal, bist du verrückt?« rief Le Nus. »Willst du dir die Bullen auf den Hals hetzen? Du wirst schließlich gesucht!«

»Eben«, unterbrach ihn Dekker. »Die Greifer werden nie daran denken, mich in einem Irrenhaus zu suchen. Ich werd mir noch 'ne Ehrenlegion zulegen, das sieht dann nach gutem, ehrbarem Bürger aus.«

»Und deine Halbglatze?«

»Eine Mütze.«

Und so begann der spektakulärste Ausbruch der Nachkriegszeit.

Le Nus, Dekker und Caillaud waren in einem schwarzen Citroën rund um den riesigen, viereckigen Gebäudekomplex gefahren, den die Heilanstalt von Villejuif bildete und der mit seinen parallelen Gebäuden einen eher düsteren Eindruck machte. Ganz im Norden lag die Abteilung der gefährlichen Strafgefangenen; tiefe Wassergräben und eine hohe Mauer ringsum trennten diese Abteilung, genannt Henri-Collin, von einem benachbarten Sportplatz und dem danebenliegenden Stadtfriedhof. Im Süden führten kleine Brücken über die tiefen Gräben und verbanden diese Abteilung mit der übrigen Anstalt.

Bequem in den Fond des Wagens gelehnt, reichte Le Nus Dekker sein Fernglas, damit auch er sich die Sache ansah, und brummte:

»Kompliziert.«

Und das war noch milde ausgedrückt. Trotzdem sollte der Ausbruch stattfinden. Le Nus bestimmte den Tag: am Morgen des 3. September.

Am Tag vor dem Ausbruch kam Dekker gegen 8 Uhr morgens zu Le Nus, der im Pyjama seinen Milchkaffee schlürfte; er hatte Besuch von einem Kumpel, André Liotard, den man Dédé, den

Irren, nannte.

»Okay, ich hab' einen Wagen«, verkündete Dekker. »Eine saubere Kiste, sein Besitzer muß ein Pingelfritze gewesen sein. Sie steht versteckt in einem Hof. Na, ziehst du dich nun an«, sagte er ungeduldig zu Le Nus, »wir müssen uns noch eine Leiter besorgen.«

Le Nus war rasch fertig. Im Herausgehen musterte Dekker Liotard und fragte ihn:

»Kannst du fahren?«

»Und ob! Ich fahre so rasch, daß man mich deswegen den Irren nennt . . . «

»Schön. Dann kommst du mit uns. Du wirst morgen im Wagen auf uns warten.«

Auf einer Baustelle in der Rue du Stade, in Villejuif, nicht weit von der Anstalt entfernt, fanden die drei Männer eine sechs Meter lange Maurerleiter. Seelenruhig, als ob sie ihnen gehörte, banden sie sie auf dem Dach des gestohlenen Alfa Romeo fest. Nachdem sie um die Anstalt herumgefahren waren, luden sie sie am Fuß der Sportplatzmauer wieder ab. Sie konnten von hier aus einen Teil des Hofes der Abteilung Henri-Collin überblicken, und vor allem die beiden drei Meter tiefen Gräben. Sie beobachteten auch drei Männer, die dort lustlos umhergingen: einer von ihnen war Emile. Melancholisch kehrten sie nach Paris zurück.

Kurz nach dem Mittagessen, am frühen Nachmittag, wurde es Francis Caillaud plötzlich übel. Er übergab sich andauernd, stöhnte leise und sah ziemlich grünlich aus. Le Nus war schrecklich aufgebracht. Er beschuldigte den Metzger, er habe ihm verdorbenes Hackfleisch verkauft, und drohte, er würde ihn umbringen.

»Nein, die Unehrlichkeit der Kaufleute, das ist etwas, was ich nicht ertrage«, schrie er, »alles Mörder, Giftmischer und Betrüger!«

Er selbst und Dekker fühlten sich auch nicht besonders, in ihren Mägen rumorte es verdächtig, aber sie blieben immerhin auf dem Damm, während Francis, den sie in das Bett von Le Nus gelegt hatten, immer noch leise stöhnte, trotz der Wärmflaschen, die Yvonne ihm gebracht, und der reichlichen Portion Bullrichsalz, die sie ihm verpaßt hatte.

»Verdammt«, rief plötzlich Le Nus, »wir müssen schleunigst einen andern für morgen finden.«

Und so kam es, daß sie Henri Russac, einen großen, schlanken, dunkelhaarigen Typ engagierten, den sie in der Bar de L'Etape aufgetrieben hatten, wo er einen Aperitif trank. Er kannte Emile von der Santé her.

Um Mitternacht hielt der schwarze Alfa Romeo vor der Sportplatzmauer. Le Nus, Dekker und Russac stiegen aus. Sie hoben die Leiter auf und lehnten sie gegen die Mauer. Geräuschlos wie Katzen stiegen sie hinauf und zogen dann die Leiter auf die andere Seite herüber. Sie standen jetzt unten im ersten Graben. Keuchend, doch mit präzisen Bewegungen lehnten sie die Leiter gegen die andere Wand des Grabens und kamen so wieder herauf. Sie befanden sich nun bereits auf dem Anstaltsgelände. Sie zogen die Leiter hinauf, dann schleppten sie sie kriechend bis zu dem zweiten Graben, in den sie hinunterkletterten. Dort angelangt, liefen sie noch etwa dreißig Meter weiter – die Leiter immer mit sich tragend –; dann versteckten sie sich unter einer Brücke. Sie legten sich ins Gras und warteten, ohne sich zu rühren, auf den Morgen.

8

3. September 1947, 10 Uhr morgens. Zwei Krankenwärter überqueren die kleine Brücke über den Gräben; sie schieben eine Karre voll Kochgeschirr. Zur gleichen Zeit beginnt Emile seinen Spaziergang. Knapp eine halbe Stunde später kommen die beiden Krankenwärter zurück. Sie haben gerade die Pforte zur Abteilung Henri-Collin geöffnet, als Dekker und Russac aus dem Graben heraus – Revolver in der Hand – auf sie zuspringen. Le Nus ist untengeblieben, um auf die Leiter aufzupassen.

Die beiden Krankenwärter werden unsanft auf den Hof befördert, während Emile zu seinen Befreiern eilt.

»Los, beeil dich«, sagt Dekker und reicht ihm eine Waffe. Buisson zögert einen Augenblick. Er betrachtet aufmerksam die beiden vor Angst schlotternden Wärter, die mit erhobenen Händen an der Mauer stehen. Enttäuscht stellt Emile fest, daß der, der ihm einmal eine Büchse Gänseleberpastete gestohlen hatte, die ihm seine Schwester Jeanne zukommen ließ, nicht dabei ist: er hatte sich fest vorgenommen, ihn vor seiner Flucht noch umzulegen.

»Also kommst du jetzt oder willst du dableiben?«, ruft Dekker ungeduldig.

Ohne etwas zu erwidern, läuft Buisson auf die kleine Pforte zu; gefolgt von Girier und einem dritten, einem wirklichen Irren, der an diesem Morgen ausnahmsweise mit ihnen spazieren ging.

Russac verschließt die Pforte doppelt hinter sich. Während dieser Zeit haben die anderen die Leiter ergriffen und sind bereits in den Graben hinuntergeklettert. In Rekordzeit klettern sie auf der anderen Seite wieder hinauf, ziehen die Leiter hoch. Im Eiltempo bringen sie den zweiten Graben hinter sich, während bereits das Pfeifen der Wache ertönt. Schließlich stehen die sechs Männer mit ihrer Leiter vor der Mauer, die an das Sportfeld grenzt. Buisson ist der erste, der die Leiter hochklettert. Oben angekommen, wendet er sich noch einmal um, um einen Blick auf den Hof und die Anstaltsgebäude zu werfen, in denen er sich schon auf ewig gefangen glaubte. Girier, der mit seiner Nase gegen seinen Hintern stößt, reißt ihn aus seinen Überlegungen. Kaum sitzen die sechs Männer rittlings auf der Mauer, holen sie die Leiter ein und legen sie gegen die Außenmauer an. Knapp zwei Minuten später steht die ganze Gruppe auf dem Sportfeld.

»Oh verdammt!« ruft Le Nus wütend.

Und tatsächlich, er hat allen Grund, sauer zu sein. Ein paar Schritte von ihnen entfernt veranstalten ein Dutzend Feuerwehrleute Übungen mit einem Flammenwerfer. Von dem Pfeifen der Wache alarmiert, möchten sie sich nützlich machen. Es fällt kein Wort, keine Drohung. Nichts. Nur vier Revolver, mit den dazugehörigen vier Männern, die sich den jungen Kampfhähnen entgegenstellen. Die Feuerwehrleute erstarren. Und ohne einen Augenblick zu verlieren, rennen nun die beiden Ausbrecher und ihre Komplizen auf den Friedhof zu, der sich etwa dreißig Meter vom Sportfeld entfernt befindet; Russac bildet die schützende Nachhut: Er dreht sich immer wieder um.

»Das ist doch nicht zu fassen! Die haben sich wohl alle hier ein Stelldichein gegeben«, keucht Le Nus, als sie sich plötzlich ein paar Totengräbern gegenübersehen, die ein Grab ausheben.

Auch sie hätten ihnen wohl gern die Flucht vereitelt. Aber Hacke und Schaufel können wirklich nicht gut mit Revolvern konkurrieren. Einer der Arbeiter, den ihre Galgengesichter besonders erschreckt haben, zeigt ihnen sogar eine Öffnung in der Friedhofsmauer, durch die Buisson und seine Freunde hindurchschlüpfen können, um so noch rascher auf die Straße zu kommen.

Kaum sieht Liotard sie auf dem Bürgersteig stehen, fährt er mit dem Wagen heran. Russac und Girier steigen vorn ein. Buisson, Le Nus und Dekker setzen sich hinten hinein. Der Irre, der ihnen bis hierhin treulich gefolgt war, steht ratlos auf der Straße und sieht ihnen zu; er ist offensichtlich traurig, so rasch diese vergnüglichen Kameraden zu verlieren.

»Los, geh brav in deine Hütte zurück!«, ruft Russac ihm zu.

Der Wagen setzt sich rasch in Bewegung und fährt in Richtung Ivry-sur-Seine; bei Conflans überqueren sie die Seine und biegen dann in die Avenue de la Liberté ein. Dort befiehlt Buisson Liotard, anzuhalten.

»Du steigst hier aus, René«, sagt er. »Von jetzt an geht jeder getrennte Wege. Wenn's dir eines Tages dreckig geht, geh zu Le Nus oder dem ›Rohrstock‹.«

Girier steckt die tausend Francs ein, die Russac ihm gibt, und geht davon, ohne sich noch einmal umzudrehen. Der Wagen fährt weiter.

»Wo fahren wir hin?« fragt Buisson.

»Zu einer Freundin von Roger«, antwortet Le Nus, »sie wohnt in der Rue Bichat.«

Place de la Nation, Avenue Parmentier, Rue du Faubourg-du-Temple und schließlich Rue Bichat. Durch das Rückfenster beobachtet Emile ständig die Straße; doch niemand folgt ihnen. Der Wagen verlangsamt die Fahrt und bleibt kurz hinter dem Hôspital Saint-Louis stehen.

»Es ist Nummer 57«, erklärt Le Nus, »die linke Treppe hinten im Hof und auf der dritten Etage. Besser, wir gehen alle getrennt. Ich steig als erster aus.«

Er steigt aus, geht bis zur Nummer 57. Emile und Dekker, die ihn mit ihren Blicken verfolgen, sehen, wie er völlig unbehelligt das graue und heruntergekommene Mietshaus betritt. Die Reihe kam nun an Emile. In der viel zu weiten Jacke, die sein Bruder ihm mitgebracht hatte, geht er raschen Schritts auf ihren Unterschlupf zu; kurz danach folgt ihm Dekker. Er steigt die Treppe hinauf, die zu mehreren düsteren Fluren führt.

Auf dem Vorplatz der dritten Etage steht die Tür offen, und Le Nus erwartet sie lächelnd neben einer Frau, die einmal schön gewesen sein muß.

»Suzanne«, sagt Le Nus lediglich und deutet dabei auf die Frau mit dem müden und resignierten Gesicht.

Emile lächelt ihr kurz zu und tritt ein. Sein Blick schweift über die kleine Zweizimmerwohnung, in der alles, Möbel und Wände, gewöhnlich aussieht. Auf dem Boden liegen vier Matratzen.

»Die mit den frischen Laken ist Ihre«, sagt Suzanne.

»Die anderen sind für Roger, Russac und mich«, fügt Le Nus hinzu. »Ich werde auch hier schlafen, denn bestimmt schleichen die Bullen bald in meiner Straße herum.«

»Und deine Puppe?«, fragt Buisson.

»Yvonne? Keine Angst. Ich hab sie zu ihren Alten aufs Land in die Auvergne geschickt.«

Emile nickt zustimmend und geht dann auf einen Tisch zu, auf dem Gläser und eine Flasche Pernod stehen.

»Und die beiden anderen?«

»Sie sind noch weg, um den Wagen abzustellen. Keine Sorge, sie werden gleich hier sein.«

So ist es. Knapp zwanzig Minuten später sind auch Liotard und Russac da. Alle stoßen miteinander auf das Gelingen der Flucht an; dann verzieht Liotard sich als erster. Er hat als Kumpel den anderen einen Gefallen getan, okay, aber mehr will er über die Bande nicht wissen. Suzanne geht auch. Sie will wie üblich im Viertel ihre Einkäufe machen, um nicht aufzufallen.

Seinen ersten Tag in der Freiheit verbringt Emile plaudernd mit seinen Freunden; er reinigt seine Waffe und bringt sie wieder auf Hochglanz. Am Abend erscheint auch Francis Caillaud, noch etwas schwach auf den Beinen, in der Rue Bichat, zusammen mit Le Nus, der ihn abgeholt hatte.

Francis und Emile fallen einander in die Arme, glücklich, sich wiederzusehen. Sie stoßen darauf – und auf die wiedergewonnene Freiheit – an. Später am Abend steht Emile plötzlich auf. Die Hände hinter dem Rücken verschränkt, läuft er im Zimmer auf und ab und sagt schließlich, mit gerunzelter Stirn:

»Schön.«

Allein durch dieses kurze Wort wird den anderen klar, daß er der Boß ist.

»Schön«, wiederholte Emile, »und jetzt – an die Arbeit.«

Erste Runde

9

An diesem Morgen ist Hidoine sozusagen leicht lädiert. Genau wie ich hat er durch die Zeitungen die Einzelheiten über Buissons und Giriers Flucht erfahren. Wie ich, hat er sich beim Rasieren geschnitten und trägt ein Heftpflaster am Kinn. Ebenfalls wie ich, ist er im Eiltempo ins Büro geflitzt. Doch dort hört die Übereinstimmung auf, denn ich habe noch alle meine Zähne, während er in der Eile sein oberes Gebiß vergessen hat. Deshalb kann man ihn auch kaum verstehen. Mühsam nuschelnd fragt er mich, wobei er sich noch eine Hand vor den Mund hält, um mir den nackten Anblick zu ersparen:

»Sag mal, Roger, was machen wir nun? Hast du eine Idee?«

Ich habe nicht die Zeit, ihm zu antworten: das Telefon klingelt. Es ist der Dicke, der mich sehen will, und an seiner Stimme merk ich schon, daß er wieder einmal schlechter Laune ist. Er weiht heute seinen neuen, sehr seriösen Anzug aus dunklem Flanell ein, in dem er wie ein Minister aussieht, und trägt seine ewige bordeaurote Krawatte. Ich hab kaum einen Fuß ins Zimmer gesetzt, da überfällt er mich schon:

»Also, Borniche, was haben Sie nun vor? Ich nehme an, daß Sie eine Idee haben, zumindest eine, oder irre ich mich da?«

»Offengestanden, Herr Kommissar . . .«

»Offengestanden, was, Borniche! Haben Sie nun eine Idee oder haben Sie keine?«

»Es gibt zu Anfang in diesem Fall nicht viel Möglichkeiten«, sage ich vorsichtig. »Gestern bin ich Buissons Akten und die seiner Familie durchgegangen und . . .«

»Und«, unterbricht der Dicke mich ungeduldig.

»Tja, ich denke, daß es am besten ist, mit den Nachforschungen bei Emile Buissons Bruder, Jean-Baptiste, anzufangen. Ich bin überzeugt davon, daß Le Nus, bei seiner Vergangenheit, mit Sicherheit weiß, wo Emile untergetaucht ist.«

Der Dicke schiebt seine große Hornbrille auf die Stirn.

»Haben Sie eine Idee, wo er stecken kann?«

Eine Idee, eine Idee! Der Dicke hat heute morgen offenbar kein anderes Wort auf Lager.

»Nicht die geringste«, erwidere ich und füge sofort hinzu, bevor er noch ungemütlicher wird: »Wir haben im Archiv keine neueren Daten über Jean-Baptiste Buisson. Ich hatte vor, zum Quai des Orfèvres zu gehen, um mal in die Akten vom Polizeipräsidium reinzuschauen.«

Der Dicke trommelt mit den Fingern auf seinem Handrücken herum. Er denkt einen Augenblick nach, dann meint er schließlich:

»Ich glaube, Sie haben recht, Borniche. Wir müssen bei dem Bruder anfangen. Und Girier?«

»Um den kümmere ich mich gerade.«

»Sehr gut. Halten Sie mich auf dem laufenden.«

Ich gehe zu Fuß bis zu den Champs-Elysées, um dort den 73er zu nehmen, mit dem ich bis zum Châtelet fahre. Dann gehe ich über die Brücke, laufe den Boulevard du Palais hinunter, biege rechts zum Quai ab und bleibe vor der Nummer 36 stehen. Die Archive des Polizeipräsidiums befinden sich vom Hof aus links hinten in einem hohen Gewölberaum. Es ist dunkel hier, düster, staubig, deprimierend. Und es stinkt. Ich unterbreite mein Gesuch um Akteneinblick einem unsympathischen Archivar, bei dem ständig irgend etwas zuckt, und denke, während ich warte, darüber nach, daß meine Konkurrenten in dieser wirklich erbärmlichen Umgebung leben müssen. Um Polizist bei der Kripo zu werden, muß man wirklich von seiner Berufung durchdrungen sein.

»Tut mir leid«, verkündet mir der Archivar, wobei er mit dem einen Auge zuckt und die Lippen nach oben verzieht, »die Akte ist gestern rausgegangen.«

»Ach«, erwidere ich. »Und wer hat sie geholt?«

»Courchamp vom Kriminaldezernat.«

Na schön, eine Kriegserklärung. Courchamp hat dieselbe Idee gehabt wie ich; um zu erfahren, wer sich sonst noch an Le Nus' Fersen heften will, hat er die Akte gleich behalten. Bei der Sûreté habe ich mit Emiles Folianten das gleiche getan.

Jetzt bleibt mir nur noch eins übrig: zu Courchamp zu gehen und ihn untertänigst um Erlaubnis zu bitten, Le Nus' Heldentaten studieren zu dürfen.

Aber ich mach mir kaum Illusionen über das Resultat meiner Bemühungen. Ich kenne Courchamp. Er ist ein untersetzter Mann mit schwarzem, dichtem Haar, der ständig eine braune Kordjacke und beige Hosen trägt und der in seiner Brieftasche ein paar Dutzend Mitgliedskarten von irgendwelchen Vereinen herumschleppt. Besondere Kennzeichen: Er lacht ständig, sieht aus, als ob er kein Wässerlein trüben könnte, dieweil er in Wirklichkeit ein eigensinniger Dickkopf ist und während einer Untersuchung ein gefährlicher Gegner, der vor nichts zurückschreckt. Wegen seiner acht Kinder hab ich ihm den Spitznamen »Freddie, der Fruchtbare«, gegeben; und als man ihm das hinterbracht hat, soll er nicht gerade sehr humorvoll geäußert haben:

»Borniche? Der ist dafür in seiner Dämlichkeit fruchtbar.«

Die Aussicht, mit ihm zu verhandeln, um ihm ein paar Würmer aus der Nase zu ziehen, deprimiert mich. Ich sehe ihn schon förmlich vor mir, wie er ungeduldig die Arme ausbreitet, und höre ihn bereits mit sauertöpfischer Miene sagen: »Was geht das dich an, Borniche? Der Fall Buisson ist unser Fall, ist mein Fall.« Und damit hat er sogar recht. Buissons Flucht hatte ja tatsächlich im Bezirk von Paris stattgefunden, dem eifersüchtig gehüteten Revier der Kripo, wo wir nichts zu suchen haben. Und wieder einmal ist offensichtlich die Sûreté dabei, auf den Blumenbeeten des Quai des Orfèvres herumzutrampeln. Etwas, was bestimmt nicht der brüderlichen Eintracht unter den Polizeiabteilungen dienlich ist.

Mürrisch steige ich die Treppen mit den fünfhundert abgetretenen und in der Mitte ausgehöhlten Stufen hinauf. Im dritten Stock angelangt, gehe ich gleich auf das Büro der Kommissare zu, das Courchamp mit seinem Kollegen Ducourthial teilt, einem miesepetrigen Typ, der fähig ist, eine ganze Woche ohne Schlaf auszukommen, und mit Poirier, dem sie den Spitznamen »zehn Uhr zehn« gegeben haben, und zwar, weil er so komisch mit abgewinkelten Füßen geht. Als ich eintrete, ist Courchamp allein im Zimmer und schlägt eiligst bei meinem Anblick die Akte zu, in die er gerade vertieft war. Ausnahmsweise lächelt er heute nicht. Mißtrauisch streckt er mir seine Hand entgegen:

»Was machst du denn hier?«, fragt er mich, bevor ich auch nur den Mund aufmachen kann.

»Guten Tag«, sage ich höflich.

»Ja ja, guten Tag. Was willst du, Borniche?«

»Ich würde gern einen Blick in die Akte Jean-Baptiste Buisson werfen. Unten sagte man mir, daß Sie sie hätten. Ja, und da bin ich eben kurz hinaufgekommen, um sie mir mal anzusehen.«

»Ach nein«, ruft Courchamp mit gespieltem Erstaunen, »die Akte Buisson? Und wozu, wenn ich fragen darf?«

»Ich brauch ein paar Auskünfte«, erwidere ich unschuldsvoll. »So zum Beispiel, wo er wohnt, welchen Umgang er hat, alles, reine Routine!«

»Borniche, ich will dir jetzt mal etwas sagen«, erwidert Courchamp, wobei er jedes Wort betont, »und hör mir gut zu: Du wirst dich im Fall Buisson gefälligst raushalten, verstanden? Buisson ist mein Fall. Dafür bin ich zuständig. Also, kümmre dich gefälligst um deine Radieschen.«

Da haben wir's, ich hatte es ja geahnt.

»Nun regen Sie sich doch nicht gleich auf«, entgegne ich. »Ich bin der Ansicht, daß, solange ein Mörder in Freiheit rumläuft, alle

Polizeiabteilungen versuchen sollten, ihn wieder zu fassen. Ich finde, das ist klar, logisch, menschlich . . .«

»Gib dir keine Mühe bei mir, Borniche«, unterbricht mich Courchamp und starrt mich mit seinen lebhaften Augen an, »und um die Sicherheit der Gesellschaft brauchst du dir auch keine Sorgen zu machen. Übrigens kann ich dich und deinen Boß da gleich beruhigen. Ich kümmere mich schon um Le Nus. Ich habe bereits alle meine Vorkehrungen getroffen, und in ein paar Stunden haben wir Le Nus mitsamt seinem Bruderherz geschnappt. Ich bin bereits auf dem Sprung zu meinen Kollegen, die längst auf ihren Posten stehen. Und deshalb, Borniche, ein guter Rat, steck deine Nase nicht in meine Sachen und mach mir keinen Ärger. Verstanden?«

»Verstanden.«

Courchamp blufft nicht. So, wie ich ihn kenne, ist dieser Scheißkerl fähig, sich schon in der nächsten Stunde Le Nus zu holen, und mir bricht bereits der kalte Schweiß aus bei dem Gedanken an die Wut des Dicken und daran, daß ich meine Prämie und meine Beförderung dann in den Schornstein schreiben kann.

Als ich wieder unten im Hof des Polizeipräsidiums bin, steht mein Entschluß fest. Die einzige Chance, die ich noch habe, um Le Nus zu fassen, ist, Courchamp ganz einfach zu folgen. Wenn er zu seinen Leuten muß, die bereits Posten bezogen haben, schön, dann gehen wir eben gemeinsam, einer hinter dem andern. Ich bin entschlossen, auf ihn zu warten, und verstecke mich hinter einer Säule in einem der seitlichen Gewölbegänge.

Zwei Stunden später sehe ich, wie Courchamp ohne den geringsten Argwohn den Hof überquert, in den Gang einbiegt, der den Quai des Orfèvres mit dem Justizpalast verbindet, und, an der Sainte-Chapelle vorbei, durch das schmiedeeiserne Tor auf den Boulevard du Palais tritt.

Die Entfernung zwischen uns ist nicht größer als etwa dreißig Meter, und ich verliere seinen breiten Rücken nicht eine Sekunde aus den Augen. Gemächlichen Schritts geht Courchamp auf die Haltestelle des 38er zu, und ich fange natürlich an zu zittern, denn ich kann mich ja nicht gut in denselben Autobus setzen wie er. Angstvoll will ich gerade nach einem Taxi Ausschau halten; aber, siehe da, mir lächelt das Glück: Es kommen zwei 38er hintereinander, der erste völlig überfüllt, der zweite fast leer. Natürlich stürzen Courchamp und die anderen, die an der Haltestelle warteten, auf den ersten zu und quetschen sich ellbogenknuffend hinein. Courchamp zeigt seinen Beförderungsausweis vor und klettert hinten auf die überfüllte Plattform. Ich steige in den nächsten Bus. Bei jeder

Haltestelle verdrehe ich mir fast den Hals, um sicherzugehen, daß Courchamp mir nicht unterwegs verlorengeht; es ist nicht leicht, ihn zu beobachten, denn jedesmal, wenn der Bus hält, spielt sich zwischen den Leuten, die aussteigen, und denen, die mit wollen, ein echter Kampf ab.

An der Haltestelle Sébastopol-Strasbourg-Saint-Denis sehe ich ihn schließlich wieder. Er steht auf der Straße, auf dem gegenüberliegenden Trottoir, um gleich darauf eiligen Schritts in der Menge zu verschwinden. Gott sei Dank gelingt es mir – nachdem ich dem Schaffner meine Polizeimarke vorgewiesen habe –, den Bus kurz anhalten zu lassen und abzuspringen. Und obgleich das alles nur ein paar Sekunden gedauert hat, habe ich inzwischen doch Courchamp aus den Augen verloren. Ich wende den Kopf in alle Himmelsrichtungen, und da sehe ich plötzlich, wie er die Straße überquert und in Richtung Faubourg Saint-Martin weiterläuft. Ich hefte mich erneut an seine Fersen. Ich hab' so eine Ahnung, daß wir nicht weit vom Ziel entfernt sind, und diesmal bin ich fest entschlossen, ihn nicht wieder aus den Augen zu lassen.

Polyp hinter Polyp, gehen wir noch etwa hundert Meter weiter. Alles in Ordnung; zufrieden lächle ich vor mich hin. Doch plötzlich stelle ich fest: Courchamp läuft nicht mehr vor mir her; er ist verschwunden! Wie angewurzelt bleibe ich mitten auf dem Trottoir stehen, lasse mich von den Passanten anrempeln, fluche vor mich hin und frage mich, wo zum Teufel mein Kollege wohl abgeblieben sein kann. Er hatte keine Ahnung, daß ich ihn beschattete, da bin ich sicher. Deswegen glaube ich auch nicht, daß es ein Trick von ihm war. Er muß also irgendwo hineingegangen sein; aber wohin? Ich schau mir die Straße genau an. Es gibt hier nur eine Toreinfahrt und zwei Läden, vor denen ein Lieferwagen mit einer Plane geparkt ist. In das Mietshaus ist Courchamp bestimmt nicht hineingegangen und auch nicht in die Läden, das hätte ich gesehen. Vielleicht steckt er in dem Lieferwagen? Das einzige, was ich tun kann, ist abzuwarten. Wenn er irgendwo hier in der Gegend verschwunden ist, muß er wohl oder übel auch hier wieder auftauchen. Ich sehe auf meine Uhr, es ist genau Mittag. Und da ich weiß, daß meinem Kollegen die Mittagsstunde heilig ist, vermute ich, daß ich wahrscheinlich nicht allzu lange warten muß.

Und so lauere ich, in der Toreinfahrt versteckt, von Zeit zu Zeit trete ich mit den Füßen ein paarmal kräftig ins Leere, damit sie mir nicht einschlafen. Langsam aber sicher fängt mein Magen an, sich umzudrehen, weil ich mir meinen Posten direkt neben den Mülleimern ausgesucht habe. Es stinkt so abscheulich, daß mir fast schwindlig wird. Um diesen Dunstwolken wenigstens etwas zu entgehen, nehme ich schließlich mein Päckchen Philip Morris aus der Tasche, das ich erst heute morgen auf dem Schwarzmarkt der Place Blanche einem Araber abgekauft habe. Ich zünde mir eine an.

Plötzlich bemerke ich, wie die Plane des Lieferwagens vorsichtig hochgehoben wird und Courchamps Kopf herausschaut. Er sagt noch ein paar Worte zu den anderen, die offenbar ebenfalls in dem Lieferwagen versteckt sind, dann springt er heraus und geht in Richtung der Porte Saint-Martin davon. Ich stoße einen Seufzer der Erleichterung aus. Zunächst einmal, weil ich meinen Rivalen wiedergefunden habe, und außerdem, weil ich jetzt wenigstens weiß, wo die Herren von der Kripo auf der Lauer liegen. Allerdings, wenn ich jetzt auch weiß, in welcher Straße Le Nus wohnt, so kenne ich doch immer noch nicht das Haus. Ich warte noch ein paar Sekunden in meiner Toreinfahrt, um sicher zu sein, daß Courchamp endgültig gegangen ist, dann trete ich auf die Straße. Auf derselben Straßenseite, nur ein paar Schritte entfernt, ist eine Bar, L'Etape, und ich beschließe, dort einen Pernod zu genießen. Ich kenne diese Kneipe gut. Vor ein paar Monaten – zu der Zeit, als ich hinter Pierrot le Fou her war – habe ich sie Stunde um Stunde überwacht. Ich seh noch die geschmeidige Gestalt von Jo Attia vor mir, zusammen mit dem etwas kräftigeren, untersetzten Georges Boucheseiche, die beide vor der Tür der Kneipe standen und diskutierten, während Moustique, ihr Chauffeur, ein Gnom mit einem runzligen Gesicht wie ein verschrumpelter Apfel, am Steuer seines rötlich-goldenen Luxusgefährts langsam unruhig wurde. Doch wen ich jetzt in Wirklichkeit wiedersehe, das ist Jeannot, der Wirt, ein großer Blonder mit kurzem Haar, abstehenden Ohren und dicken, bärenstarken Armen. Ach, wenn Jeannot einmal auspacken würde! Im Augenblick steht er jedoch hinter der Theke und mustert mich mißtrauisch, die Hände in den Taschen. Meine Zigarette im Mundwinkel, gehe ich freundlich auf ihn zu. Wir sind allein, doch es ist ganz offensichtlich, daß meine Anwesenheit ihn nicht gerade in Jubel ausbrechen läßt. Als ich meinen Aperitif bestelle, schenkt er ihn mir ausgesprochen widerwillig ein und wirft mir dabei wiederholt einen unfreundlichen Blick zu. Mürrisch schiebt er mir den Wasserkrug hin, dann geht er ohne ein Wort zu sagen zur Kasse.

Ich trinke ein paar Schluck, dann stelle ich mein Glas wieder hin.

»Tja«, sage ich, »das riecht verdammt nach Bulle heut morgen.«

Er starrt mich mit seinen blauen Augen an, während ich mit einer Kopfbewegung auf den scheinbar verlassenen, am anderen Ende der

Straße parkenden Lieferwagen deute. Natürlich ist das Courchamp gegenüber nicht gerade fair, aber war er es etwa heute morgen gewesen, als er mir die Akte nicht geben wollte? Ich finde, ich habe eine Entschuldigung: im Krieg muß nun mal jeder für sich selbst sorgen. Jedenfalls scheint meine Eröffnung Jeannot etwas vertraulicher gestimmt zu haben, denn seine Runzeln glätten sich, und er kommt, ein Glas abtrocknend, wieder näher. Er sieht die Straße hinauf und lächelt:

»Du sagst es«, erwidert er mit seinem Vorortdialekt, »die sind schon seit gestern abend da. Die riecht man doch auf einen Kilometer gegen den Wind.«

»Die sind bestimmt wegen Le Nus da«, sage ich so beiläufig wie möglich.

Ich zahle meinen Pernod und gehe zur Tür. Ich habe schon die Klinke in der Hand, als ich mich noch einmal zu dem blonden Hünen umdrehe, der mich beobachtet. Seine verbissen nachdenkliche Miene läßt mich vermuten, daß er sich jetzt doch fragt, wer ich bin.

»Ich hätte ihm eigentlich noch etwas auszurichten«, sage ich und zwinkere ihm zu. »Siehst du ihn heute?«

Jeannot zuckt mit den Schultern. Ich fahre fort:

»Na, macht nichts, ich werde ihm rasch ein Briefchen unter die Tür schieben, wenn er nicht da ist. Er wohnt doch in Nummer 14, nicht wahr?«

Doch der Wirt ist kein Freund überschwenglicher Vertraulichkeiten.

»Kann schon sein«, erwidert er, »oder auch 10 oder 12.«

Es hat keinen Zweck, noch weiterzufragen. Ich winke Jeannot freundschaftlich zu und gehe wieder hinaus. Draußen vor der Kneipe zünde ich mir noch eine Zigarette an und beobachte aufmerksam die Straße. Langsam gehe ich an dem Lieferwagen vorbei, doch mein – weiß Gott geschultes – Ohr vermag nicht das geringste Geräusch wahrzunehmen.

Die Mauern der Rue du Faubourg Saint-Martin Nr. 10 dunsten einen Geruch nach Kohl oder Schweißsocken aus. Aus den verschiedenen Stockwerken dringen Kindergeschrei, die Rufe aufgebrachter Mütter und wütendes Hundegebell. Und wahrscheinlich besäuft sich die Concierge in der stillen Hoffnung, diesen Tumult dann nicht mehr wahrzunehmen. Als sie mir die Tür zu ihrem Zimmer öffnet, ist sie blau wie ein Veilchen und kann sich kaum auf den Beinen halten. Sie ist eine Frau von etwa vierzig Jahren, mit feuchten Froschaugen und ungesunder, grauer Gesichtsfarbe; sie trägt eine Golfhose und ein Männerhemd, das ihr ein paar Nummern zu groß ist und unter dem ihre Brüste unbehindert herunterhängen können.

»Wenn Sie ein Vertreter oder Polyp sind, hauen Sie bloß ab«, stottert sie und droht bei jedem Wort umzufallen.

»Ich möchte gern zu Le Nus«, sage ich und trete einen Schritt zurück, um ihrem Atem auszuweichen.

»Wer is'n das?«

»Le Nus, Jean-Baptiste Buisson.«

Ihre Augendeckel klappen zu, und während ich sie mir so betrachte, frag ich mich, ob sie nicht gleich im Stehen einschlafen und in Gärung übergehen wird, doch plötzlich öffnen sich ihre Augen wieder, und sie lallt mit schwerer Zunge:

»Is nich da. Und's wird Zeit, daß er beikommt, denn seine Köter bellen Tag und Nacht.«

»Hat er denn Hunde?«

»Zwei Boxer. Eigentlich brave Tiere, aber er hat ihnen was zum Abführen gegeben, und da wollen sie natürlich raus . . .«

»Wann ist er denn zum letzten Mal dagewesen?«

»Gestern abend . . . oder vorgestern abend . . ., weiß nich' mehr. Er hat die Hunde rausgelassen, is' dann mit ihnen rauf und wieder weggegangen.«

»Hat er nicht gesagt, wann er wiederkommt? Ich habe eine Nachricht für ihn, eine wichtige Nachricht, verstehen Sie . . .«

»Der sagt nie was.«

In diesem Augenblick kneift die Concierge die Augen zusammen und mustert mich langsam vom Kopf bis zu den Füßen, dann lächelt sie mich überaus entgegenkommend an, schüttelt die Schultern, wobei ihre Brüste bis unter die Achseln rutschen.

»Ich hab 'ne Schwäche für so'n hübschen schwarzlockigen Kerl wie dich«, rülpst sie mir entgegen, »willste nich mit reinkommen, un'n kleinen Schluck mit mir trinken . . . Na, komm'ste?«

Höflich weise ich dieses generöse Angebot zurück und räume schleunigst das Feld. Als ich auf der Straße stehe, höre ich, wie sie mir noch eine Zeitlang nachschreit und mich als »warmen Bruder«, »kastrierten Hund« und noch verschiedenes andere beschimpft, um ihrer Enttäuschung Luft zu machen. Nicht zu glauben! Nein, wofür hält sich denn dieses alte Wrack? Natürlich begreife ich, daß ihr so ein hübscher Junge wie ich, mit haselnußbraunen Augen, lockigem Haar, engelhaftem Lächeln, wohl gebaut, gesund und kräftig, Appetit macht, doch es gibt ja schließlich Grenzen, und zwar auch im Traum.

Bis zum Abend stehe ich vor Le Nus' Höhle Wache, dann kommt Hidoine und löst mich ab. Er ist ziemlich schlechter Laune, denn er hatte seiner Frau versprochen, mit ihr ins Kino zu gehen, und sie war von dieser Programmänderung für den Abend nicht gerade sehr erbaut. Bevor ich weggehe, verkündet er mir noch:

»Der Dicke wartet im Deux Marches auf dich. Er will dich sehen, um die Lage zu besprechen. Wie es scheint, ist es höchst dringlich.«

Das Deux Marches ist eine Bar mit Restaurant in der Rue Gît-le-Cocur, in dem sich fast jeden Abend die Polizisten von der Kripo, vom Sondereinsatz und wir von der Sûreté treffen, um ein Glas zu trinken, Würfel zu spielen und uns gegenseitig mit lauter Stimme falsche Neuigkeiten zuzuspielen. Außerdem kommen auch die Typen aus der Unterwelt hierher, die gerade nicht gesucht werden, um Informationen zu sammeln, die sie nachher ihren Kollegen weitergeben, nach denen gefahndet wird und die in den Kneipen im Quartier Saint Michel auf sie warten.

Das Restaurant besteht aus einem langen Saal mit beigen Wänden, an denen Kupfergeschirr, Napoleon-Bilder, alte Büchsen und Jagdgewehre hängen. Im gleichen Raum steht links ein großer Kohleherd, auf dem den ganzen Tag lang ein Dutzend Kochtöpfe leise vor sich hinbrodeln. Der Tisch gegenüber der Eingangstür dient als eine Art Theke; hier ist unser Stammplatz.

Der Wirt, Victor Marchetti, ist ein Korse mit einer in die Stirn hineinfallenden schwarzen Haarsträhne. Sein Pernod ist der beste von Paris, aus dem einfachen Grund, weil er ihn selbst schwarz in dem kleinen Hof hinter dem kleinen Restaurant herstellt. Das ist bei weitem kein leichtes Geschäft, eine ausgesprochene Alchimistenbrauerei, die Marchetti jedoch bisher stets beherrscht hat.

Einmal gab es am Anfang seiner Laufbahn eine Explosion, nur eine einzige, aber sie genügte, um das ganze Viertel und die Schutzpolizei zu alarmieren. Natürlich schalteten sich die Chefs aller Polizeiabteilungen ein, damit Marchetti keinen Ärger bekam und weiterhin heimlich seinen köstlichen Trank fabrizieren konnte. Wenn man die Runden, die er großzügig ausgibt und die, die ihm gelten, zusammenzieht, so genehmigt sich Marchetti im Durchschnitt zwischen sechzig und achtzig Pernods pro Abend, ohne auch nur eine Spur von Betrunkenheit zu zeigen.

»Das ist ein korsischer Trick«, erklärte er mir eines Abends, als ich anfing, ihn doppelt zu sehen. »Wenn du dir mal ordentlich einen genehmigen willst, ohne daß du nachher blau bist oder spuckst, brauchst du nur einen ordentlichen Löffel Olivenöl zu nehmen, bevor du anfängst zu picheln. Bei diesem System schwimmt der Alkohol auf dem Öl, verstehst du, und geht nicht ins Blut.«

Ich habe seinen Rat nie befolgt. Jedesmal, wenn ich schließlich an das Olivenöl dachte, war es bereits zu spät.

Als ich an diesem Abend zu Victor komme, ist der Raum voller Zigaretten- und Pfeifenrauch, und ein starker Pernod-Geruch hängt in der Luft. Vieuchêne sitzt mit Clot, seinem Rivalen, zusammen. Sie haben beide ein hochrotes Gesicht und tauschen Giftigkeiten aus, während um sie herum Gangster und Inspektoren sitzen, die dieses verbale Duell verfolgen. In dem Augenblick, in dem ich das Deux Marches betrete, übertönt gerade Clots Stimme den Lärm im Saal.

»Und übrigens«, entrüstet sich der Chef vom Sondereinsatz, »wenn Sie bei der Sûreté so viele Erfolge haben, dann keineswegs aufgrund Ihrer beruflichen Qualitäten, sondern wegen des Materials, über das Sie verfügen, und der Zahl Ihrer Leute!«

»Der Zahl unserer Leute?«, fragt der Dicke erstaunt.

»Genau, die Zahl Ihrer Leute! Sie sind ja fast tausend in der Rue des Saussaies!«

Der Dicke, der normalerweise äußerst zurückhaltend ist, selbst wenn er sich ein paar Pernods genehmigt hat, bricht plötzlich in ein schallendes Gelächter aus. Er erstickt fast daran, die Tränen laufen ihm herunter, so daß er sein Taschentuch herauszieht, um sich die Augen zu wischen, und er wiederholt ein ums andere Mal, während er auf den Tisch schlägt, daß die Gläser klirren:

»Wenn ich Ihnen sagte, wie viele wir wirklich sind, würden Sie mir nicht glauben.«

Als ich hinzutrete, beruhigt er sich sofort. Er sieht mich aufmerksam an und fragt als erstes, während die anderen mich beobachten:

»Alles in Ordnung?«

»Alles in Ordnung.«

Das ist alles. Und das nennt Hidoine ›die Lage besprechen‹!

Victor gießt mir einen Pernod ein, den ich in einem Zug austrinke, und schenkt mir gleich einen neuen ein. Das Glas in der Hand, begebe ich mich zuerst zu den Töpfen auf dem Herd, um zu erfahren, was Dolorès, die Wirtin, heute gekocht hat. Sie ist eine lebhafte, zierliche und hübsche Person; nachdem sie mich schmatzend auf beide Wangen geküßt hat, hebt sie die Deckel von den Töpfen und zählt mir die Tagesgerichte auf:

»Heut abend gibt es Kutteln auf korsische Art, Rindfleisch mit Gemüse und Hähnchen in Wein.«

»Sei lieb und heb mir eine tüchtige Portion Kutteln auf«, sage ich und tätschle ihr die Wangen.

Während sie mit dem Löffel in der Soße herumrührt, zwinkert Dolorès mir zu:

»Keine Sorge, Roger«, sagt sie leise, »du weißt doch, daß du mein Lieblingsgast bist.« Dann fügt sie flüsternd hinzu, indem sie mit einer Kopfbewegung auf die anderen deutet: »Du sag mal, deine Chefs scheinen sich nicht ganz einig zu sein . . . «

In dieser Nacht stelle ich einen Rekord auf: Pernod, korsischen Rotwein, der schwer und süffig ist, und anschließend Cognac: Um drei Uhr morgens verschieben sich vor meinem Blick die Gesichter von Clot und dem Dicken, was für mich einen Kopf mit vier Augen, drei Nasen und drei Mündern ergibt. Es wird mir schlagartig klar, daß ich völlig besoffen sein muß. Ab und zu habe ich den Eindruck, daß sich die Decke senkt, und ich schließe die Augen in der angstvollen Erwartung, daß sie gleich auf meinen Kopf herabstürzt, dann wieder scheinen der Fußboden und der Tisch sich auf mich zuzubewegen, so daß ich verzweifelt meinen Stuhl umklammere. Ich merke, daß es für mich Zeit wird, zu gehen. Mit langsamen, schwerfälligen und unsicheren Bewegungen gelingt es mir, vom Tisch aufzustehen, wobei ich stotternd Entschuldigungen murmelte. Mütterlich besorgt hilft Dolorès mir, bis zur Tür zu kommen.

»Willst du, daß ich dir ein Taxi rufe?«

Ich schüttle den Kopf und gehe schwankend in Richtung Place Saint-Michel davon. Es ist drei Uhr morgens, das stelle ich jedoch erst fest, als ich vor der geschlossenen Métrostation stehe. Da beschließe ich, zu Fuß heimzugehen, und tröste mich damit, daß mich die Nachtluft wieder nüchtern machen wird.

Von Saint-Michel bis zur Rue Lepic ist es weit. Sehr weit. Und gegen Ende wird der Weg um so beschwerlicher, als er steil ansteigt. Verdammt, jetzt bedauere ich, daß ich so viel getrunken habe! Als ob ich nicht schon genug gestraft wäre, erwartet mich zu allem Überfluß am Ende meines Dornenpfads noch ein Kreuz mit Namen Marlyse. Plötzlich erinnere ich mich nämlich daran, daß sie ja auch noch da ist. Ich sehe sie schon vor mir, in ihrem rosa-durchsichtigen Nachthemd, die Haare durcheinander, mit den Blicken einer Furie, wie sie mich mit Vorwürfen überhäuft und mir ihre Verachtung entgegenschleudert. Das wird bestimmt keine kurze Szene geben, und sie wird in Schreien, Drohungen und Tränen enden. In einem lichten Augenblick denke ich bitter darüber nach, daß das Leben ein absurdes Wechselspiel ist: die Gauner haben vor mir Angst, und ich fürchte mich vor Marlyse. Ich brumme unwillig vor mich hin.

Mühsam setze ich meinen steilen Weg zur Rue Lepic fort. Inzwischen ist Marlyse für mich zu einer Art Zwangsvorstellung, zu einer fixen Idee geworden. Der Dicke, Buisson und meine restlichen Sorgen sind verschwunden; dafür verfolgt mich jetzt meine blonde Gefährtin, die zu Hause schläft, die ihre Kräfte sammelt, um mich besser fressen zu können. An den Fassaden entlangschleichend, die von Zeit zu Zeit zu schwanken scheinen, spreche ich mir selber Mut zu, indem ich mit lauter Stimme vor mich hinsage: »Na und, wenn sie nicht zufrieden ist, kann sie ja ihre Koffer packen, was macht es mir schon aus.« Aber das ist natürlich gelogen. Wie könnte ich ohne ihre blonden Haare, ihre grünen Augen und ihre rosigen Lippen leben? Ich brauche all diese zärtlichen Farben. Abrupt bleibe ich stehen und verkünde mit lauter Stimme in der schweigenden Straße: »Sie ist hübsch, aber ein Aas!« Gesenkten Hauptes, doch mit frischem Mut mache ich mich wieder auf den Weg. Vor meiner Haustür überfällt mich jedoch erneut die Panik. Ja, ich geb es zu, ich bin feige: Ich ziehe mir die Schuhe aus. Einen Augenblick bewege ich lustvoll meine Zehen in den Socken, dann laufe ich die Treppe hoch. Als ich auf meinem Stockwerk angekommen bin, stelle ich verzweiflungsvoll fest, daß meine Schuhe weg sind. Vor meiner Wohnungstür hole ich erst mal tief Luft. Leise gebe ich mir selbst die letzten Ermahnungen: »Mach keinen Lärm, Roger, laß dir Zeit, weck sie nicht auf.« Anfangs hat der Schlüssel einige Mühe, in das Schloß hineinzugehen, doch endlich öffnet sich die Tür, und ich trete ein. Auf Zehenspitzen schleiche ich wie ein Dieb in mein Zimmer. Alles ist ruhig und friedlich. Marlyse schläft. Da zerreißt jäh das Läuten des Telefons die Stille.

»Roger? Raymond am Apparat. Entschuldige, daß ich dich wecke, Alter, aber da ist ein Typ gekommen, der die Boxer spazierenführt.«

Mühsam versuche ich, meine Gedanken zu sammeln, ich schüttle mich, um etwas Klarheit zu gewinnen, um überhaupt einer Überlegung fähig zu sein, doch Hidoine fährt fort:

»Hör zu, ich hab nicht allzu viel Zeit. Ich hab bis Strasbourg-Saint-Denis rennen müssen, um eine Telefonzelle zu finden, aber eins muß ich dir noch sagen: Mein Typ hat keine Spur von Ähnlichkeit mit Le Nus. Der Kerl hier ist kräftig, hat einen ansehnlichen Bauch und einen krummen Hals.«

Ich raffe mich zusammen und erwidere:

»Das hat nichts zu sagen. Le Nus kann ja dicker geworden sein.«

»Unsinn«, fährt Hidoine fort, »der sieht ganz anders aus, ich irre mich nicht. Nach dem Foto in den Akten hat Le Nus ein längliches

Gesicht, während der Typ mit dem krummen Hals fett und feist ist, mit einer runden Birne. Aber eins ist sicher, er führt die Köter von Le Nus spazieren. Schließlich kann es in dem Haus nicht noch mehr von den Tölen geben.«

»Du hast recht«, sage ich gähnend.

»Also, was soll ich machen, Roger? Wenn ich ihn beschatte und Le Nus inzwischen zurückkommt, stehe ich dumm da. Wenn ich ihn nicht beschatte und Le Nus auch nicht zurückkommt, stehe ich genauso blöd da, hörst du mir zu?«

»Aber ja doch, mein Alter. Schön, folge du dem Typ mit den Hunden, ich komme gleich und nehm deinen Posten vor dem Haus ein.«

Marlyse, die inzwischen aufgestanden ist, erscheint im Flur, ausgeschlafen und bereit zum Kampf. Aber ich bin Gott sei Dank nicht mehr verfügbar, ich muß abhauen. Die Klinke bereits in der Hand, ruf ich ihr beherzt zu: »Die Pflicht ruft.« Sie schreit mir nach, ich sei ein widerlicher Typ, ihre übrigen Worte hör ich nicht mehr. Und während ich vorsichtig die Stufen wieder hinuntergehe, erfüllt mich die Hoffnung, daß sie sich vielleicht bis heute abend wieder beruhigt hat.

Vor der Haustür, auf dem Bürgersteig, finde ich auch meine Schuhe wieder; fein säuberlich nebeneinander hingestellt, warten sie darauf, wieder mit mir davonzutraben.

Mit brummendem Schädel und schmerzendem Magen renne ich die Rue Lepic hinunter, bis zur nächsten Taxistation. Wenn ich behaupte, daß ich renne, so ist das allerdings nicht ganz richtig. In meinem Zustand kann ich nur ein paar Schritte weit rennen, denn mir wird sofort schwindlig und übel, und ich muß dann erst einmal stehenbleiben und verschnaufen. An der Place Blanche finde ich schließlich ein Taxi, in dem ich es mir bequem machen kann. Ich muß schon ziemlich erschreckend aussehen, denn der Chauffeur starrt mich erstmal einen Augenblick unsicher an, bevor er den Motor anläßt.

An der Porte Saint-Martin bitte ich ihn, zu halten, zahle und steige aus. Kaum ist er um die Ecke verschwunden, stelle ich fest, daß ich vergessen habe, mir eine Quittung geben zu lassen. Bestimmt krieg ich jetzt im Amt Schwierigkeiten bei der Spesenabrechnung. Mich im Schatten der Mauern haltend, biege ich in den menschenleeren Faubourg Saint-Martin ein und gebe acht, daß meine Schritte auf dem Trottoir nicht zu laut widerhallen, damit ich nicht meine Kollegen wecke, die in dem Lieferwagen hocken.

Es ist immer noch dunkel; ich drücke mich in den Hauseingang gegenüber von Le Nus' Mietskaserne. Und ich warte. Es ist fünf Uhr. Marlyse hat sich sicher noch einmal ins Bett gelegt. Der Dicke wacht wohl gerade auf. Ich bin hundemüde. Ich muß etwa eine halbe Stunde dort gestanden haben, als das Geräusch von Schritten mich aufschrecken läßt und ich begreife, daß ich ein bißchen eingenickt bin: Es ist Hidoine, der zurückkommt. Ohne mich zu sehen, geht er an mir vorbei, und ich rufe ihn leise. Er schaut auch nicht gerade wie ein Beau aus. Er ist unrasiert, bleich wie ein Laken, und seine Augen liegen tief in den Höhlen.

Auf meinen Ruf kommt er herbei und drückt sich neben mich in den Hauseingang. Flüsternd frage ich ihn:

»Nun?«

»Angeschmiert hat mich die Kanaille. Und wie, ein wahres Meisterstück.«

»Wie hat er das denn fertiggebracht?«

»Ganz einfach, er hat die Hunde hochgebracht, ist wieder heruntergekommen und lief dann in Richtung Boulevard Sébastopol. Ich hinterher, in etwa vierzig Meter Entfernung, ohne daß er was gemerkt hat. Mir selbst ist noch ein Typ von der Kripo gefolgt, der aber ziemlich weit hinter mir war. Plötzlich, vor einem Kino, stieg mein Typ in einen Wagen, der auf ihn gewartet hat. Sag mal, du stinkst ja nach Fusel.«

Ich rücke ein bißchen von ihm ab und frage:

»Und weiter?«

»Tja . . . am Steuer saß ein Kerl, und sie fuhren davon. Und da ich ja nur ein einfacher Polizeiinspektor bin, hatte ich kein Auto, Taxi waren auch nicht da: Sie hauten ab, und ich stand da wie ein Idiot. Der Polyp, der mir folgte, ebenfalls. Ich war zu weit entfernt, ich konnte noch nicht mal das Nummernschild sehen.«

Ich verstehe Hidoines Enttäuschung. Es ist nicht das erste Mal, daß einer von uns beiden eine Schlappe einstecken muß, weil wir einfach nicht genügend Leute zur Verfügung haben und nicht besser ausgerüstet sind. Wenn man von uns in der Presse oder im Radio spricht und uns mit dem berühmten und mächtigen FBI vergleicht, das bestens organisiert ist und mit dem Geld nur so um sich schmeißen kann, fühlen wir uns erbärmlich und lächerlich. Und deshalb hat der Dicke uns auch eines Abends in der Kneipe seine Polizistenphilosophie offenbart, denn er ist immerhin trotz seiner Fehler und seiner Sucht nach Auszeichnungen ein hervorragender Polizist.

»Wenn unsere Abteilung vollständig ist, sind wir drei. Drei, um über die Sicherheit des Landes zu wachen. Das bedeutet ganz einfach, daß wir eine Null sind. Wenn wir wirklich mit einigem Erfolg in den Kampf einsteigen wollen, den sich die französischen Polizeiabteilungen liefern, müssen wir anders arbeiten als sie. Bei der Kripo und der Sonderabteilung haben sie jede Menge Leute und verfügen über so viel Material, daß sie mit Leichtigkeit jeden Schlupfwinkel bewachen, jeden Typ verfolgen und jede Menge Untersuchungen anstellen können. Kurz und gut, sie können sich ganz normal verhalten, wie alle Polypen der Welt. Wir sind nicht in derselben Lage, und das wißt ihr. Und deshalb sehe ich für uns nur eine Möglichkeit: wir müssen unseren Mangel an Leuten und an Material durch etwas ersetzen, was die anderen Polypen nicht haben.«

»Und durch was?«, hatte ich gefragt.

»Durch Denunzianten, Borniche. Wir drei müssen das breiteste und sicherste Informationsnetz haben, das es gibt, ob wir nun die Typen bezahlen oder nicht, ob sie's freiwillig tun oder nicht, das soll mir völlig egal sein. Glaubt mir, ein guter Informant ist mehr wert als zwanzig Polypen.«

In diesem Augenblick fiel mir Wort für Wort die lange Ansprache des Dicken wieder ein. Seit diesem Abend hatte ich meine Gruppe von Denunzianten erheblich verstärkt, doch bis heute war noch keiner von selbst an mich herangetreten, und ich hatte noch nicht die Zeit gehabt, sie zu besuchen. Und dazu kommt noch, daß Buisson ein Krimineller aus der Vorkriegszeit ist, den die jugendlichen Banden aus der Zeit nach der Befreiung nicht kennen.

Fünf Tage lang wechseln Hidoine und ich uns am Faubourg Saint-Martin ab. Wir schlafen kaum ein paar Stunden, gehen wie Nachtwandler umher und leben in einem Zustand wachsender Stumpfsinnigkeit. Wir beide, Hidoine und ich, schieben Posten, weil wir wohl oder übel unsere Kollegen von der Kripo überwachen müssen, die in ihrem Lieferwagen sicher schon Wurzeln schlagen, obwohl sie alle acht Stunden abgelöst werden. Und schließlich könnte Le Nus sich doch einmal in der Gegend zeigen. Doch Hidoine und ich sind überzeugt, daß man uns in diesem Viertel bereits bemerkt, katalogisiert und abgestempelt hat und daß wir unsere Zeit hier verlieren.

Am 10. September schlafe ich eng an Marlyse gedrückt. Unser Liebesleben ist quasi inexistent, denn kaum komme ich nach Hause, falle ich auch schon wie tot ins Bett. Ich bin so hundemüde, daß ich sogar im Schlaf schnarche. Marlyse ist mir nicht böse deswegen. Sie weiß, daß meine Müdigkeit rein professioneller Natur ist, und umgibt mich sozusagen mit mütterlicher Liebe.

Ab und zu läßt sie ihrer Bitterkeit freien Lauf und hält giftige Reden gegen den Dicken, der mich bis zur Erschöpfung schindet, ausnützt und meine schönsten Jugendjahre verdirbt. So sind die Frauen nun mal: Man rackert sich zu Tode, und schon sind sie dabei und weben einem das Leichentuch. An diesem Morgen schlafe ich gerade tief und traumlos, als gegen sieben Uhr das Telefon läutet.

»Borniche? Vieuchêne am Apparat. Seien Sie bitte Punkt acht im Büro. Es gibt Neuigkeiten.«

Ich habe kaum Zeit, die Augen zu öffnen, da hat er auch schon aufgehängt.

10

Die Auberge d'Arbois gehört zu den schicksten Restaurants im Quartier de l'Etoile. Die Einrichtung ist in behaglichem Stil gehalten, eine Mischung von schweren Vorhängen, Säulchen, Stuck, Goldwerk, Statuen, Teppichen. Die Kellner schwirren aufmerksam und schweigend um die Tische herum, an denen Gäste zu sitzen pflegen, die zu der internationalen High-Society gehören. Im Licht der Lüster blitzt der Schmuck der Frauen bei jeder ihrer Bewegungen auf.

Dieses Restaurant hat Emile Buisson gewählt, um mit einem köstlichen Diner wie ein einsamer Gentleman seine gelungene Flucht zu feiern. Der dunkelblaue Anzug aus feinstem Stoff, den er gleich am nächsten Tag nach seiner Flucht gekauft hat, steht ihm – nach einer kleinen Änderung – hervorragend, und er trägt ihn mit nachlässiger Eleganz. Auch seine übrige Kleidung ist von auserwähltem Geschmack: schwarze Schuhe und Strümpfe, ein ebenfalls schwarzer Hut mit halbsteifem Rand, weißes Hemd, dunkelblaue Seidenkrawatte.

Am Abend des 8. September betritt er, würdig wie ein wohlhabender Notar, die Auberge d'Arbois. Vom Oberkellner begrüßt, wird er mit der üblichen Zeremonie zu einem Tisch im hinteren Teil des Saals geleitet. Bedächtig setzt er sich die Brille auf und studiert aufmerksam die Karte, dann wählt er seinen Wein. An seinen Fragen und Bemerkungen erkennen sowohl der Oberkellner als auch der Weinkellner, daß sie es mit einem Kenner zu tun haben. Er ißt langsam, genießt dieses erste Mahl als freier Mann. Niemand achtet besonders auf ihn. Man hält ihn für einen reichen Geschäftsmann aus der Provinz, der gerade in Paris zu tun hat und seinen Aufenthalt nutzt, um einmal besonders gut essen zu gehen. Niemand bemerkt, daß sich der kleine, höfliche Mann in seinem Notizbuch mit feiner, aber deutlicher Schrift Aufzeichnungen macht.

Am nächsten Morgen erwacht Buisson mit ausgezeichneter Laune. Während Suzanne Fourreau sein Bett macht, die Matratzen der anderen Männer beiseiteräumt, Laken und Decken zusammenlegt, schlürft Emile mit seinen Pantoffeln in die Küche, wo Le Nus, Dekker und Russac mit dem Frühstück beschäftigt sind. Mit noch schlafverklebten Augen setzt er sich ans Ende des Tisches. Selbst während der Mahlzeiten muß Emile präsidieren, und selbstverständlich läßt Suzanne ihre Hausarbeit liegen, um ihm zum Frühstück Wurst, Leberpastete, eine Zwiebel, eine Knoblauchzehe, Käse, eine Flasche Bordeaux und eine Tasse Kaffee hinzustellen. Emiles Blick schweift genießerisch über all diese Speisen, dann greift er kräftig zu. Er ißt langsam und führt das Essen mit dem Messer zum Mund. Er zieht diese ländliche, deftige Mahlzeit, die den Bauch ordentlich füllt, dem Frühstück der Städter vor, die ihren Toast nur mit etwas Marmelade bestreichen.

Er ist gerade beim Käse angelangt, als Le Nus, der sich bereits eine Gauloise ansteckt, das Schweigen bricht:

»Emile, wir sind pleite. Bald wird auf unserem Kochtopf die schwarze Fahne wehen.«

Wohlgelaunt und weiterkauend, erwidert Buisson:

»Ich hab gehört, daß sie bei Renault Leute suchen. Ihr könnt's ja mal dort versuchen.«

Bei diesen Worten beginnen die drei Männer zu lächeln. Sie kennen Emile gut genug, um zu wissen, daß seine Witzeleien stets bedeuten, daß er irgendeine Idee auf Lager hat.

»Gestern abend habe ich mir ein Luxusdiner geleistet«, fährt Buisson fort. »Austern, bei denen man hätte schwören mögen, daß sie geradewegs aus dem Meer kommen, ein Pfeffersteak, bei dem mir noch jetzt beim bloßen Gedanken daran das Wasser im Mund zusammenläuft. Und was den Käse betrifft, ihr wißt, da bin ich Kenner, er war hervorragend. Ich hätte wirklich gern noch mehr gegessen, aber leider ist mein Magen im Knast etwas geschrumpft.«

»Wie traurig«, unterbricht ihn Dekker, »wir werden gleich in Tränen ausbrechen.«

Buisson lächelt leicht, dann steht er ohne ein Wort auf, verschwindet in seinem Zimmer und kommt kurze Zeit darauf mit einem kleinen Heft wieder, das er auf den Tisch legt.

»Also«, sagt er, »während ich mir den Wanst vollschlug wie ein Bourgeois, hab ich mir alles genau angeschaut. Hier drin«, sagt er und klopft dabei auf sein Notizbuch, »hab ich genau notiert, wie die Tische verteilt sind und wieviel Schwarzbefrackte rumlaufen. Ich hab mich erkundigt und erfahren, daß der Notausgang durch die Küche führt, er ist also weit genug entfernt, so daß wir nichts zu befürchten haben.«

Emile schweigt, zündet sich eine Zigarette an, zieht den Rauch durch die Lungen und blickt dann fragend zu den drei Männern, die ihm aufmerksam zugehört haben und nun offenbar das Risiko des Überfalls abwägen.

»Zu gefährlich«, äußert sich schließlich Le Nus als erster. »Stell dir doch mal vor, ein solches Ding unmittelbar am Etoile, wo es von Bullen nur so wimmelt.«

»Gerade deshalb. Es muß klappen, gerade weil es gefährlich ist. Es wird doch niemand auf die Idee kommen, daß Verbrecher auf der Fahndungsliste schnurstracks in die Höhle des Löwen laufen. Ich zwinge niemanden, mitzumachen, aber für mich steht es fest: heute abend kehr ich in das Restaurant zurück. Aber nicht, um dort der Gourmandise zu frönen, sondern um die Gäste zu überfallen. Glaubt mir, die Sache lohnt sich. Die Leute, die dort essen, haben die Brieftaschen mit Geld vollgestopft und tragen ganze Juwelierläden spazieren, Ringe und Colliers, sie sind wandelnde Tresore.«

»Ich komme mit«, sagt Dekker.

»Ich auch«, sagt Le Nus.

»Ich ebenfalls«, sagt Russac.

»Schön«, erwidert Buisson und steht auf, »heute nachmittag gehen wir noch einmal in die Rue Lesueur, um uns ein letztes Mal die Örtlichkeiten zu besehen und die Zeit, die wir brauchen werden, abzuschätzen. Roger, du gehst heute morgen zu Francis und sagst ihm Bescheid.«

»Glaubst du, daß er mitmachen wird?«, fragt Russac.

»Bestimmt. Übrigens wirst du ihm dabei helfen, eine Karre abzustauben.«

22 Uhr. Vier Männer betreten gelassen das vollbesetzte Restaurant. Beflissen wendet sich ihnen ein Oberkellner zu:

»Haben die Herren einen Tisch reservieren lassen?«

Sein Lächeln erstarrt für einen Augenblick, um dann völlig zu verschwinden, während die Angst sein Gesicht verzerrt. Wie auf ein geheimes Stichwort hin haben die vier »Gäste« ihre Regenmäntel geöffnet und ihre Waffen auf ihn gerichtet. Der Blick des Oberkellners wandert von dem kleinen Mann, dessen Gesicht ihm vage bekannt vorkommt, und der eine 38er in der Hand hält, zu dessen

Komplizen. Langsam und an allen Gliedern zitternd, weicht der Oberkellner zurück.

Buisson geht zwei Schritte vor und ruft mit lauter Stimme:

»Aufstehen! Und bitte alle an die Wand.«

Das Schweigen, das plötzlich den Saal füllt, ist bedrückend. Doch nach dem ersten Schock gehorchen die Gäste einer nach dem anderen, ohne den Blick von den vier Gangstern zu wenden. Sie haben begriffen, daß die geringste verdächtige Bewegung eine Schießerei auslösen würde, und reihen sich folgsam an der Wand auf, ergeben in den Gedanken, daß man sie um ihre Wertsachen erleichtert. Alle diese Männer und Frauen verbergen ihre Feigheit hinter der Überzeugung, daß es ziemlich dumm, ja unverzeihlich ist, eine Kugel zu riskieren, wenn man sich Reichtums und bester Gesundheit erfreut.

Jeder von der Bande kennt genau seine Rolle. Roger Dekker ist am Steuer des Wagens geblieben, dessen Motor weiterläuft. Francis Caillaud bewacht, ein Maschinengewehr in der Hand, die Eingangstür. Le Nus beobachtet die Küche, um zu verhindern, daß ein Küchenjunge möglicherweise verwegen wird und Alarm schlägt. Russac hält mit seinem Revolver die Gäste und Kellner in Schach. Buisson selbst beginnt, die Waffe fest in seiner linken Hand haltend, mit eisiger Ruhe einzusammeln.

Die Männer haben keine Lust, die Helden zu spielen. Ohne aufzumucken und nur darauf bedacht, sobald wie möglich aus dieser demütigenden Situation – bei der ihre Gefährtinnen obendrein Zeugen sind – wieder herauszukommen, liefern sie ihre Brieftaschen, ihre Uhren ab und leeren selbst das Kleingeld aus ihren Taschen. Die Frauen haben zwar Angst, gleichzeitig genießen sie es aber auch, ein so aufregendes, spannendes und gefährliches Abenteuer zu erleben. Mit gespielter Gleichgültigkeit nehmen sie ihren Schmuck ab, Halsketten, Ohrringe. In ganz kurzer Zeit sind die Taschen der Gangster prall mit Beute gefüllt.

Als Buisson bei seinem letzten Opfer anlangt, sieht er, daß es der Unglücklichen trotz aller Mühe nicht gelingt, einen Ring mit einem fast haselnußgroßen Diamanten vom Finger zu ziehen.

»Madame, wenn Sie weiter so ziehen, werden Sie sich verletzen«, sagt er höflich zu ihr. »Kommen Sie mit mir in den Waschraum, mit Seife wird er ganz leicht heruntergehen.«

Mit gebietender Geste ergreift er sie am Arm und zieht sie mit sich fort. Kaum zwei Minuten später ist er – befriedigt – wieder zurück. Er schiebt die Frau zur Wand und eilt dann zur Kasse. Er leert ihren Inhalt in seine Jackentaschen, dann überzeugt er sich mit einem Blick in die Runde davon, daß er niemanden vergessen hat.

»Los, ab geht's!« befiehlt er.

Er wiederholt seinen Befehl zu Russac gewandt, der eine Büchse Kaviar entdeckt hat, sich nicht davon trennen kann und gierig mit den Fingern hineingreift. Emiles Blick wird hart, er richtet seine 38er auf Russac, der sich die Büchse schnappt und zum Ausgang rennt. Le Nus ist schon draußen. Während er auf die Straße läuft, kommt Russac an Caillaux vorbei, der den Rückzug sichert, und ruft ihm zu:

»Los, beeil dich, Francis! Wir hauen ab!«

Er konnte damals nicht ahnen, welch böse Folgen diese Worte für ihn noch einmal haben sollten.

Im Innenministerium, auf der Place Beauvau, schlägt die Nachricht von dem Hold up in der Auberge d'Arbois wie eine Bombe ein. Der Direktor des Kabinetts verabsäumt es nicht, höchstpersönlich die Chefs der verschiedenen Polizeiabteilungen zu sich zu rufen, um ihnen zu bedeuten, mit welch heftigem Unwillen der Minister von diesem neuen Sieg bewaffneten Bandentums Kenntnis genommen hat.

Nach den ersten Ermittlungen, die der Kommissar der zuständigen Polizeidienststelle geleitet hat, steht es fest, daß der Chef der Bande ein kleiner Mann mit schwarzem Haar und schwarzen Augen ist. Obgleich die Verbrecher mit bemerkenswerter Schnelligkeit operiert haben, sind sie doch fast zehn Minuten lang im Restaurant geblieben, und ihre Opfer hatten Gelegenheit, sie sich genauestens anzusehen. Deshalb sind auch die Beschreibungen, die man von den Banditen hat, klar und eindeutig, und man kennt sogar den Vornamen des einen, nämlich Francis, den ihm einer der Komplizen zurief.

Wenn der Dicke uns einen lückenlosen Bericht von dem Überfall am Etoile geben kann, so verdankt er das dem Telex, das das Polizeipräsidium an das Innenministerium geschickt hat. Er hat es übrigens irgendwie fertiggebracht, daß er tagtäglich, natürlich ohne ihr Wissen, die Abschriften der Berichte erhält, die unsere Kollegen von der Kripo täglich dem Innenministerium zukommen lassen. Dank dieser kleinen List sind wir in der Rue des Saussaies bestens auf dem laufenden über alle Fälle, an denen unsere Konkurrenten gerade knabbern.

Um acht Uhr morgens erscheinen Hidoine und ich im Büro von Vieuchêne, der sichtlich befriedigt ist bei dem Gedanken, daß Clot, Pinault und ihre Leute offenbar in einer Sackgasse angelangt sind.

Nachdem er uns die Einzelheiten des Hold up berichtet hat, zündet der Dicke sich eine Zigarette an. Mit halbgeschlossenen Lidern versucht er, Rauchkringel an die Decke zu blasen. Schließlich wendet er sich wieder an uns:

»Es ist völlig klar, daß dieser Coup auf Buissons Konto geht. Genauso pflegt er vorzugehen, und wir haben auch seine Beschreibung. Wenn es sich hier nicht um einen Verbrecher handelte, würde ich den Kerl fast bewundern. Stellen Sie sich vor, ein Typ, der sechs Tage nach seinem Ausbruch bereits eine neue Bande gegründet hat und gleich wieder ins Geschäft eingestiegen ist. Und was für ein Geschäft! Man kennt noch nicht genau die Höhe des Schadens, doch man schätzt ihn bereits auf rund fünfzig Millionen.

Die Zeugen haben einen gewissen Francis erwähnt. Ich verlasse mich darauf, daß Sie herauskriegen, wer dieser Typ ist. Meiner Meinung nach kann das nur ein früherer Knastkumpel von Buisson sein, entweder aus Troyes, Clairvaux oder der Santé. Es kann ja schließlich nicht so viele Typen mit Namen Francis geben! Und wenn er mit Emile zusammenarbeitet, ist er sicher ein Professioneller. Was die anderen Komplizen betrifft, so müssen wir halt versuchen, auf ihre Spur zu kommen, aber ich wette meinen letzten Hut, daß Le Nus mit in der Sache steckt. Dazu braucht man kein Hellseher zu sein: er ist schließlich Buissons Bruder und außerdem ein ebenso gefährlicher Gangster wie er. Seit Emiles Flucht ist er wie vom Erdboden verschwunden. Sie sehen, es gibt da zwar noch ein paar Nüsse zu knacken, aber ich bin sicher, daß wir die Bande schnappen.«

Der Dicke verstummt mit angestrengt gerunzelter Stirn und drückt seine Zigarette aus. Dann legt er die Hand auf seine Unterlagen, die auf dem Schreibtisch verstreut liegen, und fährt fort:

»Diese beiden Buisson-Brüder sind gefährliche Typen, ohne jedes Mitleid und bereit, alles auf eine Karte zu setzen. In ihrer Situation darf einen das nicht weiter wundern. Von den Gerichten haben sie keinerlei Milde zu erhoffen. Auf Emile wartet in jedem Fall die Guillotine. Darüber gibt es bei ihm keinen Zweifel. Deshalb kann er sich seine Freiheit und sein Leben nur dadurch bewahren, daß er bei seinem Weg auch über Leichen geht.«

Der Dicke wird plötzlich noch ernster. Er beugt sich über seine Notizen, liest sie, halblaut vor sich hinmurmelnd, durch und wendet sich dann wieder an uns:

»Ich will Ihnen noch kurz von den Ereignissen berichten, die sich nach dem Überfall abgespielt haben. Sie werden daran erkennen, wie gefährlich diese Männer wirklich sind.«

11

Mit ziemlichem Tempo fährt der Wagen der Gangster die Avenue de Wagram, den Boulevard de Courcelles und dann die Rue de Rome hinunter, von der aus er in die Rue Cardinet einbiegt, wo der Verkehr zu dieser abendlichen Stunde nicht allzu stark ist. Und plötzlich taucht da vor den Verbrechern eine aus Polizeiwagen gebildete Straßensperre auf.

Dekker tritt heftig auf die Bremse; die Reifen quietschen, dann macht der Wagen eine abrupte Seitenwendung und fährt weiter. Roger Dekker ist von bewundernswürdiger Geschicklichkeit. Mit einer irren Geschwindigkeit fährt er zwischen den Polizeiwagen Slalom, das Hinterteil des Wagens rutscht jedesmal weg, aber er spielt geradezu virtuos mit Brems- und Gaspedal, während die Polizisten zu beiden Seiten eiligst zur Seite springen.

Ein Streifenpolizist an der Straßensperre, Deroo, schwingt sich auf sein Motorrad und verfolgt das Auto der Gangster. Sein Kollege Loren folgt ihm in einer Entfernung von etwa hundert Metern, er kam nicht gleich mit, weil sein Motor nicht anspringen wollte.

Buisson, der hinten im Wagen sitzt, zwischen Russac und Caillaud, sieht mit Besorgnis, wie sich der Scheinwerfer des Motorrads ständig nähert. Wütend greift er nach seiner 38er. Er besitzt diesen Revolver seit seinem Ausbruch aus Villejuif. Le Nus hatte ihn ihm besorgt, und Buisson hatte nach gebührender Bewunderung Champagner in den Lauf der Waffe gegossen und dazu gesagt: »Ich taufe dich auf den Namen der ›Retter‹.«

Ein Schlag mit dem Pistolengriff, und die hintere Windschutzscheibe zerspringt in tausend Scherben; Buisson richtet seine Waffe auf den Motorradfahrer und verschießt das ganze Magazin. Das Motorrad kommt ins Schleudern, dreht sich einmal um sich selbst und schlägt dann auf die Straße hin.

»Das wäre Nummer eins«, sagt Buisson, der mit Befriedigung Deroo am Boden liegen sieht.

Monsieur Emiles Freude ist jedoch nur von kurzer Dauer. Das zweite Motorrad taucht auf. Die Entfernung zwischen Loren und dem Auto nimmt jetzt sehr rasch ab; es trennen ihn nur noch ein paar Meter von den hinteren Scheinwerfern.

»Tritt auf die Bremsen!«, befiehlt Buisson Dekker.

Dekker gehorcht. Überrascht versucht Loren anzuhalten, doch er begreift sofort, daß er einen Zusammenstoß nicht mehr vermeiden kann. Verzweifelt zieht er sein Motorrad nach rechts, es macht einen Sprung zur Seite, das hintere Rad schleift über das Kopfsteinpflaster, dann stürzt das Gefährt krachend über ihn. Hüfte, Knie und Ellbogen durchfährt ein heftiger Schmerz, Loren stöhnt auf, während er spürt, wie die schwere Maschine auf seinem Körper lastet und stellenweise sein Fleisch durchschneidet. Er möchte versuchen, sich zu befreien, doch dazu reicht die Zeit nicht: Voller Schrecken sieht er, wie ein Mann aus dem Auto steigt, das in etwa zwanzig Meter Entfernung von ihm stehengeblieben ist, und auf ihn zuläuft –, es ist Buisson.

Der kleine Mann schäumt vor Wut. Als er die Wagentür öffnete, rief er seinen Komplizen zu: »Aus dem mache ich Hackfleisch, aus diesem verdammten Bullen!« Seine 38er ist leergeschossen. Aber was tut's! Er schnappt sich die englische Maschinenpistole, die noch im Wagen lag. Triumphierend nähert er sich dem Polizisten. Er hatte bemerkt, wie dieser seine 7,65er zog, doch als der Unglückliche damit zielen wollte, stieß er gegen ein Kabel des Motorrades, und die Waffe fiel ihm aus der Hand.

Mit schreckgeweiteten Augen starrt Loren auf diese dunkle Silhouette, die nur noch knapp zwei Meter von ihm entfernt ist, während Buisson seine schwarzen, glühenden Augen ebenfalls auf sein Opfer heftet.

Loren sieht, wie sich die schwarze Öffnung der Waffe seinem Kopf nähert, es bleiben nur noch ein paar Zentimeter, er hat nicht die Kraft, sich zu bewegen, zu schreien. Er hat nur noch ein paar Sekunden zu leben.

Buissons Finger drückt auf den Abzug. Nichts. Der Schuß löst sich nicht. Buisson wird ungeduldig. Er schüttelt das Maschinengewehr, drückt noch einmal auf den Abzug, noch einmal, immer wieder. Die Waffe bleibt stumm.

»Herr Gott, so beeil dich doch!«, schreit Dekker, der den Kopf zum Fenster herausstreckt.

Ein letztes Mal drückt Buisson auf den Abzug, und wieder löst sich kein Schuß. Da rennt er wütend und enttäuscht zum Auto zurück und steigt wieder ein.

»Du Idiot«, schnaubt Dekker wütend und fährt los, »das hat ja eine Ewigkeit gedauert!«

Emiles Stimme schnappt fast über vor Zorn und Ärger:

»Ein ausgesprochener Scheiß, diese Maschinenpistolen! Ich drückte und drückte, aber das Ding ging einfach nicht los!«

»Du hattest ganz einfach vergessen, sie zu entsichern . . . «, sagt Russac, der sich die Sten genau besieht. »Hier, die Sicherung mußt du nach hinten schieben.«

»Also, bei diesem neumodischen Kram, da komme ich einfach nicht mehr mit«, brummt Buisson. »Vor dem Krieg gab es sowas nicht, und im Knast gab's schließlich für sowas keinen Unterricht.«

»Siehst du, man muß sich eben auf dem laufenden halten«, witzelt Russac.

Während er seinen »Retter« wieder lädt, wirft Buisson ihm einen vernichtenden Blick zu, aber er erwidert nichts.

Das Auto fährt weiter in Richtung Porte de Clichy, als Emile den ersten Motorradfahrer bemerkt, der die Jagd wieder aufgenommen hat. Deroo hat sich nach seinem Sturz gleich wieder an die Verfolgung gemacht, doch er hat wertvolle Sekunden verloren, als er neben Loren anhielt, der immer noch mitten auf der Straße lag. Ein Passant informierte ihn, daß das Unfallkommando bereits benachrichtigt sei, was ihn schließlich beruhigt. Gerade, als Deroo sich wieder auf sein Motorrad schwingen will, warnt Loren ihn:

»Paß auf! Kaum bist du nah genug an sie herangekommen, treten sie wie verrückt auf die Bremse, auf diese Weise haben sie mich drangekriegt . . . «

Das Gangsterauto nähert sich der Porte de Clichy, und Dekker beginnt wieder mit dem Manöver, das schon einmal so vortrefflich gelungen ist. Er wartet, bis das Motorrad etwa zwanzig Meter hinter ihm ist, dann tritt er mit aller Gewalt auf die Bremse und stellt das Auto quer. Aber Deroo ist auf der Hut. Er bringt das Kunststück fertig, rechtzeitig anzuhalten, springt ab, geht hinter seinem Gefährt in Deckung, zieht den Revolver und eröffnet das Feuer.

Caillaud und Buisson springen aus dem Auto. Francis schießt mit der Maschinenpistole los, um die Aufmerksamkeit des Polizisten auf sich zu lenken, während Buisson auf die andere Straßenseite läuft und versucht, den Polizisten von hinten anzugreifen. Er ist nur noch gut fünfzehn Meter von ihm entfernt. Auf diese Entfernung hin kann er ihn gar nicht verfehlen. Er hebt seine Hand, die die 38er hält, zielt.

Ein Schuß geht hinter ihm los, er zuckt zusammen. Im gleichen Augenblick spürt er einen brennenden Schmerz am Kinn.

»Geh in Deckung, da schießt dir einer in den Rücken.«

Es war Le Nus, der ihm das zugerufen hat. Buisson sieht, wie er aus dem Wagen springt und jetzt auf eine Silhouette schießt, die er nur mit Mühe hinter einem geöffneten Fenster entdeckt.

Der Schütze, der in diesem Mietshaus auf der Lauer liegt, ist ein Schutzpolizist, der zufällig dort wohnt und, von den Schüssen alarmiert, nun dem Motorradfahrer zu Hilfe kommen will, der immer noch flach auf dem Boden liegt. Er schießt ruhig und sicher, und seine Kugeln pfeifen dicht an Emile vorbei, den er sich als Zielscheibe ausgesucht hat.

Buisson begreift, daß das Spiel verloren ist, daß weder er noch seine Freunde den Polizisten erledigen können, und den Typ hinter dem Fenster, der sie aufs Korn nimmt, noch viel weniger. Überdies ist ihm klar, daß sie, wenn sie noch länger in dieser Gegend bleiben, bald eine ganze Meute von Polizisten auf dem Hals haben werden, die zur Verstärkung anrücken. Monsieur Emile schießt, jedoch ohne große Überzeugung, noch weiter, um seinen Rückzug zu decken, und als seine Pistole leergeschossen ist, ruft er den anderen zu:

»Los, wir hauen ab!«

Die anderen rennen auf das Auto zu, springen hinein. Dekker läßt den Wagen aufheulend davonschießen, und weiter geht die Flucht.

Niemand spricht mehr im Wagen, in dem nur noch das Keuchen der Männer zu hören ist, die vom Laufen und der Erregung außer Atem sind. Mit quietschenden Reifen überquert der Wagen den Boulevard und fährt nun auf der langen, geraden, völlig verlassenen Straße weiter. Buisson berührt mit der Hand sein brennendes Kinn und stellt fest, daß es blutet. Er will gerade sein Taschentuch herausziehen, als Russac ruft:

»Scheiße, der Kerl ist immer noch hinter uns!«

Emile dreht sich um. Grausamkeit blitzt in seinen Augen auf. Eine mörderische Wut erfüllt ihn; wenn er diesen hartnäckigen Bullen nur ein für allemal erledigen könnte!

»Dieser Scheißkerl!«, schäumt er. »Den mach ich jetzt fertig!«

»Was soll ich machen?«, fragt Dekker in ruhigem Ton.

Buisson überlegt blitzschnell. Das Wichtigste ist, daß sie jetzt erst mal dieses Motorrad abhängen, das ihnen an den Fersen hängt, denn in der Stadt würde es bald von Straßensperren nur so wimmeln.

»Fahr am Friedhof von Batignolles entlang und kreuze dann ein bißchen in den kleinen Straßen dort herum, anschließend biegst du wieder in den Boulevard ein. Vielleicht gelingt es uns, ihn abzuhängen.«

Das Auto rast parallel zu der hohen Friedhofsmauer dahin, fährt dann die Rue du Bois-des-Caures entlang, biegt im rechten Winkel rechts in die Rue Toulouse-Lautrec ein und gleich darauf in eine schmale, unbeleuchtete Gasse, wo rechts und links die Passanten, sich gegenseitig anrempelnd, zur Seite springen. Plötzlich taucht im

Licht der Scheinwerfer die Fassade eines Hauses direkt vor ihnen auf.

»Verdammt!« schreit Le Nus, »wir sind in einer Sackgasse.«

Emile dreht sich um und sieht den Scheinwerfer des Motorrads, das ebenfalls in die Sackgasse eingebogen ist. Dekker hat es im Rückspiegel ebenfalls beobachtet. Ohne Zeit zu verlieren, tritt er voll auf die Bremse. Die Reifen quietschen, er legt den Rückwärtsgang ein, fährt zurück, und nach einer scharfen Drehung hat er den Wagen gewendet, der nun wieder mit dem Kühler zum Ausgang steht.

Deroo, der etwa fünfzig Meter von ihnen entfernt ist, begreift sofort. Er hält an, um seinen Revolver zu ziehen, doch plötzlich sieht er, wie die Scheinwerfer des Wagens aufblenden und sich ihm unter dem Aufjaulen des Motors blitzschnell nähern.

Er ist geblendet. Er hat nicht einmal mehr die Zeit, sein Motorrad zur Seite zu lenken, um sich in Sicherheit zu bringen, denn schon ist das Auto unmittelbar vor ihm. Mit einer verzweifelten Reflexbewegung wirft er sich zu Boden, wobei er sein Motorrad im Fall mit sich zieht, und schießt blind drauflos. Man hört das knirschende Geräusch von zusammengedrücktem Blech, als das Auto mit dem Motorrad zusammenstößt, und dann das Aufpeitschen der Schüsse, die aus den zwei Wagentüren auf den Polizisten abgegeben werden.

»Fahr zurück«, befiehlt Buisson, »wir müssen sehen, daß wir diesen Scheißkerl erwischen!«

Dekker legt hastig den Rückwärtsgang ein, der Wagen fährt zurück und zerquetscht das Vorderrad des Motorrades, während Le Nus und Francis Caillaud von den Wagentüren aus die Sackgasse mit Kugeln bepflastern, in der Hoffnung, den Motorradfahrer zu treffen. Der schauerliche Lärm der Schüsse hallt noch lange in der kleinen Gasse nach.

Endlich befiehlt Buisson Dekker, weiterzufahren. Nach einer letzten Salve verläßt das Auto die Sackgasse und fährt nun in Richtung Montmartre. Deroo steht auf, völlig verblüfft darüber, daß er noch am Leben ist.

Plötzlich ist die Wut von Buisson gewichen. Er tupft mit seinem Taschentuch das Blut ab, das immer noch von seinem Kinn tröpfelt und sein Hemd befleckt hat:

»Also alles was recht ist, Hut ab vor diesem Bullen!«, sagt er. »Diese idiotische Gesellschaft verdient gar nicht, daß solche Leute sie verteidigen. Der Kerl ist entweder ein Held oder er weiß nicht, was er tut . . . «

»Und wo soll's jetzt hingehen?«, fragt Dekker.

»In die ›Paillote‹«, erwidert Buisson. »Dort gießen wir uns ein Glas Champagner hinter die Binde und machen uns ein bißchen frisch. Wir sehen so schweinisch aus, als kämen wir direkt aus Verdun.«

›Paillote‹ heißt eine winzige Bar mit diskreter Beleuchtung in der Rue Burq; ihr Wirt, Frédo, ist ein Mann, der nie Fragen stellt, sich aber stets bereit zeigt, jemandem einen Gefallen zu tun. Seine Gäste sind ausschließlich Stammgäste, meistens Zuhälter. Jedes fremde Gesicht wird hier unsanft vertrieben.

Es ist fast Mitternacht, als die fünf Männer – nacheinander – die Bar betreten. Dekker ist der letzte, denn er hat inzwischen noch das Auto in der Nähe der Place des Abbesses abgestellt.

Sie setzen sich weiter hinten in die Bar, bestellen Champagner und gehen dann auf die Toilette, um ihre Kleidung etwas in Ordnung zu bringen, sich zu kämmen und zu waschen. Sie legen auf dem Waschtisch den Schmuck und das Geld ab, das sie im Restaurant erbeutet haben, ziehen ihre Jacken aus und säubern sie, so gut es geht, ehe sie damit wieder in die Bar zurückkehren. Monsieur Emile war der erste, der sich etwas frisch gemacht hat. Er wusch sich Gesicht und Hände, die von getrocknetem Blut befleckt waren, zog sein Hemd aus und nahm dafür eins, das der Wirt ihm geliehen hatte. Russac war der letzte. Als er an den Tisch zurückkommt, ruft er jovial:

»Kumpel, ich glaube, das können wir feiern.«

Russac ist groß, blond und überragt die anderen vier um gut einen Kopf. Er hat regelmäßige Züge, einen sanften Blick, ein sicheres Auftreten und vermag sich gut auszudrücken. Leider mangelt es ihm an psychologischem Scharfblick. Denn sonst hätte er, während er dabei ist, mit geübten Fingern die erste Flasche zu entkorken, den kalten Blick Buissons bemerkt, in dem eine dumpfe Feindschaft zu spüren ist. Emile mag ihn nicht. Er hat ihn innerlich unter die unbedeutenden kleinen Ratten eingereiht, ohne Mumm in den Knochen, die bereits zu singen anfangen, wenn ein Bulle nur den kleinen Finger hebt. »Er hat eine zu hübsche Visage, die den Frauen gefällt, und zu große Angst, man könne sie ihm ein bißchen lädieren«, denkt er.

Als die fünfte Flasche auf dem Tisch steht, ist es zwei Uhr morgens. Le Nus fängt an zu gähnen und hat Mühe, die Augen offenzuhalten. Auf seinem Stuhl hängend, sagt er mit heiserer Stimme:

»Ich glaube, man könnte jetzt die Anker lichten. Um diese Zeit haben die Bullen bestimmt ihre Straßensperren aufgehoben.«

Buisson nickt. Er zahlt die Rechnung und steht auf; die anderen folgen ihm. Francis Caillaud steht ein wenig wacklig auf seinen Beinen. Langsam laufen sie bis zur Place Blanche hinunter, setzen sich in ein Taxi und lassen sich nahe der Rue Bichat absetzen. Das Treppensteigen fällt ihnen allen schwer. Abgesehen vom Champagner hängen die Erschöpfung, die Müdigkeit und die ganze nervliche Belastung des Abends wie Bleigewichte an ihren Füßen, und die fünf Männer bleiben des öfteren stehen, um zu verschnaufen.

Schließlich fallen sie alle auf ihre Stühle, rund um den Küchentisch. Sie sind allein und haben ihre Ruhe. Suzanne ist noch nicht aus der Rue Blondel zurückgekommen, wo sie ihrem Metier nachgeht:

»Los«, ruft Buisson, »wir wollen teilen.«

Jeder leert seine Taschen und legt vor sich auf einen Haufen den gestohlenen Schmuck und das Geld; Caillaud ruft bei diesem Anblick ein ums andere Mal aus:

»Mensch, das ist'n Ding . . . das ist n'Ding!«

Und der kleine Francis kriegt so große und begehrliche Augen, daß die anderen laut loslachen. Alle, außer Emile. Sein Blick hängt an Russacs Beutegut; er hat aufmerksam betrachtet, was dieser aus seinen Taschen hervorgeholt hat. Es fehlt ein Diamant. Emiles Gedächtnis ist unfehlbar. Er erinnert sich genau daran, daß er in der Auberge d'Arbois gesehen hat, wie Russac mit bewunderndem Pfeifen einen Ring in seiner Hand gewogen und ihn dann wieder in seine Tasche gesteckt hat.

Der Diamantring liegt jedoch nicht auf dem Tisch. Das kann nur eins bedeuten: der große Blondkopf, der ihn in seiner Größe förmlich erdrückt, will sie beschummeln. Emile wirft einen flüchtigen Blick auf Russac, der immer noch lacht, aber er sagt kein Wort. Er sammelt die Geldscheine ein, zählt sie und beginnt mit der Verteilung.

»Im ganzen sind es 103 000 Francs«, sagt Buisson, »das macht 20 000 für jeden. Die 3000, die übrigbleiben, geben wir Suzanne. Und dieses Glitzerzeug da wird Le Nus morgen zu einem Hehler bringen. Und nun, alle Mann ins Bett.«

12

Siebzehn Tage sind seit dem Überfall am Etoile bereits vergangen, und die Kripo hat immer noch keine Spur. Der einzige Erfolg, den sie, sozusagen zum Trost, verzeichnen konnte, war, daß sie René Girier verhafteten. Die Inspektoren Courchamp – von der Kripo – und Morin, Sonderdezernat, haben ihn verhört und sogar ein bißchen härter angefaßt, doch Girier behauptete beharrlich, daß er die Namen von Buissons Komplizen nicht kenne. Inzwischen ist er wieder in die Santé gebracht worden, wo er erst einmal neunzig Tage Einzelhaft aufgebrummt bekam. Was jedoch die Schießereien in Paris betrifft, da brachte die Untersuchung als einziges Ergebnis die leeren Pistolenhülsen zutage, die gleich ins Labor wanderten, um dort unter die Lupe genommen zu werden.

Der Dicke reibt sich die Hände. Die Zeit arbeitet für mich, denkt er sich. Je länger die Kollegen von der Kripo im dunkeln tappen, desto größer sind seine Chancen, daß die beiden Sklaven Hidoine und Borniche, seine Spürhunde, eines Tages auf Buissons Spur stoßen.

Eines Morgens ruft er mich zu sich ins Büro. Er sitzt da, der Dicke, mit offener Jacke, den Bauch herausgestreckt, und sagt:

»Borniche, Sie sollten demnächst einmal dem Untersuchungsrichter Gollety, der den Ausbruch aus der Psychiatrischen zu bearbeiten hat, aufsuchen. Bitten Sie ihn um die Erlaubnis, in die Santé zu gehen und sich mit Girier zu unterhalten. Vielleicht haben Sie ein bißchen mehr Glück als Ihre Kollegen. Aber inzwischen hab ich noch etwas anderes für Sie, was noch dringender ist. Sie bekommen ein wenig Urlaub von Buisson. Lesen Sie.«

Und er reicht mir eine Meldung der Gendarmerie von Conflans-Sainte-Honorine. »Heute, am 26. September, Leiche eines unbekannten Mannes ohne Ausweispapiere im Wald von La Faye in Andrésy gefunden. Schicken Sie Beamte. Sie werden von den Gendarmen Petit und Herproteau erwartet.«

»Hoffentlich beweisen Sie in dieser Sache etwas mehr Spürsinn als bei Buisson«, bemerkt der Dicke ironisch. »Nehmen Sie Cocagne und Crocbois mit und halten Sie mich auf dem laufenden.«

Ich bin durchaus nicht unzufrieden darüber, daß ich ein bißchen Luft schnappen und die Akte Buisson einmal weglegen kann, und gehe wieder in mein Büro zurück. In ein paar kurzen Worten schildere ich Hidoine den Fall, den der Dicke mir gerade übergeben hat. Aber der hört mir kaum zu, weil er gerade in den Sportteil der Zeitung vertieft ist. Während ich meinen khakifarbenen Regenmantel anziehe, den ich einmal aus den Restbeständen der amerikanischen Armee erstanden habe, schlage ich ihm vor:

»Kommst du mit?«

»Wohin denn?«

»In den Wald von La Faye. Wir könnten unsere Lungen mal mit etwas frischer Luft verwöhnen!«

»Mit Leichengeruch, meinst du wohl . . .«

»Sei nicht blöd, Raymond. Um elf Uhr kommen wir dort an. Wir beeilen uns ein bißchen mit der Arbeit und sitzen dann Punkt zwölf Uhr gemütlich im Restaurant ›Zum lustigen Fischer‹ in Conflans. Ich kenne den Wirt, man ißt dort gut und nicht teuer.«

»Hat er frischen Fisch?«

»Natürlich.«

»Okay, dann komme ich mit.«

Ich rufe noch rasch Cocagne und Crocbois an, damit sie sich gleich fertigmachen. Cocagne ist unser Fotograf; er ist fünfundvierzig, 1 Meter 85 groß und trägt den Spitznamen ›Der Mast‹. Ein prima Kerl. Er muß wohl im Laufe der Zeit durch die Routine einen eisernen Magen bekommen haben, denn er fotografiert, ohne auch nur den geringsten Widerwillen, die Leichen aus allen Blickwinkeln, dreht sie um, betrachtet sie, geht ein Stückchen weg, kommt wieder näher, nimmt die Fingerabdrücke ab, und schiebt immer neue Platten in seinen altmodischen Fotoapparat mit einem Gummiball als Auslöser. Völlig verweste Körper, wahrhaft pestilenzialische Gerüche lassen ihn völlig kalt. Und manchmal, wenn das Opfer nur noch eine gräßliche, weiche Masse ist, bringt er sogar noch einen Witz zuwege. Ich höre das jedoch kaum. Ich stehe nämlich immer ein Stückchen abseits und beschäftige mich damit, meinem revoltierenden Magen gut zuzusprechen. Ich habe mich an Leichen nie gewöhnen können.

Crocbois ist der Chauffeur. Ein hübscher, schlanker Bursche mit leicht gelocktem und sorgfältig gekämmtem Haar, der Playboy der Autowerkstatt. Nichts interessiert ihn außer den Frauen. Ein Vielfraß der Liebe. Er sitzt bereits am Steuer und Cocagne neben ihm, als ich mit Hidoine hinten einsteige. Der Motor läuft bereits.

»Na, zufrieden, mal ein bißchen Waldluft zu schnuppern?

»Und wie, ein wenig Sauerstoff, und schon ist man ein völlig neuer Mensch.«

Der Tote liegt in einem Schlammloch. Er trägt einen dunkelblauen, gutgeschnittenen Anzug, ein weißes Hemd und eine blaurot gestreifte Klubkrawatte. Er liegt auf dem Rücken, mit weitgeöffneten Augen und einem halbzerfressenen Augenlid. Seine Glieder sind steif; das rechte Bein ist nach hinten abgeknickt, was bedeutet, daß der Tod ihn von hinten getroffen haben muß. Die Arme sind ausgebreitet.

Der eine Gendarm, Petit, kommt auf mich zu.

»Man hat ihm die Taschen ausgeleert, Herr Kommissar.«

»Nur Inspektor, bitte«, erwidere ich. »Haben Sie sonst nichts Interessantes gefunden?«

»Nichts. Aber auch wirklich gar nichts.«

Ich wende mich an Cocagne und rufe ihm zu:

»Du bist an der Reihe.«

Der hat bereits seinen Apparat auf das hölzerne Stativ geschraubt. Er hüllt sich in ein schwarzes Tuch, bückt sich, reguliert die Entfernung. Er schiebt eine Platte ein, ruft scherzhaft: »Bitte nicht bewegen«, und »klick« – ein Foto ist gemacht. Grinsend taucht Cocagne wieder auf, wechselt den Platz und beginnt wieder von vorne. Befriedigt nähert er sich dann dem Leichnam und dreht ihn um wie eine Matratze; im Haar kleben Blätter, seine Jacke ist voller Schlamm, und der Hemdkragen hat bräunliche Flecken.

»Dem haben sie eine Kugel in den Nacken gejagt«, sagt Hidoine, der neben dem Kopf des Toten kniet.

Er mußte erst einmal das von geronnenem Blut verklebte Haar beiseiteschieben, um festzustellen, wo die Kugel eingedrungen war. Jetzt steht er auf und klopft seine Hose aus. Cocagne, der gerade aus der Nähe – in Großaufnahme – den Nacken des Leichnams fotografiert hat, ist inzwischen damit beschäftigt, mit seinem Zentimetermaß den Körper des Toten zu messen, Arme, Beine, und notiert alles in ein kleines schwarzes Notizbuch. Dann kniet er im nassen Gras nieder und kramt in seiner Arbeitstasche. Er holt einen Wattebausch hervor, den er in Alkohol taucht, und säubert dann damit die Finger und Hände des Leichnams, wobei er sie geradestreckt. Dann trocknet er sie sorgfältig ab.

»Es dauert nicht mehr lange, Kinder«, ruft er uns zu. »Und dann werden wir so richtig gemütlich essen gehen. Was haltet ihr zum Beispiel von einem schönen Hammelragout?«

Ich betrachte ihn voller Abscheu. Mit Hilfe eines Spezialpapiers bestreicht er rasch und geschickt jeden Finger des Toten mit schwarzer Tinte. Dann rollt er sie, einen nach dem anderen, auf weißem Papier ab, und schon erscheinen die Fingerabdrücke. Danach kommen die Innenflächen der Hand an die Reihe; auch ihre Linien drücken sich ab. Cocagne betrachtet das Ergebnis seiner Arbeit, dann packt er pfeifend wieder sein Material und die Blätter mit den Abdrücken in seine Tasche.

Inzwischen, während unser Fotograf beschäftigt war, sind auch der Staatsanwalt von Pontoise, der Untersuchungsrichter, sein Urkundsbeamter und ein Gerichtsmediziner eingetroffen. Wir suchen gemeinsam im Gras, dem welken Laub und den abgebrochenen Zweigen nach irgendwelchen Spuren, die uns möglicherweise weiterhelfen können. Es ist verlorene Mühe. Während die Gendarmen den Leichnam zur Autopsie in das Krankenhaus von Conflans bringen, ist der Richter zu mir getreten.

»Was halten Sie davon?«

»Daß man sorgfältig jedes Ausweispapier entfernt hat, um zu verhindern, daß die Leiche identifiziert wird, läßt eigentlich darauf schließen, daß wir es mit einer Abrechnung zwischen Bandenmitgliedern zu tun haben.«

»Ja, ja, der Ansicht bin ich auch«, murmelt er und reicht mir ein Papier.

In diesem offiziellen Schreiben wird mein Dezernat mit der weiteren Untersuchung beauftragt. Darin steht nämlich: »In dem Verfahren gegen Unbekannt wegen Mordes oder Totschlags beauftragen wir einen der Herren Kommissare der Kriminalabteilung der Sûreté in Paris mit der weiteren Untersuchung, insbesondere allen Vernehmungen, Durchsuchungen und Beschlagnahmen, die im Interesse der Wahrheitsfindung erforderlich scheinen.«

Der Richter grüßt mich mit einem Kopfnicken und geht dann zu seinem Wagen.

»Gehn wir endlich?«, fragt Cocagne. »Ich hab einen Bärenhunger.«

Mir dreht sich zwar eher der Magen um, denn durch das dauernde Bewegen der Leiche war der Gestank noch gräßlicher geworden.

Aber die anderen haben Hunger. Und so fahren wir vier in unserem Citroën nach Conflans, in den ›Lustigen Fischer‹. Ein paar Pernods, ein fangfrischer Fisch »nach Art des Hauses«, ein Huhn in Rahmsauce mit Champignons, ein bißchen Käse, ein Dessert und eine Flasche Beaujolais haben nach und nach aus meiner Nase den süßlichen Geruch des Todes vertrieben. Crocbois hat sich mit der Kellnerin davongeschlichen. Und ich denke gerade an den Mantel, den ich mir für den Winter kaufen möchte; ich habe schon einen bei Max Evzeline »Elegante Herrenmoden« gesehen. Ich möchte ihn gern in dunkelgrau, weil das eine Farbe ist, die zu allem paßt. Marlyse findet aber beige besser, weil sie meint, das sähe ein bißchen nach Künstler aus. Aber er ist teuer, er ist einfach zu teuer für mich. Und deshalb werd ich auch besser in ein Kaufhaus gehen.

Wir sind immer noch dabei, unser üppiges Mahl zu verdauen, als ein Gendarm erscheint. Er zieht einen Briefumschlag aus seiner Tasche, leert ihn über dem Tisch aus, und heraus fällt eine Pistolenkugel, die auf den ersten Blick noch recht gut erhalten scheint.

»Die hat man im Kopf des Leichnams gefunden«, erklärt er. »Wie der Gerichtsmediziner sagt, erschoß der Mörder den Mann aus etwa fünfzig Zentimeter Entfernung, als jener aufrecht stand; die Kugel drang von unten nach oben ein, deshalb muß der Mörder sehr viel kleiner als sein Opfer gewesen sein; er war auch ein hervorragender Schütze!«

Am nächsten Tag begebe ich mich frühmorgens in den Justizpalast. In meiner Aktentasche habe ich die Pistolenkugel und die Blätter mit den Abdrücken des Unbekannten. Ich gehe die Präsidentengalerie entlang, steige die Treppe mit dem Buchstaben T hinauf bis zur zweiten Etage und gelange zur erkennungsdienstlichen Abteilung, die sich im Dachgeschoß befindet, zwischen der Galerie der Saint-Chapelle und dem Flügel des neuen Landgerichts. Vier Millionen Fingerabdrücke sind hier in der Abteilung für Daktyloskopie und für Anthropometrie klassifiziert, und ich bin der Ansicht, daß es mit dem Teufel zugehen müßte, wenn ich meine Leiche hier nicht finde. Und außerdem hoffe ich, daß die Inspektoren von der Abteilung für Ballistik sicher bald die Waffe identifiziert haben, aus der die Kugel kam, die man im Kopf des Toten gefunden hat.

Etwas außer Atem stehe ich schließlich auf der obersten Stufe der Wendeltreppe, gegenüber der kleinen Tür, die in diese Abteilung führt. Ich klopfe. Die Klappe geht hoch.

»Ich bin vom Haus«, sage ich.

Die Klappe geht wieder herunter, und die Tür wird aufgemacht. Ich zeige meinen Polizeiausweis, ein Pförtner schreibt meinen Namen in ein Register und bedeutet mir, einzutreten. Ich gehe sogleich in den Daktyloskopie-Saal, wo die Vergleiche der Fingerabdrücke vorgenommen werden. Ich klopfe an die Glastür und trete ein. Ein kahlköpfiger Inspektor, der über ein Mikroskop gebückt sitzt, dreht sich um und mustert mich:

»Guten Morgen«, begrüße ich ihn und reiche ihm die Hand. »Ich bin Borniche, von der S.N. Ich hab eine Leiche zu identifizieren.«

Ein Mann in weißem Arbeitskittel dreht sich auf seinem Stuhl um, greift nach den Papieren, die ich in der Hand halte, betrachtet sie eingehend und nickt dann anerkennend mit dem Kopf:

»Saubere Arbeit. Hast du das selbst gemacht?«

»Nein, Cocagne, ein Profi sozusagen. Er hat die Abdrücke noch am Tatort gemacht.«

Der Mann im Kittel erwidert nichts. Er legt die Abdrücke der linken Hand unters Mikroskop, stellt es richtig ein und schreibt dann sogleich eine Nummer unter jeden Fingerabdruck. Ich frage ihn:

»Was sollen denn die Nummern bedeuten?«

Ohne sich umzudrehen, immer noch über sein Mikroskop gebeugt, erwidert mir der andere:

»Das sind Codenummern. Jeder Abdruck ist entsprechend seiner Form klassifiziert: Schlingenmuster rechts, Schlingenmuster links, Bogenmuster A und T, U- und R-Muster. Ich gebe das alles in Zahlen wieder und erhalte die Nummer 22-225.5833. Das bedeutet Bogenmuster A an beiden Daumen, Schlingenmuster links an allen Fingern der rechten Hand. Hast du verstanden?«

»Ja«, erwidere ich nicht gerade überzeugt. »Und dann?«

»Dann muß ich in den Kästen dort über deinem Kopf, in denen die entsprechende Serie geordnet ist, eine Karteikarte heraussuchen, die dieselbe Nummer trägt, wenn sie überhaupt dort drin ist. Denn schließlich kann's ja auch sein, daß dein Typ da gar nicht drin ist.«

Inzwischen hat er eine Hängeleiter zu sich hingezogen, steigt drei Stufen hinauf und entnimmt dem Karteikasten nach kurzem Suchen eine rechteckige Karte.

»Da hast du deine Leiche«, sagt er und steigt wieder herunter. »Der muß es sein. Russac Henri, geboren 5. Dezember 1905 in Charenton, mehrmals vorbestraft und erst vor kurzem aus der Santé entlassen.«

Ich werfe noch einen kurzen Blick auf die beiden Fotos – von vorn und von der Seite –, die auf die Karteikarte aufgeklebt sind. Kein Zweifel, das ist der Mann aus dem Wald von La Faye.

»Hätt'st du nicht zufällig noch ein Foto für mich übrig?« frage ich.

»Nein, aber du findest ja im Archiv, was du brauchst.«

Er wendet sich wieder seinem Mikroskop zu, und ich verlasse das Büro, um mich in die Ballistik-Abteilung zu begeben, in der Hoffnung, daß die Untersuchung der Pistolenkugel genauso rasch geht wie die der Fingerabdrücke. Doch das stellt sich als Irrtum heraus.

»Kommen Sie morgen wieder«, erklärt man mir im Sekretariat.

Ich verlasse den Justizpalast und überquere den Boulevard. Ich gehe zur Post beim Handelsgericht, und nach zwei vergeblichen Versuchen gelingt es mir, mein Büro zu erreichen:

»Raymond? Geh so rasch wie möglich ins Archiv und hol mir die Akte Russac Henri. Ja, ich habe sie identifiziert. In einer halben

Stunde bin ich da.«

Das wäre Nummer eins. Ich werfe eine andere Telefonmünze in den Apparat und rufe die Santé an. Immer noch bin ich der festen Überzeugung, daß der Fall des Toten im Wald von La Faye einfach ist; das Material, das ich bereits habe, müßte zusammen mit dem, das ich noch zu erhalten hoffe, ausreichen, um verhältnismäßig rasch die Spur des Mörders zu finden.

Etwa fünf Minuten stehe ich, mit dem Hörer in der Hand, da und warte, bis der Gefängnisbeamte seine Register durchgeblättert hat. Endlich kommt er zurück.

»Tja, wissen Sie, wir haben da nicht viel. Er bekam nie Besuch und ist auch sonst nicht aufgefallen. Der Typ war eher von der weichen Sorte.«

»Er muß sich aber doch ab und zu mit jemandem unterhalten haben?«

»Sicher. Aber die Aufseher, die ihn gekannt haben, haben erst morgen früh wieder Dienst. Das einzige, was ich Ihnen sagen kann, ist, daß er in der Zelle Nummer 2.51 war. In derselben, in der auch Emile Buisson saß.«

»Wie bitte? Sagen Sie den Namen doch noch einmal.«

»Buisson. Der, der erst vor kurzem aus der Psychiatrischen ausgebrochen ist. Ich kann Ihnen aber nicht sagen, ob sie befreundet waren oder nicht. Da müßten Sie schon noch einmal anrufen. Als er entlassen wurde, gab er uns als Adresse Paris, 10, Faubourg Saint-Martin an. Mehr kann ich Ihnen nicht sagen.«

Ich lege den Hörer auf. Mechanisch zünde ich mir eine Zigarette an und zerbreche mir den Kopf darüber, was für eine Beziehung wohl zwischen der Leiche, Buisson und Le Nus bestand. Ich kenne die Unterwelt zu gut, um an einen bloßen Zufall zu glauben. Da fällt mir etwas ein. Wenn Russac dem Gefängnisschreiber die Adresse von Le Nus angegeben hat, kann er sie nur von Emile bekommen haben. Daß Le Nus aber den Ausbruch seines Bruders organisiert hat, davon war ich von Anfang an überzeugt. Wie, wenn Russac zu den Komplizen gehört hätte?

Eiligst mache ich mich auf den Weg in Richtung Rue des Saussaies. Hidoine hat mir mitten auf den Tisch Russacs Akte gelegt, in der ich auch sein Foto vom Erkennungsdienst finde. Einen Augenblick bin ich unschlüssig, ob ich nicht den Dicken informieren sollte, aber ich will lieber erst einmal einen Beweis für meine These finden, bevor ich mit ihm spreche. Ich rufe noch rasch Marlyse an, um ihr zu sagen, daß ich bestimmt später nach Hause kommen werde. Dann telefoniere ich mit der Tankstelle und bitte Crocbois, den Wagen bereitzuhalten.

»Verdammt, es ist gleich Mittag«, entrüstet er sich.

Auf dem Flur renne ich ein paar Kollegen von den anderen Abteilungen um, ich höre, wie Türen geöffnet und geschlossen werden, und das fast unablässige Schreibmaschinengeklapper. Nachdem ich bestimmt schon ein dutzendmal auf den Knopf gedrückt habe, erscheint schließlich einer der Pförtner gemächlich, um mir zu verkünden, daß der Aufzug wieder einmal nicht funktioniert. Ich renne die Treppe hinunter.

»Wo soll's denn hingehen«, fragt mich Crocbois und steckt seinen Kamm in die Tasche.

»Nach Villejuif, in die Psychiatrische.«

Während der ganzen Fahrt bete ich heimlich, daß einer der Aufseher oder Krankenwärter, die an dem Tag von Buissons Flucht Dienst hatten, da sein möge. Siehe da, ich habe Glück: Ich treffe die beiden Aufseher und einen der Krankenwärter, die Buisson mit seinem Revolver bedrohte.

Und als ich ihnen das Foto von Russac zeige, erkennt ihn jeder von ihnen wieder: Ja, das sei einer von Buissons Komplizen. Und zwar derjenige, der damals den Rückzug der Bande gedeckt hatte.

Damit habe ich meinen Rivalen von der Kripo immerhin einen Punkt voraus.

13

»Herr Kommissar? Hier ist Borniche.«

»So. Wo treiben Sie sich denn herum?«

»Im Justizpalast, Chef. Ich wollte Ihnen nur sagen, daß ich später ins Büro komme. Ich muß nochmal zur kriminaltechnischen Abteilung, um mir das Resultat von der Kugeluntersuchung zu holen.«

»Was für eine Kugel?«

»Sie wissen doch, die man in Russacs Kopf gefunden hat.«

»Ja, natürlich. Schön, aber beeilen Sie sich ein bißchen, mein Lieber.«

Der Dicke hatte aufgehängt. Und ich gehe erst noch einmal auf einen Sprung ins Café du Palais, wo ich mir an der Theke, während ich die Zeitung lese, einen Milchkaffee mit zwei Croissants bestelle, die mir gleich darauf wie zwei Ziegelsteine im Magen liegen. Zwanzig Minuten später bin ich in der Abteilung für Ballistik.

Der Mann im weißen Arbeitskittel steht auf und geht geräuschlos auf seinen Gummisohlen zu einem langen Tisch. Er wühlt in einem Stapel von Akten, zieht schließlich eine heraus und kommt zu mir.

»Der offizielle Bericht ist noch nicht fertig«, sagt er mit schleppender Stimme. »Den kriegen Sie kaum vor zwei Wochen, wir sind völlig überlastet.«

Er legt die Akte auf eine Ablage, öffnet sie und fährt fort:

»Deine Kugel stammt aus einer 38er, und zwar aus derselben Waffe, aus der auch die Projektile und leeren Hülsen stammen, die man nach der Schießerei in der Auberge d'Arbois gefunden hat. Die Vergrößerung der Fotos bestätigt das zweifelsfrei: die Markierungen, die der Lauf der Waffe hinterlassen hat, sind absolut dieselben.«

Und wahrhaftig, ich stelle fest, daß Anzahl, Verlauf und Stärke der Rillen sich völlig gleichen.

»Kapiert«, sage ich, »der Mann, der meine Leiche auf dem Gewissen hat, ist derselbe, der auf unsere Kollegen mit den Motorrädern geschossen hat.«

»Na na, nicht so hastig«, erwidert der Mann im weißen Kittel, »das habe ich nicht gesagt. Ich habe lediglich behauptet, daß es sich um dieselbe Waffe handelt. Erst einmal muß ja der Besitzer der Waffe gefunden werden, und das, mein Lieber, ist dein Bier.«

Also ich verstehe die Verwaltung nicht! Es wäre für sie doch ein leichtes, ihre sämtlichen Karteien unter ein und demselben Dach unterzubringen, aber nein, sie bemüht sich, sie überall zu verteilen, in Gebäuden, die möglichst weit voneinander entfernt sind, und an Orten, die möglichst abseits liegen.

Und deshalb ist auch das Kommissariat für Hotelüberwachung, das man über den Aufgang D erreicht und das alle Hotels, Pensionen und Gasthäuser in Paris und Umgebung überwacht und es den verschiedenen Polizeiabteilungen von Zeit zu Zeit ermöglicht, einen Kriminellen zu schnappen, der sich im Hotel einquartiert hat, auf der vierten Etage gelandet.

Natürlich gibt es wegen des unablässigen Kommens und Gehens der Besucher zwei Aufzüge. Und natürlich sind diese beiden Aufzüge meistens außer Betrieb, und so muß ich mich an diesem Morgen genau wie jeder andere meiner Füße zur Fortbewegung bedienen.

Ich habe bereits im Büro einige Blankoformulare mit dem Briefkopf der Sûreté und dem Stempel meines Dezernats eingesteckt. Jetzt fülle ich sie sorgfältig aus, trage Russacs Personalien ein und übergebe sie dem langen Lulatsch mit den hervorstehenden Schneidezähnen, der wie ein Springteufel hinter einem Schalter mit zwei altmodischen Telefonapparaten vor sich hockt. Flüchtig überfliegt er die Formulare und fragt dann, wobei er seine vorstehenden Zähne entblößt:

»Ist es dringend?«

»Ja. Ich habe eine laufende Sache und zwei andere von vor sechs Monaten und einem Jahr. Geht das? Es handelt sich um ein Verbrechen . . . «

»Meinetwegen, komm schon.«

Der Archivar erhebt sich, zieht den Türriegel zurück, und schon stehe ich in seiner grauen Höhle.

Bei den »laufenden« sind die Nachforschungen verhältnismäßig einfach und schnell; zumeist per Telefon, manchmal schriftlich, läßt man sich das betreffende Meldeformular aus den Karteikästen heraussuchen, in denen die »laufenden« – bis zu drei Monate alten – Meldeformulare alphabetisch geordnet sind. So ist jede erst kürzlich erfolgte Übernachtung eines Reisenden leicht festzustellen. Liegt sie länger als sechs oder gar zwölf Monate zurück, wird die Sache schon schwieriger; es müssen zwei, drei oder gar vier Karteikästen konsultiert werden, und aus den Zetteln ragen hier und da ein paar grüne Karten hervor: diese Gäste stehen unter Beobachtung.

Mit der Geschicklichkeit eines Zauberkünstlers wandert der Finger des Archivars durch die Karteikarten.

»Nichts zu finden«, meint er schließlich lakonisch. »Bist du sicher, daß du den Namen richtig geschrieben hast?«

Er betrachtet noch einmal das von mir ausgefüllte Formular, runzelt die Stirn, und schiebt dann seinen Karteikasten wieder zurück.

»Mal sehen, ob wir bei den anderen mehr Glück haben.«

Er setzt seine Suche unter den älteren Anmeldungen fort und zieht schließlich zwei Formulare von Russac heraus, die obendrein auch noch falsch eingeordnet waren.

»Da hast du deinen Typ.«

Und damit hält er mir zwei Meldeformulare unter die Nase, die mit ungelenker Schrift, kaum leslicher Unterschrift und ohne Berufsangabe ausgefüllt sind. Ich notiere die Adressen: 10, Rue des Prêcheurs, und 17, Rue Saint-Denis, und den Tag seiner Ankunft; dank dieser Angaben werde ich gleich in den Meldebüchern der Hotels nachschlagen können, ob Russac allein dort war oder nicht. Der Archivar ordnet die Meldeformulare wieder ein:

»Billige Absteigen«, erklärt er verächtlich. »Es würde mich wundern, wenn du da etwas rauskriegst.«

Dann sieht er noch in einem dritten Kasten nach, den er jedoch gleich wieder mit einem unwilligen Ruck zurückschiebt.

»Verdammter Laden«, murmelt er. »Nur gut, daß ein paar hier rausgeflogen sind.«

Ich betrachte ihn verständnislos, während wir wieder zurück in den Vorraum gehen.

»Na ja«, fährt er fort, »eines Tages hat jemand bemerkt, daß in den Klos zerrissene Meldeformulare und Karteikarten schwammen. Schließlich hat man sich auf die Lauer gelegt. Und hat auf frischer Tat einen Kollegen ertappt, der oft Bauchweh hatte: Um die Meldezettel, die er zu sortieren hatte, nicht einordnen zu müssen, spülte das Schwein sie dutzendweise im Klo herunter. Na ja, solange wir hier in den Archiven mit ehemaligen Sträflingen zusammenarbeiten müssen, wird es immer solche Geschichten geben!«

Meine Nachforschungen in den beiden Hotels haben wirklich nichts ergeben. Zusammen mit Hidoine habe ich einen Teil des Nachmittags damit verbracht, herauszubekommen, ob Russac vielleicht eine Freundin hatte. Jetzt sitzen wir uns an einem Tisch gegenüber, stellen eine Liste von Russacs alten Adressen auf, die wir in seiner Akte gefunden haben, und teilen sie dann brüderlich unter uns auf. Anschließend machen wir beide uns auf die Socken; jeder klappert seine Adressen ab und horcht die Conciergen aus. Eine deprimierende Beschäftigung. Wir sind hundemüde danach und haben bei alledem nichts erreicht. Aber es mußte trotzdem getan werden, denn man darf nichts versäumen, nichts außer acht lassen.

Am Abend hänge ich schweigsam in einem Sessel, vor mir ein Eimer Wasser für meine geschwollenen Füße, während Marlyse das Abendbrot macht und sich mit dem Herd rumärgert.

Ich zerbreche mir den Kopf darüber, wer wohl die 38er Pistole benutzt hat. Buisson? Einer seiner Komplizen? Aber weshalb hat man denn Russac überhaupt umgelegt?

Eine Menge Fragen, und bisher weiß ich nicht die geringste Antwort darauf.

14

Maguy ist ein Mädchen mit einem Engelsgesicht, blonden, kurzen Haaren, hohen und festen Brüsten, wiegenden Hüften und langen, rassigen Beinen. Sie war bei einer Modistin in die Lehre gegangen und hatte es dann bald satt bekommen, sich für einen lächerlichen Lohn abzurackern, ihre Gesundheit zu ruinieren und ihre Schönheit verwelken zu lassen. Sie landete in der Rue Blondel auf recht banale Art. Sonntags auf einem Tanzfest hatte sie einen Jungen kennengelernt. Einen sehr hübschen Jungen. Er hatte zarte, schwielenlose Hände, die keine Arbeit kannten: es war ein Zuhälter. Maguys Leben änderte sich von einem Tag zum anderen. Sie hatte dann noch verschiedene andere »Beschützer«, bis sie sich schließlich in ihrem Metier gut genug auskannte, um auf eigene Rechnung zu arbeiten.

Natürlich kam es noch gelegentlich vor, daß sie einem neuen Liebhaber verfiel und ihm einen Teil ihrer Einkünfte abgab, doch blieb das durchaus in vernünftigen Grenzen.

Maguy gehört zu meinen »Singvögeln«. Und ich hab mir überlegt, wenn Russac eine Freundin hatte, kann das nur eine Hure gewesen sein. Und es ist immerhin möglich, daß Maguy sie gekannt hat; zumindest ist es einen Versuch wert. Deshalb beschloß ich, ein bißchen mit meiner kleinen Freundin zu plaudern.

Kurz nach zwei Uhr mittags biege ich in die Rue Blondel ein, in der es, unter strahlend blauem Himmel, langsam anfängt, etwas geschäftiger zu werden. Spaziergänger streichen herum und betrachten aufmerksam die Mädchen, die sich hier zur Schau stellen.

Maguy ist auf der Straße. Mein Blick bleibt zuerst an ihrem grellgrünen, kurzen und geschlitzten Rock hängen, um sich dann eingehend ihrer enganliegenden, rotweißgetupften Bluse zu widmen, die oben durchaus großzügig aufgeknöpft ist. Sie raucht eine Zigarette, steht herausfordernd da und blickt selbstsicher um sich. Als sie mich sieht, zwinkert sie mir zu und läßt ihren »Werbeslogan« ertönen:

»In Maguys Armen vergißt du all deine Sorgen. Na, wie ist's mit uns beiden?«

Ich nicke ihr zu, gehe dann hinter ihr her und folge ihr in das Hotel, das Lulu, die Krabbe, führt. Wir steigen eine enge Wendeltreppe hinauf; die dritte Stufe gibt unter meinem Schritt etwas nach, so daß ich stolpere.

»Eure Treppe ist kaputt«, sage ich.

»Werd ich dir noch erklären, mein Lieblingsbulle.«

Wir gehen weiter hinauf. Ihre wiegenden Hüften sind genau in meinem Blickwinkel, in fünfzig Zentimeter Entfernung: Ich ahne ihren runden, muskulösen Hintern unter dem leichten Stoff, der sie fest umspannt. Ich schlucke ein bißchen, nervös und verwirrt. Und Maguy muß das gespürt haben, denn das Biest fängt sofort an, mich noch mehr zu bezirzen, und wiegt sich jetzt so heftig in den Hüften wie ein hübsches kleines Segelschiff auf stürmischer See. Sie dreht sich um, lacht und fragt mich: »Gefällt dir das?«

»Sehr.«

Ein Zimmermädchen öffnet uns die Tür, deckt das Bett ab und legt eine Serviette auf den Waschtisch. Als sie gerade wieder das Zimmer verlassen will, halte ich sie zurück:

»Bringen Sie uns bitte zwei Cognac. Doppelte.«

Maguy und ich bleiben allein, sie sitzt auf dem Bett, ich stehe vor ihr, wir sehen uns beide an, während wir auf unsere Cognacs warten. Ab und zu kreuzt sie ihre Beine, wobei sie flüchtig ihre Unterwäsche enthüllt und mich herausfordernd betrachtet. Eine Weile bleiben wir so; Maguy versucht, mich um jeden Preis zu umgarnen, ich biete all meine Willenskraft auf, um der Versuchung zu widerstehen, bis schließlich das Zimmermädchen zurückkommt. Ich zahle, doch offenbar bin ich zu kleinlich, denn sie schenkt mir noch nicht einmal den Anflug eines Lächelns. Für sie bin ich nur ein Freier mehr und obendrein einer, der pleite ist. Sie geht hinaus, schließt die Tür hinter sich, und ihr Schritt verhallt im Flur.

Ich betrachte jetzt aufmerksam die grüne Tapete an den Wänden, eine Wiese, auf der verblaßte rote Rosen verwelkt sind:

»Willst du noch lange die Wand anstarren?«

Ich drehe mich herum. Maguy hat ihre Bluse aufgeknöpft, und liegt jetzt auf dem Bett, die Arme hinter dem Nacken verschränkt.

»Ich bin gekommen, um mit dir zu sprechen.«

»Das kann ich mir denken. Aber man kann sich ja auch im Liegen unterhalten. Komm, leg dich neben mich, ich werd dich schon nicht vergewaltigen.«

Ich nehme die beiden Gläser, reiche ihr das eine und setze mich neben sie auf den Bettrand. Wir stoßen miteinander an.

»Was willst du denn wissen, mein Lieblingsbulle?«

Ich betrachte Maguy, während ich meinen Cognac schlürfe.

»Hör zu«, sage ich und stelle das Cognacglas neben mich auf den Nachttisch. »Ich brauch ein paar Auskünfte über einen Typ, der Russac hieß. Henri Russac.«

»Sagtest du ›hieß‹?«

»Ja. Denn er ist tot. Aber bevor er starb, muß es schließlich irgendeine Frau in seinem Leben gegeben haben, hübsch genug war er nämlich. Die Chancen stehen eins zu tausend, daß ich sie rasch finde, aber ich versuch es. Und das ist auch der Grund meines Besuches: ich möchte gern wissen, ob nicht irgendeine von deinen Kolleginnen mit meiner Leiche etwas intimer war.«

Maguy hatte sich aufgerichtet und auf einen Ellbogen gestützt, um nach ihrem Glas zu greifen, und diese Bewegung entblößte ihre linke Brust. Ohne sich im geringsten darum zu kümmern, nimmt sie einen langen Schluck. Ich bemerke in dem gedämpften Licht des Zimmers, daß ihre Züge plötzlich alle Unbekümmertheit verloren haben.

»Ich kenne das Mädchen, das mit Henri zusammen war. Ich war es selber.«

Ihre Stimme ist ernst, fast traurig, und es tut mir leid, daß ich eben noch so ungeniert von dem Toten gesprochen habe. Maguy hat ihre Bluse wieder zugeknöpft. Sie fährt fort:

»Ich hab ihn seit ein paar Wochen nicht mehr gesehen. Vor kurzem hab ich erfahren, daß er bei einem Ausbruch von einem oder zwei Kerlen, ich weiß nicht mehr genau, aus einer Krankenabteilung oder so als Komplize beteiligt war, und daß er dann auch noch bei einem Überfall in einem Restaurant dabei war, bei dem es nachher eine Schießerei auf der Straße gab. Du hast das ja wohl in den Zeitungen gelesen.«

Ich nicke.

»Tja, das ist alles, was ich dir sagen kann.«

Sie trinkt wieder einen Schluck. Ich frage weiter:

»Aber . . . woher weißt du das alles? Hat Russac dir das selbst erzählt?«

Maguy nimmt noch einen Schluck und stellt dann das Glas zurück.

»Ich hab dir doch gesagt, daß ich ihn schon seit Anfang des Monats nicht mehr gesehen habe. Nein, eine Freundin hat's mir erzählt. Sie ging früher hier mit mir zusammen auf den Strich, und dann war sie plötzlich eine Zeitlang verschwunden. Als sie wiederkam, das ist erst ein paar Tage her, fragte ich sie, einfach so im Scherz, ob sie eine Erbschaft gemacht habe. Sie antwortete ja, sie habe vier Typen geerbt, die sich bei ihr versteckt hielten. Zwei Brüder, echte Professionelle, ein Freund von ihr, der auf der Fahndungsliste stünde, und Henri.«

»Wie heißt denn deine Freundin?«

»Suzy . . . Suzanne Fourreau, um's genau zu sagen.«

»Arbeitet sie mit einem Luden?«

»Da fragst du mich zuviel. Sie hat mir was von einem Roger erzählt, aber ich weiß nicht genau, ob das ihr Macker ist. Ist das alles, was du wissen wolltest?«

»Nein, noch eine Frage. Sie ist eigentlich idiotisch. Was ist das mit der dritten Stufe, über die man stolpert? Du hast gesagt, du würdest es mir noch erklären?«

Maguy lächelt. Sie trinkt ihr Glas aus, bevor sie mir antwortet.

»Wenn du auf die dritte Stufe trittst, löst das im Büro, in dem Lulu ihre Bücher führt, ein Glöckchen aus. Sie öffnet dann rasch ein kleines Guckloch, das für den Freier unsichtbar ist, und sieht, welches Mädchen bei ihm ist. Denn Lulu hält in ihrem Heft sorgfältig die Zahl der Kunden fest, die jede von uns hat. Das ist wegen ihrer Beteiligung, verstehst du?«

»Und wie, sie ist also schlicht und ergreifend eine Kupplerin!«

»Na ja. Aber es muß ja schließlich jeder leben.«

»Schön«, sage ich, stehe auf und ziehe meine Jacke wieder an. »Ich geh ins Büro zurück. Ich dank dir für die Tips, Maguy, und wenn du mal Ärger hast und ich da irgendwas machen kann, du kennst ja meine Telefonnummern.«

»Ist schon gut. Ich werd's nicht vergessen.«

Ich beuge mich über das Bett und gebe ihr einen freundschaftlichen Kuß. Als ich gerade die Tür öffnen will, fragt Maguy mich:

»Hat Henri sehr gelitten?«

»Nein, Maguy. Er kann nichts gespürt haben.«

Die Adresse von Suzanne Fourreau herauszufinden, war ein Kinderspiel. Ich brauchte nur im Archiv der Sitte nachzuforschen und erfuhr sofort, daß sie in der Rue Bichat 57 wohnt.

Doch jetzt, da ich vor diesem Riesengebäude stehe, in dem die Flure wie in einem Labyrinth ineinanderlaufen, stelle ich fest, daß ich allein gar nichts ausrichten kann. Überall gibt es Winkel, Ecken, Treppenabsätze, die im Halbdunkel liegen, und jetzt, am Abend, ist das ganze Haus eine einzige Falle. Und während ich an der Bushaltestelle stehenbleibe, die fast genau gegenüber der Toreinfahrt liegt, überlege ich mir, daß sicher bald die ganze Straße auf mich aufmerksam wird, wenn ich noch länger hier in der Gegend bleibe. Deshalb beschließe ich, ins Büro zurückzukehren.

Als ich dem Dicken von dem Ergebnis meiner Untersuchungen berichte, reibt er sich frohlockend die Hände:

»Borniche, morgen früh bekommen Sie das notwendige Material, um das Haus zu überwachen. Ich werde den Direktor bitten, uns so einen Lieferwagen zur Verfügung zu stellen, wie ihn Ihre Kollegen von der Kripo hatten. Wir gehen alle zusammen hin, Hidoine, Sie und ich. Diesmal können sie uns nicht entwischen, oder wir müßten schon wirklich saudumme Idioten sein.«

Als ich am nächsten Morgen bei meinem Metzger den »Parisien Libéré« lese, erfahre ich, daß ich mit zu diesen saudummen Idioten gehöre.

15 Le Nus fühlte sich todunglücklich. Die Ärmlichkeit und die Unbequemlichkeit in der Rue Bichat gingen ihm auf die Nerven, und in seinem Alter spürt man es bald in den Knochen, wenn man auf einer Matratze auf dem Fußboden schläft. Natürlich freute er sich, wieder mit Emile zusammenzusein, doch er machte sich Sorgen. Nicht so sehr wegen seiner Freundin Yvonne, die in der Auvergne ganz gut untergebracht war, sondern wegen seiner beiden Hunde, den Boxern, die ihm fehlten. In dem engen Appartement in der Rue Bichat lief er – ein Bild des Jammers – hin und her und fragte sich verzweifelt, was wohl seine Hunde machten. Gewiß hatte Emiles Schwager, der Steife Brutus, geschworen, daß er sich um sie kümmern, ihnen zu essen bringen und sie spazierenführen würde. Aber Le Nus wußte, daß er ihnen nicht jene Zärtlichkeit geben konnte, die seine Hunde doch so dringend brauchten.

»Du fällst mir auf die Nerven mit deinen ewig sabbernden Kötern!« brummte Brutus und warf wütend seine Karten auf den Tisch.

»Davon verstehst du nichts, Paul! Je größer ein Hund ist, desto liebevoller ist er.«

Sie saßen mit Dekker zusammen in der Kneipe nebenan und pokerten.

»Nein, also weißt du, das Getue, das du mit deinen Hunden aufführst«, fuhr der Steife Brutus fort. »Ich kaufe ihnen schönes, mageres Fleisch, laß ihnen Nudeln und Gemüse kochen, geb ihnen nur Quellwasser aus der Flasche zu trinken, geh mit ihnen jeden Abend eine Stunde spazieren, was soll ich denn sonst noch tun? Soll ich vielleicht ins Kino mit ihnen gehen?«

»Du bist nicht zärtlich zu ihnen!«, seufzte Le Nus. »Und ein Hund ohne Liebe ist wie eine Blume ohne Wasser.«

»Na schön«, erwiderte Paul, »das nächste Mal werde ich sie gießen.«

»Ach, ich möcht sie ja so gerne wiedersehen! Was gäbe ich darum, wenn ich sie nur einmal streicheln könnte!«

»Spinnst du? Mit all den Bullen, die in der Gegend herumstreichen . . .«

Aber Le Nus' Liebe zu seinen Hunden war stärker als alles andere. Und um ihretwegen ließ er wirklich jede Vorsicht außer acht. Er hatte sich davon überzeugt, daß der Lieferwagen der Polypen, von dem ihm Paul Brutus berichtet hatte, verschwunden war. Und so ging er los, kaufte Fleisch ein, das Beste vom Besten, und süßen Zwieback und kehrte ganz allein in seine Wohnung zurück.

Als er sie wieder verließ, war er jedoch nicht mehr allein. Ein

Mann folgte ihm in gebührender Entfernung; ein Inspektor vom Mobilen Sonderkommando ging gerade zufällig dort vorbei und erkannte ihn wieder. Als er ihm bis zur Rue Bichat gefolgt war, benachrichtigte er sofort seinen Chef, Kommissar Clot.

Kurz darauf parkte ein mit bewaffneten Polizisten besetzter Lieferwagen in der Rue Bichat, nicht weit von der Nummer 57.

Es ist Abend geworden, Suzanne Fourreau macht in der Küche das Abendbrot zurecht. Dekker, Le Nus und Buisson sitzen am Tisch und trinken schweigend ihren Pernod. Seit einigen Tagen besteht eine gefährliche Spannung, eine nur mit Mühe unterdrückte Feindseligkeit zwischen Roger und Emile. Genauer gesagt, seit dem 22. September, als Francis Caillaud freudestrahlend in der Rue Bichat aufgetaucht war. Er hatte seinen Regenmantel aufgemacht, in seine Hosentasche gegriffen und einen Diamantring herausgezogen, den er vorsichtig auf den Tisch gelegt hatte.

»Wo hast du denn den her?« hatte Buisson argwöhnisch gefragt.

»Ihr werdet's nicht erraten!« hatte Francis geantwortet und sich auf einen Stuhl fallen lassen. »Stellt euch vor, eben schaute ich kurz in der ›Paillote‹ vorbei, um einen Schluck zu trinken, und da ruft mich der Wirt, gibt mir den Ring und sagt dazu: ›Da, das habt ihr neulich nachts auf der Toilette vergessen.‹ Habt ihr da noch Worte?! Und dabei haben wir die ganze Zeit gedacht, daß Henri ihn sich unter den Nagel gerissen hat!«

Dekker war bleich geworden. Buisson war völlig ungerührt geblieben. Am Tag zuvor hatte er unter dem Vorwand, Gemälde aus einem Schloß stehlen zu wollen, Russac in den Wald von La Faye gelockt, und Dekker war Zeuge gewesen, als er ihn erschossen hatte.

Als Francis wieder weg war, hatte Roger Emile nicht gerade sanft seine Meinung gesagt, und nur der Vermittlung von Le Nus war es zu verdanken, daß er sich schließlich wieder beruhigte. Doch seit diesem Tag war es mit der Freundschaft zwischen den beiden vorbei.

Suzanne öffnete ein Fenster und streckte den Arm hinaus ins Dunkel, um das Salatsieb auszuschwenken. Plötzlich fällt ihr Blick auf den schwachen Strahl von Taschenlampen, die den Hof des Gebäudes ableuchten. Hastig dreht sie sich um:

»Haut ab!«, ruft sie. »Bullen!«

Le Nus und Dekker rennen zuerst zur Tür, doch schon werden Schritte auf der Treppe laut. Emile läuft sofort zu dem offenen Fenster und klettert über die Brüstung. Auf dem Fensterbrett stehend, zögert er einen Augenblick. Er befindet sich im dritten

Stock. Vor ihm, etwa fünf Meter weiter unten, blitzt im Dunkeln die Regenrinne von dem gegenüberliegenden Gebäude. Der Gedanke, er könne möglicherweise danebenspringen und unten auf dem Pflaster aufschlagen, hält ihn noch zurück.

Da hört er, wie heftig an die Tür geklopft wird, und vernimmt die Worte: »Bitte öffnen Sie, Polizei.«

Da springt Emile los. Dieser Sprung ins Leere dauert nur den Bruchteil einer Sekunde. Doch ihm scheint er eine Ewigkeit zu dauern.

Plötzlich treffen seine Finger die Regenrinne. Trotz des Schmerzes, den der Aufprall verursacht, klammern sich seine Finger mit übermenschlicher Kraft an ihr fest. Der Ruck ist so heftig, daß es ihm scheint, als würden seine Arme aus den Schultern gerissen. Aber er läßt nicht los. Er spürt, unter Todesangst, wie die Regenrinne sich unter seinem Gewicht biegt. Doch sie scheint zu halten. Im Schweigen der Nacht hört er aus Suzannes Wohnung aufgeregte Stimmen schallen und den Lärm eines Handgemenges. Da zieht Emile sich vorsichtig noch ein Stück weiter hoch und hängt schließlich mit dem Oberkörper halb über dem Dach.

Schweißgebadet schöpft er erst einmal Atem, dann zieht er ein Bein, dann das andere hoch. Mit katzenartiger Gelenkigkeit klettert er auf dem Dach weiter und versteckt sich hinter einem hohen Schornstein. Und kaum ist er dort untergetaucht, da leuchtet auch schon der Strahl einer Taschenlampe den Rand des Daches ab, auf den er sich geflüchtet hatte, und eine enttäuschte, aufgebrachte Stimme ruft in das Dunkel hinaus: »Verdammt, eben war er doch noch da. Er kann ja nicht hinuntergesprungen sein.«

Die ganze Nacht hindurch setzen die Polizisten ihre Suche fort, sie kämmen alle Wohnungen, alle Winkel durch, lassen mit ihren Taschenlampen keine Ecke außer acht. Erst am frühen Morgen geben sie die Suche auf.

Emile, der immer noch hinter seinem Schornstein hockt, wartet noch eine Stunde. Dann klettert er auf dem Dach weiter und gelangt zu einem benachbarten Gebäude, dessen Tor auf den Quai de Jemmapes hinausführt. Er schlägt das Fenster einer Dachluke ein, springt in ein Mansardenzimmer, öffnet die Tür, indem er das Schloß aufbricht und . . . begibt sich seelenruhig auf die Straße. Ein Fischer sitzt mit seiner Angel am Kanal Saint-Martin und blickt in das Wasser. Gemächlichen Schritts begibt Buisson sich zum Place de la République, und verschwindet in einer Métro-Station.

Der Gong der ersten Runde hatte Buisson gerettet. Doch nur um Haaresbreite.

Zweite Runde

16

»Ist Ihnen nicht gut, Herr Borniche?« fragt mein Metzger. Ich muß wohl ein komisches Gesicht machen, daß er das merkt. Ich reiße mich von der Zeitung los, die von den Verhaftungen in der Rue Bichat – bei denen es etwas stürmisch zugegangen war – und Emiles Flucht berichtet und erwidere: »Es ist etwas Dummes passiert. Hören Sie, ich habe keine Zeit, mein Fleisch mit hinaufzunehmen, geben Sie es Marlyse, wenn Sie sie sehen. Ich muß sofort weg.«

Es ist schon sonderbar, wie man sich beeilt, wenn man weiß, daß man gleich eine Abreibung beziehen wird. Diese Aussicht müßte eigentlich unseren Schritt verlangsamen, doch im Gegenteil, man rennt um so rascher. Ich bin nicht der einzige, der so reagiert: den Arbeitern, den Angestellten und den kleinen Beamten geht's genauso wie mir. Die Gardinenpredigt, nach der wir uns außer Atem gerannt haben, zieht uns so magnetisch an wie das große Los. Und je schlimmer die Abreibung ist, die einen erwartet, desto mehr läuft man sich die Lunge aus dem Leib. Und so nehme ich an diesem Morgen – obwohl sich der Monat seinem mageren Ende zuneigt – sogar ein Taxi.

Während der ganzen Fahrt murmele ich unablässig vor mich hin: »Oh wei, was wird der Dicke mich beschimpfen«. Und ich täusche mich nicht. Er, der normalerweise so ruhig und beherrscht ist, brüllt – kaum habe ich einen Fuß in sein Büro gesetzt – sofort los:

»Bravo, Borniche! Eine ausgezeichnete Leistung, dieses Mal haben Sie sich geradezu übertroffen! Machen Sie nur so weiter, mein Freund, machen Sie nur so weiter, das ist der beste Weg zum Oberinspektor.«

Ich versuche mich zu verteidigen.

»Aber, Herr Kommissar, gestern abend, als ich Ihnen berichtete, daß . . .«

»Haben Sie mir auch gesagt, daß unsere Freunde von der Kripo bereits in der Rue Bichat warteten?«

»Aber sie waren ja noch gar nicht da!«

»Woher wollen Sie das wissen? Glauben Sie vielleicht, sie hätten Kuckuck gerufen und Ihnen aus ihrem Lieferwagen zugewinkt?«

Der Dicke fängt an, mir auf die Nerven zu gehen.

»Hören Sie, Chef, nach dem Zeitungsbericht sind sie mit mehr als zwanzig Leuten hineinmarschiert, und zusätzlich hat ihnen ein Sonderkommando das ganze Viertel abgeriegelt. Was hätte ich da ganz allein ausrichten sollen? Und obendrein ist ihnen Buisson noch durch die Lappen gegangen, trotz der ganzen Armee, mit der sie angerückt sind.«

»Ja, das ist wahr«, murmelt der Dicke, ganz plötzlich besänftigt, »und das ist auch das einzige, was mich wirklich tröstet. Was haben Sie jetzt vor? Wir müssen völlig von vorn anfangen!«

Während der Fahrt hatte ich über diese Frage nachgedacht und habe deshalb meine Antwort bereits parat: »Ich werde den Untersuchungsrichter Gollety aufsuchen und ihn um die Erlaubnis bitten, Dekker und Le Nus zu verhören.«

Ich kenne den Richter ganz gut. Er ist untersetzt, blond und hat ein rundes, lächelndes Gesicht; wir treffen uns manchmal in der Bar des Hotels Terminus am Bahnhof Saint-Lazare, wo er in seinen Autobus nach Neuilly einsteigt. Wir trinken dann gemeinsam einen Aperitif, dann faßt er mich am Arm, zieht mich hinaus und wir laufen noch stundenlang spazieren. Ich bin schon ziemlich geschwätzig, aber bei ihm bringe ich es selten fertig, auch mal ein Wort zu sagen. Er redet ohne Unterlaß von den Fällen, die er gerade bearbeitet, von der steigenden Kriminalität, von den Krimis, die er mit Begeisterung verschlingt, und ich weiß, daß er – sozusagen wider Willen – eine Schwäche für die Sûreté hat. Er ist ein geschickter und beharrlicher Beamter, und daß seinerzeit Doktor Petiot auf dem Schafott landete, ist sein Werk.

Als ich sein Büro im zweiten Stock des Justizpalastes betrete, schart sich gerade ein halbes Dutzend Anwälte rund um seinen Tisch; sie beantragen Sprecherlaubnisse, vorläufige Haftentlassungen oder die Erlaubnis zur Akteneinsicht.

»Guten Tag, Herr Richter.«

»Ach, Borniche, setzen Sie sich, mein Freund.«

Mit gebieterischer Geste verabschiedet Gollety die Anwälte, schließt die Tür seines Büros ab und macht es sich dann in seinem drehbaren Sessel bequem.

»Nun, was gibts?«

»Ich brauche eine Sprecherlaubnis, Herr Richter. Ich möchte gern Dekker und Le Nus verhören, die die Kripo gestern verhaftet hat und deren Fall Sie bearbeiten.«

»Ja, aber, Borniche, Ihre Abteilung hat mit den Verhaftungen in der Rue Bichat nicht das geringste zu tun. Das fällt nicht in Ihren Bereich. Und im übrigen sind sie bereits angeklagt.«

»Ich weiß, aber ich bin von Ihren Kollegen von Pontoise offiziell beauftragt worden, Nachforschungen über den Mord an einem Gangster, Henri Russac, anzustellen.«

»Was haben Dekker und Le Nus mit dieser Sache zu tun?«, unterbricht mich Gollety, während er aus seinem Schubfach ein

Päckchen Gauloises nimmt und mir eine anbietet.

»Nein, danke, ich rauche nur Philip Morris, Herr Richter.«

»Oh, oh, man scheint in der Rue Saussaies ja nicht schlecht zu leben!«

»Ich kaufe sie auf dem Schwarzen Markt, Herr Richter, und da kosten sie mich noch weniger als Ihre Gauloises.«

»Phantastisch. Könnten Sie mir vielleicht nicht auch eine Stange besorgen?«

»Natürlich. Doch, wenn Sie gestatten, Herr Richter, um auf meine Sache zurückzukommen, Russac wurde mit einer 9 mm Kugel erschossen. Und diese Kugel wurde aus einer 38er Waffe gefeuert, derselben wie der, die bei der Schießerei in Paris benutzt wurde, nach dem Überfall auf die Auberge d'Arbois, den Sie ebenfalls untersuchen. Deshalb muß der Mörder bei dem hold-up ein Komplize von Russac gewesen sein.«

»Das ist möglich, Borniche, auf jeden Fall ist Ihre Überlegung durchaus logisch.«

»Ich bin auch deshalb meiner Sache so sicher, weil mir ein Strichmädchen den Tip gegeben hat, daß Russac bei Suzanne Fourreau Unterschlupf gefunden hatte. Und deshalb hab' ich mir gedacht, wenn es mir gelingt, Dekker oder Le Nus zum Sprechen zu bringen, ist mein Fall gelöst.«

Ferdinand Gollety streicht die Asche von seiner Zigarette, überlegt einen Augenblick:

»Borniche, ich will Ihnen gern Ihre Sprecherlaubnis geben. Nur bezweifle ich, daß Dekker oder Le Nus auspacken werden. Die beiden sind alte Hasen. Ihre Kollegen von der Kripo haben sie verhört, und ich habe sogar den Eindruck, daß es dabei nicht sehr sanft zugegangen ist: Ihre Gesichter waren leicht lädiert, als man sie mir vorführte. Und trotzdem hat weder der eine noch der andere ein Wort gesagt. Le Nus hat lediglich den Mund aufgemacht, um uns weiszumachen, daß sein Bruder gar nicht in der Rue Bichat war und daß er ihn seit Jahren nicht gesehen hat. Und was Suzanne Fourreau betrifft, die hat lediglich zugegeben, Dekkers Geliebte zu sein.«

Plötzlich habe ich eine Idee.

»Ich habe in der Zeitung gelesen, daß man in der Rue Bichat ein wahres Waffenarsenal gefunden hat, Maschinengewehre, Revolver und jede Menge Patronen. Das ist doch sicher alles in die kriminaltechnische Abteilung gewandert?«

»Gewiß«, erwidert Gollety, »aber ich habe den Bericht von der ballistischen Abteilung noch nicht erhalten und bekomme ihn auch sicher nicht vor einer Woche. Deshalb sind mir im Augenblick auch noch die Hände gebunden. Erst, wenn ich die genauen Resultate habe, kann ich die beiden offiziell des Mordversuchs an Polizeibeamten während der Ausübung ihres Dienstes anklagen.«

»Wissen Sie zufällig, Herr Richter, ob sich unter diesen Waffen auch eine 38er befand?«

»Warten Sie, da muß ich nachdenken . . . ja, ich glaube schon.«

Ich stoße einen Seufzer der Erleichterung aus; denn ich werde nicht auf die Ergebnisse der Untersuchungen warten, um Dekker und Le Nus zu verhören. Ich werde es mit Bluffen versuchen.

Es ist kurz nach drei Uhr nachmittags, als ich Golletys Büro mit meiner Sprecherlaubnis in der Tasche verlasse. Eine halbe Stunde später klingele ich an dem großen Tor des Gefängnisses der Santé. Hinter dem Guckloch taucht das Gesicht des Pförtners auf:

»Inspektor Borniche von der S.N.«.

Das Tor geht auf. Ich gehe ein paar Schritte durch den Flur, bis zu einer Glastür, hinter der ein Gefängnisaufseher sitzt, dem ich meine Erkennungsmarke zeige. Der Schlüssel dreht sich im Schloß, die Tür bewegt sich quietschend in den Angeln und ich überquere den kopfsteingepflasterten Hof bis zu einer Steintreppe gegenüber. Während ich die drei Stufen dieser Treppe hochsteige, an deren Fuß man in der Morgendämmerung das Blutgerüst aufstellt, zieht sich mir das Herz zusammen. Die – ebenfalls streng bewachte – Glastüre, vor der ich nun stehe, führt zum Vorzimmer des Todes. Wenn der zum Tode Verurteilte aus seiner Zelle kommend, mit abgeschnittenem Hemdkragen, die Hände hinter dem Rücken gefesselt, von Aufsehern und schwarz bekleideten Männern begleitet vor dieser Türe steht, stößt er im Weitergehen an ein Holzbrett, das in den Türrahmen eingepaßt ist. Das Brett kippt nach vorn. Zwei Assistenten des Henkers packen ihn an den Armen, legen seinen Hals genau in die Lunette. Das Fallbeil fällt, 40 Kilo schwer, und trennt den Kopf vom Rumpf. Unter Strömen von Blut, die von den Wasserstrahlen der Aufseher weggespült werden, rollt der Kopf. Das letzte Aufbäumen des Körpers wird in dem Weidenkorb erstickt, in dem sich die Sägespäne rot färben.

Ich bin schon oft in der Santé gewesen, um Häftlinge zu verhören. Jedes Mal, wenn ich diese drei Stufen hinaufgehe, spüre ich einen Schock. Meine Gedanken führen mich unweigerlich zurück in die Vergangenheit, als ich, als junger Inspektor, zum einzigen Mal in meinem Leben einer Hinrichtung beiwohnen mußte. Der Verurteilte war ein junger Zigeuner. Ich hatte ihn verhaftet. Ich erlebte, wie dieser Mann schrie und weinte, während man ihn zum

Schafott zerrte. Nie werde ich die gräßliche Furcht vergessen, die ich in seinen Augen las. Gelähmt vor Erschütterung sah ich, wie er an mir vorbeiging, wie er mich flehentlich ansah und mir zuschrie: »Ich hab' ihn nicht umgebracht, es war mein Bruder, ich war es nicht.« Er sagte die Wahrheit, der Zigeuner. Er war unschuldig.

Der wirkliche Schuldige war sein älterer Bruder. Dieser hatte einen Greis mit abscheulicher Hinterlist umgebracht. Aufgrund des Älterenrechts hatte sein jüngerer Bruder sich freiwillig für ihn geopfert. Er hatte die Verantwortlichkeit für den Mord auf sich genommen. Während des Prozesses hatte er sein Geständnis unter einem Schwall widerlicher Details aufrechterhalten. Sein mitangeklagter älterer Bruder hatte ihm auf der Anklagebank ungerührt zugehört. Doch als das Urteil verkündet wurde, packte den Jüngeren der leidenschaftliche Wille zum Leben. Es war zu spät. Er beschwor seinen Bruder, der selbst nur zu lebenslänglicher Zwangsarbeit verurteilt worden war, er flehte ihn an, endlich die Wahrheit zu sagen und seine Tat zu gestehen. Der Ältere wandte den Kopf ab. Als die Aufseher die aneinandergeketteten Brüder abführten, begriff ich, daß das Gericht sich geirrt hatte. Doch der Zigeuner hatte alles dazu getan, es zu täuschen.

Ich hatte mich bereit erklärt, der Hinrichtung beizuwohnen, vielleicht aus Neugier. Ich ahnte nicht, wie gräßlich dieses Schauspiel war. Später lehnte ich stets solche »Einladungen« ab. Seit jenem Tag bin ich ein leidenschaftlicher Gegner der Todesstrafe geworden. Ich bin ein Jäger, kein Schlächter.

In der Schreibstube – die das letzte zu überwindende Hindernis bildet – reiche ich meine Sprecherlaubnis dem Aufsichtsführenden, der hinter einem flachen langen Tisch sitzt. Er liest sie sorgfältig durch, legt sie dann vor sich hin, drückt einen Stempel darauf und schreibt meinen Namen, meinen Vornamen, meinen Dienstgrad und meine Abteilung in ein dickes Besucherregister, das der Kontrolle dient. Ich begebe mich zu dem Sprechzimmer der Anwälte, von dem verschiedene Glastüren zu den einzelnen Kabinen führen. Ich wähle die Nummer drei. Ein Aufseher mit klirrendem Schlüsselbund öffnet mir, ich trete ein und setze mich auf einen Stuhl vor dem Holztisch, während der Aufseher mir mitteilt: »Dekker wird Ihnen gleich vorgeführt. Er ist gerade in seiner Zelle.«

Ein paar Minuten lang betrachte ich die grauen Wände dieses engen Raums, dann fällt mein Blick auf eine junge, hübsche, blonde und zierliche Anwältin, die in der Kabine gegenüber offenbar auf ihren Mandanten wartet.

»Zum Anbeißen, nicht?« flüstert mir der Aufseher mit einem Augenzwinkern zu.

Als ich ihm gerade antworten möchte, erscheint Roger Dekker. Er ist klein, untersetzt, und im Augenblick sind seine Haare ungekämmt, seine Lippen geschwollen und er schaut mich aus hervorquellenden Augen an. Die linke Seite seines Gesichtes ist ziemlich lädiert. Gollety hatte recht, das Verhör mußte für ihn kein Zuckerschlecken gewesen sein. Hinter ihm wird die Tür verriegelt.

»Setz Dich.«

Ohne sich zu beeilen gehorcht Dekker. Mißtrauisch mustern wir uns. Mir fallen seine harten, eigensinnigen Züge und sein listiger Blick auf. Ich frage mich, wie man an diesen Mann herankommt, der offensichtlich auf der Hut und fest entschlossen ist, erst einmal zu schweigen. Jedenfalls hat es keinen Zweck, Gewalt anzuwenden. Bei ihm würde das zu gar nichts führen.

»Dekker«, beginne ich, »ich gehöre nicht zur Kripo und deshalb will ich mich mit Dir auch nicht über den Überfall auf die Auberge d'Arbois unterhalten. Der interessiert mich nicht. Ich komme wegen einer viel schwerwiegenderen Sache.«

Er reagiert nicht. Im Gegenteil, er lächelt leicht ironisch. Er wartet.

»Weißt Du, wovon ich rede?«

Er antwortet nicht. Er betrachtet mich und entblößt lächelnd seine Zähne. Mich bringt das ziemlich auf die Palme, aber ich weiß, daß ich ziemlich viel Geduld aufbringen muß, wenn ich die äußere Schale seiner gespielten Gleichgültigkeit durchdringen will.

»Schön, Du willst nichts sagen und das ist Dein gutes Recht. Ich werde also einfach ein Protokoll aufsetzen«, sage ich, und öffne meine Aktentasche, aus der ich ein paar offizielle Vordrucke nehme.

»Ich werde Dir ein paar Fragen stellen und dahinter vermerken, daß Du Dich weigerst, zu antworten. Ich werde Dich dann noch bitten, zu unterschreiben, und ebenso vermerken, daß Du Dich weigerst, zu unterschreiben, und damit ist die Sache erledigt. Weißt Du, ich gehöre ja nicht zu denen, die mit dem Kopf durch die Wand wollen und pflege auch keine Selbstgespräche zu führen.«

Dekker bleibt immer noch völlig unbeeindruckt. Ich nehme zwei Blätter, lege ein Kohlepapier dazwischen, ziehe meinen Füllhalter aus der Tasche und schreibe, während ich gleichzeitig laut wiederhole:

»Ich, der Unterzeichnete, Roger Borniche, Polizeiinspektor in der Kriminalabteilung der S.N. in Paris, handelnd aufgrund der offiziellen Ermächtigung des Untersuchungsrichters von

Pontoise . . .«

»Hast Du gehört, der Richter ist aus Pontoise. Sagt Dir das nichts?«

Er schüttelt den Kopf. Nichts hat sich an seinem Verhalten geändert, nur sein Blick ist noch etwas wachsamer geworden.

»Du heißt Roger Dekker und bist am 2. Oktober 1915 in Paris im 20. Arrondissement geboren?«

Er nickt. Ich fahre fort.

»Du bist bereits zu sieben Jahren Gefängnis wegen Diebstahls verurteilt worden, danach zu vier Monaten wegen Betrugs. Und hast gerade eine Strafe von fünfzehn Monaten ebenfalls wegen Diebstahl abgesessen, als Du aus dem Bezirksgefängnis ausgebrochen bist?«

Er nickt erneut. Wir betrachten uns noch immer aufmerksam. Er wachsam und gespannt. Ich lächelnd, mit gespielter Ungezwungenheit. Ohne ihn aus den Augen zu lassen, wühle ich in meiner Aktentasche und ziehe dann die Fotos von Russac hervor, die das Werk von Cocagne sind. Ohne Hast breite ich sie sorgfältig auf dem Tisch aus, mit dem Gesicht zu ihm. Das erste Foto stellt Russacs Kopf mit der Einschußwunde im Großformat dar, das zweite zeigt Russacs Körper, wie er ausgestreckt im Gras liegt, das dritte sein nach oben gewandtes Gesicht, mit den weit geöffneten, lehmverschmierten Augen und dem ebenfalls offenen, verzerrten Mund.

Dekker sagt noch immer nichts. Doch diesmal bemerke ich, wie seine Nasenflügel beben.

»War er ein Freund von Dir?«

Er wendet den Blick ab.

»Siehst Du, Dekker, Du verdankst meinen Besuch dem Fall Russac. Mit Buissons Ausbruch aus der Psychiatrischen, eurem Unterschlupf in der Rue Bichat, dem Überfall auf ein Restaurant und eurer kleinen Auseinandersetzung mit den Polizisten auf den Motorrädern habe ich nichts zu tun. Ich pflege mich nur ernsthaften Fällen zu widmen: dem Mord. Und die Umstände lassen mich darauf schließen, daß Du für Russacs Ermordung verantwortlich bist.«

Seine Augen verengen sich zu schmalen Schlitzen und endlich macht er den Mund auf und sagt:

»Ich?«

»Ja, Du, so ist es. Denn die Kugel, die in Russacs Kopf steckte, wurde aus derselben Waffe abgefeuert, deren Kugeln teils in der Rue Bichat und teils nach der Schießerei mit den Polizisten auf den Motorrädern gefunden wurden. Meine Kollegen haben da nämlich noch zwei entdeckt, die kaum einen Kratzer hatten, die eine steckte im Scheinwerfer, und die andere in einem Reifen. Und die dazugehörige Waffe ist eine P 38 mit 9 mm Kaliber, und gehört Dir.«

»Machen Sie Witze oder was?«, schreit Dekker mit plötzlich heiser gewordener Stimme, »wenn Sie hierhergekommen sind, um mir auf den Wecker zu fallen, dann sagen Sie es gleich, denn ich habe mit Ihrer Geschichte nicht das geringste zu tun, ich geh in meine Zelle zurück.«

Und damit springt er auf und fängt an gegen die Glastür zu klopfen, um die Aufmerksamkeit des Aufsehers auf sich zu ziehen. Doch der ist glücklicherweise in die Betrachtung der hübschen, blonden Anwältin vertieft. Ich stehe ebenfalls auf:

»Wie Du willst, Roger«, sage ich (und nenne ihn absichtlich beim Vornamen), »mir ist die ganze Sache auch egal. Du kannst Dich ja mit dem Richter von Pontoise auseinandersetzen und der, das sag ich Dir gleich, ist nicht gerade zartbesaitet. Und das Geschworenengericht von Versailles genauso wenig, daran müßtest Du Dich doch erinnern. Na schön, wenn Du unbedingt Suzanne mit hineinziehen willst . . .«

Dekker dreht sich plötzlich um und fragt in scharfem Ton:

»Wieso Suzanne?«

»Ganz einfach. Sie muß Dir schließlich gegenübergestellt werden. Sie wird nach Pontoise überführt werden, wenn Gollety sie nicht mehr braucht, d. h., in etwa vier oder sechs Monaten, wenn es nicht noch länger dauert. Dort wird sie das wiederholen, was sie mir selbst schon gesagt hat, und zwar, daß die P 38 Dir gehört und Le Nus wird das bestätigen . . .«

»Das würde mich wundern.«

»Was würde Dich wundern?«

»Daß Suzanne irgendwas aussagt, sie ist meine Frau und sie wird mir bestimmt keinen Ärger machen. Übrigens versteht sie von Kalibern soviel wie'ne Kuh von Pfingsten.«

»Das mag sein, aber der Erkennungsdienst, der versteht was davon. Und auf der Waffe sind Deine Fingerabdrücke. Du siehst also, die Patronenhülsen, die Kugeln, die Fingerabdrücke, Suzanne, Le Nus, das macht zusammen eine ganze Menge Beweise gegen einen einzelnen Mann.«

»Schön!« räumt Dekker ein, »aber wer beweist, daß das Spielzeug mir gehört. Genauso gut kann's dem Le Nus gehören oder seinem Bruderherz, und im übrigen bedeutet das alles noch lange nicht, daß ich bei der Geschichte mit Russac dabei war.«

»Und die Fingerabdrücke?«

»Die können ja draufgekommen sein, als ich das Ding mal in die Hand nahm, ich hab ein Faible für'n hübsches Schießgewehr.«

»Gewiß doch, mein Lieber, gewiß doch. Ich werde also hier hinschreiben, was Du mir gesagt hast. Du gibst zu, daß Du die Waffe, die Russac getötet hat, in der Hand gehabt hast.«

»Oh, nicht so rasch.«

»Also, Roger, mach keinen Blödsinn. Verstehst Du, ich kann das wirklich nicht mit gutem Gewissen in ein offizielles Protokoll hineinschreiben. Ich habe nämlich Deine Akte im Archiv gesehen, und ich bin überzeugt, daß Du Russac nicht umgelegt hast. Aber mach Dir keine Illusionen: die beiden Buissons werden nur allzu froh sein, Dir die ganze Sache anzuhängen, wegen Deiner Fingerabdrücke. Und Le Nus wird auf jeden Fall zu seinem Bruder halten.«

»Das ist klar.«

»Kennst Du die Geschichte mit dem Auto?«

Dekker schüttelt den Kopf und seine leicht hervorquellenden Augen werden vor Neugier kugelrund.

»Na, dann hör zu. Eines Tages sitzt Mimile im Rat mort, einer Bar an der Place Pigalle, die inzwischen zugemacht hat. Er ist gerade dabei, mit dem Kellner ein kleines Würfelspielchen zu machen, als ihn ein Unbekannter von der Theke her anspricht:

»Gehört Ihnen der Wagen vor der Tür?«

»Ja«, erwidert Mimile.

»Die Karre gefällt mir. Verkaufen Sie sie nicht?«

»Ich hab zwar noch nicht daran gedacht«, sagt Mimile, »aber wenn sie Ihnen gefällt, können Sie sie haben.«

»Für wieviel?«

»10 000.«

Die beiden Männer verabreden sich für den nächsten Tag wieder in der Bar. Der Käufer hat das Geld dabei, Buisson trägt den rechten Arm in einer Schlinge. »Hab gestern abend einen kleinen Unfall gehabt«, brummt er, »ich muß gleich zum Arzt und mir den Arm in Gips legen lassen.«

»Und das Auto?« fragt der andere.

»Da sind die Schlüssel.«

»Würden Sie mir bitte eine Quittung ausstellen?«

Emile deutet bedauernd auf seinen Arm:

»Ich würde es ja gern tun, aber mein Arm . . ., füllen Sie die Quittung nur aus, ich unterschreibe dann.«

Der andre tut das auch. Als Emile sie jedoch unterschreiben soll, kritzelt er nach zwei vergeblichen Versuchen mit der linken Hand ein paar undeutliche Buchstaben hin; das ganze ist völlig unleserlich. Der andere setzt sich zufrieden ans Steuer eines neu erworbenen Fahrzeugs.

Zwei Monate später sitzt er vor dem Untersuchungsrichter: Das Auto war nämlich gestohlen. Buisson wird, von zwei Aufsehern begleitet, hereingeführt: »Das ist er, Herr Richter«, schreit der Käufer und deutet mit dem Finger auf ihn.

»Ich? Aber ich kenne diesen Herrn überhaupt nicht«, erwidert Emile gelassen.

»Wenn ich ihm ein Auto verkauft hätte, hätte ich ihm schließlich eine Quittung ausgestellt.«

»Eben«, sagt der Richter, »und diese Quittung habe ich, und damit sind Sie dran, Buisson.«

»Gut, Herr Richter, dann lassen Sie sich doch ein graphologisches Gutachten machen und dann werden Sie ja sehen, ob das meine Schrift ist!«

Im Prozeß wurde Buisson mangels Beweisen freigesprochen und der Käufer, dessen Vergangenheit leider nicht ganz blütenweiß war, bekam ein Jahr Gefängnis aufgebrummt wegen Diebstahls und Hehlerei. Das ist Buisson.«

Dekker hat mir interessiert zugehört, aber er sagt kein Wort. Ich fahre fort:

»Siehst Du, Dekker, Du hast mit dieser Sache nichts zu tun, aber vor den Geschworenen kannst Du noch so laut schreien: ›Ich war es nicht, es war ein anderer!‹ Und wenn Du mir nicht hilfst, stehst Du eines Tages mit dem Kopf unter dem Arm da.«

»Aber was soll ich Ihnen denn sagen?« ruft Dekker.

»Das, was wirklich geschehen ist. Du erzählst mir alles, ohne Dich aufzuregen, der Reihe nach und in allen Einzelheiten. Ich schreibe dann das, was Du sagst, in mein Protokoll, Du unterschreibst und ich gehe.«

»Ihr könnt vielleicht hartnäckig sein, ihr Bullen!« erwidert er. »Ist Ihnen überhaupt klar, was für eine Entscheidung Sie da von mir verlangen?«

Eine ganze Weile denkt Dekker mit gesenkten Augen nach. Er weiß, daß Buisson geflohen ist, daß die Polizei ihn sicher nicht so rasch in die Fänge bekommen wird, wenn sie ihn überhaupt lebend kriegt. Ich ahne, was er gerade denkt; deshalb helfe ich ihm noch ein bißchen auf die Sprünge, um ihn zum Reden zu bringen:

»Wir nehmen einmal an, Du kommst vor Gericht, bevor man Buisson schnappt. Na, was wird dann wohl passieren? Dir wird man alles in die Schuhe schieben. Oder stell Dir vor, Emile wird gefunden, und er ist tot. Was wird dann passieren? Wenn Du ihn beschuldigst, wird man sagen, daß Du's Dir wirklich einfach machst, einer Leiche alles aufzuhängen, und daß Du Dich wie ein Schwein benimmst.«

»Haben Sie 'ne Zigarette für mich?«, fragt Dekker nach einer Weile.

Ich reiche ihm mein Päckchen Amerikanischer vom Schwarzen Markt und meine Streichhölzer. Er nimmt sich eine, zündet sie an, nimmt einen Zug und hustet.

»Weiberzigaretten«, brummt er voller Abscheu, »solche rauchen nur Weiber oder 175er . . . « (Er macht eine Pause, aber ich hüte mich wohl, auch nur ein Wort zu sagen.)

»Schön, die ganze Geschichte war so. Emile konnte Russac nicht ausstehen. Aus dreierlei Gründen. Der erste, der ist ziemlich blöd, und zwar, weil Russac genau das Gegenteil von ihm war, nämlich jung, groß, schlank, kurz und gut ein hübscher Junge. Zweitens, weil er, als wir aus der Auberge d'Arbois rannten, den Vornamen Francis erwähnt hat, und drittens, weil Russac ein Schürzenjäger war und Suzanne schöne Augen machte.«

»Deiner Frau?«

»Genau. Er half ihr beim Einkaufen, trocknete ihr das Geschirr ab, tätschelte ihr die Hüften, wenn sie an ihm vorbeiging; es war ganz offensichtlich, daß er sie vernaschen wollte. Emile schätzte das ganz und gar nicht. Er war außer sich vor Wut darüber.«

»Und Du?«

»Ach, mir war das egal. Ich habe schon seit langem kapiert, daß man sich vor allen Dingen nie verlieben darf, wenn man unabhängig und einigermaßen bei Verstand bleiben will. Liebe ist der Anfang aller Idiotien. Ich mag Suzanne gern. Im Bett mach ich mit ihr, was ihr gefällt. Ich wohne bei ihr, sie ernährt mich und gibt mir auch Geld, wenn ich welches brauche, alles andere interessiert mich nicht. Manchmal, wenn mir Emile wegen Russac in den Ohren lag, der mit Suzanne Süßholz raspelte, antwortete ich ihm ganz einfach:

»Sie geht auf den Strich. Tag für Tag steigen ein Dutzend Kerle über sie und ob das nun Russac ist oder ein anderer . . .«

»Schön, eines Morgens, am 21. September, schlägt Emile Russac und mir einen einträglichen Coup vor: zwanzig Gemälde, und zwar Spitzenklasse, in einem Schloß in der Nähe von Andrésy. Wir drei machen uns in einem gestohlenen Auto auf den Weg. Als wir in der Nähe von dem Wald bei La Faye sind, befiehlt Emile mir, anzuhalten. Wir steigen aus. Emile geht auf eine Mauer zu, in der ein paar Steine locker sind und kriecht hindurch. Russac und ich, wir beide folgen ihm friedlich. Der Coup schien uns ein Kinderspiel zu sein. Buisson läuft im Untergehölz voraus, aber plötzlich bleibt er vor einem Baum stehen und öffnet seinen Hosenlatz. Russac tut das Gleiche. Und das war die Falle. Mit einem Sprung steht Emile hinter ihm, den Revolver in der Hand. Er preßt seine Waffe gegen Russacs Nacken und schießt: die Flamme läßt Russacs Haare aufleuchten; dann fällt er dumpf zu Boden, mit weit geöffneten Augen und entblößtem Glied.«

»Ich sage das jetzt nicht, um mich zu verteidigen, aber Sie können's mir wirklich glauben, ich war echt angewidert. Ich wußte, daß Emile ein geborener Mörder war, aber ich hätte nie gedacht, daß er einen Kumpel, der ihm noch dazu geholfen hat, aus Villejuif herauszukommen, so einfach umlegt. Er blies kurz über den Lauf seiner Waffe, steckte sie dann in die Tasche, betrachtete Russac und sagte zu mir:

›Hast Du gesehen, wie das Blut spritzte? Fast so wie bei einem Schwein, wenn man es absticht.‹

›Ich bin zwar gleich zurückgesprungen, aber trotzdem ist meine Hose unten völlig bespritzt.‹ Suzanne hat sie dann gewaschen, als wir nach Hause kamen. Sie war völlig außer sich.«

Dekker schweigt einen Augenblick, drückt unter seinem Schuh die Zigarette aus und fährt dann fort:

»Sehen Sie, Suzanne ist meine beste Zeugin. Hätte ich Russac umgebracht, hätte meine Hose voller Flecken sein müssen. Die von Buisson muß noch immer in ihrer Wohnung sein. Nur die Sache mit den Fingerabdrücken verstehe ich nicht, ich muß die Kanone wohl einmal angefaßt haben, ohne darauf zu achten. Das kann schon sein, sie lagen ja alle durcheinander.«

»Noch eine letzte Frage, Roger, dann laß ich Dich auch in Frieden. Wer ist Francis?«

Er zuckt die Schultern und sieht mich an, als wüßte er nicht, wovon ich rede. Es hat keinen Zweck, ihn weiter auszufragen, ich kenne die Kriminellen gut genug, um zu wissen, daß von einem Mann wie Dekker jetzt nichts mehr zu erwarten ist. Ich halte ihm mein Protokoll und meinen Kugelschreiber hin. Er unterschreibt, ohne es durchzulesen. Ich packe alles in meine Aktentasche und stehe auf. Bevor ich an die Tür der Sprechzelle klopfe, um dem Aufseher zu bedeuten, daß das Verhör zu Ende ist, wende ich mich noch einmal an Dekker:

»Na, läßt der Knast sich hier ertragen?«

»Bah«, grinst er.

»Hör zu, wenn Dir noch irgend etwas einfällt, dann laß es mich wissen. Ich werde veranlassen, daß Du mir in der Rue des Saussaies noch einmal vorgeführt wirst.«

Augenblicklich kommt in Dekkers Blick ein sonderbares Leuchten. Es ist nicht schwer, was er denkt. Von jetzt an wird er im Dunkel seiner Zelle seine ganze Phantasie darauf verwenden, einen Weg zu finden, um bei diesem Transport das Weite zu suchen, nachdem es doch schon einmal so gut im Gefängnis von Clairvaux geklappt hat.

Ich verlasse Dekker und die Santé. Morgen will ich nach Fresnes gehen, um Le Nus zu verhören.

Der Mord an Russac ist aufgeklärt, aber zwei Männer sind noch auf freiem Fuß: Emile Buisson, den ich nie gesehen habe – aber den anderen Polypen geht's da genauso wie mir – und dieser Francis, den ich unbedingt identifizieren muß, denn ich weiß, daß er mich zu dem Mörder führen kann.

17

Mir gefällt das Gefängnis von Fresnes. Es ist ruhig, hell, geräumig. Weiß Gott, es ist schon etwas anderes als das Gefängnis der Santé mit seinen muffigen Wühlmausgängen. Und die Fahrt dorthin ist wirklich wie eine Spazierfahrt aufs Land. Man stellt sich auf den Perron des 187ers, kreuzt die Arme über der Brüstung, hält die Aktentasche zwischen den Füßen fest und betrachtet gemütlich die vorüberziehende Landschaft. Man fährt durch Montrouge, Cachan, L'Hay-les-Roses und kommt dann in die Avenue de la Liberté. Dort steigt man aus. Eine lange Allee mit Bäumen auf beiden Seiten führt an den Gefängnisgebäuden vorbei zu dem Haupttor, an dem ein lächelnder Pförtner steht und einem Einlaß gewährt. Über einen Hof, in dem ein paar grüne Minnas herumstehen, kommt man zu dem Hauptgebäude. Ich geh hinein, gleich darauf stehe ich in einem Flur, dessen Parkettboden so sauber glänzt wie eine Eisbahn, rechts führt eine Tür zu dem Sprechzimmer, das so groß wie eine Kathedrale ist. Eine Reihe von Stühlen steht vor einem Tisch, über dem eine grüne Filzdecke liegt; dahinter steht ein mächtiger Direktionssessel. Ich setze mich und warte darauf, daß mir ein liebenswürdiger Aufseher Le Nus hereinführt. Ich bin heute morgen gut gelaunt, gestern abend bin ich früh zu Bett gegangen, ich habe gut geschlafen. Marlyse ist zärtlich zu mir gewesen und beim Erwachen habe ich sie dafür belohnt, indem ich ihr das Frühstück ans Bett gebracht habe.

Ich frage mich, wie mein Verhör mit Le Nus wohl ablaufen wird. Ich habe vor, bei ihm denselben Trick mit den Fingerabdrücken zu bringen, der bei Dekker so gut gewirkt hat. Natürlich hat die Sache einen Haken, Emile ist sein Bruder und er wird versuchen, ihn zu entlasten und Dekker zu beschuldigen. Macht auch nichts, sollen sie sich doch dann alle beide vor dem Untersuchungsrichter herumstreiten.

Eine Tür geht auf. Von einem Aufseher begleitet erscheint Jean-Baptiste Buisson im Sprechzimmer. Er bleibt einen Augenblick stehen, sieht mich und kommt dann, mit seinen Strohsohlen über das Parkett schlürfend, näher und setzt sich mir gegenüber. Er ist mittelgroß, kräftig gebaut und sieht nicht schlecht aus. Seine gerade Nase ist fein geschnitten, und wirkt fast vornehm, seine Lippen sind wohlgeformt und sinnlich. Der Blick jedoch, der abwechselnd ironisch oder hart ist, und das eckige Kinn verraten eine ungewöhnliche Energie. Eigentlich sieht er viel eher wie ein Ingenieur oder ein Offizier im Ruhestand aus als wie ein Gangster. Der Unterschied zu Roger Dekker ist auffallend. Dekker ist mißtrauisch, verschlossen und schweigsam, während Le Nus sicher, ungezwungen und spöttisch ist.

Auf dem Tisch habe ich bereits mein Protokoll ausgebreitet, fein säuberlich mit Durchschlag, mein Füllhalter ist bereit, doch plötzlich frage ich mich, ob mir das alles viel nützen wird. Die wohl ebenfalls nicht gerade sanfte Behandlung, die ihm bei der Kripo zuteil wurde, scheint seine Selbstsicherheit nicht im geringsten erschüttert zu haben, und seine Energie ist offenbar ungebrochen. Ja, er ist eigentlich recht guter Laune und betrachtet mich von oben bis unten, lächelnden Blicks, ohne Herausforderung, jedoch mit einer gewissen Unbekümmertheit. Er legt die Hände flach auf den Tisch, räuspert sich und geht gleich selbst zum Angriff über:

»Du bist ein Bulle, Kleiner, stimmt's? Wie heißt Du?«

Völlig verblüfft frage ich ihn:

»Was soll diese Frage?«

»Weil ich gerne weiß«, erwiderte er, »mit wem ich es zu tun habe. Entweder sind die Leute mir gegenüber aufrichtig, und dann kann man sich schon verständigen. Oder sie gefallen mir nicht und dann – ciao!«

Ich bin so ziemlich vor den Kopf geschlagen, denn unsere Rollen sind genau vertauscht, aber fast wider Willen erwidere ich:

»Borniche.«

»Komischer Name!« sagt Le Nus und schneidet eine Grimasse. »Schön, mein kleiner Borniche, was willst Du?«

Ich weiß nicht wieso, aber ich bring es nicht einmal fertig, ihn zu duzen, es ist fast so, als ringe er mir Respekt ab.

»Ich bin gekommen, um mit Ihnen über den Mord an Russac zu

sprechen. Sie wissen, warum es sich im übrigen nicht lohnt, zu leugnen, denn Dekker hat alles gestanden und wenn ich doch noch gekommen bin, so nur der Form halber.«

»Hast Du nicht 'ne Zigarette für mich, Borniche?«, fragt Le Nus und streckt die Hand aus.

Ich halte ihm ein Päckchen Philip Morris hin. Mit ungeniertem Lächeln nimmt sich Le Nus drei heraus, steckt zwei in seine Jackentasche, klopft die dritte leicht auf den Tisch und steckt sie sich zwischen die Lippen.

»Die sind für nachher«, sagt er, »ich werd' dabei auch an Dich denken. Hast Du Feuer?«

Ich zünde ein Streichholz an. Le Nus nähert sein faltiges Gesicht der Flamme, macht mit geschlossenen Augen ein paar Züge, bläst den Rauch an die Decke und fragt dann friedlich:

»Dekker, wer ist das?«

Er bemerkt, daß diese Antwort mich echt verstimmt hat und ich ihm gerade eine entsprechende Erwiderung verpassen will, deshalb läßt er mir nicht die Zeit, ihn zu unterbrechen:

»Hör zu, mein kleiner Borniche«, fährt er fort, »mir scheint, Du bis ein sympathischer Typ und auch nicht allzu dämlich, deshalb will ich Dir jetzt mal was im Vertrauen sagen. Ich bin 52 und wenn man mir jedesmal, wenn ich einem Bullen gegenüberstand, 1000 Francs geschenkt hätte, könnte ich jetzt von meinen Zinsen leben.

Ich kenne weder Dekker noch Russac, noch irgend jemanden. Du kannst mir ein Auge aushacken oder mich mit den Füßen an die Decke hängen, damit bekommst Du auch nicht mehr aus mir heraus. Aber davon abgesehen, Du weißt doch sicher, was Verjährung bedeutet?«

Natürlich, weiß ich, was das heißt. Als ich mein Examen machte, um bei der Sûreté einzutreten, bekam ich gerade dieses Thema. Das Gesetz sagt: wenn es sich um ein Verbrechen handelt, so kann dieses nach Ablauf von zehn Jahren, von dem Tag an gerechnet, an dem es begangen wurde, nicht mehr verfolgt werden; allerdings unter der Bedingung, daß während dieser Zeit keine richterliche Ermittlungs- oder Untersuchungshandlung stattfand. Bei einem Vergehen beträgt die Verjährungsfrist nur drei Jahre. »Warum fragen Sie mich das?« erwidere ich.

»Aber versteh' doch, mein Kleiner, ich bin gern bereit, Dir lang und breit alles zu erzählen, was ich bis 1937 getan habe. Aber danach . . . leide ich an Gedächtnisschwund.«

Er wirft mir einen ironischen Blick zu und mir wird endgültig klar, daß es bei ihm keinen Zweck hat, den Hartnäckigen zu spielen:

bei diesem Katz- und Mausspiel würde ich mit Sicherheit die Maus sein. Es lohnt sich nicht, mit dem Verhör fortzufahren; Le Nus würde mir keinen Ton über den Mord an Russac, über den Ausbruch aus Villejuif und den Hold up in der Auberge d'Arbois sagen. Während ich meinen Füllhalter und meine Formulare wieder in die Aktentasche packe, starte ich noch einen letzten Angriff:

»Sie machen einen Fehler, denn wenn Sie sich weiter so verhalten, wird immer der Schatten des Zweifels an der Schuld oder Unschuld Ihres Bruders bestehen bleiben.«

Er bricht in ein schallendes Gelächter aus.

»Wenn Du glaubst, daß Emile nicht fähig ist, sich selbst zu verteidigen, dann irrst Du Dich, mein kleiner Borniche.«

Ich schaue auf meine Uhr: 20 Minuten vor 10. Vor knapp fünf Minuten hat unser Gespräch begonnen, und es ist bereits zu Ende. Ich bin schrecklich enttäuscht. Einen Augenblick lang überlege ich mir, ob ich nicht lieber Schluß machen und Le Nus seinem Aufseher und der kargen Zelle überlassen soll, aber dieser Mann interessiert mich irgendwie, ja, er ist mir sogar sympathisch. Ich beschließe zu bleiben und mich noch ein bißchen mit ihm zu unterhalten.

»In Ihrer Akte habe ich gelesen, daß Sie praktisch rund um die Welt gekommen sind. Natürlich vor 1937.«

»Das stimmt, Kleiner«, erwidert Le Nus und drückt seine Zigarette auf der grünen Filzdecke aus.

»Kurz nach meinem Ausbruch aus dem Gefängnis von Mulhouse. Ich saß gerade eine Strafe ab; selbstverständlich war ich unschuldig. Emile war damals auf freiem Fuß. Er hat mir bei meiner Flucht geholfen.«

»So daß Du in Villejuif sozusagen nur eine alte Schuld bezahlt hast?«

»Mein kleiner Borniche«, sagt Le Nus und blickt mich streng an, »fang nicht an und versuch mich für dumm zu verkaufen. Wir reden von der Zeit vor 37 und damit hat sich's.«

»Okay. Sie waren wegen Diebstahls und versuchten Mordes zu acht Jahren verurteilt worden. Das stimmt doch?«

»Stimmt. Aber, wie ich Dir schon sagte, ich war unschuldig. Schön, kommen wir zu meiner Flucht zurück. Emile hatte eine Sprecherlaubnis bekommen, und besuchte mich. Während der Aufseher auf und ab ging, flüsterte er mir zu, ich solle irgendwie versuchen, in die Krankenabteilung zu kommen. Er und Courgibet würden dann eines Nachts mit einer Karre kommen und mich holen. Als Datum war der 21. November 1934 vorgesehen. Ich brauch wohl kaum sagen, daß ich an diesem Tag ziemliches Herzklopfen hatte. Ich hatte alles versucht, um in die Krankenabteilung zu kommen, aber es war nichts zu machen gewesen. Und in derselben Nacht noch warteten Emile und Courgibet mit einem falschen Paß, um mich ins Ausland zu bringen. Weißt Du, wenn man in einer Zelle ganz allein ist, und immer wieder auf und ab läuft, hin und her, zerbricht man sich unaufhörlich den Kopf. Aber ich konnte noch solange nachdenken, ich fand nur eine Lösung, um herüberzukommen, und zwar, mir ein Bein zu brechen.

Weißt Du, um so was allein fertigzubringen, mußt Du Dir schon 'ne tüchtige Portion Schneid zulegen. Aber die Buissons sind nie Feiglinge gewesen. Ich hab mich auf mein Bett gestellt, dann hab ich meinen Schemel genommen, soweit wie möglich damit ausgeholt und – bruch! – hab ich mir einen ordentlichen Schlag auf das Bein verpaßt. Ich bin vor Schmerz fast wahnsinnig geworden, aber es hatte trotzdem nichts genützt, meine Knochen müssen wohl aus Eisen sein. Ich fing wieder von neuem an, und dann nochmal, und schlug immer wieder auf dieselbe Stelle. Denkste. Ich hatte solche Schmerzen, daß ich anfing zu schwitzen und nahe daran war, ohnmächtig zu werden. Dann schließlich, beim sechsten Mal, hörte ich es deutlich knirschen, während ich vor Schmerzen besinnungslos wurde und einfach umfiel. Als ich dann wieder erwachte, lag ich in der Krankenabteilung. Mein Bein war in Gips. Ich hatte gewonnen.

Eine Krankenschwester kam zu mir und brachte mir ein Schlafmittel. Ich tat so, als würde ich es schlucken, dann fragte ich sie, wie spät es ist. Es war 10 Minuten vor Mitternacht. In genau 10 Minuten würde Emile vor der Tür stehen.

Ich hatte Glück. Der Aufseher mußte gerade mal pinkeln gehen, er stand auf und ging hinaus. Ich hatte noch vergessen, Dir zu sagen, daß wir zu viert im Zimmer lagen. Ich stand auf, aber mein Gips wog zentnerschwer. Hüpfend begab ich mich zu meinem Nachbarn und klaute ihm seine Krücken, die viel zu groß für mich waren. Der Idiot fing an zu schreien und ich hatte nicht übel Lust, ihn mit seiner Wasserkaraffe zu erschlagen. Er hielt dann den Mund. Ich brachte es fertig, mit meinen Krücken, im Pyjama, auf den Flur zu kommen. Eine Nachtschwester, die vorbeikam, lächelte mich strahlend an und sagte mir, daß die Toiletten geradeaus wären. Ich humpelte weiter, ohne daß sonst noch jemand auftauchte, und stand plötzlich vor dem Tor. Emile war auch da, er unterhielt sich mit dem Nachtpförtner, um ihn abzulenken. Meine Krücken hatten unten eine Gummiauflage und so kam ich heraus, ohne Lärm zu machen. Vor der Tür stand der Wagen mit laufendem Motor, Courgibet, der am Steuer saß, stieg aus, um mir auf den Sitz zu helfen. Kurz darauf erschien auch Emile wieder und wir suchten das Weite. Hast Du 'ne Zigarette, Borniche?«

Ich halte ihm mein Päckchen hin. Er zieht eine Zigarette heraus, steckt sie sich an, macht einen kurzen Zug und schweigt einen Augenblick, in die Vergangenheit versinkend.

»In Grenoble haben wir den Wagen abgestellt. Und dort haben die Bullen auch unsere Spur verloren. Man hat uns in der Schweiz, in Deutschland, in Österreich und Italien gesucht. Ganz einfach, wir segelten durchs Meer. Emile mit seiner Puppe, Yvonne Paindelet, Courgibet und ich, mit meinem Bein in Gips, wir waren in Genua an Bord gegangen und fuhren übers Wasser Richtung Shanghai.

Weißt Du, Borniche, damals war China das reinste Paradies, es war wie Amerika zu Columbus' Zeiten. Ein Typ, der ein bißchen Mumm in den Knochen hatte, konnte ein Vermögen machen. Und wir hatten soviel Mut wie zehn. Wir gingen darauf los. Wir setzten alles auf eine Karte. Und ob Du es glaubst oder nicht, es klappte. Wir waren wirklich wie die ersten Conquistadores. Ohne Zeit zu verlieren, hatte Emile ein Hotel mit Bar gekauft, Fantasio. Yvonne stand an der Kasse, hinten war ein kleiner Spielsalon und oben vermieteten wir die Zimmer stundenweise. Da ging es rund, mein kleiner Borniche, das Geschäft lief wie am Schnürchen. Es war die reinste Goldgrube. Damals dachten die Typen, egal ob Weiße oder Gelbe, nur daran, sich zu amüsieren. Verstehst Du, damals waren die Japaner landhungrig und wollten sich eine Provinz nach der anderen einverleiben. Die Mandschurei hatten sie bereits geschluckt und jetzt fingen sie an, sich Peking, Kanton, Shanghai, Nanking und was weiß ich noch alles unter den Nagel zu reißen. Und wie immer in solchen Zeiten gab's Bastarde, die im trüben fischten, Typen, die mit den Japanern gemeinsames Spiel machten und Waffen zu jedem Preis zu kaufen suchten. Emile hatte sofort kapiert und beschloß: Brüder, wir müssen in den Waffenhandel.«

»Wie haben Sie das fertiggebracht?«

»Das war leicht, Borniche, kinderleicht. Wir kauften sie von Tschiang Kai-schek-Leuten, die sie aus den eigenen Fabriken klauten. Emile lud sie in ein altes Flugzeug, das er gekauft hatte, und dessen Pilot ein Amerikaner war, und lieferte seine Ware aus. Hast Du 'ne Zigarette Borniche?«

Völlig verblüfft sehe ich, wie er sich eine Zigarette ansteckt, und dann gänzlich ungeniert das Päckchen in seine Tasche steckt. Mit übergeschlagenen Beinen sitzt Le Nus zurückgelehnt da und fährt dann fort:

»Wir verdienten ein irres Geld! Nur Dollars. Dann ist eines Tages das Flugzeug bei irgendeiner Steppe abgestürzt. Der Pilot war tot und Emile kam allein zurück mit dem Ring und der silbernen Uhr des Amerikaners und dem Moos, das er bei sich hatte.

Mit den Waffen war's also aus. ›Fangen wir mit Rauschgift an‹, sagte Emile. Okay, wir stiegen ins Rauschgiftgeschäft ein. Nur ist das bedeutend komplizierter als mit den Waffen.«

»So, warum?«

»Warum, warum, denk doch nach, Borniche. Bei den Waffen, da können sie Dich nicht übers Ohr hauen. Man bringt Dir die Kisten, Du siehst nach, ob die Anzahl stimmt, und lieferst sie ab. Aber das Rauschgift! Da mußt Du was davon verstehen, Brüderchen. Du kaufst Koks und was Du bekommst ist Mehl. Da kannst Du Dich nur noch hinsetzen und Kuchen mit backen.«

Er lacht kurz auf und fährt dann fort:

»Und genau das ist uns auch einmal passiert. Das letzte Mal. Ein Amerikaner wollte Koks kaufen und ein Chinese war bereit zu liefern. Emile und ich waren die Zwischenhändler. Schön und gut, der Handel wird abgeschlossen. Der Amerikaner gibt seine Dollars und der Chinese liefert sein Zeug. Wir kassieren unsere Vermittlungsprovision. Und freuen uns des Lebens.

Und dann kam die große Scheiße. Kurz darauf erscheint der Amerikaner wutentbrannt und schreit, daß sein Koks kein Koks sei und stößt wilde Drohungen aus. Eine Stunde später rennt uns der Chinese die Bude ein und brüllt, daß die Dollars falsch sind. Und stößt ebenfalls wilde Drohungen aus.

Emile gefiel das ganz und gar nicht. Er mag keine krummen Touren. Darin ist er immer sehr eigen gewesen. Ich fragte ihn, ob ich ihm in der Sache irgendwie helfen kann, aber er schüttelte den Kopf. An seinem glitzernd schwarzen Blick, den ich gut kenne, sah ich, daß er vor Wut außer sich war und diese Sache allein und auf seine Art regeln wollte.

Was nun genau passiert ist, hab ich nie erfahren. Alles, was ich weiß, ist, daß man ein paar Tage später den Chinesen im Fluß treibend fand, der Kopf war mit seinem Sack Mehl beschwert, um den man ein Eisenrohr gewunden hatte. Und am Tag zuvor hatte man auch den Amerikaner entdeckt; er hing an einem Baum und in beiden Augenhöhlen steckten wie zwei Pfeile die zusammengerollten falschen Dollars.

Man verdächtigte Emile. Und selbst in einer so verrotteten Stadt, wie es Shanghai damals war, durfte man gewisse Grenzen nicht überschreiten. Alle Welt war gegen uns aufgebracht. Die Rauschgifthändler, die Diebe und Hehler, die Strichmädchen und die Bullen. Wir mußten so rasch wie möglich verschwinden.

Emile setzte Yvonne in ein Schiff nach Paris; sie sollte sehen, wie die Aktien dort standen, Courgibet ging nach Spanien, Emile schiffte sich nach Pusan in Süd-Korea ein. Dort beschuldigte man ihn kurz darauf, er habe einen Seidenhändler erschlagen, um ihm sein Moos abzunehmen. Er ging dann an Bord eines Frachters, der ihn nach Hakodate, einer japanischen Insel, brachte. Der kam damals in der Welt herum, mein Bruder. Während ich mich in Shanghai damit abplagte das Fantasio zu verkaufen und zu retten, was noch zu retten war, traf Emile in Kanada einen alten Kumpel, überfiel ein paar Trapper, weil er am Ende war, und wurde von berittenen Polizisten verfolgt. Mit denen ist nicht gut Kirschen essen, Borniche. Meinem Bruder blieb nur noch eins übrig: abzuhauen.«

»Und wohin ging er dann?«

»Nach Barcelona, mein Kleiner, und da kam er mitten in den Bürgerkrieg hinein. Es war ein wildes Karussell damals, ein blutiges. Hinrichtungen am laufenden Band, Blutlachen, wohin man trat. Emile war glücklich. Er konnte wieder in den Waffenhandel einsteigen. Vorhin habe ich Dir, glaube ich, gesagt, daß Courgibet von China nach Spanien gegangen ist. Das stimmte nicht. Courgibet war in Genua. Und dort hat ihn Emile auch getroffen, und ihn darum gebeten, ihm Waffen zu besorgen, die er an alle beiden Seiten liefern wollte.

Alles ging gut, nur hatte Emile kein Vertrauen in die Peseten, er wollte Dollars, er schlug einen Heidenkrach, und drohte, er wolle seine Lieferungen einstellen. Eines Tages wollten ihn ein paar bewaffnete Typen verhaften. Emile griff seine Maschinenpistole, legte sieben um und wurde dann verpfiffen. Es waren Franco-Anhänger.

Man warf ihn ins Gefängnis. Seine Zelle teilte er mit Marty, einem Franzosen, Kommunist und Abgeordneter. Der war richtig prima zu Emile. Er brachte ihm Lesen und Schreiben bei. Denn alles, was mein Bruder bis dahin konnte, war Rechnen. Außer den Zahlen interessierte ihn nichts.

Die Spanier hatten jedoch weiter keine Beweise gegen ihn und übergaben ihn schließlich den französischen Bullen an der Grenze. Und dort erfährt er, daß das Urteil, das in seiner Abwesenheit wegen Gefangenenbefreiung gegen ihn erging, nicht mehr vollstreckt werden kann. Er hat nichts mehr zu fürchten, er ist frei. Und so fährt er nach Paris zurück, trifft dort Courgibet und seine alten Kumpel, und inzwischen schreiben wir das Jahr 1937.«

Jean-Baptiste schweigt. Er betrachtet mich mit seinen glitzernden schwarzen Augen, aber ich spüre, daß er mit seinen Gedanken ganz woanders ist, weit weg in der Vergangenheit. Das einzige Geräusch, das im Sprechzimmer vernehmbar ist, ist der Pendelschlag der großen Uhr, die über der Tür hängt. Es ist 11 Uhr. Ich würde gern noch länger mit diesem sonderbaren Mann zusammensitzen, doch ich muß mich auf die Socken machen, am frühen Nachmittag habe ich in einer Abtreibungssache, die ich vor einem Jahr bearbeitete, im Justizpalast von Versailles als Zeuge aufzutreten. Aber ich werde wiederkommen und Le Nus besuchen.

»Und Courgibet?« frage ich ihn plötzlich.

Jean-Baptiste Buisson kehrt augenblicklich wieder auf den Boden der Tatsachen zurück. Er erwidert mit leichtem Schulterzucken:

»Oh, der hat alle Brücken mit uns abgebrochen. Er wollte ein neues Leben beginnen, ein ehrbares Leben. So ein Spinner! Bei der Vergangenheit! Er ist nach Amerika gegangen, seitdem ist er verschollen. Vielleicht hat er Glück gehabt, hat eine Frau, Kinder, einen ordentlichen Job. Wer weiß? Courgibet, mein kleiner Borniche, war kein echter Krimineller, er war nicht davon überzeugt, er hatte immer ein schlechtes Gewissen . . .«

Ich verlasse Fresnes und bin einigermaßen perplex. Ich habe einen interessanten Vormittag verbracht, erfahren habe ich jedoch nichts.

18

Micheline Borgeot ist häßlich. Sogar sehr häßlich. Sie ist in den Vierzigern, fett und schwabbelig, mit nicht nur einem Doppelkinn, sondern mehreren, die jedesmal, wenn sie den Mund aufmacht, der überraschenderweise sozusagen keine Lippen aufweist, wie Wellen auf und nieder wabbeln. Dagegen hat sie noch all ihre Zähne, wohlgeformt und blitzweiß. Doch dieses hübsche Gebiß vermag die Ungerechtigkeit der Natur nicht auszugleichen, die ihr auf den Kopf strohfarbene, starre und leicht gebogene Haare aufgepflanzt hat, die wie Sellerie mit Mayonnaise aussehen. Sie ist klein, dick und untersetzt und läuft watschelnd wie ein Dackel. Ihr Großvater, Auguste, starb unter der Guillotine, weil er einen Polizeibeamten niedergeschossen hatte. Ihr Vater und ihr Onkel verschieden während eines langen Aufenthaltes in Saint-Laurent du Maroni an einer Eingeborenenkrankheit. Micheline wäre gerne auf den Strich gegangen, doch selbst in ihrer Jugend Maienblüte war ihre Häßlichkeit so abstoßend, daß sie keine Freier fand. Sie hatte sich also damit abgefunden, neben dem Springbrunnen an der Porte Saint-Cloud Blumen zu verkaufen.

Zweifellos um ihre Ungerechtigkeit auszugleichen, hat die Natur Micheline eine anmutige, grazile Tochter geschenkt, Chantal, deren ovales, von dunklen Locken umrahmtes Gesicht, und deren schlanke Figur die jungen Burschen des Viertels anziehen wie Honig die Wespen. Chantal ist jetzt zwanzig.

Jeden Morgen verläßt Micheline ihre Wohnung in der Rue de Paris 140 in Boulogne, ihren Blumenkorb am Arm. Antoine, ihr Mann, ein sanfter Bär, bleibt im Bett liegen und öffnet nicht einmal ein Auge. Er klaut ein bißchen in den Läden, fälscht ein bißchen die Nummernschilder von gestohlenen Wagen, und schminkt ein bißchen an den Farben herum. Im großen und ganzen nichts Schlimmes, aber es bringt ihm genügend ein, um sich am Abend bei seinem alten Freund Victor im Deux Marches ein paar Pernods zu genehmigen.

Micheline, Antoine und Chantal bewohnen die Parterrewohnung in einem vierstöckigen Haus, einer grauen, muffig und übel riechenden Mietskaserne.

Sie bewohnen eine Dreizimmerwohnung, die Toilette ist hinten im Hof. Das spärliche, zusammengestückelte und altersschwache Mobiliar läßt erkennen, daß seine Eigentümer für die Güter dieser Welt ein nur gemäßigtes Interesse aufbringen.

Das Paar hat einen Freund, Dédé Quarteron, ein Gangster aus den wilden und aufregenden Jahren zwischen den beiden Kriegen. Dédé ist ein schöner Mann, elegant, kräftig und ein Draufgänger, der stets Geld in der Tasche hat. Unter seinem immer noch ansehnlichen Äußeren schlägt jedoch ein Herz, das nach 46 Jahren nicht mehr das allerbeste ist.

Und an Dédé wendet sich Emile Buisson nach seiner Flucht aus der Rue Bichat. Dédé liest gerade in seinem Stammlokal in der Rue de Montreuil die Zeitung, als der Wirt ihn ans Telefon ruft. Emile, sein alter Kumpel, ist am Apparat, Emile, der offenbar Scherereien hat, denn er befiehlt ihm in kühlem und autoritärem Ton, ein Versteck für ihn zu finden.

»Ruf mich in zwanzig Minuten wieder an«, sagt Dédé. Er hängt auf, wählt eine Nummer: Quarteron ruft Antoine Borgeot an, der morgens um diese Zeit gewöhnlich seinen Milchkaffee mit Croissants in dem Café gegenüber seiner Wohnung einnimmt. Antoine, als er von der Sache hört, ist nicht gerade begeistert.

»Du bist mir ja lieb und wert, Dédé, aber das kannst Du von mir nicht verlangen. Einen Typ zu verstecken, nach dem die Bullen fahnden, ist mir zu riskant.«

Quarteron überredet ihn:

»Nur zwei oder drei Tage«, bittet er, »nur so lange, bis wir was anderes gefunden haben. Wenn ich in meinem Gartenhäuschen in Bagneux Heizung hätte, könnte er ruhig dort untertauchen. Immerhin, fünfzig Scheinchen im Monat, das ist nicht zu verachten.«

Antoine gibt nach. Und so erscheint denn Punkt 11 Uhr Emile Buisson in Hemdsärmeln, obwohl es draußen recht kühl ist, in Boulogne, in der Rue de Paris, wo ihn eine Matratze auf dem Fußboden erwartet.

»Erstmal will ich schlafen«, sagt Emile zu Antoine, der gerade dabei ist, etwas Ordnung in sein Gerümpel zu bringen, »ruf Dédé an und sag ihm, daß ich ihn heute nachmittag um 5 Uhr sprechen will.«

Als Buisson am späten Nachmittag erwacht, sitzt ein Mann neben ihm auf einem Stuhl und raucht eine Zigarette, während er geduldig wartet: Quarteron. Buisson ist nicht gerade überschäumend vor Herzlichkeit. Er begnügt sich mit einem kurzen:

»Na, wie geht's?«, dann steht er auf, frisch und unternehmungslustig.

»Hör zu«, sagt er, während er sich anzieht, »Du mußt Francis davon verständigen, daß ich hier bin; er soll sobald wie möglich herkommen.«

»Du bist gut, Emile. Wo soll ich Deinen Francis denn ausfindig machen?«

Buisson erwidert leicht gereizt:

»So laß mich doch ausreden. Du gehst zu Gaston in der Rue Léon-Frot. Der hat ihm irgendwo einen Unterschlupf besorgt und weiß, wie er ihn erreichen kann.«

»Schön«, antwortet Quarteron, etwas überrascht von der Begrüßung seines Freundes, der ihn wie einen Laufburschen behandelt. »Das ist ganz in der Nähe von mir. Brauchst Du sonst noch was?«

»Ja, einen Revolver.«

Es dauert nur drei Tage, um ein Treffen zwischen Francis Caillaud und Buisson zu arrangieren. Als Dédé eines Abends in die Rue de Paris kommt, sitzen Emile, Antoine, Micheline und Chantal gerade bei Tisch und verschlingen einen Rindfleischeintopf. Dédé bemerkt sofort, daß Chantal zu Emile besonders aufmerksam ist, doch er reagiert genauso wie Antoine und Micheline –

er sagt keinen Ton.

»Na, und?« fragt Buisson.

»Ich hab mit Francis vereinbart, daß Du Dich morgen nachmittag um 2 Uhr mit ihm im Jardin des Plantes, im Bärengraben triffst.«

»Gut«, sagt Buisson an einem Stück Fleisch kauend, »und das andere?«

Auf seinem Stuhl hin und her rutschend, öffnet Quarteron seinen Mantel und seine Jacke, knöpft seine Weste auf, greift mit einer Hand in seine Hose, tastet vorsichtig zwischen seinen Beinen und zieht schließlich einen Revolver mit einem zusätzlichen Magazin hervor, und übergibt beides Emile.

Buisson schiebt seinen Teller zurück. Er nimmt die Waffe in die Hand, wägt sie mit Kennermiene, visiert ein Ziel an, dann nimmt er sie ohne Schwierigkeit auseinander, setzt sie wieder zusammen und dann erst legt er sie auf den Tisch. Er war während seiner Tätigkeit so konzentriert, daß die anderen nicht wagten, ihn zu unterbrechen.

»Alles okay?« fragt Quarteron.

»Bestens«, erwidert Buisson und zieht den Teller wieder an sich heran.

Kommissar Clot hat seine Niederlage in der Rue Bichat noch immer nicht überwunden. Mag ihm auch jeder neue Tag eine hübsche Ausbeute an Verbrechen, Diebstählen, Hold-ups bringen, und seine Inspektoren ihm die Verbrecher gleich dutzendweise ins Büro schleppen, an Kommissar Clot nagen die Melancholie und seine fixe Idee. Er muß Emile Buisson fangen. Um jeden Preis. Tot oder lebendig. Einige Male am Tag steht er auf und geht bis zu seinem Fenster. Er sieht auf die Seine hinunter, betrachtet die weiße Fassade der Rôtisserie Périgourdine am Quai gegenüber und fragt sich, indem er über seinen Schnurrbart streicht, wo zum Teufel dieser schlaue Fuchs wohl steckt. Und so glaubt Kommissar Clot auch schon, er hätte endlich sein Wild in der Falle, als eines Morgens das Telefon läutet und ihm einer seiner Denunzianten verkündet:

»Hier ist der Anwalt. Buisson und Caillaud treffen sich heut mittag im Jardin des Plantes.« In Autos und Lieferwagen verborgen, bewachen seine Leute jeden Eingang. Und warten. Der Anwalt hatte dem Kommissar gesagt, daß die beiden Komplizen sich um 2 Uhr nachmittags treffen würden. Um 4 Uhr hat noch niemand sie gesehen. Da beschließt Kommissar Clot, mit Bitterkeit im Herzen, jeden Zoll im Jardin des Plantes zu durchsuchen, bevor es auch noch dunkel wird.

Länger als eine Stunde kehren die Polypen in den Alleen Buffon und Cuvier, in der Hauptallee und in der Orangerie und der Menagerie jeden Stein um. Es ist verlorene Liebesmüh.

»Na schön«, brummt Clot, dessen Silhouette in der Dämmerung verschwimmt, »sie sind nicht gekommen. Gehen wir nach Haus. Der Anwalt wird noch von mir hören.«

Die Männer vom Mobilen Sonderkommando ziehen geschlagen von dannen. Die Nacht hat alles eingehüllt und in dem Garten, der in Dunkel getaucht ist, hört man den entfernten Verkehrslärm.

Langsam tauchen zwei Köpfe aus dem Bärengraben auf.

»Sie sind abgehauen«, flüstert der eine, »steig Du dort hinauf, ich versuch es hier.«

Unsichtbar im Dunkel steigen die beiden Männer über die niedrige Mauer und laufen gebückt bis zu dem nächsten Baum, hinter dem sie sich verstecken. Der eine trägt einen Mechanikeranzug und eine gefütterte Parka: das ist Francis Caillaud. Der andere ist elegant gekleidet: Anzug, dunkelblauer Mantel und schwarzer Hut mit umgebogener Krempe: Monsieur Emile. Beide halten einen Revolver in der Hand. Sie spähen durch das Gitter und betrachten den Quai; Francis fragt:

»Was machen wir jetzt?«

»Wir springen drüber«, erwidert Buisson und deutet auf das Gitter.

Francis stellt sich mit dem Rücken zum Boulevard, mit gespreizten Beinen, um das Gleichgewicht zu halten und dient ihm als Leiter. Gelenkig schwingt Buisson sich hinüber, springt und steht auf der anderen Seite. Nun streckt er seine Hände durch das Gitter, faltet sie zusammen und Caillaud benutzt sie als Steigbügel. Auch er schafft es, über das Gitter zu kommen.

»Komm, gehen wir weiter«, befiehlt Buisson.

Sie laufen zur Seine hinunter, verstecken sich ein paar Minuten hinter einem Stapel von Brettern am Port-aux Vins und atmen endlich erleichtert auf. Als sie sich gerade trennen wollen, murmelt Caillaud:

»Ich frag mich ja doch, welches Schwein es war, das uns verpfiffen hat. Schließlich kannte den Ort ja nicht die ganze Stadt!«

»Laß nur«, erwidert Buisson, »der wird es nicht zum zweiten Mal tun.«

Emile kehrt nicht gleich nach Billencourt zurück. Auf dem Weg zum Bahnhof Austerlitz, wo er in die Métro steigen will, überdenkt er Wort für Wort sein morgendliches Gespräch mit Quarteron. Als Dédé ihm gesagt hatte, wann und wo er sich mit Caillaud treffen soll, hatte er argwöhnisch gefragt:

»Wer weiß sonst noch Bescheid?«

»Niemand«, hatte Quarteron geantwortet. »Als ich zu Gaston kam, war zufällig noch Michel, der Anwalt, anwesend. Aber für den leg ich meine Hand ins Feuer, der ist kein Verräter . . .«

»Na, abwarten«, hatte Buisson kurz eingewandt.

Während er rasch weiterläuft, überlegt Emile angestrengt. Gaston ist über jeden Zweifel erhaben. Er ist zuverlässig und hat das auch bei mehreren Gelegenheiten bewiesen. Aber Michel, den kennt er nicht. Trotz Quarterons Beteuerungen ist er bestimmt ein mieser, kleiner Gauner, ein Schlappschwanz, den die Bullen bestimmt nicht ohne Grund in Ruhe lassen. Weil er mal ein paar juristische Vorlesungen besucht hat, trägt er den Spitznamen »der Anwalt«. Der muß es gewesen sein, der sie verpfiffen hat. Entweder hat er direkt bei den Polizisten gesungen oder er wollte vielleicht einem Spitzel oder einem Weib imponieren. Aber das ist ganz egal.

»Der wird nicht mehr lange pfeifen«, murmelt Buisson.

Vor ihm taucht der hell erleuchtete Bahnhof Austerlitz auf. Er ruft ein Taxi:

»Zur Rue de Montreuil 25«.

Das ist das Hauptquartier von Dédé Quarteron, das Café, das gleich bei ihm um die Ecke ist, und wo er stundenlang pokert. Als er Emile an der Tür stehen sieht, stürzt er auf ihn zu:

»Bist Du verrückt? Weshalb bist Du hierhergekommen?«

»Ich brauch die Adresse vom ›Anwalt‹«, erwidert Buisson und seine Stimme klingt durchaus beiläufig, »ich hätte einen Job für ihn. Ich habe da was mit Francis zusammen geplant.«

Eine dreiviertel Stunde später findet Inspektor Bouygues Michels Leiche in dessen Hotelzimmer; sein Oberkörper ist nackt und die Kugel hat ihn genau zwischen den Augen getroffen. Der Inspektor war im Auftrag seines Chefs, Kommissar Clot, gekommen, um den »Anwalt« zu bitten, am nächsten Tag bei ihm im Büro zu erscheinen; wegen einer ihn persönlich betreffenden Angelegenheit.

19

Wir müssen Buisson finden.

In den Berichten der Kripo, die sie dem Innenministerium übermittelt, in den Zeitungsartikeln, in den Zeugenaussagen der Opfer, ist regelmäßig mindestens einmal in der Woche die Rede von einem Überfall und einem Kleinen, Bewaffneten mit schwarzen Augen.

Nach der Verhaftung von Le Nus und Dekker hat Buisson eine neue Bande gebildet und sich auf den Kriegspfad begeben. Trotz aller Nachforschungen bleibt er unauffindbar; niemand hat eine Spur von ihm. Und dazu kommt noch, daß seit dem Mord an dem »Anwalt« unsere Denunzianten - in logischer Konsequenz – äußerst vorsichtig und diskret geworden sind.

Ich habe ebenfalls, nach meinen Kollegen von der Kripo, in der Mietskaserne der Rue Bichat alles auf den Kopf gestellt und jeden einzelnen Mieter mehrere Tage lang ausgefragt. Niemand weiß etwas, oder will etwas wissen. Ziemlich schlechter Laune stehe ich unverrichteter Dinge wieder auf der Straße, als das erleuchtete Fenster der kleinen Kneipe gegenüber meine Aufmerksamkeit erweckt. Ich habe plötzlich eine Eingebung. Ich sage mir, daß Suzanne Fourreau, Dekkers Freundin, kein Telefon hatte und Buisson deshalb eigentlich nur von diesem Café aus mit seinen Freunden in Verbindung treten konnte. Ich trete ein.

Der Wirt, ein glatzköpfiger, rothaariger Mann, steht in Hemdsärmeln hinter der Theke, die er gerade mit einem großen Schwamm abwischt.

»Wissen Sie, Herr Inspektor«, sagt er, »die Suzanne bekam selten einen Telefonanruf und wenn sie selbst telefonierte, wählte sie ihre Nummer allein. Und was Buisson betrifft, erstens, wußte keiner wer er war, und zweitens, telefonierte auch der nicht oft und wenn, sagte er nicht, mit wem.«

»Haben Sie denn nie irgend etwas gehört, einen Namen, einen Vornamen?«

Kopfschüttelnd geht er davon, packt mit einer Hand zwei Gläser, geht zurück und greift mit der anderen Hand nach der Pernod-Flasche.

»Nein, wirklich nicht, Herr Inspektor«, erwidert er und schenkt uns beiden ein.

»Ich denk die ganze Zeit nach, aber mir fällt nichts ein. Wissen Sie, hier telefonieren 'ne Menge Leute den ganzen Tag lang. Wir, meine Frau und ich, bedienen, plaudern hier und plaudern dort, haben einen Blick auf die Kasse und hören nicht weiter zu.«

»Und Ihre Frau?«

»Ich werd sie gleich rufen. Trinken Sie ihn pur oder mit Wasser?«

»Mit Wasser, natürlich.«

»Ich nie; bei mir muß er trocken sein, pur und trocken. Wie in der Fremdenlegion.«

Er leert sein Glas mit einem Zug, schenkt sich einen neuen ein und schreit dann:

»Germaine!«

Germaine schreit aus der Küche gereizt:

»Komm ja schon«, und gleich darauf erscheint sie, mit Lockenwicklern im Haar und einem Netz darüber.

»Der Herr ist von der Polizei«, sagt der Wirt, »er möchte gern wissen, ob wir mal etwas gehört haben, als Suzanne oder der kleine Schwarzhaarige telefonierten.«

Germaine denkt angestrengt nach. Vor lauter Anstrengung legt sich ihre Stirn in Dackelfalten, sogar die Augenbrauen runzeln sich, und ihre Augen verengen sich zu kleinen Schlitzen, während sie sich das Gehirn zermartert.

»Warten Sie . . ., einmal, an einem Nachmittag . . ., es war ein Morgen . . ., nein, es war doch ein Nachmittag, fragte ein Mann nach Suzanne.Ich erinnere mich noch daran, weil ich seinen Namen nicht verstand, und ihn mir wiederholen ließ.«

»Und, erinnern Sie sich noch?«

»Ja. Und zwar erinnere ich mich deshalb noch daran, weil mir mein Vater, der in den Kolonien lebte, einmal erzählt hat, daß sie dort die Mischlinge so nennen. Quarteron. Das fiel mir dabei wieder ein. Suzanne ging dann wieder und holte Buisson. Er ging an den Apparat und sprach eine Weile mit dem Kerl, und als er aufhängte, sagte er noch zu ihm:

»Ciao, Dédé.«

»Haben Sie meinen Kollegen auch davon erzählt, Madame?«

»Ach, nein. Mir ist das Ganze eben erst wieder eingefallen.«

Als ich in die Rue des Saussaies zurückkomme, veranlasse ich zunächst, daß das Telefon des Wirts für eine Weile überwacht wird. Dann steig ich ins Archiv hinauf, fülle meine Karteikarte aus, und Inspektor Roblin verliert sich mit langsamen, gemächlichen Schritten in dem Labyrinth der Gänge. Als er kurz darauf zurückkommt, überreicht er mir eine Akte, die nicht besonders dick ist. Sie enthält nur ein paar Angaben zur Person: André Quarteron, auch Dédé der Provençale genannt, geboren am 24. Juni 1901 in Saint-Etienne, ohne Beruf. Auf der Rückseite der Karteikarte stand noch der Grund für seine Festnahme: »Individuum zweifelhafter Moralität. Vorläufig festgenommen nach einer Personenkontrolle in der Bar L'Etape, Rue du Faubourg-Saint-Martin. Nach der Überprüfung seiner Papiere wieder freigelassen.«

Plötzlich fühl ich mich unheimlich munter. Wenn Quarteron im L'Etape verkehrte, das gerade das Stammlokal von Le Nus und Russac war, so konnte das nur eins bedeuten, daß er selbst auch in Verbindung mit Emile Buisson stand.

Die Adresse, die Quarteron damals bei seiner Festnahme angegeben hatte, lautete Passage de la Bonne-Graine 32, im 11. Arrondissement. Es ist zwar schon spät, aber ich geh trotzdem hin. Als erstes stelle ich fest, daß die Nummer 32 gar nicht existiert. Die Straße geht nur bis zur Nummer 20. Wieder habe ich das Gefühl, daß meine Spur sich irgendwo im Nichts verliert, vor allem, nachdem auch die Concierge des letzten Mietshauses, der ich Quarterons Foto aus der Polizeiakte zeige, ihn nicht erkennt. Sie rät mir, in die Kneipe nebenan zu gehen; vielleicht wisse man dort etwas über ihn.

Der Wirt betrachtet das Foto aufmerksam und denkt nach.

»Ist das nicht ein Typ, der einen Citroën fährt?«

Ich zucke die Schultern.

»Vielleicht. Ich weiß nicht. Aber es ist bestimmt ein Typ, der sich nicht gerade um die Arbeit reißt und von den Reizen der leichten Mädchen lebt.«

»Herrgott, natürlich!« ruft da der Wirt und greift sich an die Stirn. »Ich hab's, das ist der Kerl, der immer Lucienne besuchte, die Kleine aus der Nummer 4. Er kam fast jeden Tag zu ihr.«

»Und jetzt kommt er nicht mehr?«

»Nein, denn Lucienne, warten Sie . . ., Lucienne Herbin, ja, das ist ihr Name, ist inzwischen umgezogen, das ist etwa ein Jahr her. Aber sie hat keine Adresse hinterlassen.«

Schon wieder bin ich in einer Sackgasse gelandet. Und was mir an diesem Fall Buisson so auf die Nerven geht, ist, daß ich regelmäßig dort lande, wenn ich gerade davon überzeugt bin, dem Ziel ganz nahe zu sein.

»Geben Sie mir bitte einen Jeton, Herr Wirt, und schenken Sie mir einen Pernod ein.«

In der Telefonkabine, in der es nach den Essensresten aus der Küche riecht, rufe ich Leloup, meinen Kollegen von der Sitte an, und frage ihn, ob er nicht unter seinen galanten Visitenkarten auch eine Lucienne Herbin hat. Ich brauch nicht lange zu warten. Leloup gibt mir ihre Adresse: Quarterons Freundin, die der Sitte wohl bekannt ist, wohnt jetzt in einem kleinen Häuschen in der Rue Maréchal-Foch in Bagneux.

Eins ist sicher, ein Polyp darf beim Beschatten nicht auffallen. Aber tagsüber ist es fast unmöglich, unbemerkt durch diese ruhige, verkehrsarme Vorortstraße zu gehen. Vom ersten Augenblick an, als ich von einem Häuschen zum anderen ging und die Bewohner ausfragte, spürte ich, wie lauter neugierige Blicke mich aus den Fenstern verfolgten.

»Wenn wir so weitermachen, können wir uns genauso gut ein Schild umhängen«, sagte ich zu Hidoine, »ich glaub, wir müssen uns verkleiden.«

Hidoine pflichtete mir bei. Und deshalb blieb mir nichts anderes übrig, als den Bettler zu spielen. Ich sitze am Anfang der Straße auf einem kleinen Faltschemel, einen alten, formlosen Hut auf dem Kopf, einen zerschlissenen, viel zu weiten Mantel umgehängt, den ich mir von meiner Concierge geborgt habe. Sitze da, in ausgebeulten, geflickten Hosen, eine schwarze Brille auf der Nase, einen Teller vor meinen Füßen und spiele den Blinden und gleichzeitig Akkordeon. Der Tag geht bereits zu Ende. Es wird Abend. Ich friere. Schniefe, habe völlig starre Hände und einen knurrenden Magen und aufgetaucht ist bisher niemand. Angewidert sammle ich die Münzen ein, die mir die Leute auf den Teller geworfen haben. 32 Francs: Damit kann ich wohl kaum ein Festgelage abhalten.

Drei Tage lang beobachte ich die Villa aus nächster Nähe. Ab und zu kommt Hidoine und geleitet mich armen Blinden bis zum nächsten Café, wo ich einen heißen Tee zum Aufwärmen trinke und führt mich dann zu meinem Faltschemel zurück. Die Villa scheint völlig verlassen zu sein, es ist zum Verzweifeln!

»Ich frage mich wirklich, ob Ihre Spur gut ist«, sagt eines morgens der Dicke im vorwurfsvollen Ton zu mir.

»Jedenfalls sehe ich Sie nie mehr in Ihrem Büro, Sie vernachlässigen Ihre Arbeit, kurz und gut, Sie schaffen überhaupt nichts mehr, so kann das nicht weitergehen. Statt in Bagneux den Clown zu spielen, Broniche, müssen Sie sich etwas anderes einfallen lassen, und etwas weniger Extravagantes.«

Der Undankbare! Und von nun an beschatte ich die Villa nur noch abends und ohne daß er es weiß. Ich fahre mit dem Fahrrad nach Bagneux und tauche dort mal als Maler, mal als Handwerker auf, doch in den Fenstern des Häuschens scheint nie ein Licht. Es gelingt mir, indem ich mit der Hand durch das Gitter fasse, den Briefkasten zu öffnen, aber ich finde keine Post. Bevor ich gänzlich aufgebe, versuche ich es noch mit einem letzten Trick.

In einem Papierwarenladen in der Nähe kaufe ich einen unauffälligen Geschäftsumschlag, stecke einen Prospekt hinein, den ich irgendwo bekommen habe und schicke ihn an Quarteron. Am nächsten Abend stelle ich fest, daß der Umschlag in seinem Briefkasten liegt. Und als ich wieder einen Abend später nachsehe, ist er verschwunden: also hat ihn jemand mitgenommen, es muß jemand dagewesen sein. Jetzt will ich es ganz genau wissen. Ich kaue voller Abscheu einen Kaugummi, und forme dann daraus zwei kleine

Stückchen, jedes nicht größer als ein Stecknadelkopf, dann klebe ich eins ziemlich weit unten an den Türpfosten, und das andere gegenüber seitlich an die Tür. Ich reiße mir ein Haar aus und spanne es zwischen die beiden Kaugummikügelchen: das nennt man einen stummen Zeugen. Wenn jemand jetzt die Tür öffnet, wird mein unsichtbares Haar zerrissen. Denselben Trick versuche ich am Tor zur Garage.

Die Tage vergehen. Meine »stummen Zeugen« bleiben unversehrt. Doch eines Abends, gegen Mitternacht, als ich gerade den letzten Bus nehmen will, finster entschlossen, mir Quarteron und sein Flittchen aus dem Kopf zu schlagen, da sehe ich wie ein Citroën nur mit Standlicht durch die Straße fährt und vor Luciennes Häuschen stehenbleibt.

Ein ziemlich korpulenter Mann, den Mantelkragen hochgeschlagen, steigt aus, geht ins Haus hinein und zündet das Licht an. Hinter der Mauer einer anderen Villa versteckt, beobachte ich, wie sich seine Silhouette hinter den Spalten der herabgelassenen Rolläden bewegt. Plötzlich geht das Licht wieder aus, der Mann tritt aus der Tür und verschließt sie sorgfältig. Und dann passiert etwas, was mich ehrlich schockiert. Quarteron – denn der Mann ist Quarteron – bückt sich, leuchtet sich selbst mit einer Taschenlampe und befestigt sorgfältig die »stummen Zeugen«!

Als ich dem Dicken von meinem Mißgeschick berichte, meint er, mit gefalteter Stirn:

»Machen Sie weiter, Borniche, und nehmen Sie Hidoine auch noch mit. Wir haben es da offenbar mit Profis zu tun, und das ist ein gutes Zeichen.«

Zitternd vor Kälte sitzen wir zusammengekauert hinten im Wagen von Crocbois, der an der Ecke der Rue du Maréchal-Foch und der Rue de Fontenay geparkt ist und beobachten erneut Quarterons Villa. Damit wir sie auch nicht eine Sekunde aus den Augen verlieren, pissen wir sogar in leere Konservendosen, die uns Crocbois mitgebracht hat. Trotz unserer Decken und einer Thermosflasche mit Kaffee, den Marlyse uns gekocht hat, sind wir nach zwei Nächten völlig erkältet. Wir husten, schniefen erbärmlich, als am dritten Abend Quarteron wieder erscheint.

Diesmal sind wir fest entschlossen, uns nicht noch einmal anschmieren zu lassen. Als Quarteron wieder abfährt, fährt Crocbois langsam nach, wobei er, um nicht aufzufallen, stets einen Abstand von etwa 100 Metern einhält.

Schweigend fahren wir durch Châtillon-sous-Bagneux, Montrouge, kommen zur Porte de Châtillon und biegen von dort aus in den großen Boulevard. Irgendwie hab ich das unbestimmte Gefühl, daß wir bald am Ziel sind. In Boulogne-Billancourt bitte ich Crocbois, etwas näher an den Citroën heranzufahren.

Unser Chauffeur will das auch gerade tun, als uns ein Lkw, der wohl gerade die rote Ampel überfahren hatte, den Weg versperrt; um nicht mit ihm zusammenzustoßen, müssen wir bremsen. »Dieser Idiot«, schimpft Crocbois. Und als die Straße wieder frei ist, ist Quarterons Citroën natürlich verschwunden. Wir fahren in ganz Billancourt kreuz und quer herum, ohne Erfolg. Schließlich fahren wir mürrisch nach Hause und gehen ins Bett.

»So ein verdammtes Pech!« beklagt Hidoine sich wütend.

»Wirklich ein Scheißspiel.«

Am nächsten Tag berichte ich dem Dicken von unserem neuerlichen Reinfall.

»Schade, Borniche«, sagte er, »denn ich habe mich inzwischen erkundigt. André Quarteron war ein Freund von Desgrandschamps. Sie erinnern sich, den Kommissar Belin nach dem Überfall in Troyes verhaftet hat. Ich bin überzeugt davon, daß er mit Buisson in Verbindung steht, aber er selber ist sicher zu vorsichtig, um seine eigene Weste zu beflecken und ihn bei sich zu Haus unterzubringen. Er hat ihn bestimmt bei irgendeinem Freund versteckt. Sie müssen ihn unbedingt wiederfinden.«

Der Dicke geht mir wirklich allmählich auf die Nerven: Er denkt immer, wenn er was befiehlt, dann muß es auch klappen.

»Das weiß ich auch, aber wie?«

Die Tage vergehen.

Ich habe gerade einen nicht allzu komplizierten Fall von Juwelendiebstahl aufgeklärt und habe Lust, mal auf andere Gedanken zu kommen; deshalb gehe ich ins Deux Marches, um dort meinen Aperitif zu trinken. Gerade als ich eintreten will, geht die Tür auf und zwei Männer, warm verpackt in gefütterten Parkers, kommen heraus. Ich bleibe wie angewurzelt stehen: Der eine ist Quarteron, den anderen, ein großer, stämmiger Mann, kenne ich nicht. Ich lasse die beiden Freunde vorbei, die unter schallendem Gelächter in die Rue Gît-le-Coeur einbiegen.

Ich gehe in die Bar, ziehe meinen Mantel aus, hänge ihn auf und schüttle Victor die Hand.

»Du, hör mal«, sage ich zu ihm, »Deine Freunde eben waren nicht gerade sehr höflich, sie haben mich angerempelt und nicht einmal gegrüßt!«

Victor sieht mich erstaunt an:

»Welche Freunde?«

»Die, denen ich eben in der Tür begegnet bin!«

Victor geht prompt in die Falle:

»Ach, Dédé und Antoine? Das darfst Du denen nicht übelnehmen. Sie haben sich nämlich tüchtig einen hinter die Binde gegossen. Bestimmt haben sie Dich nicht erkannt. Spielen wir um die Runde?«

»Okay.«

Ich weiß, daß ich Victor keine Fragen stellen darf. Wenn ich damit anfange, verwandelt er sich immer in eine Sphinx, und außerdem könnt es mir passieren, daß er seine Freunde warnt. Jedenfalls habe ich heute abend Glück gehabt und zumindest erfahren, daß Victor und Quarteron sich kennen. Ich werde einfach des öfteren in die Rue Gît-le-Coeur zurückkehren, irgendwann werde ich dann auch mein entschwundenes Wild auftreiben und seiner Fährte folgen.

Drei Abende später treffe ich im Deux Marches Antoine; er sitzt mit trauriger Miene am Tisch, ihm gegenüber Victor. Die beiden Männer sehen nicht gerade fröhlich aus. Ich gehe zu ihnen:

»Was ist denn los? Ihr sitzt da mit einer Leichenbittermiene.«

»Du triffst den Nagel auf den Kopf, Roger«, erwidert Victor und streicht seine Haarlocke zurück. »Er ist tot.«

Antoine bekreuzigt sich.

»Ja«, murmelt er betrübt, »Dédé ist tot.«

»Tot, wie ist denn das passiert?« frage ich, und denke sogleich, daß wohl irgendein Racheakt der Unterwelt André Quarterons bewegtem Leben ein Ende gesetzt hat.

»Er lag gerade mit Lucienne im Bett und liebte sie«, fuhr Antoine fort, »er hatte ein so schwaches Herz!«

Und wieder einmal ist der Faden abgerissen.

20

Man darf nie die Flinte ins Korn werfen.

Am nächsten Tag nehme ich, allerdings von weitem und hinter ein paar Grabsteinen versteckt, an Quarterons Beerdigung im Friedhof von Ivry teil. Die ganze Unterwelt ist versammelt und ich überlege mir, daß der verblichene Dédé wohl eine gewichtige Persönlichkeit gewesen sein muß, wenn die Gangster von ganz Paris sich hier um sein Grab scharen. In der ersten Reihe der Leidtragenden entdecke ich den dicken Antoine, der geräuschvoll in sein Taschentuch weint, das so groß wie ein Handtuch ist.

Als die Beerdigung zu Ende ist, kaure ich mich hinten in Crocbois'

Auto und wir folgen vorsichtig Antoines Wagen.

Vom Friedhof aus biegen wir beide in die Avenue de Verdun ein und fahren bis zur Porte de Choisy. Von dort aus geht es weiter über den Boulevard, wir überqueren die Seine am Viadukt von Auteuil und kommen zur Porte Saint-Cloud. Von dort aus biegen wir in die Rue de la Tourelle ein, und plötzlich flucht Crocbois überrascht:

»Verdammt! Dort waren wir doch auch an dem Tag!«

Ich schaue aus dem Fenster: Wir sind in Boulogne, in der Rue de Paris, und jetzt erkenne ich auch die Ecke, an der uns Quarteron abgehängt hat.

Ich lege meine Hand auf Crocbois' Schulter.

»Du hast recht. Da, sieh mal!«

Antoine hat jetzt vor einem Mietshaus gebremst und ist in einer großen Toreinfahrt verschwunden. Nach ein paar Sekunden sehen Crocbois und ich, wie er zu Fuß wieder auftaucht und das Tor schließt. Das Ganze hat nur eine Minute gedauert.

Noch am gleichen Nachmittag beginnen Hidoine und ich uns diskret nach den Mietern des Hauses zu erkundigen. Wir erfahren ziemlich rasch, daß Antoine dort mit seiner Frau, einer Blumenverkäuferin, die Titine genannt wird, und ihrer Tochter Chantal im Erdgeschoß wohnt.

»Seit ein paar Tagen haben sie Besuch von irgendeinem Verwandten«, höre ich eine Ecke weiter in der Reinigung.

»Ach, nein«, fragt Hidoine beiläufig, »haben Sie ihn gesehen?«

»Ja, einmal. Ein Typ, der nicht oft ausgeht und auch nicht sehr gesprächig aussieht. Ich glaube, es ist ihr Schwager. Er ist klein, dunkelhaarig, elegant gekleidet und hat interessante schwarze Augen.«

»Endlich haben wir ihn!«, schreit der Dicke, als ich ihm am Telefon die Neuigkeit berichte. »Bravo! Aber passen Sie ihn lieber auf der Straße ab, wenn er nicht darauf gefaßt ist, sonst könnte es eine böse Schießerei geben.«

Es ist jetzt Ende Februar und bitter kalt. Entweder vom Wagen oder der Kneipe nebenan aus behalten Hidoine und ich – uns immer wieder ablösend – das Mietshaus ständig im Auge, aber Buisson bekommen wir nie zu sehen. Nervös frage ich mich schon, ob er nicht sein Domizil gewechselt, und ob nicht die Kellnerin in der Kneipe, der ich aus verständlichen Gründen den Hof mache, den dicken Antoine diskret vor uns gewarnt hat.

Am 24. Februar zitiert der Dicke uns in sein Büro.

»Hören Sie zu«, sagt er zu Hidoine und mir. »Ich habe noch

einmal gründlich nachgedacht. Es ist so gut wie sicher, daß Buisson bei Antoine, der mit Quarteron so dick befreundet war, Unterschlupf gefunden hat. Schön, soweit ist alles klar. Was wir aber nicht wissen ist, ob er da noch immer steckt. Wenn wir eine große Aktion im Haus starten wollen, müssen wir unserer Sache absolut sicher sein. Wir kommen da der Kripo ins Gehege, und wenn die Sache dann daneben geht, wird sie sich beim Ministerium beschweren und sich außerdem lauthals an unserem Mißerfolg berauschen. Ich denke, wir sollten das Haus erst einmal weiter überwachen. Sobald Buisson das Haus verläßt, schnappen Sie ihn sich. Und wenn er nicht mehr auftaucht, dann hat er sich wohl inzwischen ein anderes Versteck gesucht.«

»Chef, das kann noch eine Ewigkeit dauern«, jammert Hidoine.

»Das ist Ihre Sache und nicht meine . . .«

»Natürlich. Und wenn wir bei der Kälte draufgehen . . .«

»Dann bekommen Sie posthum noch eine Medaille.«

Etwa zur gleichen Zeit an diesem Morgen hebt Inspektor Freddie Courchamp, völlig erstarrt vor Kälte, die Hände in den Taschen vergraben, den Kopf, um nach einer Hausnummer zu sehen und betritt dann ein kleines, schmutziges Mietshaus in der Rue de Paris. Energisch klopft er an die Tür der Concierge.

»Chantal Borgeot?«

»Im Erdgeschoß.«

Gemächlichen Schritts geht Freddie Courchamp auf die Wohnungstür zu. Er untersucht den Tod eines jungen, blonden, hübschen Mädchens, Christiane Czerwonka, deren Kleider sorgfältig zusammengelegt auf einem Quai in Paris gefunden wurden und der nackte Körper an der Schleuse von Marly. Selbstmord oder Mord, im Augenblick weiß man noch nichts Genaues. Im Verlauf seiner Nachforschungen hat Inspektor Freddie Courchamp erfahren, daß Christiane Czerwonka, auch Cricri genannt, am Abend vor ihrem Tod zusammen mit einer Freundin, Chantal Borgeot, bei einem Tanzfest gesehen worden war. Und Inspektor Freddie Courchamp beabsichtigt, Chantal ein bißchen auszufragen.

Der Polizist steht jetzt vor der Tür, spitzt die Ohren. Er glaubt, in dem stillen Haus ein lustvolles Stöhnen zu vernehmen, das offenbar aus der Wohnung kommen muß. Er klopft kräftig an die Tür und augenblicklich verstummt das Stöhnen. Inspektor Freddie Courchamp klopft erneut an die Tür. Er hört, wie sich auf dem Steinboden Schritte nähern, dann geht die Tür auf. Eine junge Frau mit zerzaustem Haar, und vorwurfsvollem Blick, die unter dem hastig übergeworfenen Morgenmantel offenbar nackt ist, erscheint in der Tür. Inspektor Freddie Courchamp begreift sofort den Grund des Stöhnens.

»Tut mir schrecklich leid, daß ich Sie stören mußte,« sagt er leicht ironisch und betritt entschlossen die Wohnung.

Sein Blick schweift durch das Zimmer und da sieht er durch die offene Tür einen Mann ausgestreckt im Bett liegen, der sich unter einem Laken versteckt. Dienstlich autoritär geht er auf ihn zu.

»Los, aufstehen!« befiehlt er ihm. »Du kannst später weitermachen. Zieh Dich an und hau ab. Ich hab mit Deiner kleinen Freundin hier zu sprechen, und zwar allein.«

»Sehr wohl, Monsieur.«

Mit erstaunlicher Geschwindigkeit springt der kleine, dunkelhaarige Mann mit den schwarzen Augen unter den ironischen Blicken des Inspektors Freddie Courchamp aus dem Bett. Er zieht sich hastig an, bindet nicht einmal seine Schnürsenkel zu, greift nach seinem blauen Mantel und seinem Hut mit der nach oben gebogenen Krempe und stürzt zur Tür.

»Hast Du auch nichts vergessen?«, fragt ihn lachend Inspektor Freddie Courchamp, als der andere bereits die Tür hinter sich schließt.

Monsieur Emile hat nur eins vergessen, und zwar seinen Colt, den er in der Küche in einer Porzellanvase versteckt hatte.

Dritte Runde

21

Die Zeit, das Glück und die Geduld sind die Waffen der Polizei. Mir bleibt also nichts anderes übrig, als zu warten.

Die Verhaftung von Paul le Diams, einem Spezialisten im Juwelenraub, bringt es mit sich, daß ich mehr als zwei Monate lang eine Reihe von Nachforschungen im Milieu der Diamantenhändler der Rue Lafayette anstellen muß. Zwei Tage lang hatte Paul hartnäckig geleugnet, und was schließlich sein Schicksal besiegelt hatte, war die wundersame Entdeckung eines Fünfkaräters im Kopf einer Stoffpuppe gewesen.

Durch die Zeitungen und die Berichte der Kripo erfahre ich, daß am 10. Mai 1948 zwei Angestellte der Krankenversicherung von Draveil von bewaffneten Männern überfallen und um 70 000 Francs erleichtert wurden, die sie gerade vom Postamt geholt hatten, samt eines Colts. Unter den Gangstern befand sich auch der unvermeidliche kleine Mann mit den schwarzen stechenden Augen.

Typisch Buisson, hatte ich gedacht.

Und dann, am 27. Mai 1948, schickt der Dicke mich eiligst mit Crocbois zur Kriminalabteilung von Villeneuve-Saint-Georges, um zwei Polizisten zu vernehmen, Kommissar Prioux und Inspektor Vigouroux, die in eine Schießerei geraten waren.

In dem winzigen Zimmer, das ihm als Büro dient, sitzt Prioux, den ich schon von der ersten Brigade der Rue de Bassano kannte, und der sogar ein paar Monate lang mein Abteilungsleiter gewesen war, und begrüßt mich herzlich.

»Ach, mein Freund, um Haaresbreite tiefer und ich säße Ihnen heute nicht gegenüber, sondern hätte eine Kugel im Kopf. Diese Hundesöhne, schießen konnten sie, das muß man ihnen lassen!«

Er steht auf, geht zu den Garderobenständern, nimmt seinen braunen Hut und hält ihn mir unter die Nase: das Hutband über der Krempe hat einen glatten Durchschuß von einer Seite bis zur anderen abbekommen. Prioux wirft ihn auf einen Stuhl, dann setzt er sich wieder auf seinen Platz hinter den etwas rudimentären Schreibtisch und zieht seinen Tabaksbeutel und eine Pfeife aus dem Schubfach.

»Wenn ich gewußt hätte, mit wem wir es da zu tun hatten«, sagt er und klopft seine Pfeife an der Schreibtischkante aus, »glauben Sie, mein lieber Borniche, dann hätten wir uns anders organisiert, aber wie hätten wir auch nur ahnen können, um was es geht.«

»Und wieso, Herr Kommissar?«

Prioux stopft seine Pfeife und sammelt dann sorgfältig die

Tabakkrümel wieder ein, die daneben gefallen waren.

»Ach, das Ganze fing völlig banal an. Eine anonyme Anzeige. Ein Typ hat uns angerufen, um uns zu erzählen, daß er durch eine Frau erfahren hat, daß sich zwei Gangster in der Villa von Charles Bouton, in Vigneux, Rue des Prairies 125, verborgen halten. In Wirklichkeit handelte es sich um einen betrogenen Ehemann, dessen Frau sich mit Bouton amüsierte, der weiß Gott nichts von einem Playboy hat, aber das haben wir erst viel später erfahren. Schön, der diensthabende Kollege, der den Anruf entgegengenommen hatte, erzählte uns, daß es sich um zwei Individuen handelt, Frisson und Bayaud.

Diese beiden Namen sagten uns gar nichts und wir fanden sie auch nicht auf unserer Fahndungsliste. Und deshalb hab' ich beschlossen, mit Vigouroux eine einfache Routinekontrolle durchzuführen. Ohne das geringste Mißtrauen begaben wir uns in die Rue des Prairies. Die Gittertür war verschlossen. Wir klingelten, keine Antwort. Vigouroux überlegt nicht lange, er klettert über das Gitter und geht auf die Haustür zu. Sie ist nicht verschlossen. Vigouroux klopft. Wir warten, es kommt niemand. Mein Inspektor drückt die Klinke nieder und öffnet. Im gleichen Augenblick fällt ein Schuß und Vigouroux hat gerade noch Zeit, sich mit einem Sprung zur Seite zu retten. Ich will in das Haus hinein, doch da knallt ein zweiter Schuß und die Kugel geht durch meinen Hut. Vigouroux und ich verstecken uns hinter einer Säule und schießen in den Flur hinein. Wir gehen hinein. Und alles, was wir finden, ist eine recht niedliche junge Frau, die vor Angst mit den Zähnen klappert. Die Schützen sind verschwunden, und zwar müssen sie über ein Feld hinter dem Häuschen geflohen sein. Ja, mein Lieber, das ist das ganze Narrenstück!«

Prioux schweigt und er zieht an seiner Pfeife. Ein bläulicher Rauch steigt in Kreisen über seinen Kopf:

»Und was hat die Frau zu all dem gesagt?«

»Nichts, Sie wollte nicht reden, aber wir haben in der Tasche ihres Mantels einen Personalausweis gefunden, sie ist die Frau eines gewissen Caillaud.«

»Was sagen Sie da?«

»Caillaud. Francis Caillaud, aus Fresnes ausgebrochen. Wir konnten ihn leicht identifizieren. Und sie hat schließlich zugegeben, daß der zweite Schütze der berühmte Emile Buisson war.«

Prioux lehnt sich bequem in seinen Sessel zurück, ohne zu ahnen, wie ungeheuer wichtig seine Worte für mich sind. Endlich ist der kleine Francis, nach dem man seit dem Überfall auf die Auberge d'Arbois fieberhaft suchte, identifiziert. Wegen eines banalen Seitensprungs. Der Zufall ist wirklich der Schutzengel der Polizisten.

Ich bitte Prioux, mir seine Gefangene vorzuführen. Ich kann es kaum erwarten, mit jemandem zu sprechen, der vor wenigen Stunden mit Monsieur Emile zusammen gewesen ist.

Prioux hat recht. Caillauds Frau ist ziemlich hübsch. Wenn man sie so sieht, schüchtern und verängstigt, würde nie jemand darauf kommen, daß sie das Leben eines gefährlichen Mannes teilt, denn sie teilt es wirklich. Caillaud nimmt sie überall mit hin, wo auch immer er untertaucht, und sie bemüht sich sofort, ein neues Heim zu schaffen, kauft ein, besorgt den Haushalt und kocht für ihren Mann und seine Freunde. Sie ist keineswegs vulgär, sondern einfach gekleidet und hat nichts gemeinsam mit den Gangsterliebchen, mit denen ich es normalerweise zu tun habe. Und deshalb beschließe ich, es ihr gegenüber mit Höflichkeit zu versuchen, was mir bei ihr nicht einmal schwerfällt. Nachdem Prioux sie gebeten hat, auf einem weiß lackierten Holzstuhl Platz zu nehmen, betrachtet sie mich aufmerksam.

»Madame«, sage ich sanft, »sie werden ganz gewiß wegen Beihilfe zu einem schweren Verbrechen angeklagt. Ihr Mann und Buisson haben auf Polizisten in Ausübung ihres Amtes geschossen.«

Francis' Frau senkt den Kopf.

»Ich weiß, Monsieur«, flüstert sie kaum hörbar.

»Schön, ich will Sie nicht länger belästigen. Ich verstehe, in welch schwieriger Situation Sie sind, doch Ihr Mann ist leider in Begleitung eines Mörders, der niemanden schonen wird, und der sobald als möglich hinter Schloß und Riegel gehört. Verstehen Sie?«

Sie sieht noch immer auf ihre Schuhspitzen nieder. Ich fahre fort und rücke meinen Stuhl ein wenig näher an den ihren:

»Madame, es ist in Ihrem Interesse und in dem Ihres Gatten, wenn Sie uns helfen. Ich bin überzeugt davon, daß Ihre Aufrichtigkeit Ihnen bei der Urteilsfindung als mildernder Umstand angerechnet wird. Sagen Sie mir nur, ob Sie die geringste Ahnung haben, wo die beiden untergetaucht sein können.«

Die Frau hebt den Kopf und ihre Augen betrachten mich ängstlich, aber aufrichtig.

»Ich weiß nicht, Monsieur, ich weiß nicht.«

Sie erwartet eine neue Frage, und ihr klarer Blick ist immer noch auf mich gerichtet. Ich gebe zu, daß sie mir ehrlich leid tut, weil sie so hilflos ist. Im übrigen bin ich überzeugt davon, daß sie aufrichtig ist. Ich stehe auf und gehe zu Prioux.

»Gut, Madame«, sage ich, »ich habe keine weiteren Fragen mehr.

Der Herr Kommissar wird Sie dem Untersuchungsrichter von Corbeil vorführen, eine andere Möglichkeit gibt es nicht. Noch eine letzte Frage, wie sind die beiden denn geflohen?«

Einen Augenblick schluckt sie heftig, zögert, mir zu antworten, hin und her gerissen zwischen dem Wunsch, die Wahrheit zu sagen und der Angst, ihrem Mann zu schaden und etwas zu verraten, was die Polizei auf seine Spur bringen könnte.

»Mit dem Fahrrad. Sie haben zwei Fahrräder genommen, die gegen die Mauer gelehnt waren.«

»Sie sind noch bewaffnet?«

»Ja. Sie haben die Maschinenpistolen mitgenommen.«

Und ich stelle mir einen Augenblick die beiden Flüchtigen vor, wie sie, kräftig das Pedal tretend, durch diese Vorortstraßen fahren, ihre Maschinenpistole vor sich quer über der Fahrradstange.

Und doch hat sie kein Polizist zu Gesicht bekommen, trotz der Straßensperren, die überall errichtet waren.

22

Es ist schon dunkel, als ich im Büro anrufe. Die Vermittlung verbindet mich mit dem Büro des Dicken, aber es ist Paulette, seine Sekretärin, die abhebt:

»Ist der Chef da?«

»Nein.«

»Wo ist er denn?«

»Ich weiß nicht. Vielleicht im Deux Marches.«

Ich hänge wieder auf, verabschiede mich von Prioux und gehe.

»Und wohin jetzt?« fragt mich Crocbois.

»Zu Victor.«

Unterwegs bereue ich bereits meinen Entschluß. Ich bin hundemüde. Und wenn ich jetzt noch einen trinke, bin ich erledigt. Trotzdem gehe ich doch noch in Victor Marchettis Kneipe, bin aber fest entschlossen, nicht lange zu bleiben. Ich werde nur rasch einen Pernod zu mir nehmen, dem Dicken kurz Bericht erstatten, dann werde ich brav nach Hause gehen, wo Marlyse auf mich wartet. Als ich hineinkomme, ist die Kneipe gerammelt voll. Ein paar Kollegen von der Kripo sind da, die schon ein paar Gläser mehr intus haben und mich katzenfreundlich begrüßen, diese Heuchler, eine Menge Touristenpaare und ein paar Köpfe aus den Verbrecheralben. Hier sitzen sie alle zusammen, trinken, lachen, essen. Ich erspähe den Dicken, der, die Ellbogen auf dem Tisch, mit Victor und einem jungen, nicht sehr großen, schweigsamen und zurückhaltenden

Korsen mit langem, schwarzem und zurückgekämmtem Haar eine Partie Würfel spielt.

»Kennen Sie Jeannot?« fragt mich der Dicke und schüttelt die Würfel in seiner Hand.

»Nein.«

Jeannot reicht mir die Hand. Ich schüttle sie.

»Ich bin ein Cousin von Victor«, erklärt er mir mit sanfter, leiser Stimme, »Jean Orsetti.«

Ich werfe ihm einen kurzen Blick zu.

»Ach, ja?« und kann es mir nicht verkneifen hinzuzufügen, »und darf man fragen, was für einen Beruf Sie haben?«

Der Dicke antwortet für ihn, indem er sich an ihn wendet.

»Ein kleines bißchen Zuhälter, nicht wahr Jeannot?«

Er lacht. Victor, der gerade aus dem Spiel ausgeschieden ist, läßt Jeannot und den Dicken die Partie beenden. Er kommt zu mir und schenkt mir ein Glas ein.

»Ob Sie's glauben oder nicht, der Kleine da ist ein ganzer Mann«, sagt er und deutet mit einer Kopfbewegung auf seinen Vetter, »auf sein Wort kann man sich verlassen. Stellen Sie sich vor, vor ein paar Jahren saß er mal im Gefängnis von Riom, aufgrund eines bedauerlichen Unglücksfalls, na ja, das kommt in den besten Familien vor. Schön, und einer der Aufseher war ein Korse wie wir. Natürlich hatte er keine Lust, den Kleinen zu schikanieren. Oder ihm sonst irgendwie Schwierigkeiten zu machen. Im Gegenteil, mit der Zeit sind sie sogar Freunde geworden. Sie plauderten, machten ihre Witze zusammen, verstehen Sie, hm?«

»Natürlich.«

»Schön, eines Tages sagt der Aufseher zu Jeannot: ›Wenn Du mir Dein Ehrenwort gibst, Dein großes Ehrenwort, daß Du keine Dummheiten machst, dann kannst Du von Zeit zu Zeit am Abend mit mir hinauskommen, um in der Kneipe ein Gläschen zu trinken oder mit einer Frau zu schlafen. Und dann kommst Du wieder mit mir zurück.‹ Jeannot gab ihm sein Ehrenwort. Er schwor. Und ein Korse bricht nie einen Schwur. Sie sind also zusammen ausgegangen, und zwar ziemlich oft. Jeannot hatte Geld und konnte es sich leisten, ein paar Runden zu zahlen. Kurz und gut, sie waren dicke Freunde. Eines Abends kommen zwei Gangster nach Riom, die der Kleine von früher her kannte. Sie gehen in die Kneipe und sehen den Kleinen dort allein stehen. Der Aufseher spielte gerade Billard im Nebenzimmer. Sie sagen zu ihm: Du, wir haben einen Wagen draußen stehen, trink aus, und komm mit uns. Und wissen Sie, was der Kleine geantwortet hat?«

»Nein.«

»Er hat nein gesagt. Ja, genau, er hat sich geweigert. Er sagte zu ihnen: ›Ich hab ihm mein Wort gegeben. Und das halte ich auch.‹ Die anderen haben ihn einen Idioten genannt und sind gegangen. Ja, so ist der Kleine. Er verrät nie jemanden. Ein echter Korse!«

Der Dicke und Jeannot haben die Partie beendet. Ich gebe meinem Chef einen Wink, daß ich ihn sprechen möchte, und er kommt mit mir auf die Straße. In kurzen Worten erzähle ich ihm, wie ich erfahren habe, wer der berühmte Francis ist.

»Schön«, erwidert er, »machen Sie nur weiter.«

Wir gehen wieder in die Bar zurück.

Als wir an unseren Tisch zurückkommen, greift Victor nach der Pernod-Flasche unter dem Tisch, gießt uns ein und auch sich selbst und seinem Vetter.

»Na, wie gehen die Geschäfte, Herr Kommissar?«

»Glänzend, Victor.«

Mit Jeannot spielen wir lärmend und erbittert erneut eine Runde.

Zwei junge, keineswegs häßliche und leicht angeheiterte Engländerinnen kommen lachend zu uns an den Tisch, und lassen ihre Männer sitzen. Um ihnen zu imponieren, höre ich mit dem Würfeln auf und zeig ihnen eine Reihe von Kartenkunststücken, die ihnen bewundernde Ausrufe entlocken. Inzwischen hat sich um mich ein kleiner Kreis gebildet, ich mache fingerfertig weiter, während Victor Runde um Runde einschenkt.

Jeannot, der neben mir sitzt, sieht plötzlich diskret auf seine Uhr und ruft:

»Verdammt, ich habe keine Zigaretten mehr.«

Ich biete ihm eine von meinen an, aber er lehnt ab.

»Bei den Amerikanern fang ich sofort an zu husten«, sagt er, »ich laufe rasch in ein Tabac*, bin gleich zurück.«

»Beeil Dich«, sagt Victor etwas ungehalten, »heut abend ist Dolores allein. Wenn Du ihr beim Bedienen ein bißchen an die Hand gehen könntest, wär das ganz gut.«

Eiligen Schritts geht Orsetti die Rue Gît-le-Coeur entlang, biegt in die Passage de L'Hirondelle ein und kommt zum Place Saint-Michel, wo er in ein Café-Tabac geht. Er kauft seine Zigaretten und verläßt das Lokal wieder. Während er sein Päckchen Gauloises öffnet, beobachtet er die zu dieser abendlichen Stunde ziemlich dichte Menschenmenge. Mit professionellem Blick aus seinen

* Gemeint ist ein Café-Tabac, eine Bar, in der in Frankreich mit besonderer Lizenz auch Tabakwaren verkauft werden. (A. d. Ü.)

dunklen Augen vergewissert er sich: niemand ist ihm gefolgt. Eiligst macht er sich auf den Weg, geht weiter den Platz entlang und betritt an der Ecke des Quai des Grands-Augustins rasch die Rôtisserie Périgourdine, das Restaurant der oberen Zehntausend.

Ohne den würdigen Oberkellner, der gemessenen Schritts auf ihn zugeht, zu beachten, geht Orsetti in die erste Etage hinauf, sieht sich aufmerksam zwischen den vollbesetzten Tischen um. Dann geht er durch den Speisesaal hin zu einem Tisch am Fenster, an dem ein kleiner Mann mit dunklem Anzug allein sitzt und einen Hummer verzehrt.

Orsetti setzt sich ihm gegenüber.

»N'Abend, Emile.«

»N'Abend, Jeannot. Ißt Du mit?«

»Unmöglich, bei Victor sitzt ein Haufen Leute und ich muß ein bißchen mithelfen.«

»Ein Glas Champagner?«

»Na schön, Emile, aber ich hab' wirklich nicht viel Zeit.«

Buisson ruft den Getränkekellner, und bestellt für Orsetti ein Glas Champagner. Als sie beide wieder allein sind und Orsetti sein Glas abgesetzt hat, fragt Buisson:

»Nun, hast Du jemanden gefunden?«

»Ja. Ich hab jemanden für Dich, einen Italiano.«

»Hm«, erwidert Buisson, »ich hab' nicht viel für die Spaghettifresser übrig.«

»Ich auch nicht, aber im allgemeinen sind sie als Verbrecher große Klasse und der, den ich für Dich im Auge habe, ist im übrigen ein Profi.«

»Wer ist das?«

»Désiré Polledri. Um Dir nur ein Detail zu nennen, er ist vor gut einem Jahr aus der Ile de Ré ausgebrochen.«

»Einverstanden«, sagt Buisson und stellt sein Glas zurück, »komm morgen so zwischen 11 und 12 zu mir. Ich werde ihn dann Francis vorstellen.«

»Ich muß jetzt rasch zu Victor zurück.«

Orsetti steht auf und schüttelt Buisson die Hand. Als er gerade gehen will, wirft er noch einen Blick aus dem Fenster des Restaurants und sieht genau gegenüber, auf der anderen Seite der Seine, am Quai des Orfèvres, das mächtige Gebäude der Kripo, das sich düster gegen den dunklen Himmel abzeichnet.

»Da hast Du ja einen prächtigen Blick, Emile.«

»Ja«, erwidert Buisson mit zufriedenem Lächeln, »die Bullen werden nie auf die Idee kommen, mich neben ihrem Hauptquartier zu suchen.«

»Aber Du könntest doch mal gesehen werden.«

»Unsinn! Das Foto, das die von mir haben, ist zehn Jahre alt. Und seitdem hat mich niemand mehr von Nahem gesehen.«

Orsetti geht. Buisson ißt gemütlich weiter, zahlt dann die Rechnung und begibt sich gemächlich zum Sportpalast. Er macht es sich auf einem der besten Plätze am Ring bequem, inmitten des Tout-Paris, zieht an seiner riesigen Zigarre und beobachtet aus den Augenwinkeln den Polizeidirektor, der nur ein paar Plätze von ihm entfernt sitzt. Bei Monsieur Emile war das Tradition: jedesmal wenn er der Polizei entwischte, genehmigte er sich ein vorzügliches Mahl und ging dann zu einem Boxkampf.

23

Neun Monate lang habe ich mich nicht mehr um Emile Buisson gekümmert. Überhaupt nicht mehr.

Emile hat offensichtlich wieder eine neue Bande zusammengestellt, denn regelmäßig stößt man bei den Überfällen, von denen die Kripo berichtet, auf seine Beschreibung.

Aber ich hatte einfach nicht mehr die Zeit, mich um Buisson zu kümmern. Ende Juni habe ich 77 Gangster verhaftet, die zu der Bande von Pierrot le Fou Nummer 2 gehörten. Man beglückwünscht mich offiziell, aber ich werde weder zum Oberinspektor ernannt, noch erhöht man mein Gehalt. Ende Juli verhafte ich um ein Uhr morgens auf dem Dach eines Mietshauses in der Rue Charlot in Paris Pierrot le Fou persönlich. Wieder erhalte ich die üblichen Belobigungsschreiben, aber eine Beförderung oder Gehaltserhöhung sind immer noch nicht drin. Im September spüre ich in seinem Unterschlupf Louis mit dem abgeschnittenen Ohr auf, Pierrot le Fous rechte Hand. Im März 1949 schnappe ich vier bewaffnete Individuen, die mehrere Freunde des Direktors vom Pasteur-Institut überfallen und beraubt haben. Man lächelt mir zu, drückt mir herzlich die Hand und das ist wieder einmal alles. Ich habe Glück. Ich kann einen Erfolg nach dem anderen verzeichnen. Für alle bin ich sozusagen der Superbulle geworden, das As der Kriminalen. Man beneidet mich, sagt mir Schmeicheleien, überschüttet mich mit Versprechungen, prophezeit mir eine glorreiche Zukunft, einen Platz in der Geschichte und eine fürstliche Pension. Und ich mit meinen dreißig Jahren, dumm, dusselig und gutgläubig, schlucke alles. Und ohne Handschellen und ohne Waffe gelingt mir eine Verhaftung nach der anderen.

Der Dicke, der sich von meinen Heldentaten natürlich auch eine Scheibe abschneidet, nennt mich seinen »kleinen Borniche«, hätschelt mich, hält mich für das achte Weltwunder, verschlingt voller Spannung meine Berichte und hängt an meinen Lippen wie an denen eines Orakels.

Marlyse hält mich für den Tarzan der Polizei, für den Schrecken des Gangsterdschungels. Ich habe ihr von meinen spärlichen Prämien einen schicken roten Mantel und einen Elektrotopf gekauft. Ihre Bewunderung für mich ist so grenzenlos, daß sie es sogar in Betracht zieht, mich zu heiraten und meinen Namen zu tragen, der ständig in den Zeitungen auftaucht. Es fiel mir einigermaßen schwer, sie davon zu überzeugen, daß ich eines solchen Liebesbeweises gänzlich unwürdig sei.

Und dann plötzlich taucht Monsieur Emile wieder in meinem Leben auf.

Eines Abends begegnet den Verkehrspolizisten von Vanves, die gerade in Issy-les-Moulineaux eine Runde machen, ein Wagen, der mit aufgeblendeten Scheinwerfern und, wie in London, gänzlich auf der linken Straßenseite fährt. Trotz des Pfeifens und Hupens der Polizei, die fast mit dem Auto zusammengestoßen wäre, tritt der Fahrer das Gaspedal und fährt im Zickzack weiter. Das Polizeiauto nimmt sofort die Verfolgung auf, holt das andere ein und zwingt es, stehenzubleiben. Ziemlich erbost steigen die Hüter des Gesetzes aus und gehen auf den blockierten Wagen zu. Sie sind kaum noch ein paar Schritte von ihm entfernt, als plötzlich auf sie geschossen wird: die zwei Polizisten wälzen sich verletzt und vor Schmerzen brüllend am Boden. Die Schießerei dauert nur ein paar Sekunden. Der, der auf die Polizisten geschossen hat, wird überwältigt und nach einem heftigen Kampf gelingt es auch, den Chauffeur, einen Riesen mit grauem Haar, festzunehmen.

Während jedoch die beiden Polizisten noch damit zu tun haben, der beiden Männer habhaft zu werden, die energisch Widerstand leisten, können zwei andere Insassen des Wagens unbemerkt verschwinden; und vergebens verfolgt man sie in den dunklen Gäßchen.

Die beiden Männer werden aufs Kommissariat gebracht und verbringen dort einen wirklich unangenehmen Abend. Den beiden wird eine gründliche und systematische Behandlung zuteil, eine anhaltende und äußerst unzarte Bearbeitung mit dem Gummiknüppel, während man sie auf ihren Stühlen festhält. In knapp zehn Minuten sind ihre Köpfe völlig verschwollen und haben Beulen wie eine Knollenpflanze. Doch alles hat ein Ende. Als die Polizisten ihre Nerven beruhigt, sich von den Aufregungen erholt und ihre Rachegelüste befriedigt haben und einigermaßen abgekühlt zum Verhör übergehen, erfahren sie, daß die beiden Typen, die ihnen in die Hände gefallen sind, Francis Caillaud und Henry Bolec heißen.

Doch selbst mit grellem Scheinwerferlicht, Schlägen mit dem Fernsprechbuch über den Kopf und schallenden Ohrfeigen bekommen sie aus Caillaud kein Wort mehr heraus.

Bolec dagegen ist zartbesaiteter. Und von ihm erfahren auch die Polizisten voller Bitterkeit, daß die beiden Komplizen, die ihnen entwischt sind, Emile Buisson und Désiré Polledri waren.

Aber inzwischen ist es leider zu spät, um Straßensperren aufzustellen.

Mir ist ein neuer Fall übertragen worden: die Lederwarenbande, die das ganze Land verunsichert, hat bereits 87 Diebstähle in großen Gerbereien begangen. Das Innenministerium ist von den Abgeordneten bereits heftig wegen der »Untätigkeit und Unfähigkeit« der Polizei kritisiert worden. Der Dicke hat mich damit beauftragt, endlich dem unseligen Treiben der Verbrecher ein Ende zu bereiten.

»Nachdem Sie ja jetzt auch Verstärkung haben, Borniche«, meint er, »dürfte das ja eine Kleinigkeit für Sie sein.«

Die Verstärkung heißt Laurent Poiret. Ein junger, frisch ernannter Inspektor, ein blonder Koloß mit plattgedrückter Nase. Poiret ist früher Ringkämpfer gewesen und verfügt über wahre Herkuleskräfte, doch leider auch über eine wahrhaft titanische Dummheit.

Den Beweis dafür lieferte er mir bei dem Verhör von Alfred Guémar, auch Frédo der Juwelier genannt. Frédo leugnete standhaft, Alfred Guémar zu sein. Er leugnete so hartnäckig, daß ich schon fast selber an ihm irr wurde. Er behauptete, Albert Laugier zu heißen und in der Tat waren alle seine Papiere, Personalausweis, Führerschein, Mietquittungen und Jagdausweis auf diesen Namen ausgestellt und einige sogar von der polizeilichen Meldebehörde.

Ich verhörte ihn bereits seit sechs Stunden und Hidoine löste mich ab. Ich hatte es mit dem sanften Trick versucht, heißa, wie sind wir lustig: um seine Aufmerksamkeit abzulenken, machte ich ihm kleine Kartenkunststückchen vor, ließ Geldmünzen in meinen Ärmeln verschwinden und erzählte Witze. Hidoine probierte es jetzt mit der brutalen Tour: Faustschläge auf den Tisch, Drohungen, böse Blicke; dann ging er auf ein Augenzwinkern von mir hin schimpfend heraus, ich löste ihn erneut ab. Mit sanfter Stimme und liebenswürdigem Blick sagte ich:

»Frédo, Du machst einen Fehler, wenn Du weiter leugnest. Mein Kollege ist kein schlechter Kerl, aber wenn Du so weiter machst, könnte er sich doch hinreißen lassen. Überleg' mal Frédo: Du sagst mir jetzt die Wahrheit, ich nehme das in mein Protokoll auf, Du unterschreibst es und ich werde dann ein gutes Wort beim Untersuchungsrichter einlegen. Und Deine Strafe wird sozusagen federleicht sein.«

»Ich heiße Albert Laugier, Monsieur.«

»Dieser Schweinehund«, dachte ich, »dieser gottverdammte Hurensohn.« Frédo gab nicht nach und hielt entschlossen und mit geradezu höflicher Gelassenheit an seiner falschen Identität fest. Selbst das gelegentliche Auftauchen des Dicken, der auf ihn einzureden versuchte, brachte ihn nicht aus der Ruhe.

Um sieben Uhr hatte ich eine blendende Idee; eine wirklich raffinierte Falle.

Frédo saß mir gegenüber. Hidoine in seinen Reithosen hinter ihm und Poiret lehnte an der Tür. Langsam und ihn immer noch freundlich anlächelnd, öffnete ich mein Schubfach, zog seinen Personalausweis, der auf den Namen Alfred Laugier lautete, hervor. Mit der Sorgfältigkeit eines Chirurgen löste ich vorsichtig das Foto ab. Ab und zu hielt ich in meiner Tätigkeit inne und schaute zu Frédo, der mich neugierig beobachtete. Jedesmal sagte ich in honigsüßem Ton:

»Du wirst eine Überraschung erleben, Frédo, eine hübsche Überraschung, Du wirst sehen. Mit Fotos kann man immer seine Überraschungen erleben.«

Schließlich hatte ich die Fotografie abgelöst und drehte sie um. Mit der flachen Hand schlug ich kräftig auf den Tisch und schrie:

»Siehst Du, was hab ich Dir gesagt. Daß ich nicht lache, Frédo, Deine ganzen Papiere taugen nichts, und ich habe jetzt den Beweis dafür.«

»Wieso?«, fragt er mit unsicherer Stimme.

»Ganz einfach, mein Freund. Jeder Fotograf drückt auf die Rückseite eines Fotos einen Stempel mit dem Datum und einer Nummer, um das Negativ für die Abzüge rascher zu finden. Dein Stempel trägt das Datum 7. Dezember 1948. Dein Personalausweis ist aber bereits am 19. August 1948, also vier Monate früher ausgestellt worden. Kannst Du mir erklären, wie das möglich sein konnte? Also bist Du auch nicht Laugier, das ist doch wohl logisch. Sind wir uns jetzt einig?«

»Ja«, flüsterte er.

Und genau in diesem Augenblick liefert mir Laurent Poiret, mein neuer Adjutant, den schlagenden Beweis seiner übermenschlichen Schläue. Von meiner Vorführung sichtlich beeindruckt und von meiner Intelligenz geblendet, war er offenen Mundes neben mich getreten. Er hatte das Foto in seine riesigen Pranken genommen, es hin und her gewendet und schließlich, mit Augen, die vor Staunen immer größer wurden, laut und vernehmlich gesagt:

»Du sag mal, Borniche, wo siehst Du denn da ein Datum? Die Rückseite ist doch ganz leer!«

Und aufgrund dieser Bemerkung unseres Intellektuellen im Dienst der Öffentlichkeit, hatte sich Frédo geweigert, mein Protokoll zu unterzeichnen. Und seitdem bin ich, wenn es sich um Poirets Unterstützung handelt, immer etwas mißtrauisch.

Ich verbringe Tag für Tag mit meinen Nachforschungen im Fall der Lederdiebe. Die Ermittlungen erweisen sich als langwierig und schwierig. Ich muß Zeugen und Geschädigte verhören, ihre Aussagen mit den polizeilichen Ermittlungen vergleichen und manchmal an Ort und Stelle Nachforschungen anstellen. Am Abend komme ich müde nach Hause, ziehe mich um und nehme Pinsel und Farbtopf in die Hand, denn Marlyse will unbedingt ein rosa Schlafzimmer.

Eines Abends jedoch laß ich meine Pinsel Pinsel sein und begebe mich in das Calanques, wo ich schon seit einer Ewigkeit nicht mehr war. François Marcantoni in einem eleganten Anzug mit feinen Nadelstreifen und mit einer sündhaft teuren Armbanduhr, plaudert hinter der Bar mit einer jungen Frau, die auf einem Barhocker sitzt.

Wie üblich gehe ich auf meinen Stammplatz zu, am Ende der Bar. François kommt lächelnd auf mich zu, aber irgendwie hab ich den Eindruck, ich weiß nicht wieso, daß sein Lächeln heute etwas gezwungen ist. Während er mir ein Glas Champagner einschenkt, werfe ich einen Blick in den Saal und entdecke an einem Tisch Jeannot Orsetti, der mit einem älteren, eleganten Herrn zusammensitzt. Ich winke ihm freundschaftlich zu; er erwidert schüchtern meinen Gruß.

»Na, Inspektor, wie gehts? Wie wärs mit einem kleinen Würfelspiel?«

»Heut abend nicht, François, ich will nur rasch ein Gläschen trinken und gehe dann nach Hause. Ich bin ziemlich abgeschlafft.«

Es ist wahr, ich bin hundemüde. Ich habe heute ein gutes Dutzend Leute vernommen, die in diese Geschichte mit den Lederdiebstählen verstrickt waren. Ich hatte endlose Verhöre, Gegenüberstellungen und Protokolle auf dem Hals und habe mein Gehalt heute wirklich verdient. Deshalb lehne ich auch ein zweites Glas, das François mir einschenken will, ab und zahle. Ich springe von meinem gepolsterten Barhocker und greife nach meinem Mantel.

Als ich gerade einen Arm im Mantel habe, mache ich eine ungeschickte Bewegung und stoße mit jemandem zusammen, der hinter mir stand und den ich nicht gesehen hatte. Ich drehe mich um. Orsetti steht da, und sieht mich leichenblaß und mit zusammengepreßten Lippen an. Der Mann, den ich unabsichtlich gestoßen hatte, ist sein Begleiter, der mit am Tisch saß: ein kleiner Mann mit dunklen Augen und schwarzem Haar. Ich lächle ihm zu.

»Entschuldigen Sie bitte. Ich bin immer etwas ungeschickt«.

»Aber ich bitte Sie, es ist doch nichts geschehen.«

Etwas verlegen öffne ich ihm die Tür und lasse ihm den Vortritt. Der kleine Mann geht hinaus, gefolgt von Orsetti, dem ich im Vorbeigehen zurufe:

»Du, hör mal, Dir scheint's aber nicht besonders gut zu gehen?«

»Das stimmt, ich fühl mich heut irgendwie nicht wohl«, sagt er mit etwas zittriger Stimme, »dafür sehen Sie aber heute blendend aus.«

Auf der Straße bleibe ich noch einen Augenblick stehen und sehe ihm nach, wie er mit seinem Freund im Dunkel verschwindet, dann begebe ich mich zur Métrostation Etoile; und frage mich unterwegs, was für Sorgen wohl François und den kleinen Jeannot bedrücken.

Orsetti und sein Freund finden erst an der Ecke der Champs-Elysées und der Avenue George V ein Taxi.

»Du Emile, mir klopfte eben das Herz wirklich bis zum Hals.«

»Mir nicht«, erwidert Buisson, »ich hätte Deinen Kumpel glatt über den Haufen geschossen.«

Vierte Runde

24

Sie sind wirklich zum Anbeißen. Ich sitze im Pyjama am Küchentisch, die Ellbogen aufgestützt und, während ich mit dem Löffel in meinem Milchkaffee rühre, betrachte ich die Brüste von Marlyse. Sie wäscht sich gerade den nackten Oberkörper, über unsere Spüle gebeugt. Langsam gleitet der Waschlappen über ihre Haut und ich sehe, wie ihre Brustwarzen unter den glitzernden Wassertropfen hart werden.

Im Radio kommen die 7 Uhr 30 Nachrichten, doch es gelingt ihnen nicht, mich aus meiner Betrachtung zu reißen. Eine weibliche Brust ist schon etwas Umwerfendes, wenn sie wohlgeformt ist: diese zwei harmonischen, ausgewogenen, straffen, weichen – doch nicht zu weichen – Halbrunde verwirren und überwältigen mich. Ich versuche gerade meine Träume von wilden Vergewaltigungen abzuschütteln, als die Stimme des Sprechers verkündet:

»René Girier, der bekannte Ausbruchsspezialist, ist wieder einmal seinen Aufsehern entkommen. Heute morgen um 5 Uhr 45 ist er aus dem Gefängnis von Pont-L'Evêque geflohen, wo er seit dem 27. Januar in Haft war. Ein Komplize erwartete ihn am Steuer eines Wagens. Trotz einer sofort veranlaßten Großaktion, konnten die beiden Männer immer noch nicht gefunden werden.«

Die wohl artikulierte Stimme verstummt und Yves Montands warme und männliche Stimme ersetzt sie. Durch meinen Kopf wirbeln lauter Vermutungen. Ich überlege mir, daß logischerweise Girier als erstes Emile Buisson, seinen alten Fluchtkameraden, aufsuchen wird, um wieder mit ihm zusammenzuarbeiten; ich überlege mir, daß Emile ausgesprochen glücklich über diese unerwartete Verstärkung sein muß, denn seine Bande ist doch inzwischen erheblich dezimiert; ich überlege mir, daß Le Nus, der dank seines hartnäckigen Schweigens einen Freispruch wegen Mangels an Beweisen einstecken konnte, während Dekker zwanzig Jahre Zwangsarbeit aufgebrummt bekam, sicher brav nach Haus zurückgekehrt ist; ich überlege mir, daß Hidoine, Poiret und ich wieder damit anfangen können, uns die Tage und Nächte im Faubourg Saint-Martin um die Ohren zu schlagen und wir wieder mit unseren Kollegen der Kripo unser Versteckspielchen betreiben können, und ich denke endlich an die wilden Flüche, die der Dicke wohl im Augenblick ausstößt.

Meine Liebesgelüste sind plötzlich verflogen. Ich springe auf und schiebe Marlyse von der Spüle weg.

»Sei so lieb und laß mich erst dran.«

Verblüfft schaut Marlyse mich an und während sie ihren Büstenhalter zuhakt, sagt sie in beleidigtem Ton: »Na, Du machst vielleicht ein Gesicht. Hat Dich Giriers Flucht derart aufgebracht?«

Ich antworte ihr nicht einmal. Schon seit langem habe ich begriffen, daß es überhaupt keinen Zweck hat, den Frauen irgendwelche Einzelheiten zu erklären; entweder hören sie einem sowieso nicht zu, oder es ist ihnen völlig egal. Ich rasiere mich, wasche mich, trinke hastig meinen kalten Kaffee, ziehe mich an, und renne dann zum Fleischer hinüber, um meinen täglichen Einkauf zu absolvieren. Der ›Parisien Libéré‹, der früher gedruckt wird, erwähnt den Ausbruch noch nicht. Dann nehme ich die Beine unter den Arm, renne zum Place Clichy um dort in meinen Bus zu steigen, aber dieser Tag fängt wirklich böse an: alle Busse, die vorbeifahren, sind bis auf den letzten Zentimeter besetzt, und erst beim vierten gelingt es mir, auf die Plattform zu springen, wo ich mich jetzt krampfhaft an der Brüstung festhalte. Es regnet. Und da ich in der Eile meinen Regenmantel zu Hause gelassen habe, komme ich zum Auswringen naß im Büro an. Es ist wirklich ein Scheißtag. Außerdem funktionieren die beiden Aufzüge wieder mal nicht. Es ist schon irr, wieviel kaputte Aufzüge es in den Verwaltungsgebäuden gibt. Ich renne die fünf Etagen hinauf, ohne auch nur einmal anzuhalten. Als ich um 8 Uhr 35 nach Luft schnappend durch unseren Korridor laufe, stoße ich fast mit dem Dicken zusammen, der sich mit einer Akte unter dem Arm zum Direktor begibt.

»Na, Borniche, wie fühlen Sie sich heute morgen?« fragt er, und fügt noch hinzu, bevor die Tür zum Direktoriumsflügel, in dem es abscheulich nach Bohnerwachs riecht, wieder hinter ihm zuklappt:

»Sie wissen ja, was Sie jetzt zu tun haben, nicht? Hidoine und Poiret sind bereits da und warten!«

Natürlich weiß ich, was ich jetzt zu tun habe. Ich muß mit dem Gefängnis von Pont-L'Evêque telefonieren, um ein paar Einzelheiten zu erfahren. Einmal ist die Nummer besetzt, ein andermal hab ich überhaupt keinen Ton in der Leitung, und alle anderen Male antwortet die Vermittlung nicht. Hidoine zieht sich gerade im Büro um, und Poiret kaut an einem riesigen Sandwich mit Knoblauchwurst. Beide sehen sich meinen Eifer mit der Erleichterung dessen an, der um Haaresbreite dem Frondienst entronnen ist. Da es mit dem Gefängnis nicht klappt, versuche ich es schließlich mit der Gendarmerie. Es ist inzwischen genau 10 Uhr 43. Ich bekomme den Polizisten an den Apparat, der die ersten Ermittlungen angestellt hat, und er erzählt mir, daß Girier schon in den ersten Tagen nach seiner Einlieferung durch ein selten sanftes Benehmen aufgefallen ist. Seine Gutmütigkeit, seine Gefügigkeit, seine Diensteifrigkeit haben ihm bald den Job des Gefängnisfriseurs eingetragen und er schor emsig und beflissen die Köpfe seiner Mitinsassen, der Aufseher und des Oberaufsehers. Diese Tätigkeit erlaubte es ihm, in aller Seelenruhe durch das gesamte Gefängnisgebäude zu spazieren, dessen Grundriß er rasch im Kopf hatte. Doch vor allem konnte er sich auf diese Weise – und dank des Stückchens Seife, das er immer in der Tasche trug – die Abdrücke der Türschlösser verschaffen.

»Polizei.«

Ich spreche diese Worte in das geöffnete Guckloch hinein, hinter dem mich zwei mißtrauische Augen mustern. Nachdem sich quietschend der Schlüssel im Schloß gedreht hat, öffnet sich die Tür zum Gefängnis von Pont-L'Evêque, und ziemlich überrascht sehe ich vor mir einen Pförtner in Gefängniskleidung stehen, der mich aufmerksam betrachtet:

»Ich möchte gern den Gefängnisdirektor sprechen.«

Ohne mir zu antworten, schließt der Häftling die Tür wieder, dreht sich um und geht schleppenden Schritts voran zur Schreibstube. Ich folge ihm, immer noch ziemlich verblüfft darüber, daß mir nicht ein Aufseher, sondern ein Gefangener das Tor geöffnet hat. Der Häftling öffnet jetzt die Tür zur Schreibstube und bittet mich mit einer leichten Kopfbewegung einzutreten, was ich auch tue. Und da trifft mich jetzt fast der Schlag: Auch hier empfängt mich wieder ein Häftling, ein stämmiger Kerl, der lässig die Ellbogen auf dem Tisch aufgestützt hat.

»Monsieur?«

Ich werfe rasch einen Blick in den Raum und muß nun wirklich den Tatsachen ins Auge sehen. Hier ist kein einziger Aufseher weit und breit, nur noch drei andere Häftlinge, die mit Schreibarbeiten beschäftigt sind. Ich frage:

»Ist der Direktor nun da oder sitzt er in einer Zelle?«

Der Pförtner läßt sich nicht aus der Ruhe bringen. Mit seinen kleinen grauen Augen blickt er mich lethargisch an.

»Was wollen Sie denn?«

»Polizei«, erklärte ich unwirsch.

»Ach so! Er sitzt im Café gegenüber. Aber kann ich Ihnen vielleicht behilflich sein?«

»Nein, ich muß den Direktor sprechen.«

Er schließt mir erneut das Gefängnistor auf. Und ohne noch ein Wort zu sagen, deutet er mit dem Finger auf das Café A la Bolée, das dem Gefängnis genau gegenüber liegt.

Sie stehen zu sechst an der Theke, fünf Aufseher und der Chefaufseher mit seiner silberbetreßten Mütze, die er nach hinten geschoben hat, und schlürfen Cidre. Ich nähere mich der Gruppe und stelle mich vor den Chef hin:

»Inspektor Borniche von der Sûreté«, sage ich leicht ironisch, »eine kleine Frage, die übrigens völlig belanglos ist. Dürfte ich erfahren, wer im Augenblick das Gefängnis bewacht?«

Der Oberaufseher zwinkert mir schelmisch zu und verpaßt mir mit dem Ellbogen einen Knuff in den Magen:

»Freut mich, Inspektor«, sagt er mit leicht lallender Stimme. »Sie kommen bestimmt wegen Girier, nicht wahr?«

Er lüftet seine sternchenbesetzte Mütze und kratzt sich einen Augenblick den Kopf mit dem kleinen Finger.

»Zugegeben, das ist schon ein Fall für sich, der hat uns ganz schön angeführt, aber die anderen, die reinsten Lämmer, nicht wahr, Kollegen?«

Er rückt seine Mütze zurecht. Und die fünf Aufseher nicken zustimmend.

»Wissen Sie«, fährt der Chef fort, »das Gefängnis wird man uns schon nicht stehlen, das bewacht sich genauso gut alleine. Na, wollen Sie nicht ein Gläschen Cidre mit uns trinken, Inspektor? Den kann man nur empfehlen.« Er schnalzt mit der Zunge. Ich trinke das Glas aus, das man mir einschenkt, aber das hätte ich nicht tun sollen, denn sofort fängt mein Magen an zu rebellieren. Ich beschließe, diesem Zechgelage ein Ende zu bereiten:

»Hören Sie«, sage ich, »ich habe leider wirklich nicht viel Zeit. Ich brauche dringend ein paar Auskünfte, um Girier aufzuspüren, bevor er sich einen sicheren Unterschlupf sucht. Was wissen Sie nun wirklich?«

Der Oberaufseher stellt sein Glas ab.

»Ich? Nichts. Also, wenn irgend jemand in dieser Sache so unwissend ist wie ein neugeborenes Lamm, dann ich. Und ich bin nicht der einzige, der nichts weiß. Die Aufseher haben auch von nichts eine Ahnung.«

»Schön«, erwidere ich, »na schön. Wer kann mir denn nun etwas sagen?«

Der Chef überlegt einen Augenblick.

»Ich seh' da nur einen einzigen Typen«, murmelt er, »Georges Cudet, der hat die Aufsicht über die Schreibstube. Aber sicher ist das auch nicht. Kommen Sie, wir können ja mal hingehen.«

Wir überqueren die Straße. Der wachhabende Häftling grüßt uns militärisch und wir begeben uns in die Schreibstube. Mit einer Handbewegung deutet der Chef auf den Koloß, der vorhin hinter dem Schreibtisch saß und sich jetzt, als wir hineinkamen, unterwürfig erhoben hatte.

»Das ist Cudet, genannt der Rotschopf«, stellt ihn der Chef vor, »mein Vertrauensmann. Er ist hier das Mädchen für alles: Vorsteher, Bibliothekar, und während ich nicht da bin, dann schmeißt er hier sogar den ganzen Laden. Nicht wahr, Georges?«

Der Rotschopf macht eine Verbeugung. Zwanzig Minuten lang verhöre ich ihn, aber ich bekomme nicht die geringste Information aus ihm heraus. Auch er hat offenbar keine Ahnung. Auf jede Frage antwortete er mit weinerlicher Stimme:

»Ich habe mit Girier nicht verkehrt, mein guter Herr. Wir waren uns nicht so recht grün. Mir hätte er bestimmt nichts anvertraut. Ich schwör's Ihnen, mein guter Herr, beim Leben meiner Mutter. Ich habe von nichts eine Ahnung.« Der Oberaufseher zieht mich am Ärmel in eine Ecke des Zimmers, und murmelt dicht an meinem Ohr:

»Inspektor, dem müssen Sie glauben. Wenn er beim Leben seiner Mutter schwört, dann lügt er nicht. Ich hab eine gute Menschenkenntnis.«

Dieses Operettengefängnis fängt an, mir echt auf die Nerven zu gehen. Diese kopflosen Aufseher und ihre sanftmütigen Gefangenen scheinen offenbar so unter einer Decke zu stecken, daß ich nach kurzer Zeit merke, daß aus dieser Maffia nichts herauszuholen ist. Ich beschließe, den Gendarmen im Ort einen Besuch abzustatten. Der Häftling, der mir vorhin das Tor geöffnet hat und dabei war, wie ich Georges Cudet ausfragte, begleitet mich jetzt wieder, immer noch schweigsam, zum Ausgang. Während er mit dem Schlüssel im Schloß rumstochert, flüstert er mir kaum hörbar zu:

»He! Der Rotschopf nimmt Sie auf den Arm. Der war mit Girier dick befreundet. Er hat ihm sogar erlaubt, nach Paris zu telefonieren. Bitten Sie ihn einmal, das Telefonregister zu zeigen, dann werden Sie schon sehen.«

»Wie bitte?«

»Wenn ich's Ihnen sage. Lassen Sie sich mal die Bücher zeigen.«

»Warum erzählst Du mir das?«

»Weil der Rotschopf ein Scheißkerl ist, der immer mich die Klo's saubermachen läßt.«

Ich mag es überhaupt nicht, wenn man mich für dumm verkauft. Das bringt mich so auf die Palme, daß ich geradezu jähzornig werde. Dieser verdammte Rotschopf! Und dieses Rindvieh von Oberaufseher! Eiligst überquere ich den Hof, wo die Häftlinge Zigaretten rauchend in der Sonne sitzen, und trete, die Tür kräftig hinter mir zuschlagend, wieder ins Schreibzimmer ein. Während der Oberaufseher von seiner Zeitung aufblickt und mich mit großen Augen ansieht, gehe ich mit großen Schritten auf Cudet zu und stelle mich vor ihm auf:

»He, Du«, sage ich in einem Ton, der keinen Widerspruch duldet, »zeig mir doch mal Dein Telefonregister. Soweit ich weiß, könnt ihr von hier aus durchwählen, deshalb kann man doch sicher alle Verbindungen nach Paris überprüfen? Nicht wahr? Los, beeil Dich.«

Cudet erblaßt. Er öffnet den Mund, wirft dem Pförtner, der gesenkten Auges dasteht, einen wütenden Blick zu, und gehorcht. Er zieht aus einem Aktenschrank eine Schachtel, die mit lauter Zetteln vollgestopft ist. Wütend drehe ich die Schachtel um und schütte alles auf dem Tisch aus. Dann nehm ich mir einen Stuhl und fange an. Zwanzig Minuten lang sortiere ich. Die Nummer der Justizkanzlei taucht am häufigsten auf, doch dann fallen mir zwei Nummern auf: Richelieu 93 . . . und Montmartre 48 . . .; die letzten beiden Ziffern sind sorgfältig ausradiert.

Unsanft wende ich mich an Cudet:

»Was soll das heißen? Warum sind die letzten beiden Zahlen ausradiert?«

Cudet schluckt.

»Ja, ich weiß auch nicht!«

Sein unsicherer Blick straft ihn Lügen. Dieser Hurensohn hat mich bereits einmal verschaukelt, doch lange laß ich mir das nicht mehr bieten. Und im Gegensatz zu meinen sonstigen Prinzipien pack ich den Kerl jetzt am Kragen und fange an, ihn kräftig zu schütteln. Sofort erhebt sich der Oberaufseher von seinem Stuhl und versucht erschrocken zu vermitteln:

»Beruhigen Sie sich doch, Inspektor, seien Sie doch nicht so grob mit ihm, der Rotschopf ist wirklich ein braver Kerl . . .«

Ich schäume:

»Ein braver Kerl, der mich hier für den Hanswurst hält! Wenn er nicht augenblicklich ausspuckt, was er weiß, dann wird er seine Zähne ausspucken! Ich schwör's beim Leben meiner Mutter, daß ich nicht mehr lange warte.«

Der Chef ist geradezu erschüttert, daß jemand mit seinem Protegé derart umspringt. Mit sanftem Ton redet er auf ihn ein:

»Sei nicht dumm, Rotschopf, sag dem Inspektor die Wahrheit. Erzähl ihm, wer an den Zahlen herumradiert hat. Wenn Du ihm sagst, wie das passiert ist, wird er Dir nichts tun. Aber sonst kommst Du bestimmt in ein anderes Gefängnis und dann kann Dich doch Deine Frau nicht mehr besuchen, die jetzt praktisch um die Ecke wohnt. Du weißt doch, daß sie zu Dir in die Zelle darf, sooft Du nur willst. Wo anders geht das nicht mehr. Also Georges, gib Deinem Herzen einen Stoß.«

Cudet steht da, ein Bild des Jammers. Er schluckt heftig. Schließlich sagt er gesenkten Blicks zu mir:

»Girier hat mir befohlen, das zu machen. Er telefonierte immer mit seiner Frau, die in Paris im Hotel wohnte.«

»Was für ein Hotel?«

»Das Chaptal, in der Rue de la Rochefoucauld. Einmal hat sie ihm auch noch einen Kumpel an den Apparat geholt, Maurice, der Fischhändler, hieß er. Ich glaube, das ist auch der, der Girier mit dem Auto abgeholt hat. Aber Sie dürfen niemandem sagen, daß ich es war, der ihn verraten hat . . .«

»Und weiter?«

»Sonst weiß ich nichts, bestimmt, Sie können mir glauben.«

Ich verlasse das Gefängnis von Pont-L'Evêque ziemlich aufgeregt. Ohne daß er je einen Tropfen Blut vergossen hätte, ist René Girier jetzt, neben Emile Buisson, der Mann, nach dem am eifrigsten gefahndet wird.

Schon einmal sind die beiden Freunde zusammen ausgebrochen. Und was folgt daraus? Wenn ich Giriers Spur folge, habe ich jede Menge Chancen, auch auf Monsieur Emile zu stoßen. Und hätte gleich zwei Fliegen auf einen Streich.

25

Die Besitzerin des Hotels Chaptal gibt sofort freiwillig zu, daß im Laufe des Jahres 1948 Girier mit seiner Frau Marinette etwa zwei Monate lang bei ihr gewohnt hat. Sie erinnert sich auch daran, daß im Dezember zwei Freunde von Girier, die beide ziemlich klein und untersetzt waren, ein paar Nächte lang im Zimmer Nummer 15 geschlafen haben. Sie reicht mir das Anmeldebuch, und ich lese zwei Namen: Yves Maurice, Beruf Fischhändler und Marc Giraldi, Kriegsrentner.

»Wie kommt es«, sage ich streng, »daß weder die Adressen noch die Nummern der Personalausweise hier vermerkt sind?«

»Ach, wissen Sie, Herr Inspektor, mein Angestellter vom Nachtdienst hat nicht immer alles aufgeschrieben. Was hab ich mich bemüht, es ihm immer wieder zu predigen, es war einfach nichts zu machen. Der Arme, vor zwei Monaten ist er gestorben.«

Sie lügt mit bewundernswerter Dreistigkeit.

»Du hör mal, Borniche«, berichtet mir am nächsten Morgen Poiret, den ich losgeschickt hatte, um im Archiv der Kripo die Akten einzusehen, »Dein Fischhändler ist schon ein komischer Vogel.«

»Wieso?«

»Der kennt Fische höchstens von der Pfanne her. Abgesehen von einigen Strichmädchen, die ihm das Taschengeld besorgen, ist er hauptsächlich an Überfällen beteiligt. Und weißt Du mit wem?«

»Na sag schon . . . «

Mit Jacques von der Côte, Dédé dem Italiano und, halt Dich gut fest, mit Emile Buisson. Die Kripo ist gerade auf seiner Fährte.«

»Was?«

»Ja. Die Kollegen haben eine erstklassige Spur, noch ganz frisch: Am 4. März haben die drei in Boulogne die Juwelenhändler Baudet und Guénot überfallen. Man weiß zwar nicht genau, ob Buisson geschossen hat, aber eins ist sicher: zwei Leute wurden verletzt und eine runde Million ist verschwunden!«

»Wie hast Du das erfahren?«

»Ganz einfach, ich bin ganz gut befreundet mit Thuillant von der Kripo, der wohnt nämlich auf dem Montmartre im Hotel, das meiner Mutter gehört. Ich hab ihn ganz einfach besucht und er hat mir alles gesagt. Gut, siehst Du, ich bin doch nicht so dumm, wie Du glaubst.«

Poirets Unbefangenheit rührt mich fast:

»Ich geb's ja zu, diesmal hast Du Dich wirklich selbst übertroffen. Du mußt zum Frühstück ein Stärkungsmittel geschluckt haben. Aber wenn Du schon soweit warst, hättest Du Deinen Jacques und den Italiener doch gleich identifizieren können. Oder hätte das Deine kleinen grauen Gehirnzellen überfordert?«

»Stell Dir vor, auch daran habe ich gedacht.«

Poiret wühlt eine Weile in seinen Taschen, nach einigen anderen sonderbaren Dingen kommen auch zwei erkennungsdienstliche Fotos zum Vorschein, die er mir hinhält:

»Da, sieh nur: der von der Côte ist Jacques Verando, und der Italiener heißt Désiré Polledri. Ich hab die Fotos aus den Akten der Kripo geklaut. Ich laß rasch einen Abzug davon machen, dann geh ich und kleb sie sorgfältig wieder in die Akten.«

»Poiret«, sage ich feierlich und erhebe mich, »ich lade Dich ein zum Aperitif. Jetzt wissen wir, wer Buissons neue Komplizen sind, und das verdanken wir Dir. Bravo. Und wer ist denn Giriers anderer Kumpel, dieser Giraldi?«

»Ein Korse aus Sartène. Zu zwanzig Jahren Zwangsarbeit in Abwesenheit verurteilt und zehn Jahre Aufenthaltsverbot. Ein reizender Zeitgenosse. Ich werde mir noch seine Akten holen.«

Kurz darauf berichte ich dem Dicken von den Fortschritten in unseren Ermittlungen. Er jubiliert:

»Borniche, wenn Sie Oberinspektor werden wollen, dann ist der Augenblick gekommen. Jetzt können Sie sich auszeichnen, indem Sie den ganz großen Fang machen. Im September 1947 hat die Kripo uns Girier vor der Nase weggeschnappt, 1949 sollten wir diese Schlappe wieder ausbügeln! Übrigens fällt die Sache sowieso in unsere Zuständigkeit, weil Girier aus einem Provinzgefängnis ausgebrochen ist. Haben Sie verstanden, Borniche, wir müssen diesen Girier schnappen!«

Doch der Dicke hat sich umsonst Hoffnung gemacht. Trotz meiner Informationen, trotz meiner nächtlichen Runden durch die Kneipen und Nachtbars von Pigalle, in denen ich irgendwas aufzuschnappen hoffe, trotz Marlyses heftigen Szenen, die sich vernachlässigt fühlt und droht, sie würde wieder zu ihrer Mutter zurückgehen, trotz der Vorwürfe des Dicken, der nach Ergebnissen schreit, und trotz der Nächte, die Hidoine, Poiret und ich uns um die Ohren schlagen, um irgendwen oder irgendwas zu beschatten, bleiben Girier und seine Freunde unauffindbar.

Ich sehe schon einen Hoffnungsschimmer, als ich zufällig die Adresse von Marinette Girier auf dem Montmartre entdecke; doch sie führt ein ganz normales, ruhiges Leben ohne Zwischenfälle und jedesmal, wenn sie aus dem Haus geht, folgen ihr ganze Polypenschwärme von der Kripo und dem Mobilen Sonderkommando.

Eines Morgens im Mai erscheint Poiret wie ein Wirbelwind im Büro, er ist dermaßen aufgeregt, daß er anfängt zu stottern:

»Borniche, ich hab einen irren Tip bekommen: Es scheint so, als ob Buisson bei einem seiner Komplizen in Plessis Robinson Unterschlupf gefunden hat. Die Kripo versucht gerade, die Adresse rauszubekommen.«

Er sinkt auf einen Stuhl. Ich frage ihn:

»Hat Thuillat Dir das erzählt?«

»Ja«, keucht er. »Thuillat erzählt mir alles. Und glaub mir, dieser Tip ist gut. Wir müssen irgendwas unternehmen.«

»Was mich nur noch interessiert, weshalb erzählt Dir dieser Thuillat alles?«

Poiret erwidert mit einem kleinen Augenzwinkern:

»Reine Erpressung, Borniche! Ich weiß schon, wie ich das mach! Entweder spuckt er mir gegenüber alles aus, was er weiß, oder meine Mutter setzt ihn vor die Tür. Verstehst Du, sie macht ihm einen

Preis für sein Zimmer und erlaubt ihm sogar, ab und zu 'ne Hure mit hinaufzunehmen. Ja, aber das ist bestimmt noch nicht alles, ich muß gleich wieder zu ihm.«

Während Poiret wieder verschwindet, bleibt mir nichts anderes übrig, als den Gott der Polypen zu bitten, daß er sich auf unsere Seite stellt und diesen Erfolg, den ich mir so sehnlichst wünsche, nicht meinen Kollegen von der Kripo überläßt.

Durch den Tod eines Mannes wird mein Bitten erhört werden.

26

Am Abend des 31. Mai 1949 schäumt Emile Buisson vor Wut wegen eines bedauernswerten Unglücksfalls. Die, die um ihn herumstehen, Jeannot Orsetti, Adrien Charmet, ein Spezialist im Autodiebstahl, und Désiré Polledri, der für diesen Wutausbruch verantwortlich ist, finden es ratsam, zu schweigen: alle wissen, daß Emiles Zorn tödlich sein kann.

Nach dem Überfall in Saint-Quen, bei dem es einen Toten gegeben hat, und dem auf das Juwelengeschäft in Boulogne, hatte Emile ein Hold-up in Clamart geplant: es handelte sich darum, einen Baustellenleiter, der zwanzig Millionen in seiner Aktentasche bei sich trug, zu berauben.

Am vereinbarten Tag hatte sich die Bande vor dem Sitz des Bauunternehmens aufgestellt. Giriers Freund, Maurice Yves, saß am Steuer eines Wagens, den Charmet gestohlen hatte. Sie warteten eine Stunde umsonst. Der Mann mit der Geldtasche war nicht gekommen. Enttäuscht und gereizt hatte Emile den Befehl zum Rückzug gegeben. Er war sofort in Charmets Villa in Plessis-Robinson zurückgefahren, wo er sich im Augenblick versteckte. Maurice Yves, der Fischhändler, und Dédé Polledri, der Italiano, hatten beschlossen, erst einmal den gestohlenen Wagen los zu werden.

Und im Verlauf dieses wirklich belanglosen Unternehmens war das Unglück passiert. Während Maurice fuhr, versuchte Polledri, der auf dem Rücksitz saß, das Magazin aus dem Maschinengewehr zu nehmen. Doch offenbar kannte er sich mit dieser Waffe nicht so gut aus, denn ein Schuß ging los. Das Verhängnis wollte es, daß die Kugel Maurice in den Kopf traf, wobei eine Mischung aus Blut, Hirn und Knochenteilchen an die Windschutzscheibe spritzte. Völlig benommen von dem Knall des Schusses, hatte Polledri es immerhin fertiggebracht, den Wagen zum Stehen zu bringen und sofort auszusteigen. Zu seinem Glück folgte Charmet ihnen in seinem Peugeot und war kaum zwanzig Meter hinter ihnen, weil er die beiden Komplizen nach beendeter Tat wieder nach Hause fahren sollte. Schreckensbleich hatte sich Polledri neben ihn ins Auto gesetzt.

»Fahr los!«, hatte er gesagt.

Ohne weiter Fragen zu stellen, war Charmet etwas nervös weitergefahren. Doch unterwegs hatte der Italiener das dringende Bedürfnis verspürt, sich auszusprechen und mit zitternder Stimme von dem Tod des Fischhändlers berichtet.

»Ich habe ja solche Angst, Adrien!«, jammerte Polledri, »Herrgott, ich komm noch um vor Angst. Emile wird bestimmt nicht glauben, daß es nur ein Unfall war. Er wird sich, weiß Gott was zusammenfantasieren.«

Ohne den Blick vom Verkehr zu wenden, nickte Charmet: »Ja, das ist sicher, er wird bestimmt nicht erfreut sein. Du mußt aber auch zugeben, Dédé, daß Du da wirklich etwas Saudummes angestellt hast.«

Und in der Tat, Buisson ist außer sich vor Wut, als Polledri ihm schweißnaß, zitternd und mit gesenkten Augen erzählt, auf welch idiotische Art Maurice Yves ums Leben gekommen ist. In einem bestimmten Augenblick, als die Situation besonders bedrohlich wird, versucht der Italiano, eine Ausrede zu finden.

»Der Fischhändler«, sagt er, »hat plötzlich heftig auf die Bremse getreten, und darauf war ich nicht vorbereitet. Ich hatte gerade den Finger am Abzug und so ist der Schuß losgegangen.«

Buisson sieht ihn forschend an. Und Polledri spürt, wie ihm unter diesem Blick ein eisiger Schauer den Rücken hinunterläuft.

»Adrien«, sagt Buisson, ohne seinen Blick von dem Italiano zu wenden, »stimmt das, was Dédé da erzählt? Hat der Fischhändler wirklich gebremst?«

Ohne zu zögern erwidert Charmet:

»Ich weiß nicht, Emile, ich habs nicht gesehen.«

»Denk nach, Adrien, es ist wichtig.«

»Ich weiß nicht, Emile.«

»Dieses Schwein«, denkt Buisson, »dieses verlogene Schwein.«

Emile ist nicht sehr groß, trotzdem zögert er keinen Augenblick, Polledri, der ihn um einen Kopf überragt, am Hals zu packen, seine Finger drücken zu, dann schiebt er ihn nach hinten, läßt ihn ein paar Schritte zurückgehen, und, immer noch die Hände um Polledris Hals gelegt, schlägt er dessen Kopf wütend und mit ziemlicher Kraft an die Wand. Ohne einen Laut und halb betäubt gleitet Polledri zu Boden. Und Buisson wendet sich jetzt befriedigt und offenbar wieder besänftigt an Charmet:

»Wo ist das passiert?«

»In Plessis, Emile, auf dem Boulevard de la Tour.«

»Ist das weit?«

»Nein. Ein knapper Kilometer.«

Die Adern an Buissons Stirn schwellen rot an. Buisson denkt nach, wobei er ab und zu Polledri, der sich weder zu bewegen noch aufzustehen wagt, wütende Blicke zuwirft. Langsam zieht Buisson seine Brieftasche, nimmt ein paar Geldscheine heraus und wirft sie auf den Tisch.

»Da, Adrien, das ist für Dich.«

»Was soll das heißen, Emile?«

»Das soll heißen, daß wir abhauen. In einer Stunde wird es hier im Viertel nur so von Polypen wimmeln. Glaube mir, Yves Leiche zusammen mit dem Geschwätz Deiner Nachbarn wird sie im Handumdrehen auf unsere Fährte führen.«

»Oh, das ist nicht sicher. Du siehst auch überall Bullen, Emile«, sagt Charmet.

»Wenn ein Mann auf der Flucht ist, Adrien, dann sieht er überall Bullen. Das ist wahr. Du hast recht. Aber wenn er sich nicht schnappen läßt, dann verdankt er das seiner Umsicht. Und wenn er sich gerade besonders sicher in seinem Schlupfwinkel glaubt, dann stöbern sie ihn am ehesten auf.«

Charmet, der um Buissons großzügige Mietzahlung bangt, insistiert weiter:

»Aber Emile, überlege doch, wie sollen die ausgerechnet auf mich kommen? Ich bin noch nicht einmal vorbestraft!«

Buisson zuckt mit den Schultern und befiehlt:

»Es ist beschlossen, Adrien. Pack mir den Koffer, ich verschwinde.«

Während Charmet tut, wie ihm geheißen, wendet Buisson sich an Orsetti, den der Tod von Maurice und die Gewalttätigkeit gegen Polledri ziemlich erschüttert haben.

»Komm schon, Jeannot«, sagt er und zwingt sich zu einem Lächeln, »mach nicht so ein Gesicht. Du hast doch noch einen Platz für mich in Deinem Versteck?«

»Ja«, flüstert Orsetti. »Wir werden halt für ein paar Tage etwas zusammenrücken.«

»Und ich, was wird aus mir?« fragt der Italiano mit vor Angst zitternder Stimme.

Er liegt immer noch auf dem Boden und hat einen Ellbogen aufgestützt. Die Furcht verzerrt sein sonst hübsches Gesicht. Er schwitzt, er ist leichenblaß. Seit Charmet in das andere Zimmer gegangen ist, wo man ihn brummend hin und her gehen und Schubladen öffnen hört, ist Polledri überzeugt, daß Buisson ihn jeden Augenblick umlegen wird. Auf eine Leiche mehr oder weniger kommt es Emile ja nicht mehr an.

Dem Italiener ist ziemlich klar, daß er innerhalb von ein paar Tagen zweimal unvorsichtigerweise das Mißtrauen und den Zorn des Mörders mit den schwarzen Augen erweckt hat. Und das heißt, mit dem Feuer spielen. Schlimmer, es heißt, den Tod riskieren.

Buisson hat immer noch nicht den Diebstahl von 112 Millionen in marokkanischer Währung verdaut, an dem Polledri mit ein paar anderen Komplizen in der Nacht vom 8. auf 9. Mai in Puteaux beteiligt war. Als Buisson das erfuhr, sagte er lediglich:

»Na, Italiano, arbeitest Du jetzt auf eigene Rechnung?«

Doch der Ton war messerscharf. Und Polledri hatte wirklich aus tiefster Seele bedauert, daß er Emile an diesem spektakulären Raub nicht beteiligt hatte.

Und jetzt hat er auch noch den Tod von Maurice Yves auf dem Gewissen. Krampfhaft schluckend überlegt sich Polledri, daß Russac weiß Gott aus geringfügigerem Anlaß erschossen wurde.

»Und was wird aus mir, Emile?«, wiederholt jammernd der Italiener.

Buisson sieht ihn nachdenklich an. In seinem Blick ist keine Verachtung mehr, sein Gesicht ist völlig ausdruckslos. Ruhig überdenkt er, welche Entscheidung er treffen soll, was mit diesem Mann geschehen soll, der immer noch am Boden liegt, vor Angst schwitzt und zu dem er kein Vertrauen mehr hat.

»Du hast doch eine Frau, nicht wahr?«

»Ja«, erwidert Polledri stammelnd, »Henriette Seguin. Sie hat ein Wäschegeschäft in Albi. Warum?«

»Schön, da gehst Du hin. Wenn sich hier die Wolken wieder verzogen haben, und ich Dich brauchen kann, werde ich Dich's wissen lassen.«

»Gut«, sagt voller Demut Polledri, dessen Herz jetzt schneller schlägt, dessen Wangen wieder Farbe bekommen und dessen Blick jetzt aufleuchtet, weil er offenbar noch einmal davon gekommen ist.

»Du fährst heute abend, Jeannot wird Dich zum Bahnhof begleiten. Vielleicht komme ich auch mit. Bei Dir bin ich jetzt mißtrauisch.«

»Und das ist bestimmt nicht . . .«, stottert Polledri und wird erneut bleich.

»Das ist bestimmt nicht was?«

»Ein . . . ein letzter Spaziergang, Emile? Sag?«
»Du fährst mit dem Zug, Italiano.«

Polledri hat Paris verlassen. Emile hat in Jeannots Appartement am Square Rapp Unterschlupf gefunden. Als am nächsten Tag die Kripo in der Villa in Plessis-Robinson auftaucht, findet sie nur Charmet und seine Frau vor. Während des Verhörs am Quai des Orfèvres gesteht das Paar alles.

Außer einer Kleinigkeit, die es leider nicht weiß: Buissons neuem Aufenthaltsort.

27

An manchen Tagen habe ich den Eindruck, als ob die Beamten im Büro 523 sich reichlich verdächtig verhalten. Natürlich nur in bezug auf ihren Geisteszustand.

Und an diesem Morgen des 23. Mai ist es mal wieder soweit: Hidoine geht langsam vor mir auf und ab und zeigt mir eine Baumwollunterhose mit Blumenmuster, die er zum halben Preis von einem amerikanischen Neger gekauft hat. Poiret indessen holt mit verbissener Miene aus und verteilt laut vor sich hin schimpfend Fausthiebe ins Leere.

»Ich bin nicht so dumm, wie ich aussehe: verdammt noch mal, ich war ihnen dicht auf den Fersen! Ich hatte sie schon fast geschnappt, und das ganz allein!«

Ein beklagenswertes Schauspiel, aber ich sage nichts. Ich denke gerade über den Bericht der Kripo nach, den der Dicke mir zu lesen gegeben hat und an dem mir aufgefallen ist, daß nachdem schon Buisson den Herren Kollegen entwischt ist, sich offenbar auch niemand um Girier kümmert, der wie vom Erdboden verschwunden ist. Und da fällt mir plötzlich ein, daß ich ein wirklich unverzeihliches Versäumnis begangen habe. Seit der Dicke mich beauftragt hat, Girier aufzuspüren, habe ich alles getan, um ihn zu erwischen. Alles. Außer einer Kleinigkeit. Ich habe vergessen, mich zu erkundigen, wem der Anschluß gehört, dessen Nummer ich von Georges Cudet hatte: Richelieu 93 67. In der Aufregung der Ermittlungen und wohl auch in meiner Verbitterung über das ewige Beschatten, das einen trübsinnig werden läßt, hatte ich völlig versäumt, dieser Nummer nachzugehen.

Nachdem ich im Büro wieder einigermaßen Ruhe hergestellt habe, bitte ich die Auskunft, mir durchzugeben, wem dieser Anschluß gehört und mir seine Adresse herauszusuchen: es handelt sich um eine Bar, das Favart, nur ein paar Schritte von der Opéra-Comique entfernt, ein Luxusetablissement für feine Leute. Der Eigentümer ist – welch ein Zufall – ein Korse, Michel Varani.

Am Abend, als ich nach Hause komme, rufe ich Marlyse zu:

»Zieh Dir was Hübsches an, wir gehen aus.«

»Oh fein! Du bist ein Engel!« sagt sie begeistert.

»Wir sind solange nicht mehr im Kino gewesen.«

Leicht verlegen nehme ich sie erst einmal in den Arm, bevor ich ihr den wahren Grund für unser Ausgehen offenbare.

»Hör zu, werde jetzt nicht wütend, Marlyse, aber ich wollte nicht mit Dir ins Kino gehen. Ich hab etwas anderes vor.«

»Was denn«, fragt Marlyse, mißtrauisch geworden.

»Ja . . . ich muß in einer Bar etwas überprüfen und wenn ich da allein hinginge, würde das zu sehr auffallen. Aber wenn wir beide in einer Ecke das verliebte Paar spielen . . . «

Marlyse sieht mich verbittert an:

»Es wäre ja auch zu schön gewesen. Also allmählich hab ich jetzt wirklich die Nase voll«, ruft sie anklagend, »von diesem Polypendasein, von Deinem Buisson, von Deinem Dicken, von Deinem Büro. Nie gehen wir aus, nie sehen wir mal andere Leute, nie gehen wir tanzen, nie gehen wir ins Theater. Nur wenn ich Dir bei Deinem Job helfen kann, dann erinnerst Du Dich plötzlich wieder an mich.«

Ich verlege mich aufs Bitten:

»Ach Marlyse, tu mir doch den Gefallen, es ist bestimmt das letzte Mal. Weißt Du, es ist unheimlich wichtig.«

Eine Stunde später sitzen wir auf einer ledergepolsterten Bank im Favart. Wir haben absichtlich eine dunkle Ecke gewählt und spielen jetzt das verliebte Paar, während wir unsere Cocktails schlürfen. Marlyse ist wieder versöhnt. Doch ich kann mich – zwischen zwei Küssen – in der Bar noch so aufmerksam umschauen, alles wirkt normal, diskret, ehrbar und anständig.

Und so geht das fünf Abende lang. Nichts geschieht. Michel Varani, ein großer, eleganter Mann mit grauen Schläfen und lässigem Gang, hat sich an Marlyse und mich gewöhnt und behandelt uns schon wie Stammkunden.

Ich fange bereits an, mich zu fragen, ob der Häftling aus Pont-L'Evêque mir nicht einen Bären aufgebunden hat, indem er behauptete, daß Girier so oft diese Nummer anrief.

Eines Abends kommt ein Paar herein und setzt sich an die Bar. Sie ist zierlich und blond, trägt ein eng anliegendes Kleid und neben ihrer

Schönheit verblaßt sogar die von Marlyse, die sonst die Männer keineswegs kalt läßt. Doch mich interessiert vor allem der nächtliche Begleiter der Schönen. Er ist höchstens 30. Ein kräftiger Bursche. Seine blauen Augen, seine blonden, leicht gewellten Haare und sein wohlgeformter Mund kommen mir irgendwie bekannt vor. Ich weiß, daß ich diesen Mann schon mal gesehen haben muß. Und an seiner Art, sich verstohlen überall umzuschauen, an der Art, wie er seine Zigarette im Schutz der hohlen Hand hält, erkenne ich, daß es sich um einen ehemaligen Knastbruder handelt.

Das Paar bleibt kaum zehn Minuten; nachdem der große Blonde leise mit dem Besitzer etwas besprochen hat, gehen sie wieder. Ich hätte nicht übel Lust, ihnen zu folgen, aber das könnte vielleicht Varani verdächtig erscheinen. Marlyse, die meine Gedanken erraten hat, hat einen wirklich genialen Einfall. »Ich hol mir nur ein Päckchen Zigaretten«, sagt sie laut zu mir.

Sie schenkt Michel Varani ihr verführerischstes Lächeln und verschwindet. Während ich auf sie warte, spiele ich nervös mit meinem Feuerzeug. Die Minuten dehnen sich endlos. Endlich erscheint Marlyse wieder. Ostentativ hält sie mir ein Päckchen Philip Morris hin.

»2409 RN 2«, flüstert sie mir zu, während sie sich wieder neben mich setzt.

Ich danke ihr innerlich für diesen glänzenden Einfall. Zärtlich nehme ich sie in meine Arme und, nach einem letzten Cocktail, verlassen wir die Bar.

An diesem Abend ist es in Paris bereits sommerlich warm, und Michel Varani steht vor der Tür, um etwas frische Luft zu schnappen, wobei er mit Kennerblick die wenigen Frauen betrachtet, die jetzt noch die Rue Marivaux entlanggehen. Marlyse, die ein bißchen angeheitert ist, klammert sich an meinen Arm, blickt mich liebevoll an und kichert vergnügt und etwas übertrieben vor sich hin. Als wir an ihm vorbeigehen, lächelt der Besitzer mir verständnisinnig zu:

»Bis morgen«, sage ich zu ihm.

»Bis morgen«, erwidert er mit seiner nicht unsympathischen Stimme.

Und sobald wir außer Hörweite sind, stelle ich Marlyse die Frage, die mir schon auf der Zunge brennt.

»Nun?«

»Das war ganz einfach«, erwidert Marlyse, »sie stiegen in einen

BMW, der vor der Opéra-Comique geparkt war. Du hast ja die Autonummer, und kannst leicht herausbekommen, wer der Typ ist. Ich weiß nicht, ob Dir das irgendwie in Deinen Ermittlungen weiterhelfen kann, aber von diesen Abenden im Favart habe ich endgültig die Nase voll.«

Am nächsten Morgen sucht mir die Zulassungsstelle den Namen des BMW-Besitzers heraus: Mathieu Robillard, Schneidermeister, Rue Notre-Dame-de-Lorette 26 in Paris, 9. Arrondissement. Und plötzlich weiß ich auch, warum er mir bekannt vorkam. Mathieu Robillard, auch der Bretone genannt, war zusammen mit Girier vor ein paar Jahren vom Mobilen Einsatzkommando verhaftet worden. Die Spur scheint mir vielversprechend.

Als ich in die Rue Notre-Dame-de-Lorette komme, erfahre ich, daß der Bretone hinter der angegebenen Adresse völlig unbekannt ist und dort nie gewohnt hat.

28

Braungebrannt, in einem dunkelblauen Hemd, das gut zu seinem eleganten beigen Gabardinekostüm paßt, kehrt Polledri am 8. Juni aus Albi zurück. Seine Angst hat ihn verlassen. Die Tage, die er zusammen mit Henriette verbracht hat, haben ihn enorm aufgemuntert. Und wenn er sich doch noch wegen Buisson ein bißchen Sorgen gemacht hatte, so verschwanden diese völlig, als er am Tag zuvor gegen Mittag einen Anruf aus Paris bekam. Es war Emile.

»Na, wie gehts. Erholst Du Dich gut?«

Buissons freundschaftlicher Ton gab Polledri seine ganze Unbefangenheit wieder. Ja, er riskierte sogar eine scherzhafte Bemerkung.

»Hervorragend. Die französischen Weiber verstehen sich wirklich darauf, einem die Sorgen zu vertreiben.«

»Na schön«, fuhr Buisson fort, »aber vergeude bitte nicht Deine ganze Energie im Schlafzimmer. Ich brauche Dich nämlich. Eine einträgliche Sache. Du mußt zurückkommen.«

»Wann?«, fragte Polledri, ungläubig und zugleich höchst beglückt.

»In den nächsten Tagen. Wir müssen noch die Vorbereitungen treffen. Wenn Du willst, lad ich Dich übermorgen zusammen mit Jeannot in die Auberge Bressanne zum Abendessen ein. 8 Uhr, wär Dir das recht? Wir besprechen dann alles miteinander. Weißt Du, wo es ist?«

»Ja, ich werde da sein. Ciao.«

Polledri kommt um sieben Uhr abends am Austerlitz-Bahnhof an. Es ist herrliches Wetter, die Mädchen laufen braungebrannt in kurzen Sommerkleidern herum, und das Bier, das er im Café de la Gare zu sich nimmt, ist gut gekühlt. Gut gelaunt, zufrieden und glücklich überlegt der Italiano kurz, ob er nicht zu Fuß in das Restaurant gehen soll, um wieder einmal Paris zu genießen, doch dann gibt er diesen Plan auf: bei der drückenden Hitze, die noch in Paris herrscht, käme er schweißgebadet dort an und seine Füße würden in den eleganten weiß-braunen Mokassins anfangen zu kochen. Da er noch ein wenig Zeit hat, telefoniert er mit einer Freundin, die in der Nähe der Madeleine auf den Strich geht und lädt sie ein, den Abend mit ihm zu beenden. Er würde sie gegen Mitternacht abholen. Und nachdem nun sein Programm gesichert ist, ruft Polledri ein Taxi herbei und gibt dem Fahrer die Adresse des Restaurants, in dem Monsieur Emile auf ihn wartet, Avenue Bosquet.

Er kommt etwa eine viertel Stunde zu früh in die Auberge Bressanne, doch Buisson sitzt schon zusammen mit Orsetti an der Bar. Als die beiden ihn sehen, stellen sie ihr Glas ab, springen von ihrem Barhocker und gehen auf ihn zu. Orsetti freut sich sichtlich, seinen besten Kumpel aus dem Knast wieder zu treffen. Und so umarmt er ihn auch mit der den Korsen eigenen Überschwenglichkeit, küßt ihn auf beide Wangen und klopft ihm freundschaftlich auf den Rücken. Und als er ihn endlich losläßt, tritt auch Buisson lächelnd vor und schüttelt ihm kräftig die Hand.

»Schön, Dich wiederzusehen, Italiano«, sagt er, »Du siehst ja blendend aus!«

Polledri spürt einen Knoten im Hals, seine Augen füllen sich mit Tränen. Herrgott, was für ein wunderschönes Gefühl, die alten Freunde wiederzusehen. Seine Angst ist verschwunden, und er ist jetzt überwältigt von dem Gefühl der Freundschaft.

»Wie geht es Henriette?«, fragt Buisson, indem er ihn mit sich an die Theke zieht, wo der Barkeeper ihnen sogleich drei Gläser Champagner serviert.

»Ausgezeichnet, natürlich hat sie ein bißchen geweint, als ich weggefahren bin«, erwidert Polledri mit selbstzufriedener Miene, »aber so ist das nun mal. Ich hab ihr erklärt, daß die Arbeit vorgeht. Und was macht Dein Liebesleben, Emile?«

»Ach, ich«, erwidert Buisson, der sonst in dieser Beziehung nicht sehr gesprächig ist, »ich hab zur Zeit eine kleine Bretonin, ich stell sie Dir gelegentlich mal vor.«

»Eine zwanzigjährige Schönheit, die sich in Liebe zu einem alternden Mann verzehrt«, witzelt Orsetti.

Die drei Männer lachen schallend, trinken dann ihren Champagner aus, bestellen noch eine Runde, und unterhalten sich gut gelaunt miteinander.

Erst bei Tisch, in einer diskreten Ecke des Speisesaals, und nachdem sie sehr sorgfältig ihr Menue zusammengestellt haben, kommt Buisson auf den wirklichen Anlaß ihres Treffens zu sprechen.

»Also, ich hab einen Supercoup vor«, verkündet er, als er mit der Suppe fertig ist. »Wenn er uns gelingt, können die, die nachher in den Ruhestand treten wollen, bis zu ihrem Lebensende wie ein Fürst leben.«

Er schweigt, während die Kellnerin die Teller abräumt und ihnen eine Schüssel Huhn mit Reis serviert. Kaum hat sie sich entfernt, fährt er fort:

»Ich bin nicht der einzige, der daran beteiligt ist, aber das darf euch nicht weiter stören, bei dieser Sache brauchen wir einfach Leute. Und zwar entschlossene Leute. Ich arbeite mit Girier zusammen, der vor kurzem aus Pont-L'Evêque ausgebrochen ist, mit Jacques Vérando von der Côte, den Du kennst, und noch ein paar anderen Pofis.«

»Verdammt«, ruft Polledri aus, »wollen wir die Bank von Frankreich überfallen?«

»Fast«, erwidert Buisson gelassen, »fast: wir werden uns einen gepanzerten Wagen des Crédit Lyonnais schnappen, der ein hübsches Sümmchen transportiert. Girier hat da einen Tip bekommen. Er hat in einer Kneipe in der Nähe von der Bank zwei der Angestellten kennengelernt, die gerade dem Wirt auseinandersetzten, wie hervorragend die Sicherheitsvorrichtungen in den Lieferwagen seien, die sie kürzlich bekommen hätten. Und als Girier so tat, als glaube er ihnen nicht, haben sie ihm alles an Ort und Stelle gezeigt. Es fehlen uns da noch ein paar Details. Aber die müßte Girier spätestens heute abend oder morgen von einem seiner Kumpel, Mathieu dem Bretonen, erfahren. Sobald wir den endgültigen Angriffsplan festlegen können, schlagen wir zu. Ich denke, daß es spätestens übermorgen soweit sein wird. Deshalb habe ich Dich auch gebeten, daß Du so schnell wie möglich kommen sollst.«

»Und die Bullen?«, fragt Polledri.

»Wieso, die Bullen?«, sagt Orsetti. »Keine Angst, die tappen völlig im dunkeln. Ich war erst gestern in Deux Marches und da waren sie wie üblich vollständig erschienen und gossen sich Victors

Pernod hinter die Binde. Du weißt ja, ich höre da mal hier mal dort etwas. Also, Du kannst Dich darauf verlassen, sowohl die Kripo als auch die Sûreté haben Emiles Spur völlig verloren. Und Girier, bei dem wissen sie noch nicht einmal, wo sie mit dem Suchen anfangen sollen. Du siehst, deswegen brauchst Du Dir keine grauen Haare wachsen zu lassen.«

»Tu ich auch nicht«, erwidert Polledri leicht gekränkt, »aber man muß sich ja schließlich erkundigen, was gespielt wird, wenn man sich für ein paar Tage aufs Land abgesetzt hat.«

»Das stimmt«, pflichtet ihm Buisson bei, während er der Kellnerin winkt, daß sie den Tisch abräumt.

Solange sie da ist, sagt keiner der drei Männer ein Wort.

»Da ist noch ein Problem, das wir jetzt regeln sollten«, fährt Buisson eindringlich fort und blickt dabei Polledri scharf an, »und das ist die Frau des Fischhändlers. Sobald Du Deinen Anteil bekommen hast, solltest Du etwas für sie tun.«

»Aber selbstverständlich, Emile, was Du willst!«, ruft übereifrig Polledri, den bei der Erwähnung dieses Namens wieder die Angst packt.

»Das ist schön von Dir, Italiano«, sagt Buisson freundlich, und bemerkt mit Genugtuung, wie der andere anfängt zu zittern. »Du bist also auch der Meinung, daß diese unglückliche Frau für Deine . . . Ungeschicklichkeit entschädigt werden sollte.«

»Aber natürlich, Emile, natürlich, da bin ich ganz Deiner Meinung, klar doch. Wenn man eine Dummheit macht, muß man dafür zahlen, das ist logisch.«

»Schön. Hast Du ein bißchen Geld bei Dir?«

Statt zu antworten, greift Polledri in seine Jackentasche, zieht seine Brieftasche heraus, legt sie auf den Tisch und zählt die Geldscheine darin.

»Wieviel?« fragt Buisson.

»Etwa Zweihunderttausend.«

»Okay. Gib mir hundertneunzig, die soll die Witwe morgen bekommen. Zehn kannst Du für den Abend behalten.«

»Danke, Emile«, seufzt Polledri erleichtert, »aber wenn Du noch mehr willst, d. h., ich meine, wenn sie noch mehr braucht, dann sagst Du's mir, nicht wahr, Du mußt es mir nur sagen.«

Buisson schüttelt den Kopf.

»Nein, das reicht erst mal. Verdammt, fast zweihunderttausend für einen Idioten, das nenn' ich gut bezahlt. Ich würde sagen, das ist bereits ein Spitzenpreis.«

Sie sind jetzt beim Käse. Sie haben bereits zwei Flaschen leichten

Bordeaux geleert und ihre Wangen sind leicht gerötet, als Polledri plötzlich nachdenklich fragt:

»Und was kann uns die Sache einbringen?«

»Nach dem, was wir erfahren haben, müßten für jeden von uns drei Millionen drin sein. Und zum größten Teil in alten Scheinen, was natürlich ein enormer Vorteil ist. Zwar geht davon noch Mathieus Anteil ab, aber das ist nicht allzuviel.«

»Drei Millionen!«, ruft Polledri überwältigt aus.

»Ja, vielleicht sogar noch etwas mehr.«

»Ach, weißt Du, ich wär schon mit drei Millionen der glücklichste Mann der Welt.«

»Was willst Du damit machen?«, fragt Orsetti.

»Ich weiß nicht«, erwidert Polledri träumerisch. »Ich würde gern mit Henriette weit weg ziehen, einen Bauernhof kaufen, ein Stück Land. Ich würde gern ein Bauer werden . . .«

»Du hast vielleicht Ambitionen!«, sagt Buisson ironisch.

»Und wohl noch einen Haufen Kinder dazu?«

»Nein, nein, keine Kinder. Die riechen so.«

Nachdem jeder noch zwei Mirabellenschnäpse getrunken hat, zahlt Emile die Rechnung und die drei gehen hinaus auf die Straße.

»Wo soll's denn hingehen?«, fragt Orsetti, der nicht übel Lust hat, noch irgendwo weiter zu saufen.

Buisson zuckt lässig mit den Schultern und schaut auf seine Uhr:

»Es ist noch nicht ganz zehn. Um die Zeit ist es überall offen. Ich schlage vor, wir laufen ein Stückchen zur Verdauung, und wenn ihr wollt, können wir noch einen Schluck auf den Champs trinken.«

»Okay«, sagt Polledri, »ich bin dabei, aber nicht mehr solange. Um Mitternacht bin ich mit einer Hure von der Madeleine verabredet.«

»Ist sie gut?«, fragt Buisson.

»Und wie: Sie versteht sich auf ihr Geschäft. Sie ist solche Klasse, daß sie den letzten Tropfen aus Dir rausholt.«

»Aber Du wirst doch noch fünf Minuten haben, um ein Glas mit uns zu trinken?«, fragt Orsetti, der etwas sauer ist, weil er kein Abenteuer in Aussicht hat und eigentlich ein bißchen eifersüchtig wegen Polledris Erfolge ist.

»Na, schön, aber nicht länger!«

Die drei Männer machen sich auf den Weg. Sie überqueren die Rue Saint-Dominique und als sie an der Ecke der Passage Landrieu angelangt sind, biegt Buisson dort ein.

»Wohin gehst Du denn, Emile?«, wundert sich Orsetti.

»Bis ans andere Ende«, sagt Buisson. »Ich hab einen Kumpel, der in der Rue de L'Université einen ganz lustigen Laden laufen hat.«

»In diesem Viertel der Bourgeois?«

»Warum nicht? Die Bourgeois wollen sich auch amüsieren. Sie lieben und saufen so wie wir, oder was glaubst Du. Und wenn Polledri keine Zeit hat, weil ihn das Feuer in der Hose zwickt, gehen wir am besten gleich da hin. Nachher können wir ja noch ohne ihn weitermachen.«

Gelassen biegt Buisson in die Passage ein, und seine Freunde folgen ihm.

Sie sind kaum hundert Meter weit gelaufen, als ein Auto hinter ihnen auftaucht, hupt, und die Scheinwerfer aufblendet, um weiterfahren zu können. Orsetti weicht nach rechts auf den Bürgersteig aus. Polledri spürt, wie Buissons Hand ihn am Arm faßt und ihn auf das schmale Trottoir auf der linken Seite zieht. Der Wagen, der langsam weiter fährt, befindet sich jetzt etwa auf gleicher Höhe. Und jetzt handelt Buisson mit blitzartiger Geschwindigkeit. Mit einer Hand schiebt er Polledri nach vorn, mit der anderen greift er an seinen Gürtel, zieht seinen Colt heraus, hebt die Waffe. Polledri ist völlig arglos. Friedlich läuft er vor sich hin, ohne weiter auf den Wagen zu achten, der langsam an ihm vorbeifährt. Er sieht nicht, wie sich der Lauf der Waffe seinem Nacken nähert. Eine Stichflamme leuchtet kurz auf. Polledris Körper sinkt langsam zusammen und fällt mit dumpfem Geräusch zu Boden. Aufrecht neben seinem Opfer stehend, verschießt Buisson mit gelassener Hand noch fünf weitere Kugeln. Im Magazin steckt jetzt nur noch eine einzige. Da bückt sich Buisson, immer noch ohne jede Eile, und dreht den Toten, der flach auf dem Bauch ausgestreckt liegt, mit einer Hand um. Bedächtig tasten sich seine Finger über das noch warme, blutverschmierte Gesicht zu den Lippen hin und öffnen den Mund des Toten.

Ohne auch nur einen Anflug von Abscheu zu empfinden, packt Buisson die Zunge des Italieners und zieht kräftig an ihr. Mit der anderen Hand drückt er die Mündung seines Colts gegen das klebrige Fleisch, das er nur mit Mühe festzuhalten vermag. Noch ein letzter Schuß schallt durch die Passage:

»Du Schwein«, sagt Buisson, »jetzt machst Du keinen Coup mehr auf eigene Rechnung.«

Voller Widerwillen betrachtet er das Stückchen Zunge, das noch an seinen Fingern hängt, dann schleudert er es auf die Straße. Er richtet sich wieder auf, steckt seine Waffe in den Gürtel, geht noch ein paar Schritte weiter und steigt dann in Jacques Vérandos Auto, das inzwischen stehengeblieben war und, noch bevor die Wagentür richtig verschlossen ist, rasch davon fährt.

29

Voller Verblüffung erfährt Buisson am Tag nach dem Mord aus dem ›Figaro‹, daß Polledri, mit sechs Kugeln im Körper, noch lebte, als der Unfallwagen ihn ins Krankenhaus von Boucicaut transportierte. Allerdings blieben ihm nur noch zwei Stunden zu leben. Zwei Stunden, die dem von Schmerzen Gepeinigten endlos erschienen. Kurz bevor er starb, öffnete er noch einmal die Augen, und die letzten Gesichter, die er sah, waren die von zwei Polizisten, die ihn nach dem Namen des Mörders fragten.

Polledri hätte ihn gern verraten, aber er konnte nicht mehr sprechen, seine Zunge lag in der Passage Landrieu.

Ich brauche nicht einmal fünf Minuten, um den Toten zu identifizieren. Mousset, der Sekretär der Mordabteilung bei der Kripo, ist mit der Abfassung der polizeilichen Untersuchungsprotokolle beauftragt. Er ist noch eitler als ich. Wenn sein Name in den Zeitungen steht, ist er überglücklich, und für ein paar Zeilen – und sei's nur im Lokalteil – tut er alles. Das ist mir wohlbekannt und deshalb beschließe ich, mir sein Streben nach Publicity zunutze zu machen und rufe ihn an:

»Hallo, bin ich mit Monsieur Mousset von der Kriminalabteilung verbunden?«

»Ja.«

»Hier spricht Robiche vom ›Ouest-France‹.«

»Ach, wie geht es Ihnen, teurer Freund?«

»Danke, gut. Ich ruf Sie gerade aus Rennes an, denn ich hätte gern ein paar Einzelheiten über den Mord in der Passage Landrieu gewußt.«

»Aber gewiß doch, gerne. Natürlich wär ich Ihnen sehr verbunden, wenn Sie dabei auch meinen Namen . . . «

»Aber selbstverständlich.«

»Der Tote ist ein gewisser Polledri, Désiré Polledri, ein Italiener, der aus dem Gefängnis auf der Ile de Ré ausgebrochen ist und wegen bewaffneten Überfalls gesucht wird. Natürlich waren die Papiere, die wir bei ihm gefunden haben, falsch. Sie lauteten auf den Namen: Lucien Souletis. Aber wir konnten ihn leicht anhand der Fingerabdrücke identifizieren.« Pause. Er wartet darauf, daß ich ihm gratuliere, und ich enttäusche ihn auch nicht.

»Bravo. Und wer ist der Mörder, Monsieur Mousset?«

»Ja, mein teurer Freund, da fragen Sie mich etwas zu viel. Mein zweiter Inspektor, Courchamp, steht erst am Anfang der Ermittlungen. Eins steht fest, es handelt sich um einen Racheakt von Gangstern, in solchen Fällen erweist sich die Untersuchung oft als langwierig. Jedoch kann ich Ihnen eins, aber nur streng vertraulich sagen, daß der berühmte Emile Buisson hier wohl auch die Hand mit im Spiel hatte. Lucien Charmet, den ich im Zusammenhang mit dem Fall Maurice Yves länger verhört habe, hatte damals ausgesagt, daß Buisson Polledri am Mordtag halb totgeschlagen hat. Das ist alles, was ich Ihnen im Augenblick sagen kann, aber erwähnen Sie auf keinen Fall Buisson: Das geht die Herren von der Sûreté gar nichts an.«

»Ach, da fällt mir ein«, sagte ich mit heuchlerischer Stimme, »ich habe gehört, daß Inspektor Borniche auf Buissons Fährte ist. Ist das richtig?«

»Borniche, Borniche!«, unterbricht mich mein Gesprächspartner gehässig. »Dem wird's genauso gehen wie allen anderen. Wenn er glaubt, daß Buisson sich von solch einem Idioten schnappen läßt, irrt er sich.«

»Haben Sie herzlichen Dank, Monsieur Mousset.«

Ich hänge auf. Jedenfalls hab ich jetzt zwei Dinge erfahren. Den Namen des Toten, und wie hoch meine Intelligenz bei der Kripo im Kurs steht.

Jetzt muß ich den Herren Kollegen nur noch beweisen, daß ich nicht so dumm bin, wie sie glauben.

Je länger ich ihn betrachte, desto mehr finde ich, daß er der vollendete Doppelgänger von Charles Laughton ist. Kommissar Paul Berliat, der die gleiche runde Glatze, die gleichen glitzernden Augen, die gleiche Leibesfülle besitzt, sitzt im 6. Stock der Abteilung für innere Sicherheit, Rue des Saussaies 11. Er muß zweifellos ein hervorragender Techniker sein, denn sein Inspektor, Roger Wybot, hat ihn zum Leiter der Fernmeldeabteilung gemacht. Das heißt im Klartext, der Telefonabhörabteilung.

Im Augenblick liest er laut die lakonische Mitteilung, die ich nach dem Diktat des Dicken in die Maschine geschrieben habe.

»Ich darf Sie bitten, die Überwachung des Anschlusses Richelieu 93 57 in die Wege zu leiten. Ein Beamter meiner Abteilung wird die Gespräche abhören. Gezeichnet Biget, Direktor der Kriminalabteilung der Sûreté Nationale.«

Kommissar Berliat sieht zu mir auf, während er sich mit den

Fingerspitzen leicht gegen das Kinn klopft.

»Hören Sie die Gespräche ab, Borniche?«

»Ja, Monsieur. Ich oder Hidoine. Vielleicht auch Poiret . . .«

»Hm, Poiret?«

»Er ist vielleicht nicht sehr intelligent«, erwidere ich, »aber er wird es ja fertigbringen, das aufzuschreiben, was er hört.«

Berliat zieht voller Zweifel die Stirn in Falten und wiegt bedenklich den Kopf, dann dreht er sich um und deutet mit einer Kopfbewegung auf die in den Wänden eingelassenen Platten, auf denen sich Aufnahmespulen drehen.

»Wenn wir die Gespräche direkt schalten, bekommt er es bestimmt nicht fertig«, meint er.

»Aber um Ihnen gefällig zu sein, Borniche, will ich gern einen Abhörauftrag der Meldebehörde unterbrechen, der sich schon über einen Monat hinzieht. Auf diese Weise werden Gespräche auf Band aufgenommen. Ich werde Ihnen ein Diktaphon leihen, so daß Sie alles gemütlich in Ihrem Büro abhören können. Sie holen dann die Bänder jeden Morgen hier ab. Okay?«

»Danke schön, Monsieur.«

Berliat reicht mir einen Schlüssel, so daß ich direkt durch eine Geheimtür von seiner Abteilung in unser Gebäude hinübergehen kann; auf diese Weise brauche ich nicht mit den Bändern unter dem Arm über den Hof gehen. Dann verabschiedet er sich von mir. Ich gehe noch kurz in die technische Abteilung hinüber und sehe mich dort um. Überall hängen von den Wänden Elektrokabel herunter, die teils miteinander verbunden sind, teils mit Meßapparaten, die an den Wänden wie Navigationsinstrumente befestigt sind. Man kommt sich vor wie in einer Werkstatt aus prähistorischen Zeiten, als Edison seine ersten Versuche machte.

Ein Inspektor in blauer Arbeitskleidung, den ich zuerst für einen Mechaniker gehalten habe, bietet mir eine Zigarette an und stellt sich vor:

»Durand. Du möchtest wohl gern wissen, wie diese Dinger funktionieren, nicht wahr?«

»Eigentlich schon . . . .«

Und so erklärt mir Durand, daß jeder Anschluß, der zur Telefonzentrale führt, heimlich in die Rue des Saussaies umgelegt werden kann. Diese Umleitung erfolgt des Nachts und ohne daß Beamte vom Post- und Telegraphendienst erst davon erfahren.

»Komm morgen wieder«, sagt er mir zum Schluß, »bis dahin haben wir alles erledigt.«

Am nächsten Morgen sehe ich zu – mit zwei Kopfhörern versehen – wie die Nadel des Diktaphons, das in meinem Büro steht, über das Wachsband gleitet. Hidoine, und vor allem Poiret, der einfach seinen Augen nicht traut, sitzen rücklings auf ihren Stühlen und bestaunen das Wunderwerk der Technik.

Erst am vierten Tag, nachdem ich mir stundenlang das uninteressante Geschwätz der telefonierenden Stammgäste aus dem Favart angehört habe, ist offenbar etwas Interessantes dabei:

»Mathieu? Hier spricht René. Habt ihr mich vorhin angerufen?«

Vor Aufregung halte ich Hidoines Arm umklammert, der sein Ohr dicht an meins preßt.

»Ja. Ich muß Dich unbedingt sprechen. Geht es morgen?«

»Um wieviel Uhr?«

»Paßt Dir um sieben? Im Terminus, an der Porte de Vincennes. Das ist nicht weit von Deiner Bushaltestelle und außerdem ist es dort ruhig.«

»Okay!«

Ich wende mich an Poiret, der sich seit einer viertel Stunde am Bein kratzt und versucht, etwas von den Gesprächen mitzubekommen.

»Hör zu, Du langes Ekel«, sag ich voller Sanftmut zu ihm, »Du wirst mir jetzt einen Gefallen tun. Statt weiter an Deinem Bein rumzukratzen, stattest Du jetzt mal Deinem Kumpel Thuillat einen Besuch ab. Dann gehst Du und suchst mir im Archiv alles über Mathieu Robillard heraus; es muß dort ein paar Unterlagen über ihn geben. Und kümmere Dich auch um Giriers Kumpel, um Vérando und Giraldi. Ich will alle Informationen, die Du bekommen kannst, bis ins kleinste Detail, hörst Du?«

»Verstanden, Borniche.«

»Gut«, sage ich abschließend, »und morgen abend treffen wir uns alle drei im Terminus an der Porte de Vincennes. Keine Einwände?«

»Zu Befehl, Chef«, ruft Hidoine, der bereits in seinem verführerischen Reitdreß in der Tür steht.

Beim Abendessen setze ich Marlyse mein Programm für den nächsten Abend auseinander und erkläre ihr, welche Erwartungen ich an meine Aktion knüpfe.

»Na schön«, sagt sie und schaut mit gespielter Verzweiflung an die Decke, »da die Pflicht uns ruft, werde ich mit Dir gehen. Das ist mir immer noch lieber, als einen Abend allein zu Haus zu sitzen und Radio zu hören.«

30

Es ist schön zu träumen. Und vor allem kostet es nichts. Ich sitze auf dem Rücksitz von Crocbois' Wagen, eingezwängt zwischen Marlyse und Hidoine, und träume, daß ich in Kürze meine Rechnung mit Buisson und Girier, mit Clot und mit Chourchamp begleichen werde.

Ich hab jetzt einen guten Vorsprung vor meinen Kollegen von der Kripo. Während sie noch nach Girier suchen, werde ich in ein paar Minuten praktisch neben ihm sitzen. Ich träume weiter. Die erste Möglichkeit: Wenn ich will, verhafte ich ihn, und schon dieser Erfolg wird so kolossal sein, daß ich sogleich zum Oberinspektor ernannt werde. Die zweite Möglichkeit ist noch viel verlockender, aber auch sehr viel riskanter. Wenn ich ihn laufen lasse und entdecke, wo er sich versteckt hält, und er mich dann zu Buisson führt, wird mein Erfolg so ungeheuerlich sein, daß ich die Chance habe, gleich Kommissar zu werden.

Mein Traum geht weiter: Wer weiß, ob Girier nicht nach seinem Rendezvous im Terminus Buisson aufsucht? Wer weiß, ob er zu diesem Rendezvous nicht überhaupt zusammen mit Buisson erscheint?

Es ist unerträglich heiß im Wagen. Über Poirets rosige Wangen, der vorne sitzt und schnarcht, laufen glitzernde Schweißtropfen. Wir parken am Boulevard Soult, auf der anderen Seite vom Cours de Vincennes, so daß ich aus gebührender Entfernung die beiden Ausgänge des Café Terminus, die auf den Boulevard Davout und den Cours de Vincennes führen, im Auge behalten kann. Es ist sechs Uhr: In einer Stunde werde ich Gewißheit haben.

Ich habe einen labilen Charakter, und so passiert es mir oft, daß ich ohne Übergang vom heitersten Optimismus in die gräßlichsten Zweifel verfalle.

Und auch diesmal schlägt meine Laune um, und meine glücklichen Phantasien verwandeln sich in einen Alptraum. Ich denke wieder an das Telefongespräch. Schön, es war darin von einem René und einem Mathieu die Rede, doch wer beweist mir, ob es wirklich René Girier und Mathieu Robillard waren, die miteinander gesprochen haben? Ich murmele vor mich hin:

»Vielleicht waren sie es gar nicht.«

Hidoine, der eben noch schweigend seine funkelnagelneuen Reitstiefel bewunderte, dreht sich plötzlich zu mir um:

»Führst Du jetzt schon Selbstgespräche?«

Ich erzähle ihm von meiner Besorgnis, doch Marlyse unterbricht mich philosophisch:

»Du wirst ja sehen.«

Und wieder herrscht Schweigen in dem Wagen, in dem nur noch das regelmäßige Schnarchen Poirets zu hören ist, dessen Kinn auf die Brust gesunken ist. Poiret ist gänzlich unbeeindruckt. Mein Seelenzustand läßt ihn völlig kalt. Ich muß allerdings noch hinzufügen, daß er, um unbemerkt zu bleiben, sich geradezu selbst übertroffen hat, er trägt einen Malerkittel mit der dazugehörigen Hose; ja, er hat den Luxus sogar soweit getrieben, daß er sich einen Eimer mit Mennige besorgt hat, in dem zwei Pinsel stecken. In dieser Verkleidung kann er ohne weiteres im geeigneten Augenblick im Terminus ein Glas Roten trinken, ohne aufzufallen und uns berichten, was dort vor sich geht. Dann werde ich entscheiden. Meine einzige Sorge ist, daß Mathieu Robillard nicht erscheint, der ein Stammgast im Favart ist und mich dort bestimmt schon einmal mit Marlyse gesehen hat.

Die Minuten vergehen langsam. Plötzlich, um 18 Uhr 40, stößt Hidoine mich mit dem Ellbogen in die Seite:

»Da schau!«

Dieser Ruf hat Poiret aufgeweckt, der, bevor er wieder richtig zu sich kommt, unverständliche Laute murmelt. Gleichzeitig reißen Crocbois, Marlyse und ich die Köpfe herum und starren zum Terminus hin.

»Nein«, flüstert Hidoine, »er ist links hinter uns. Aber dreht euch doch nicht alle gleichzeitig um.«

Doch meine Neugier ist größer als meine Vorsicht. Ich verdrehe mir den Kopf und spüre plötzlich, wie mir das Herz bis zum Halse schlägt. Knapp zehn Meter von uns entfernt, ist René Girier gerade dabei, im vollen Licht der Lampen gemächlich den Cours de Vincennes zu überqueren. Wie kommt es nur, daß er uns nicht gesehen hat? Ein Wunder! Ich kann genau sein Profil sehen, sein blondes, leicht gewelltes Haar und seine schmale geränderte Brille; ich stelle fest, daß die Ähnlichkeit mit dem erkennungsdienstlichen Foto, das ich in meiner Brieftasche habe, erstaunlich gut ist. Er ist gut 1 m 80 groß, von kräftiger Statur und er trägt einen elegant geschnittenen dunkelblauen Anzug.

»Ein hübscher Junge«, sagt Marlyse anerkennend, »er sieht gar nicht wie ein Gangster aus, eher wie ein junger Intellektueller.«

»Sollen wir ihn uns schnappen?«, fragt Poiret und hat die Hand schon am Türgriff.

Ich gebe zu, die Versuchung ist groß. Dort steht Girier, fast neben mir, ahnungslos, mit dem Rücken zu uns und wartet darauf, daß die Ampel umspringt. Er zieht eine Zigarette aus seinem Etui und zündet sie mit der Gelassenheit dessen an, der ein ruhiges

Gewissen hat.

»Also, was ist, schnappen wir ihn uns oder nicht?«, wiederholt Poiret.

»Nein, wir wollen erst mal abwarten, was er macht.«

»Verdammt!«, flucht Poiret, »ich werd euch nie begreifen. Man verrenkt sich den Hintern, um diese Typen aufzugabeln und wenn sie dann vor einem stehen, läßt man sie wieder abhauen. Also, weißt Du, ich bin nicht gerade auf Rosen gebettet, aber ich würde schon einen Tausender dafür springen lassen, daß ihn uns die Kripo zur Strafe vor der Nase wegschnappt.«

Die Ampel steht jetzt auf Grün für die Fußgänger. Gemächlich überquert Girier die Straße und betritt das Café Terminus. Ich sehe flüchtig, wie hinter den Fenstern seine hochgewachsene Silhouette an der Theke vorbeigeht und dann in dem rechten Saal verschwindet. Ich sehe auf meine Uhr: noch eine viertel Stunde. Hoffentlich geht bis dahin alles gut.

Je länger diese Warterei dauert, desto größer werden meine Unruhe und meine Besorgnis; und ich fang schon an, es zu bedauern, daß ich den Dicken nicht von meiner Aktion unterrichtet habe. Wenn die Sache schiefgeht, hätten wir wenigstens beide den Schwarzen Peter in der Hand; das ist die einzige Möglichkeit, als Beamter Karriere zu machen.

Und außerdem kenne ich die Mentalität des Dicken. Der gibt sich nicht mit Feinheiten ab, sondern er wiederholt mir unablässig:

»Besser der Spatz in der Hand, als die Taube auf dem Dach.«

Girier hätte ich jetzt gehabt, aber Buisson ist auf dem Dach, und wenn mich der Spatz jetzt nicht zu der Taube führt, sondern sich im Gegenteil von ein paar Kriposchleichern verhaften läßt, stehe ich so dämlich da wie nie in meinem Leben. Und jetzt fällt mir auch wieder der unmißverständliche Befehl des Dicken ein: »Wir müssen Girier schnappen.«

Seit dem Ausbruch des schönen René ist von Buisson gar nicht mehr so die Rede. Girier genügt dem Dicken. Und jetzt riskiere ich mit meiner Neunmalklugheit, daß meine Beförderung wieder in weite Ferne rückt. Ich bin mit meinen Überlegungen gerade an diesem Punkt angelangt, als Marlyse mir voller Gemütsruhe gerade verkündet:

»Liebling, da kommt gerade Mathieu. Er parkt seinen BMW unter der Eisenbahnbrücke, und sieh mal, da ist noch jemand.«

Wegen des dichten Verkehrs kann ich beide nicht sehen. Kurz darauf beobachte ich, wie Mathieu Robillard ebenfalls das Terminus betritt. Ein untersetzter, dunkelhaariger Mann begleitet ihn, er trägt einen dunkelbraunen Hut, den er tief in die Stirn gezogen hat.

»Verdammt, wer ist denn das?«

Ich schnappe mir das Fernglas, das neben mir liegt, doch es ist schon zu spät: bevor ich es richtig eingestellt habe, sind die beiden Männer bereits im Café verschwunden:

»Das ist natürlich Buisson«, ruft Poiret. »Diesmal darf er uns nicht entwischen. Ich geh in die Kneipe von der einen Seite, ihr von der anderen. Ich nähere mich Buisson, der bei meinem Aufzug bestimmt nicht mißtrauisch wird, und schütte ihm meinen Farbtopf über den Kopf, und dann holt ihr beiden ihn euch. Okay?«

»He, Moment mal«, werfe ich in scharfem Ton ein. »Erstmal müssen wir uns vergewissern, ob es überhaupt Buisson ist, dann müssen wir sehen, ob sie nur zu dritt in der Kneipe sind, oder ob es mehr sind. Hidoine soll erst einmal vorgehen und uns dann berichten: Marlyse und mich kennt Mathieu nämlich schon. Und Du bleibst hier bei uns zur Verstärkung.«

»So ist das also«, schimpft Poiret, »jedesmal, wenn ihr ne große Sache vorhabt, soll ich draußen bleiben. Schön, wenn das so ist, dann hab ich hier nichts mehr zu suchen, ich hau jetzt ab.«

Und bevor ich ihn noch daran hindern kann, öffnet er die Wagentür und spaziert in Richtung Place de la Nation davon mit dem Farbtopf in der Hand. Ich befehle Crocbois, ihn augenblicklich ohne großes Aufsehen wieder zurückzubringen. Hidoine ist inzwischen aus dem Wagen gestiegen und betritt das Terminus. Zehn Minuten später ist er wieder zurück.

»Sie sitzen zu dritt an einem Tisch im hinteren Saal«, verkündet er, »aber der kleine Dunkelhaarige ist nicht Buisson. Es muß ein Korse sein, nach seinem Akzent zu urteilen. Meiner Meinung nach muß das Giraldi sein.«

»Wie kommst Du darauf?«

»Ich bin mal pinkeln gegangen, und als ich an ihnen vorbei kam, habe ich gehört, wie ihn Girier mit Marc anredete. Das ist alles, was ich raus bekommen konnte.«

»Und Poiret?«

»Der ist immer noch nicht zurück. So ein Rindvieh! Da kommt Crocbois.«

Unser Chauffeur setzt sich wieder hinters Steuer, dann dreht er sich zu mir um und berichtet, daß er auf dem Cours de Vincennes vergeblich nach Poiret Ausschau gehalten hat.

»Wahrscheinlich ist er irgendwo in ein Café hineingegangen, denn ich hab ihn plötzlich aus den Augen verloren«, meint er.

»Hoffentlich macht er keine Dummheiten«, äußert er mit leisem Zweifel in der Stimme und kämmt sich dann sorgfältig im Rückspiegel.

Es ist fast acht Uhr, als Girier, Robillard und Marc aus dem Terminus herauskommen. Plaudernd gehen sie gemächlichen Schritts auf den BMW zu, vor dem sie noch kurz stehen bleiben und weiter sprechen. Dann öffnet Mathieu die rechte Wagentür und Girier setzt sich nach vorn, während Marc es sich auf dem Rücksitz gemütlich macht. Mathieu setzt sich ans Steuer. Der BMW fährt an. »Verdammt, da haben wir den Salat«, ruft Crocbois, »sie fahren in Richtung Colonne du Trône, da kann ich sie nie mehr einholen.«

In seiner Verzweiflung macht er eine scharfe Wendung nach links, fährt unverfroren in die Autoschlange hinein, die sich Richtung Vincennes vorwärts bewegt, wobei wir knapp dem Zusammenstoß entgehen, fährt dann gleich darauf in die Reihe der Wagen hinein, die nach Paris zurückkehren, läßt die Flüche der anderen gelassen an sich abprallen und so gelangen wir zur Place de la Nation, und zwar gerade als die Ampel auf Rot springt.

»Fahr, schreie ich.«

Crocbois hat bereits die Ampel überfahren. Der BMW ist wieder vor uns. Doch zweihundert Meter weiter überquert er bei Rotlicht eine Kreuzung. Und als wir bei der Ampel ankommen, müssen wir halten, weil die Autos, die in raschem Tempo über die beiden Boulevards Soult und Davout fahren, uns den Weg versperren. Crocbois versucht trotzdem, durchzuschlüpfen, doch das schrille Pfeifen des Verkehrspolizisten und vor allem die Furcht vor einem Unfall zwingen ihn anzuhalten. Der Hüter von Recht und Ordnung kommt drohend auf uns zu. Inzwischen hat sich ein Stau gebildet: den BMW können wir wohl abschreiben.

Durch das heruntergelassene Fenster zeige ich meinen Polizeiausweis: »Wir sind jemandem auf den Fersen!« ruft Crocbois. Da breitet der Polizist die Arme aus, er stoppt die Fahrzeuge von rechts, so daß wir sofort weiterfahren können. Wir schlagen die Richtung Château de Vincennes ein doch an jeder Ecke versperrt uns eine rote Ampel den Weg. Als wir schließlich das Schloß erreichen, ist der BMW verschwunden; wir grasen zwar noch das ganze Viertel ab, auf der Suche nach ihm, aber er bleibt verschwunden.

Ich bin völlig am Boden zerstört. Ich hätte auf Poiret hören sollen. Manchmal haben auch die Dummköpfe ihre lichten Augenblicke, man muß nur wissen, wann.

»Was machen wir jetzt«, fragt Crocbois.

Ich weiß es wirklich nicht mehr. Wenn der Dicke morgen früh erfahren wird, was passiert ist, wird er vor Wut an die Decke gehen. Marlyse sagt gar nichts, sie streichelt mir zärtlich die Hand und versucht mich zu trösten. So ein Reinfall. Aber zum Glück haben wir ja noch das Abhörgerät. Sollte ich nicht doch noch einmal sehen, ob es dort etwas Neues gibt?

»Ins Büro«, sage ich zu Crocbois.

»Um diese Zeit?«

»Warum nicht?«

»Setz mich an der Porte de Vincennes ab«, bittet Hidoine, »ich nehm dann den Bus, da bin ich gleich zu Hause. Ich hab von Deinen Idiotien die Nase voll.«

Im Büro wartet eine neue Enttäuschung auf mich. Es sind inzwischen nur uninteressante Gespräche hereingekommen und ich lege den Kopfhörer wieder fort. Marlyse, die unterdessen Zeitung gelesen hatte, blickt auf:

»Es ist 9 Uhr 30, Roger. Wir bekommen jetzt nirgends mehr was zu essen.«

»Das trifft sich gut, ich habe eh keinen Hunger.«

»Aber ich hab Hunger!«, ruft sie erbost.

Genau in diesem Augenblick wendet sich das Blatt. Fortuna lächelt mir wieder: das Telefon läutet.

»Ja, bitte?«

Ich erkenne die Stimme Poirets.

»Gott sei Dank, daß Du da bist. Ich hatte schon Angst, Du wärst wieder weg. Komm rasch.«

»Wohin denn?«

»Nach Bry-sur-Marne, denn da sitzen sie und schlagen sich die Bäuche voll.«

»Was?«

»Ja, Roger. Ich kann Dir das jetzt alles nicht so erklären. Los, setz Dich ins Auto. Ich bin am Quai Adrien-Mentienne, das ist direkt am Ufer der Marne. Bring etwas Geld mit, denn ich muß das Taxi noch zahlen, und ich hab keinen Pfennig bei mir. Du wirst sehen, ich bin in einem Café, Pottier heißt es, Nummer 210. Ich warte auf Dich.«

Hastig rufe ich die Garage an, um einen Nachtwagen zu bestellen, weil Crocbois sicher schon nach Haus gegangen ist, aber dann ist er doch noch am Telefon.

»Bist Du noch nicht weg?«

»Ich wollte gerade gehen.«

»Du mußt doch noch mal fahren, es gibt was Neues: ich warte auf

Dich vor der Nummer 11.«

In fliegender Hast schließe ich mein Büro ab, stolpere, mit Marlyse auf den Fersen, in den Aufzug, renne auf die Straße, und lasse mich in Crocbois' Wagen fallen, der inzwischen einmal um den Häuserblock gefahren ist. Ich sage ihm die Adresse; und dann fährt der Citroën, so rasch er kann, durch den Wald von Vincenne, Nogent, Le Perreux, bis wir nach Brysur-Marne kommen. Dort verfahren wir uns zweimal, aber dann finden wir auch den Qui Adrien-Mentienne. Crocbois parkt seinen Wagen vor dem Café. Dort sitzt Poiret mit vom Alkohol rosigen Wangen, den Farbtopf zwischen seinen Füßen, zusammen mit einem Taxi-Chauffeur in grauem Kittel an einem Tisch. Er zwinkert mir zu, als er mich hereinkommen sieht, und geht auf mich zu.

»Siebenhundert«, sagt er, »und da sind die Getränke noch nicht drin. Aber sag vor ihm kein Wort.«

Ich zahle den Chauffeur, der, nachdem er sein Glas geleert hat, wieder weggeht. Und nun fängt Poiret an zu erzählen:

»Als ich vorhin aus dem Wagen ausgestiegen bin, mußte ich plötzlich ganz eilig pinkeln gehen. Verstehst Du, ich hatte mich ja so über Dich geärgert. Und dann hab ich mir plötzlich gesagt: ›Ich laß mich nicht so von denen behandeln.‹ Deshalb bin ich dann wieder umgekehrt. Als ich gerade ins Terminus reingehen wollte sah ich, wie die Typen raus kamen und in den BMW stiegen. Zufällig kam ein Taxi vorbei, ich nichts wie rein und dem Chauffeur erzählt, daß der große Blonde der Geliebte meiner Frau sei und ich unbedingt wissen wollte, wo er wohnt. Der Fahrer war selbst ein eifersüchtiger Typ, das traf sich gut. Er machte seine Sache hervorragend. Nicht wahr, jetzt bist Du doch zufrieden?«

»Ja. Und dann?«

»Dann hielt der BMW am Quai Adrien-Mentienne Nummer 224, wo sie jetzt in der Auberge des Oiseaux sitzen und fressen. Du wirst sehen, ein kleines, schnuckeliges Lokal mit Enten, Hühnern und Fasanen auf der Speisekarte.«

»Sie sind bestimmt noch da?«, fragte ich gespannt.

»Vor zehn Minuten saßen sie noch am Tisch. Es ist gleich nebenan, komm.«

Wir gehen zusammen ein paar Schritte den Quai entlang und stehen dann vor einem Restaurant, dessen hell erleuchteter Saal nach hinten auf die Marne hinaus geht. Durch die Fensterscheiben kann ich Girier und seine beiden Begleiter sehen. Der BMW ist auf dem Quai geparkt. Ich flüstere:

»Geh rasch zu unserem Wagen und sag Marlyse, sie soll

herkommen.«

Etwa eine Stunde lang bleiben Marlyse und ich draußen in der Nähe des Restaurants. Wir sitzen im Gras am Ufer des Flusses und turteln miteinander. Kurz nach Mitternacht verlassen die drei Männer schließlich das Lokal. Ich höre, wie Girier sich von seinen Freunden verabschiedet, bevor er wieder in dem Gasthaus verschwindet. Der BMW macht kehrt und fährt wieder in Richtung Paris. Ohne mich von meinem Platz zu rühren, versuche ich, zu entdecken, in welcher Etage Giriers Zimmer ist. Kurz darauf geht ein Licht an, und durch die halb geschlossenen Jalousien hindurch kann ich beobachten, wie ein Mann seine Jacke auszieht und seine Krawatte aufbindet: es ist Girier.

Der Dicke wird zufrieden sein. Jetzt kann ich einen Punkt für mich buchen.

31

Nein, der Dicke ist überhaupt nicht zufrieden. Und zwar ganz und gar nicht. Als ich anfange, ihm von den Ereignissen des gestrigen Abends zu berichten, hört er zunächst interessiert zu. Dann aber steht er von seinem Sessel auf und geht in seinem Büro erregt auf und ab. Doch als ich nun, in meiner Erzählung fortfahrend, und sozusagen als Krönung des Ganzen auf das Abendessen in Bry-sur-Marne zu sprechen komme, verfärbt sich sein Gesicht vor Wut. Und als ich auch noch den Namen Giraldi erwähne, bricht es aus ihm heraus:

»Verdammt noch mal, so eine Scheiße, Herrgott, so eine Scheiße!«, schreit er.

Ich betrachte ihn völlig verblüfft. Nie habe ich den Dicken so unbeherrscht gesehen. Er geht, ohne weiter auf mich zu achten, in seinem Büro auf und ab. Schließlich räuspere ich mich, um ihn daran zu erinnern, daß ich auch noch da bin, und da stellt er sich plötzlich breitbeinig vor mich hin.

»Sie verstehen mich nicht, nicht wahr«, sagt er, »das können Sie auch nicht verstehen.«

Nervös zwängt er sich zwischen zwei Sessel hindurch, schließt mit lautem Knall die Tür zu seinem Sekretariat, die halb offenstand, und zieht dann aus der Rocktasche seine Hornbrille, die er auf den Schreibtisch wirft.

Ich versuche ihn zu beruhigen:

»Chef, das ist doch immerhin eine gute Nachricht. Wir können uns jetzt Girier schnappen, wann immer wir wollen und vielleicht

Buisson noch dazu.«

Der Dicke dreht sich abrupt um und stellt sich dann wieder vor mich hin. Er starrt mich unentwegt an, brüllt:

»Buisson kann mir gestohlen bleiben und Girier auch, haben Sie verstanden! (Er spricht, jede einzelne Silbe betonend.) Die sind mir scheißegal. Wen ich brauche, das ist dieser Schweinehund von Giraldi! Der soll mir dafür zahlen!«

Und damit setzt er sich wieder in Bewegung, Hände in den Hosentaschen, wobei unter der nach oben gerutschten Jacke sein fetter Hintern zum Vorschein kommt, den der leichte Stoff seiner Hose prall umspannt.

»Ich versteh wirklich nicht.«

»Sie werden schon noch verstehen, Borniche«, erwidert er und bleibt erneut stehen.

Er geht um seinen Schreibtisch herum und läßt sich dann in seinen Sessel fallen, öffnet ein Schubfach und zieht eine Akte heraus, deren grüner Deckel bedeutet, daß es sich hier um ein Aufenthaltsverbot handelt. Als ich den Namen sehe, der in Großbuchstaben oben drauf steht, wird mir klar, daß Poiret meinen Auftrag nicht vollständig ausgeführt hat. Er hat im Archiv Giraldis Kriminalakte und seine Individualakte studiert, aber er hat es versäumt, auch die Aufenthaltsverbote durchzusehen, die der Dicke verwaltet. Nur verstehe ich immer noch nicht, wie diese kleine Nachlässigkeit den Dicken derart auf die Palme bringen kann, daß er vor Wut schäumt.

»Borniche«, fährt der Dicke mit tonloser Stimme fort, »wenn Sie Giraldi nicht sofort verhaften, bin ich erledigt. Seit drei Monaten schütze ich ihn im geheimen und er läuft hier in Paris mit einer Aufenthaltsgenehmigung herum, die ich persönlich unterzeichnet habe. Wenn die Typen von der Kripo ihn mit Girier zusammen schnappen, ist es aus mit mir. Das ist Ihnen doch wohl klar, nicht wahr?«

Allerdings wird mir jetzt alles klar. Der Dicke hat Giraldi erlaubt, hier in der Stadt frei herumzulaufen, ohne sich seine Individualakte anzusehen, d. h. ohne sich darum zu kümmern, daß er in Abwesenheit zu zwanzig Jahren Zwangsarbeit verurteilt wurde. Das ist allerdings unvorsichtig. Und außerdem ist es ein ganz schön mieser Streich, den der Chef Hidoine, Poiret und mir da gespielt hat. Und zwar ganz einfach deshalb: daß jede Polizeiabteilung ihre eigenen Spitzel beschäftigt, daß sie ihre Fälle möglichst allein durchzieht und dabei auch von Zeit zu Zeit den Kollegen nebenan eins auswischt, das ist alles okay. Es ist zwar absurd und unlogisch, aber so ist es nun mal. Daß aber der Dicke sich einen privaten, persönlichen Spitzel hält, um uns, den Leuten von seiner Abteilung, die für ihn arbeiten, eins auszuwischen, das ist wirklich das Letzte. Und wenn nicht praktisch jede Polizeiabteilung ihre eigenen Karteien und Akten besäße, könnten solche Situationen überhaupt nicht entstehen. Der Oberarchivar, Inspektor Roblin, hat mir das einmal erklärt, als ich noch neu im Haus war.

»Ich will Dir mal erzählen, wie sich das wirklich abspielt, ohne daß jemand auch nur eine Ahnung davon hat«, hatte er damals zu mir gesagt. »Nimm einmal an, Du seist von der Kripo. Da gibt es das Dezernat, das mit der Erledigung der Haft- und Fahndungsbefehle beauftragt ist. Schön. Ein Typ hat irgendeine Dummheit in Paris gemacht, und die Staatsanwaltschaft oder das Gericht erlassen einen Fahndungsbefehl, einen Haftbefehl oder einen Vorführungsbefehl. Schön. Diese Unterlagen werden dem Dezernat zugeleitet, und was machen nun unsere Kollegen, statt sie sofort allen anderen Polizeidienststellen mitzuteilen: sie bleiben drauf sitzen. Das hat für sie den Vorteil, daß sie entweder mit Hilfe ihrer Spitzel, oder auf irgendwelchen anderen Wegen den Betreffenden schnappen. Haben sie dabei Glück, können sie Extraspesen berechnen. Wenn ihnen der Kerl jedoch entwischt, dann – aber nicht vorher – schicken sie das Ersuchen überall herum.« »Ich finde das ziemlich fies«, hatte ich damals geantwortet. »Fies oder nicht fies, so ist es nun mal. Dadurch entsteht ein gesunder Konkurrenzkampf. Übrigens zwischen uns und der Provinz ist es genauso. Kommissar Petit ist der Chef des Dezernats, dem die ganzen Ersuchen zugeleitet werden. Wenn es gilt, einen Typ in Paris ausfindig zu machen, wäre er doch schön blöd, den Tip an irgendeine andere Abteilung weiterzugeben, indem er den Haftbefehl unter die Leute bringt? Und dann hat dieses Verfahren auch noch einen anderen gewaltigen Vorteil.«

»So?«

»Na klar. Wenn man sich einen Typ holt, der auf der Fahndungsliste steht, dann muß man ihn ja nicht unbedingt einsperren; ganz und gar nicht. Natürlich kommt es dabei auch noch darauf an, was er ausgefressen hat. Aber man kann ein Geschäft mit ihm machen. Man sagt ihm:

›Wir sind nett zu Dir, und Du bist nett zu uns – und gibst uns gelegentlich ein paar Tips.‹ Dann läßt man den Haftbefehl verschwinden und bringt ihn erst dann wieder zum Vorschein, wenn der Typ sich nicht ordentlich verhält. Auf diese Weise züchtet sich jede Polizeiabteilung ihre Spitzel heran. Wenn man alle Leute in den Knast schicken würde, die rein gehören, wäre bald keine einzige

Zelle mehr frei, das mußt Du doch einsehen!«

Und ob ichs nun einseh oder nicht, deshalb ist sich eben in der Polizei jeder selbst der Nächste.

Aber davon abgesehen, irgendwie muß ich mich jetzt entscheiden. Wenn ich Giraldi verhafte, wird sein Freund Girier mit Sicherheit mißtrauisch und verschwindet. Wenn ich sie alle beide verhafte, könnte möglicherweise der Draht zu Buisson abreißen. Und wenn die Kripo sich die beiden schnappt, ist der Dicke übel dran.

Höflich frage ich ihn:

»Chef, hat Ihr Protegé Ihnen wenigstens was gebracht?«

»Überhaupt nicht«, flüstert der Dicke. »Ein Freund aus der Résistance hat ihn mir vorgestellt. Giraldi schwor mir, er würde uns Girier ausliefern, den er seit langem kennt. Erst gestern hat er mich wegen irgendwelcher Bagatellen angerufen. Er hat sich aber wohl gehütet, mir von seinem Rendezvous im Terminus und seinen Geschäften mit Mathieu und Girier zu erzählen.«

»Vielleicht wartete er nur auf einen günstigen Augenblick, um Ihnen den Tip zu geben.«

»Wollen Sie sich über mich lustig machen, Borniche? Aber das ist ja auch ganz egal, jedenfalls kann ich ihn nicht mehr mit meiner Genehmigung in der Tasche herumlaufen lassen. Ich werde ihn herbestellen und ihn für zwanzig Jahre in den Knast schicken. Das wird ihn lehren, mich für dumm verkaufen zu wollen. Übrigens bleibt mir auch gar nichts anderes übrig.«

Er wischt sich den Schweiß von der Stirn, aber ich bin inzwischen genauso fertig wie er. Soviel Mühe umsonst, und das alles wegen der Superschlauheit des Dicken. Mit gerunzelter Stirn schlägt er gerade die Akte Giraldi auf und zerreißt wütend die Durchschläge seiner Aufenthaltsgenehmigung. Er drückt mir die Papierfetzen in die Hand: »Werfen Sie das ins Klo«, befiehlt er mir.

Ich gehorche. Nachdem ich zur Vorsicht auch die Wasserspülung betätigt habe, gehe ich wieder in sein Büro zurück. Er spricht gerade am Telefon:

»Das ist er«, flüstert er mir zu.

Ich höre, wie er sich friedlich mit Giraldi unterhält, in so freundschaftlichem Ton, als sei er ein guter alter Bekannter. Wenn es darum geht, jemandem Sand in die Augen zu streuen, ist der Dicke wirklich unübertrefflich. Doch kaum hat er den Hörer aufgehängt, übermannt ihn erneut die Wut.

»In einer Stunde will er da sein. Dem werden wir einen Empfang bereiten! Machen Sie ein entsprechendes Protokoll fertig und schreiben Sie mir den Haftschein aus und dann werden Sie schon sehen, wie ich den Kerl hochnehme.«

Ich gehe inzwischen in mein Büro hinüber, wo Poiret bereits darauf wartet, beglückwünscht zu werden.

»Na, ist er zufrieden, der Menschenschinder?« fragt er mich.

»Sehr sogar. Ich habe ihm erklärt, wie Du die drei beschattet hast, und er ist völlig hingerissen. Ich mußte ihm zweimal berichten, wie Du das angestellt hast, und er hat mir sogar verraten, daß er in Zukunft Deine Methode anwenden wird.«

Poirets Züge verklären sich vor Verzückung. Er lehnt sich an die Wand und wirft einen Blick auf Hidoine, der über seinen Kreuzworträtseln sitzt. Ich füge hinzu:

»Er meint nur, in Zukunft müßtest Du doch so gescheit sein, und, wenn Du die Akten eines Gangsters heraussuchst, Dich gleich zu vergewissern, ob er nicht ein Aufenthaltsverbot hat: das ist nämlich bei Giraldi der Fall.«

Ich deute auf den grünen Aktendeckel und Poirets Lächeln gefriert langsam; er merkt endlich, daß ich mich über ihn lustig mache.

Ich suche mir Giraldis Individualakte heraus, spanne in die Schreibmaschine ein Protokoll in doppelter Ausfertigung, in dem Geraldi von dem gegen ihn ergangenen Urteil in Kenntnis gesetzt werden soll und fange an zu schreiben. Mit entsetztem Blick fragt Poiret, der mir über die Schulter schaut:

»Wollt ihr Giraldi einbuchten?«

»Ja.«

»Verdammter Mist!«

Da habe ich plötzlich eine Idee. Ich höre Poiret überhaupt nicht mehr zu, sondern sehe mir die offizielle Bekanntgabe des rechtskräftigen Urteils, die aus Marseille stammt, aufmerksam an und drehe das Blatt zwischen meinen Fingern hin und her.

Ich greife zum Telefon.

»Roblin?«

»Ja.«

»Borniche. Seien Sie doch so lieb und geben Sie mir einen Tip. Wenn Sie ein rechtskräftiges Urteil bekommen, geben Sie dann die Nachricht sofort weiter oder bekommt es erst das Dezernat Petit, bevor Sie alles Weitere veranlassen?«

»Das hängt davon ab. Warum?«

»Weil ich gerade eine Akte vor mir liegen habe, und da ist auf dem Bekanntmachungsschreiben weder der Stempel der Abteilung, die es weitergegeben hat, noch ein Datum oder eine Kennziffer.«

»Wie heißt der Kerl?«

»Giraldi, Marc Giraldi.«

»Eine Sekunde.«

Poiret stellt sich neben mich und versucht, sein Ohr an den Hörer zu halten. Ich geb ihm einen Schubs mit dem Ellbogen. Roblin fährt fort:

»Nein, nach der Karteikarte ist das Urteil noch nicht weitergegangen. Wahrscheinlich ist die Bekanntgabe gerade gekommen, als Poiret sich die Akten holte, denn ich sehe eben, daß er sie mitgenommen hat.«

»Ja, ich weiß, danke schön.«

Ich hänge wieder auf. Im nächsten Augenblick stehe ich bereits im Büro des Dicken und erkläre ihm, daß die Kripo von Giraldis betrüblicher Vergangenheit nichts weiß.

»Sehen Sie, Chef, jetzt brauchen wir uns gar keine Sorgen mehr zu machen.«

Schon hat der Dicke seine ganze Sicherheit zurückgewonnen.

»Schön«, sagt er, »dann werden wir wohl besser diesem Schweinehund seine Verurteilung noch nicht offiziell bekanntgeben.«

Der Dicke ist zufrieden. Er sagt zwar nichts weiter, aber an der Art, mit der er mir die Hand schüttelt, erkenne ich, daß Giraldi wohl noch lange frei herumlaufen wird.

Wir sind beide noch einmal davongekommen, wenn auch aus verschiedenen Gründen.

Die Jagd nach Girier geht weiter.

32

Die Auberge des Oiseaux ist ein sehr ruhiger und sehr diskreter Gasthof am Ufer der Marne. Der Speisesaal ist geräumig und hinten befindet sich noch ein Podium für das sonntägliche Tanzvergnügen. Das Essen ist gut und die Zimmer sind gemütlich.

Der Besitzer ist ein netter Mann. Er stürzt sofort auf mich zu, als ich in Begleitung von Marlyse die Auberge betrete. Ich fülle den polizeilichen Meldezettel sorgfältig aus; allerdings auf den Namen eines Journalisten, der für die Illustrierte »Bilder der Welt« arbeitet; die Adresse hab ich mir einfach aus den Fingern gesogen. Marlyse hat überhaupt nichts ausgefüllt und der Wirt hat ihr verständnisinnig zugezwinkert.

Ein reizendes Zimmermädchen, das mit Vornamen Monique heißt, bemächtigt sich unserer Koffer und führt uns auf unser

Zimmer; Nummer 13 im ersten Stock. Marlyse öffnet die Fensterläden. Der Blick auf die Marne ist hinreißend, trotzdem ist Marlyse noch nicht ganz zufrieden.

»Sag mal, Liebling, gibt es auch keine Mücken hier?«

»Ich hab keine Ahnung, und es ist mir auch egal. Das einzige was mich interessiert, ist, welches Zimmer Girier hat und ob er da ist, denn ich hab ihn noch nicht gesehen, seit wir angekommen sind.«

Währenddessen hat sich Marlyse auf den Bettrand gesetzt und notiert sorgfältig in ihr privates Notizbuch:

»12. Juli 1949. Es ist heiß. Von Spazierstock-René keine Spur.«

Ihr leicht zerwühltes Haar, ihre rausfordernden Brüste und ihre leicht geöffneten schmalen Schenkel, ziehen mich unwiderstehlich an. Mit einem Blick hat Marlyse begriffen. Sie legt ihr Notizbuch beiseite und läßt sich auf das Bett zurücksinken. Während ich die Lippen auf die ihren presse, spüre ich, wie sie leicht erschauert; ich hake ihren Büstenhalter auf. Die Landluft scheint mir gut zu bekommen.

Plötzlich ruft mich das Zuschlagen einer Wagentür in die Wirklichkeit zurück. Ich stürze ans Fenster und komme gerade noch rechtzeitig, um Girier zu erblicken, der, eine Aktentasche in der rechten Hand, gerade aus einem Citroën steigt, der neben dem Gasthof, unter der Außentreppe geparkt ist. Ich merke mir die Autonummer: 8982 RQ 1. Aber dann laufe ich zur Tür und lausche. Girier kommt die Treppe hinauf; auf dem Absatz bleibt er stehen. Und ich höre, wie sich ein Schlüssel im Schloß dreht, eine Tür geschlossen wird. Barfuß schleiche ich mich auf den Flur. Ich glaube, daß Girier in die Nummer 3 hineingegangen ist, aber ganz sicher bin ich nicht. Ich gehe wieder in mein Zimmer zurück. Marlyse hat den Büstenhalter wieder zugemacht. Auf dem Tisch hat sie ein Dutzend Hefte der Illustrierten ausgebreitet, für die ich angeblich arbeite. Auf diese Weise weiß auch gleich das Zimmermädchen über meinen Beruf Bescheid, und der Besitzer wird mich für einen waschechten Journalisten halten.

18 Uhr 30: Um diese Zeit sollte ich vereinbarungsgemäß den Dicken anrufen. Da die Telefonkabine ziemlich nahe an der Theke ist, entschließe ich mich, in die Stadt zu gehen.

»Komm«, sage ich zu Marlyse, »wir machen einen kleinen Spaziergang.«

Der Dicke ist gerade beim Direktor, als ich im Büro anrufe; Hidoine ist am Apparat. Er ist ungeduldig und gibt seinem Mißmut deutlichen Ausdruck.

»Scheiße, Du hättest ja auch etwas früher anrufen können! Gerade, wo ich um sieben ein Rendezvous habe. Du kannst einem aber wirklich das Leben komplizieren.«

Ich stelle mir vor, wie er bereits im Reitdress, die Gerte unter dem Arm, dasteht, um nach Saint-Augustin zu eilen, wo er sich mit Vorliebe verabredet. Ich gebe ihm Giriers Autonummer durch:

»Such mir sofort heraus, wem der Wagen gehört. Es ist sehr wichtig.«

Hidoine würdigt mich keiner Antwort. Doch ich höre an dem kurzen Knacken im Hörer, daß er auf eine andere Leitung umgestiegen ist. Nach knapp drei Minuten meldet er sich wieder am Apparat:

»Der Wagen wurde am 8. Juli einem gewissen André Graziani, einem Industriellen, gestohlen. Hilft Dir das?«

»Ja«, erwidere ich, »und ruft mich vor allem nicht hier im Gasthof an, das ist zu gefährlich. Wie geht's Poiret?«

»Dem geht's hervorragend. Also, Ciao.«

Hidoine, dieser gemeine Hund, hat schon aufgehängt. Ich gehe zu Marlyse zurück, die an der Theke steht und Arm in Arm spazieren wir in unsere Auberge des Oiseaux zurück. Monique winkt uns freundschaftlich zu, als wir an ihr vorübergehen, was meine Freundin leicht verstimmt.

Als wir das Restaurant betreten, erklingt vom Grammophon eine Walzer-Melodie. Wir setzen uns an den Tisch, der für uns reserviert ist, am halb geöffneten Fenster. Ich muß schon sagen, man lebt nicht schlecht in der Auberge des Oiseaux.

Monique hat uns gerade die Käseplatte hingestellt, als ich zusammenzucke: Wer taucht da plötzlich auf dem Quai, am Arm einer hübschen Frau, lustwandelnd auf, der Dicke. Er tut so, als sähe er mich nicht, und läuft weiter. Doch nach ein paar Schritten dreht er sich um und winkt mir heimlich zu. Es ist wirklich nicht der geeignetste Augenblick, um jetzt vom Tisch aufzustehen, vor allem, nachdem gerade Girier im Speisesaal erschienen ist und sich – die unvermeidliche Aktentasche in der Hand – an den Nebentisch setzt.

Seelenruhig entfaltet er den France-Soir und beginnt darin zu lesen, während er darauf wartet, daß man ihm die Speisekarte bringt. Ich warte noch ein paar Minuten, dann steh ich auf und Marlyse ebenfalls. Giriers Blick verfolgt uns, während wir eng umschlungen auf den Quai hinausgehen. Endlich sind wir außer Sicht. In diesem Augenblick steht der Dicke auf, der sich neben seiner jungen Begleiterin im Gras ausgestreckt hatte:

»Es gibt Neuigkeiten«, sagt er und schüttelt mir die Hand, »und was gibts bei Ihnen?«

»Girier ist da, aber er ist allein. Ich glaube, daß er Zimmer Nr. 3 hat, nicht weit von meinem.«

»Gut«, meint der Dicke, »wir hören das Telefon des Gasthofs ab. Hidoine und Poiret werden sich darum kümmern.«

»Okay. Und was ist mit dem Favart?«

»Ja«, sagt der Dicke, »deshalb komm ich ja gerade zu Ihnen. Wir haben eine interessante Unterhaltung mit angehört. Mathieu war der Anrufer. Er hat einen tollen Coup vor, zum Ausgleich für den Plan mit dem Crédit Lyonnais, der wohl zu riskant ist: sie sollen zwei Angestellte der französischen Patronenfabrik in der Rue Bertin-Poirée überfallen. Voraussichtliche Beute: 50 Millionen. Der Überfall soll am 19. Juli stattfinden. Nach dem, was Mathieu sagt, macht Girier dabei mit. Buisson ist etwas zurückhaltend seit Polledris Leiche gefunden wurde und er will sich noch endgültig entscheiden. Den Tip dazu haben sie von Giraldis Schwager bekommen, der in der Fabrik arbeitet. Mathieu soll am Steuer des Wagens sitzen, Girier übernimmt es, die nötigen Komplizen zu besorgen.«

Ich bin ziemlich erschüttert. Es ist klar, daß man dieses Hold-up auf jeden Fall verhindern muß; das bedeutet aber, daß ich Girier verhaften muß, bevor er mich zu Buisson führt. Und so hab ich mal wieder eine Fährte verfolgt, die zu guter Letzt nirgendwo hinführt. Ich versuche, Zeit zu gewinnen.

»Hören Sie, Chef«, sage ich, »der Überfall soll ja erst in ein paar Tagen stattfinden, warum müssen wir da Girier sofort schnappen?

Das ist nicht nötig. Stellen Sie sich vor, daß er vielleicht mit Buisson schon in ein paar Stunden oder in den nächsten Tagen verabredet ist: Und nur weil wir so übereifrig waren, würde uns Emile durch die Lappen gehen. Was halten Sie davon?«

Mein Argument bringt den Entschluß des Dicken ins Wanken. Im Grunde genommen hätte er natürlich genau wie ich Buisson gern hinter Schloß und Riegel gebracht.

»Na schön«, seufzt er, »vielleicht mach ich da einen Fehler, aber ich gebe Ihnen noch ein paar Tage. Aber nehmen Sie sich in acht! Wenn die Sache diesmal schiefgeht, haben Sie allein die Verantwortung zu tragen. Einverstanden?«

»Einverstanden, Chef.«

Der Dicke geht zufrieden davon. Wenn jetzt was daneben geht, weiß er, wem er's in die Schuhe schieben kann. Der Sündenbock bin dann ich.

Ich gehe in die Auberge des Oiseaux zurück und setze mich auf die Terrasse, um noch eine Zigarette zu rauchen. Girier setzt sich neben mich. Ich lächle ihm zu und halte ihm mein Päckchen hin:

»Nein, danke, ich rauche nur französische.«

Wie man so schön sagt, ist das Eis gebrochen. Je länger ich ihn mir ansehe, desto sympathischer finde ich ihn. Es ist wirklich unglaublich, daß ein so höflicher junger Mann ein Gangster ist. Die Zeitung, die Marlyse hielt, fällt zu Boden. Girier bückt sich zuvorkommend, hebt sie auf und gibt sie meiner Freundin wieder zurück.

»Gefällt es Ihnen hier?«, fragt er.

»Ach, wissen Sie«, erwidere ich, »wir sind ja erst heute angekommen. Bei dieser gräßlichen Hitze in Paris ist es wirklich angenehm, ein paar Tage in der freien Natur zu verbringen.«

Monique geht gerade vorbei. Sie trägt einen bemerkenswert kurzen, engen Rock, und ich bemerke, wie Girier ihr begehrlich nachschaut.

»Ein hübsches Mädchen, nicht?«

»Ja«, meint Girier, »bei der würde ich nicht nein sagen.«

Er zieht an seiner Zigarette, klopft die Asche ab und fragt mich dann, betont beiläufig:

»Und Sie sind also Journalist?«

Der interne Nachrichtendienst hat bereits funktioniert. Vor vier Stunden hatte ich den Meldezettel ausgefüllt, und schon weiß er Bescheid.

»Ja. Ein Beruf, der oft äußerst interessant ist, aber durch den man nie zum Millionär wird. Man arbeitet wie die Amerikaner, man wird herumkommandiert wie die Deutschen und man wird bezahlt wie die Franzosen. Sie verstehen, was ich meine?«

Er lacht. Und dann unterhalten wir uns noch recht anregend eine gute Stunde lang; er erzählt mir, daß er Geschäftsmann und daher des öfteren gezwungen ist, ein paar Tage wegzufahren. Ich frage ihn noch nach einer Weile:

»Wie haben Sie denn erfahren, daß ich Journalist bin? Ich kenne hier niemanden, oder sind Sie vielleicht schon mal in unsere Büros gekommen?«

Er lacht erneut und öffnet dabei den Mund; diesmal bemerke ich, daß ihm auf der rechten Seite zwei Zähne fehlen.

»Ganz einfach«, erwidert er nicht im geringsten verlegen, »ich trage in meiner Aktentasche oft erhebliche Summen bei mir. Und deshalb bitte ich den Wirt um ein paar kleine Auskünfte über seine Gäste. Eine einfache Vorsichtsmaßnahme, Sie verstehen.«

Und wie ich ihn verstehe! Ich zahle die Getränke und wir gehen hinauf in unsere Zimmer. Ich werd mich in Zukunft ziemlich in acht nehmen müssen, bei so einer gerissenen Type wie Girier. Denn vor allem darf ich ihn nicht aus den Augen verlieren.

Am nächsten Morgen ruf ich den Dicken aus dem Café von Madame Pottier an und mit erregter Stimme berichtet er mir:

»Der Überfall soll wirklich am 19. stattfinden. Es ist wohl bereits alles geplant. Am 18. um 4 Uhr nachmittags wollen sie sozusagen eine Generalprobe veranstalten und ich kenne jetzt auch alle anderen Komplizen. Mathieu Robillard war wirklich zu geschwätzig am Telefon. Er wird den Wagen steuern, Girier und ein gewisser Marius Poulenard, ebenfalls ein Profi, werden die Angestellten überfallen. Buisson hat sich geweigert, bei der Sache mitzumachen. Statt seiner haben sie jetzt die Brüder Louis und André Biraut engagiert, die Spezialisten auf einem ganz besonderen Gebiet sind. Sie verkleiden sich als Gendarme, halten auf der Straße Geldtransporte an unter dem Vorwand, sie müßten irgendwas überprüfen und reißen sich dann die Geldsäcke unter den Nagel. Das sind üble Typen, gegen die bereits mehrere Haftbefehle vorliegen. Eine wirklich feine Bande. Die werden wir uns alle schnappen.«

»Aber Chef«, wehklage ich, »das bringt doch all meine Pläne durcheinander.«

»Borniche«, unterbricht mich der Dicke, »ich kann es einfach nicht zulassen, daß Girier mit seiner Bande einen Überfall auf offener Straße begeht, nur damit Sie Ihrem Buisson vielleicht die Handschellen anlegen können. Wenn es eine Schießerei gibt, werde ich dafür verantwortlich gemacht, vor allem, wenn dabei Passanten verletzt oder gar getötet werden.«

»Und was wollen Sie jetzt machen«, sage ich völlig am Boden zerstört.

»Ich werde diese ganze reizende Equipe aus dem Verkehr ziehen. Sie sind für heute im Favart verabredet. Wir werden sie uns einen nach dem anderen holen. Ich erwarte Sie um zwei Uhr im Büro. Seien Sie wenigstens diesmal pünktlich.«

»Und Girier?«

»Nach dem, was ich erfahren habe, kommt er heute nicht zu dem Treffen. So ist das nun mal mit den Stars, sie erscheinen erst im letzten Augenblick. Lassen Sie ihn also ruhig in seiner Höhle. Sie haben noch eine kleine Chance, daß er sich bis dahin mit Buisson in Verbindung setzt.«

Pünktlich um zwei bin ich in der Rue des Saussaies. Marlyse ist in

Bry-sur-Marne geblieben, um sich neben Girier, dessen muskulöser Oberkörper wirklich ein Ereignis ist, im Sand zu sonnen. Der Dicke hat bereits alles vorbereitet. Er hat den Direktor darum gebeten, daß man uns Verstärkung schickt und man hat uns Kommissar Boury und die Inspektoren Bouteiller und Gard zugeteilt, damit sie uns bei unserer Aktion unterstützen.

Zwei Polizeiwagen setzen sich Richtung Rue Marivaux in Bewegung. Um vier Uhr gehe ich sozusagen als Vorhut kurz an der Bar vorbei und stelle fest, daß sich die ganze Pariser Unterwelt hier versammelt hat.

Um fünf verläßt Marius Poulenard, ein großer, schlanker Mann, als erster am Arm seiner Geliebten das Café, schlendert den Boulevard entlang und bleibt vor einem Kino stehen. Wir können ihn leicht überwältigen und, mit Handschellen versehen, in eins unserer Autos verfrachten. Dann kommen die Brüder Biraut an die Reihe, und schließlich der berühmte Marc Giraldi, den ich endlich kennenlerne. Augenblicklich verwahrt er sich dagegen, ein Gangster zu sein, protestiert und zeigt mir die Aufenthaltsgenehmigung des Dicken, die er sorgfältig gefaltet in seiner Brieftasche aufbewahrt. Ich stecke sie hocherfreut in meine Tasche und berichte dem Dicken, daß der Auftrag ausgeführt ist.

Jetzt fehlt uns nur noch einer: Mathieu Robillard. Die Inspektoren aus der anderen Abteilung haben ihn offenbar nicht erkannt, so daß er entwischen konnte.

Als ich am Abend nach Bry-sur-Marne zurückkomme, und ich es meinen Kollegen überlasse, die Verhafteten zu verhören und bei ihnen die nötigen Hausdurchsuchungen vorzunehmen, ist Girier ausgesprochen aufgeräumt. Er hat zusammen mit Marlyse und Monique, der er schamlos den Hof gemacht hat, einen herrlichen Tag verlebt.

Am Abend sitzt er mit an unserem Tisch und lädt uns zu einer Flasche Champagner ein:

»Ich bin gerade dabei einen phantastischen Coup an der Börse zu landen«, teilt er mir vertraulich mit, »wenn alles gut geht, werde ich übermorgen mein Kapital verdoppelt oder gar verdreifacht haben.«

Ich verschlucke mich fast an meinem Champagner und überlege mir noch, ob ich nicht den Dicken bitten soll, doch noch heute abend hier aufzutauchen, denn Girier wird, wenn er von der Verhaftung seiner Komplizen erfährt, hier sofort verschwinden.

Aber ich kann aus dem Hotel nicht telefonieren, und um diese Zeit ist das Café an der Ecke schon zu.

Als ich am nächsten Morgen den Frühstückssaal betrete, eröffnet mir der Besitzer, daß dringende Geschäfte unseren Freund gezwungen haben, sofort abzureisen, und daß er vor etwa zwei Wochen nicht zurück sein wird.

Der Citroën ist verschwunden. Drei Stunden später erfahre ich durch einen Bericht der Verkehrspolizei, daß er verlassen im 20. Arrondissement aufgefunden wurde.

Girier ist wie vom Erdboden verschluckt. Mein einziger Trost ist, daß der Dicke seine kompromittierende Aufenthaltsgenehmigung wieder hat, die er Giraldi ausgestellt hatte. Aber die Spur, die mich zu Buisson führen sollte, ist wieder einmal verschüttet.

33

Der verhinderte Überfall auf die französische Patronenfabrik ging durch die gesamte Presse. Und die Zeitungen berichteten darüber in dicken Schlagzeilen. Der Untersuchungsrichter Daniault hat eine offizielle Stellungnahme abgegeben.

Kommissar Clot wütet gegen seine Mitarbeiter, die sich, mitten in Paris, in ihrem Jagdrevier, von ihren Kollegen der Sûreté den Rang ablaufen ließen. Er bittet seinen Stellvertreter Morin zu sich. Er sieht ihn lange und streng an, um seinen Unwillen unmißverständlich zu bekunden; schließlich sagt er:

»Morin, die Sûreté soll mich nicht länger zum Narren halten. Girier befindet sich in Paris. Wir müssen ihn unbedingt ausfindig machen. Und Girier, das heißt gleichzeitig Buisson. Wieviel Leute haben Sie im Augenblick zur Verfügung?«

Es ist noch Ferienzeit und Oberinspektor Morin braucht nicht lange, um sie zusammenzuzählen:

»18, Herr Direktor!«

»Das sind noch dreimal soviel wie wir wirklich brauchen«, erklärt Clot. »Jeder Ihrer Leute kennt mindestens fünf Spitzel, und zwar aus den verschiedensten ›Geschäftszweigen‹. Ich bin daher der Ansicht, daß Girier noch vor Ende der Gerichtsferien hinter Schloß und Riegel sitzen kann. Und Buisson ebenfalls. So, und jetzt will ich Ergebnisse sehen.«

Morin verläßt das Büro seines Chefs in höchster Panik. Er überlegt sich, daß die hohen Tiere ein ganz anderes Bild von der Polizei haben, als die, die sich unten abstrampeln müssen. Dann ruft er schleunigst seinerseits Inspektor Bouygues zu sich:

»Sag mal«, fragt er, »wieviel Leute hast Du im Moment zur Verfügung?«

Bouygues, ein kleiner Dicker, der jahraus jahrein eine Baskenmütze trägt, sieht ihn an und geht auch prompt in die Falle:

»Sechs.«

Morin rechnet kurz nach und fährt dann fort:

»Das trifft sich gut. Denn jeder Deiner Leute beschäftigt doch mindestens fünfzehn Spitzel, die ihnen gelegentliche Tips zugehen lassen, da muß es doch für Dich ein leichtes sein, mir Girier und Buisson noch vor Ende der Gerichtsferien herzubringen.«

Bouygues macht große Kulleraugen:

»Was sagst Du da, fünfzehn Spitzel? Wenn Du glaubst, daß es so einfach ist, sich welche anzulachen, vor allem, wo wir ihnen doch keinen roten Heller geben können . . .«

»Das ist mir völlig egal. Ich will Ergebnisse sehen.«

Und Inspektor Bouygues macht sich auf die Socken.

Ich bin auch verzweifelt auf der Suche nach Girier. Eines Abends erfahre ich, und zwar aufgrund eines abgehörten Telefongesprächs aus dem Favart, daß er um 17 Uhr mit Mathieu Robillard in der Bar des Hotels Terrasse, Rue Caulaincourt, verabredet ist.

Ich reibe mir die Hände. Der Dicke reibt sich die Hände. Wir sind entschlossen, uns Girier zu schnappen, selbst wenn wir dabei auf Buisson verzichten müssen. Und wer weiß, vielleicht verrät Girier uns am Ende noch, wo der Mörder sich versteckt hält.

Crocbois parkt den Wagen in der Nähe und der Dicke und ich steigen aus und nähern uns zu Fuß mit äußerster Vorsicht dem Hotel Terrasse. Es ist erst 20 nach fünf und wir wollen uns zunächst erst einmal die Örtlichkeiten besehen. Wir sind vielleicht noch fünfzig Meter entfernt, als wir Girier und Robillard erblicken, die hastig aus dem Hotel kommen und erregt miteinander diskutierend ins Auto steigen.

Der Wagen fährt los und wir versuchen, dämlich wie wir sind, ihm nachzulaufen. Natürlich bleibt der Dicke bereits nach fünfzig Metern stehen, schnaufend und nach Atem ringend. Ich laufe noch zwanzig Meter weiter, in der Hoffnung, daß der Wagen vielleicht an der Ecke der Rue Lepic das Tempo verlangsamt, doch dann bleibe ich keuchend ebenfalls stehen. Das Blut hämmert in meinen Schläfen. Ich drehe mich um. Ich sehe den Dicken an, der mich inzwischen eingeholt hat. Er sieht mich an. Wir sind so weiß wie ein Laken. Doch das ist noch nicht das Ende unserer Demütigung.

Am nächsten Morgen stehen wir noch viel lächerlicher da. Ich erfahre aus dem Parisien libéré, daß Inspektor Morin von der Kripo

René Girier und Mathieu Robillard in einer Wohnung in Montfermeil verhaftet haben.

Es ist wirklich blöd! Die beiden hatten ihr Treffen im Hotel Terrasse vorverlegt, aber dieses Gespräch wurde wohl nicht aus dem Favart geführt, so daß wir es nicht mitbekamen, und jetzt stehen wir aus zweierlei Gründen wie die Hampelmänner da. Erstens, weil die Kripo uns Girier außerhalb ihres Sektors in unserem Jagdgebiet weggeschnappt hat. Zweitens, die wußten genauso viel wie wir und haben Erfolg gehabt, während wir jämmerlich versagt haben.

Als ich ins Büro komme, ist der Dicke völlig außer sich.

»Diesmal haben wir uns ja schön blamiert«, grollt er. »Morin hat Girier verhaftet, noch dazu auf unserem Gebiet. Das haben Sie wirklich gut gemacht, Borniche. Ach, hätt ich doch nur in Bry-sur-Marne nicht auf Sie gehört. Aber ich bin eben immer zu gutmütig, ich laß Ihnen zu viel Freiheit. Ihre Schuld ist es, wenn sich jetzt der letzte Schupo über mich lustig macht.«

Er schweigt einen Augenblick, zieht seine Krawatte zurecht und fährt dann immer noch wütend fort:

»Wie haben die das nur geschafft? Haben Sie eine Ahnung?«

Ich schüttle den Kopf.

»Nein«, erwidere ich. »Vielleicht haben sie Giriers Frau beschattet.«

Der Dicke läßt sich wieder in seinen Sessel fallen und öffnet, ohne noch weiter auf mich zu achten, ein Schubfach seines Schreibtischs.

»Na, das ist ja auch egal«, erklärt er. »Wenn die Kripo weiß, daß ich mich auch für Girier interessiert habe, wird man mich für den größten Esel aller Zeiten halten. Danke, Borniche. Ich werde mich dran erinnern.«

Ich begreife, daß die Audienz beendet ist und verschwinde wie ein begossener Pudel.

Ich tappe jetzt völlig im dunkeln. Alles was ich weiß, ist, daß ich mit Girier und Buisson sozusagen zwei Fliegen mit einer Klappe schlagen wollte. Das Dumme ist nur, daß ich daneben gehauen habe.

Als ich mich zwei Tage später zu Kommissar Clot ins Büro begebe, um Girier in Empfang zu nehmen und zu uns zu überführen, sind sie immer noch dabei, ihn durch die Mangel zu drehen. Er sitzt in einem mit rotem Samt bezogenen Sessel, an die Armlehnen gefesselt, offensichtlich erschöpft, und läßt sämtliche Fragen, die Polizeiinspektor Lemoine, der hinter seiner Schreibmaschine sitzt, auf ihn abschießt, völlig an sich abprallen.

Mein Besuch, wenn er auch durch unsere Ermittlungen in der Patronenfabrik-Sache gerechtfertigt ist, scheint meinen Kollegen von der Kripo ganz und gar nicht zu gefallen. Das ist natürlich auch nur ein Vorwand. Was mich immer noch ausschließlich interessiert, das ist Buisson. Und außerdem wäre es auch unklug, Girier allzulange am Quai des Orfèvres zu lassen. Man kann nie wissen, der Mensch ist schwach und die Versuchung ist groß.

Als ich in das Büro hereinkomme, hatte Girier sich zunächst gleichgültig abgewandt. Dann erkennt er mich jedoch, und die Verblüffung malte sich auf seinen Zügen:

»Diese Schweine! Haben sie Sie auch verhaftet?«

Ich beruhige ihn. Während ich seine Handschellen an Poirets Handgelenk befestige, und ihn bis zu Crocbois' Wagen führe, lacht er amüsiert vor sich hin:

»Also, die Geschichte ist wirklich gut. Als Journalist sind Sie wirklich große Klasse!«

»Das Kompliment kann ich Dir leider nicht zurückgeben«, erwidere ich, »denn als Fabrikant, mein lieber René, bist Du kaum zu empfehlen.«

Aber Girier erweist sich mir gegenüber nicht geschwätziger als gegenüber meinen Kollegen. Er verschanzt sich hinter einem angeblichen totalen Gedächtnisverlust, was seine Beziehungen mit Buisson angeht.

Als ich ihn wieder verlasse, sagt er zu mir:

»Was ich nicht begreife, ist, wie Sie mein Versteck ausfindig machen konnten. Ich könnte schwören, daß mich irgendso ein Schwein verpfiffen hat.«

Diesem Schwein hat es die Kripo zu verdanken, daß sie sich Girier schnappen konnte. Und meine Aufgabe ist es nun, ein anderes Schwein zu finden, das mich zu Buisson führt. Aber wer? Monsieur Emile arbeitet nur mit zuverlässigen Leuten. Und wenn er auch nur den geringsten Zweifel hat, dann legt er sie um . . .

Fünfte Runde

34 Die modernen Psychologen würden Simon Loubier zu den Individuen zählen, die mit einem leicht über dem Durchschnitt liegenden Intelligenzquotienten begabt sind. Er ist zwar ein Schwein, aber er hat Verstand und benutzt ihn.

Er ist mittelgroß, muskulös, hat ein aufgedunsenes Gesicht, krauses Haar, vermag blitzschnell zu reagieren und ist im übrigen nicht gerade der Mann, der unter übermäßigen Skrupeln leidet. Er kann es nicht ertragen, wenn ihm irgendwas gegen den Strich geht. Sein Nervenkostüm ist offenbar nicht das allerbeste. Denn sobald die Dinge einen irgendwie unangenehmen Verlauf nehmen, wird Simon jähzornig, erblaßt und vermag nur durch Gewalttätigkeit sein inneres Gleichgewicht wiederzufinden: Er hat seine Stelle als Buchhalter verloren, obwohl man ihm dort eine sorglose Zukunft prophezeite, weil er den Abteilungsleiter mit Fausthieben bearbeitet hatte; die Polizei fahndete bereits nach ihm, weil er einen Geschäftsmann ermordete, den er berauben wollte und der sich dabei etwas widerspenstig benahm; er wurde damals wieder freigelassen, weil man ihm nichts beweisen konnte; und in der Unterwelt war er bekannt und gefürchtet, weil er einmal einen seiner Komplizen, den er für »undicht« hielt, bös zusammenschlug.

Simon ist stets auf der Suche nach einem einträglichen Geschäft. Als er eines Tages in einem Café an der Rue de Vaugirard Hughes Grosjean trifft, diesen kleinen Zuhälter, den er bereits von früher kennt, ist er gerade besonders mürrisch und schlechter Laune. Ein paar Tage vorher ist ihm ein Überfall auf zwei Angestellte der französischen Eisenbahn mißglückt, die Lohngelder transportierten, und dieser Mißerfolg ist um so bedauerlicher, als er fast pleite ist.

»Ich hab da vielleicht eine Sache für Dich«, sagt Grosjean, der geduldig dem Gejammer seines Freundes gelauscht hat.

»Wenn's die Kasse einer kleinen Kolonialwarenhändlerin ist, dann kannst du mich mal«, erwidert Loubier immer noch verbittert und betrachtet verächtlich Grosjeans Affengesicht.

»Schon gut, Simon. Da Du an einem wirklich einträglichen Coup offenbar nicht interessiert bist, ich kenne da noch jemanden, der sich die Gelegenheit sicher nicht entgehen läßt. Ich hab den Eindruck, daß Du im Augenblick ziemlich nervös bist. Anstatt anderen hier was vorzujammern, tätest Du besser daran, Dir 'ne ordentliche Hure aufzureißen, damit Du wieder friedlich wirst.«

»Na los, red' schon«, erwidert Loubier, der nun doch interessiert ist.

Grosjean zuckt die Schultern und läßt absichtlich noch einen

Augenblick verstreichen, bevor er in leiserem Ton fortfährt, nachdem er sich vergewissert hat, daß der Wirt am anderen Ende der Theke in eine Unterhaltung verwickelt ist.

»In Saint-Maur hab ich einen Nachbarn, Georges Dezalleux, ein Schreiner, der mich auf ein tolles Ding gebracht hat. Der Schreiner ist ein braver Typ, ein anständiger Kerl, das was er mir gesagt hat, hat er mir in der Kneipe beim Aperitif erzählt.«

»Also, spuckst Du's aus?« fragt Loubier gereizt.

Grosjean sieht seinen Freund beleidigt an und fährt dann fort:

»Herrgott, sei doch nicht so ungeduldig, ich muß es Dir von Anfang an erklären. Mein Schreiner hat mir also erzählt, daß er gerade in den Kellerräumen einer im Bau befindlichen Bank arbeitet. Die Bank ist zwar noch nicht fertig, aber die Tresore sind bereits aufgestellt, und jeden Abend bringen sie das ganze Moos dorthin. Muß ein schönes Paket sein. Jeden Morgen kommen dann wieder zwei Typen, sacken das Geld ein und bringen es rüber in die alte Zweigstelle, die noch solange funktioniert, bis die neue fertig ist. Kapiert?«

»Und wann soll die neue fertig sein?«, fragt Loubier.

»In spätestens einer Woche. Deshalb mußt Du Dich schon beeilen, wenn der Coup Dich interessiert.«

Loubier überlegt eine Weile und wägt die Möglichkeiten des Erfolgs ab.

»Kennst Du den Weg, den die Angestellten nehmen?«

»Und ob. Ich habe sie zwei Tage hintereinander beobachtet. Das war nicht weiter schwierig, sie brauchen nur die Straße zu überqueren. Aber was sie in ihrem Koffer transportieren, das wiegt ein paar Millionen.«

Loubiers Gesicht erhellt sich zusehends, er denkt noch einen Augenblick nach, dann hat er sich entschieden:

»Okay«, sagt er. »Gib mir den Namen der Bank, die Adresse, den Weg der Angestellten und die Uhrzeiten an.«

Grosjean lächelt ironisch:

»Eh, nicht so eilig, Kollege! Erst einmal möchte ich wissen, was dabei für mich rausspringt.«

»Na, was schätzt Du denn, was Dein Tip wert ist.«

»Ich?«

»Ja.«

»Ich will Dir mal was sagen, Simon. Ich will, daß für mich wenigstens dasselbe rausspringt wie für die Typen, die das Ding drehen.«

Loubier rechnet rasch nach, dann zuckt er die Schultern und

erklärt mit kühler Stimme:

»Abgemacht. Du hast mein Ehrenwort.«

»Okay«, sagt Grosjean, »es handelt sich um die Banque régionale d'Escompte in Champigny. Das neue Gebäude, wo der Kies auf Eis liegt, befindet sich in der Avenue Jean-Jaurès 87. Die beiden Angestellten gehen dort morgens um 8 Uhr 30 weg. Sie haben nur einen kurzen Weg, höchstens fünfzig Meter, denn die alte Bank ist genau gegenüber, Nummer 88. Das bedeutet, daß Dir nicht viel Zeit bleibt, um Deinen Coup zu landen, höchstens eine Minute.«

»Das braucht nicht Deine Sorge zu sein«, erwidert Loubier, den dieses letzte Detail nicht weiter beunruhigt. »Ich sehe Dich morgen bei Dir zu Haus. Ciao.«

»Ciao.«

Während er die Rue de Vaugirard hinuntergeht, überlegt sich Loubier, daß nur ein einziger Mann diese Sache, die ihnen ein Vermögen einbringen könnte, wirklich perfekt durchführen kann, und dieser Mann ist Monsieur Emile. Seit einiger Zeit steigt das Ansehen des kleinen schwarzhaarigen Mörders in der Pariser Unterwelt unablässig. Jeder weiß, in den entsprechenden Kreisen, wenn auch mehr oder minder vage, daß fast alle bewaffneten Raubüberfälle, die kürzlich in Paris oder in den Vororten stattgefunden haben, sein Werk sind.

Der Lohngeldraub in Boulogne-Billancourt, begangen an Angestellten des städtischen Wagenparks: 1 880 273 Francs. Der Überfall auf den Geldboten der Salavinwerke in Paris: eine runde Million. Der Raub an dem Angestellten der Krankenversicherung in Neuilly-Plaisance: 100 000 Francs. Der Raub an dem Steuerbeamten Gicquel, am Boulevard de Corcelles in Paris: 300 000 Francs in Scheinen plus 250 000 Francs in Stempelmarken. Der Raub an M. Battarel, dem Zahlmeister der Sozialversicherung, auf der Landstraße nach Etampes: 996 000 Francs, die Uhr des Fahrers, seine Ausweispapiere, seine Pistole.

Das alles ist vorbereitet und ausgeführt worden: von Buisson. All diese Erfolge haben Monsieur Emile zum ungekrönten König des Raubüberfalls gemacht und seitdem haben alle kleinen Kriminellen und sogar erfahrene Profis nur einen Wunsch: von Buisson auserwählt und Mitglied in seiner Bande zu werden. Die Schwierigkeit besteht jedoch darin, Monsieur Emile zu treffen. Man erzählt sich, daß er bestimmte Bars besucht, unter anderem das Ribote in der Rue de Liège oder das Favart an der Opéra-Comique, aber wenn er dort auftaucht, so nur selten, kurz und überraschend.

Im Leben ist alles eine Frage der Beziehungen. Sei es, um in der Politik Karriere zu machen, sei es, um die militärische Stufenleiter emporzuklimmen, sei es, um als Industrieller zu reüssieren, zu alledem braucht man seine Beziehungen. Bei den Kriminellen ist es das gleiche. Die Haftanstalten und Gefängnisse sind sozusagen die Hochschulen und Universitäten der Unterwelt. Dort knüpft man Freundschaften, dort schafft man sich Beziehungen. Und im Gefängnis hat Loubier auch Orsetti kennengelernt. Und deshalb denkt er auch sofort an ihn, um mit Buisson Verbindung aufzunehmen. Seit dem Mord an Polledri ist Orsetti nicht mehr im Deux Marches erschienen. Er versteckt sich in der Avenue Rapp, und der einzige Ort, zu dem er sich noch überreden läßt, um gelegentlich ein Glas zu trinken, ist das Restaurant La Rotonde, weil es zwei Ausgänge besitzt und eine große verglaste Außenfront, die es ihm erlaubt, alles zu beobachten, was auf der Straße vor sich geht.

Loubier ist darüber orientiert, und so nimmt er sich gegen sechs ein Taxi, das ihn kurz darauf vor dem Rotonde absetzt. An diesem Tag – Anfang Januar 1950 – ist es ziemlich kalt und die Hitze, die im Inneren des Lokals herrscht, nimmt ihm fast den Atem. Es ist eine ganz besonders stickige Hitze, und die Luft ist geschwängert vom Rauch der Zigaretten und dem schweren, süßlichen Geruch nach Aperitifs und Wein.

Loubier wirft einen Blick auf die Männer, die an der Theke sitzen, doch er kann Orsetti nirgends entdecken. Er geht durch den Saal hindurch, vorbei an den Sekretärinnen und Verkäuferinnen, die hastig einen Sandwich hinunterschlingen, und einer Bande lärmender Stammgäste, die gerade dabei sind, dem Flipperapparat den letzten Rest zu geben. Loubier geht nach hinten in einen kleinen Raum mit runden Tischen, der als eine Art Knutschecke für Liebespaare dient.

Dort entdeckt er Orsetti, der etwas abseits von den Paaren, die sich zwischen zwei Bissen umschlingen, an einem Tisch sitzt und sich erregt mit Henri Bolec unterhält. Der Bretone, ein Kumpel von Francis Caillaud, ist gerade erst entlassen worden.

»Da komme ich ja gerade richtig«, sagt sich Loubier und geht auf die beiden Männer zu, die, als sie ihn sahen, ihr Gespräch unterbrochen haben und warten, daß er sich an ihren Tisch setzt.

»Na, wie gehts?«, fragt Loubier zur Begrüßung.

»Beschissen«, erwidert Orsetti mit verzerrtem Gesicht.

Loubier zündet sich eine zerdrückte Gauloise an, wirft sein Päckchen auf den Tisch, ruft den Kellner, bestellt eine Runde Pernod und beugt sich nach vorn.

»Was ist denn los, Jeannot?«

»Emile«, sagt Orsetti mit leiser und etwas unsicherer Stimme. »Er hat Henri hergeschickt, damit ich wieder mit ihm arbeiten soll.«

»Na, das ist doch nicht so schlecht, oder?«

Orsetti nimmt einen tiefen Zug und setzt dann das Glas wieder ab.

»So, glaubst Du?«, sagt er. »Da will ich Dir mal eins sagen, ich arbeit nicht mehr mit Halbirren. Mir reicht's. Er hat meinen Freund Polledri auf wirklich widerliche Art umgelegt. Emile ist ein Verrückter und deshalb ist das nichts für mich.«

»He, Jeannot«, wirft Bolec ein, »Du mußt ja wohl zugeben, daß der Italiano am laufenden Band Mist gebaut hat. Früher oder später hätte er damit uns alle noch in den Knast gebracht. Also manchmal muß man eben auch hart sein können und an seine eigene Sicherheit denken.«

Orsetti schüttelt den Kopf.

»Mein armer Henri«, sagt er in mitleidsvollem Ton, »Du bist so dämlich, daß man Krämpfe bekommen kann. Keiner von uns, hörst Du, keiner ist vor Emiles Anfällen sicher. Und laß Dir eins gesagt sein, an dem Tag, an dem er sich in die Enge getrieben fühlt, wird er nicht zögern, uns einen nach dem anderen abzuknallen. Ich schwör Dir, Emile ist ein Wahnsinniger, ein Mörder aus Leidenschaft, ein Nekrophiler, der nicht genug bekommen kann.«

»Ein was?«, erkundigt sich Bolec.

»Ein Nekrophiler, du bretonischer Esel! Ein Typ, der Leichen liebt, ein aasfressendes Ungeheuer!«

Loubier bricht in ein schallendes Gelächter aus, das die brünstigen Paare um sie herum zusammenzucken läßt.

»Halt den Mund«, sagt Bolec und schaut sich ängstlich um, »Du störst sie doch beim Knutschen.«

»Nekrophil oder nicht«, erklärt Loubier nüchtern und kühl, während er seine Zigarette auf dem Boden ausdrückt. »Im Augenblick gibt es keinen besseren Typ als ihn für einen gut organisierten Überfall. Und ich hätte ihm nämlich gerade einen vorzuschlagen, der die Mühe lohnt.«

»Schön, dann kannst Du das ja Henri erzählen, denn ich hau jetzt ab«, unterbricht ihn Orsetti und steht auf. Bolec versucht, den Korsen zurückzuhalten.

»Hör Dir doch wenigstens an, um was es sich handelt«, bittet er.

»Nein«, erwidert Orsetti ungerührt, »ich arbeite nicht mit Mördern. Ciao, Freunde.«

Einen kurzen Augenblick lang verfolgen die beiden mit ihren

Blicken die kleine Gestalt des Korsen, der raschen Schrittes auf den Ausgang zugeht. Der Kellner, der sie bedient hat, entfernt sich.

»Also?«, fragt Bolec.

»Hör zu«, erklärt Loubier, »Du mußt mich unbedingt mit Buisson zusammenbringen. Ich hab da einen phantastischen Tip bekommen, es wäre genau seine Kragenweite. Allein kann ich das Ding nicht durchziehen und ich will mich auch nicht mit irgendwelchen kleinen Typen einlassen. Aber Emile, das ist etwas anderes. Hast Du kapiert?« Bolec fährt sich mit der Hand durch sein bereits grau werdendes Haar.

»Ja, natürlich. Nur, an derartigen Offerten mangelt es Emile nicht gerade«, sagt er. »Die Leute wollen jetzt alle mit ihm ins Geschäft kommen, aber weißt Du, er ist ziemlich mißtrauisch und anspruchsvoll, er will keine unreifen Kerlchen.«

Loubier richtet sich abrupt auf:

»Du, so einer bin ich nicht, Henri, und Emile weiß das auch. Ich leg Dir einen Kerl um, ohne dabei in Ohnmacht zu fallen oder gefühlsduselig zu werden.«

»Ich werd ihm von der Sache erzählen, Simon. Vielleicht ist er einverstanden. Im Augenblick sieht es sowieso nicht so glänzend aus. Er hat mit Jacques Vérando und seiner Bande zusammengearbeitet, aber die beiden kommen nicht gut miteinander aus: Jacques will nämlich das Kommando haben. Ich will Dir mal was sagen, aber es bleibt unter uns, ja? Emile will eine eigene Bande gründen, nur mit Profis, den besten die er im ›Milieu‹ auftreiben kann.«

Loubier schluckt und fragt dann besorgt:

»Hat er schon welche gefunden?«

»Na ja, seit ein paar Monaten arbeite ich viel mit ihm zusammen und Joyeux. Le Nus, sein Bruder, der gerade aus dem Knast raus ist, würde natürlich auch gern mitmachen, aber damit ist Emile nicht einverstanden. Er denkt, daß Le Nus noch zu sehr beobachtet wird, und das Risiko will er nicht eingehen. Er hat mich zu Orsetti geschickt, um ihn zurückzuholen, aber Du hast ja seine Reaktion gesehen. Die Korsen haben ein empfindliches Gemüt; Emile hat seinen Kumpel, den Italiano, umgelegt und seitdem spielt Jeannot den Beleidigten. Du müßtest das doch verstehen, denn Du bist auch ein Korse.«

»Weißt Du«, sagt Loubier, »von Folklore halte ich nicht viel. Das einzige, was mich interessiert, ist, Emile zu treffen und diese Sache da mit ihm durchzuziehen. Arrangierst Du das für mich?«

Der Bretone steht auf und überläßt die Rechnung Loubier. »Einverstanden«, sagt er. »Sei morgen mittag in der Ribote. Bis dahin werde ich Emile verständigt haben. Wenn er Dich sehen will, ist er da.«

Bussion, der eine halbe Stunde vorher zum Treffpunkt gekommen ist, hat erst einmal gründlich die Gegend inspiziert. Er sah Loubier bereits von weitem kommen und war höchst beeindruckt von dessen Trick: Erst einmal ging er an der Bar vorbei, ohne stehen zu bleiben, dann lief er bis zur nächsten Straßenecke weiter, wo er sich unvermittelt umdrehte. Von dem Platz aus, wo er stand, konnte Buisson verfolgen, wie der Korse seine rechte Hand in die Manteltasche steckte, und dann den gleichen Weg zum Café zurückging; wenn ihn jemand beschattet hätte, wäre er jetzt praktisch mit seinem überraschten Verfolger zusammengestoßen und hätte ihm vielleicht ein Schnippchen schlagen können.

Buisson schätzte diese Vorsichtsmaßregel. Durchaus zufrieden mit seinem neuen Mitarbeiter, wartete er noch ein paar Minuten und begab sich dann gemächlichen Schritts, sich immer noch aufmerksam umschauend, mit der dem Chef gebührenden Verspätung in das Café.

Vor zwei Gläsern Champagner sitzend, werden sich die beiden Männer rasch einig. Buisson, dem Loubiers Qualitäten als Pistolenschütze wohlbekannt sind, weiß, daß er da den Komplizen gefunden hat, der ihm so dringend fehlt, seit Francis Caillaud geschnappt wurde und seit sich Jeannot Orsetti als allzu zart besaitet erwiesen hat.

Und von dem Coup in Champigny ist er hell begeistert: Das ist gerade die Art Überfall, die minuziöse Planung, Schnelligkeit und Entschlossenheit fordert. Ein Ding, so recht nach seinem Herzen. Kurz und gut, er ist hingerissen.

»Jetzt laß uns mal überlegen«, sagt Buisson und leert sein Glas, »heute ist Sonnabend. Hör zu, was ich Dir vorschlage: Morgen sehen wir uns die ganze Gegend mal genau an, setzen das Datum für den Überfall fest und gehen anschließend gemütlich miteinander essen.«

»Okay, Emile. Weißt Du übrigens, was mit Bolec passiert ist?«

»Was denn?«, erkundigt sich mißtrauisch Buisson.

»Dieser Esel, der liegt mit Angina im Bett. Ich fürchte, daß er vor einer Woche nicht wieder fit ist.«

»Das ist nicht schlimm«, antwortet Buisson erleichtert.

»Joyeux kann den Wagen genauso gut fahren wie der Bretone.«

»Na schön, Emile. Glaubst Du nicht, daß man bei so einer Sache noch einen vierten Mann braucht? Man kann nie wissen, wie so was ausgeht.«

»Hast Du da jemanden im Auge?«

»Ja, einen Kumpel. Pierre Labori, er ist hundert Prozent sicher. Zehn Jahre Zwangsarbeit, ein echter Profi.«

»Wenn er Dein Freund ist«, erklärt Buisson, »hab ich nichts dagegen. Ich möchte ihn gern morgen kennenlernen; dann zeige ich Joyeux die Gegend. Es ist nämlich besser, nicht gleich mit einer ganzen Armee anzurücken.«

Sonntag, den 8. Januar.

Joyeux trinkt in einem Zug sein Glas Portwein aus, stellt es auf den Tisch zurück, leckt sich die Lippen, gibt seiner Freundin Christiane einen Klaps auf den Hintern und steht auf.

»Schön, gehen wir?«

Buisson steht ebenfalls auf, küßt Yvette flüchtig auf die Lippen und versichert ihr:

»Es wird bestimmt nicht lange dauern, Liebling.«

Die beiden Männer knöpfen ihre Mäntel zu, stellen die Kragen auf und verlassen das Café, das in der Nähe des Bahnhofs liegt. Es ist zwar erst sechs Uhr, doch die Kälte ist besonders schneidend und es ist bereits dunkel. Sie laufen rasch und sind in ein paar Minuten an der Avenue Jean-Jaurès. Seite an Seite laufen sie vielleicht noch hundert Meter weiter, dann verlangsamt Buisson seinen Schritt und erklärt:

»Da drin ist der Kies.«

Mit gerunzelter Stirn betrachtet Joyeux die noch unvollendete Fassade der künftigen Bank, während Buisson ein Päckchen Gauloises aus der Tasche zieht und ihm eine anbietet. Er zündet ein Streichholz an, und während Joyeux sich über die Flamme beugt, flüstert Buisson ihm zu:

»Siehst Du, die alte Bank ist genau gegenüber. Du brauchst Dich nur ein bißchen nach links umzudrehen, dann siehst Du sie.«

Joyeux atmet tief den Rauch ein und wendet dann den Kopf, um das alte Gebäude zu betrachten, das sich auf der gegenüberliegenden Straßenseite befindet.

»Hast Du gesehen?«, sagt Buisson, »dann komm.«

Langsam überqueren sie die Avenue Jean-Jaurès, gehen an der alten Bank vorbei, deren Hinterfront auf die Rue Pierre-Renaudel hinausgeht. Sie laufen noch ein paar Schritte weiter, dann zündet sich Buisson eine Zigarette an, was ihm Gelegenheit gibt, vor einer Tür stehen zu bleiben, die zu dem Hof führt, der an das Rückgebäude der alten Bank angrenzt.

»Sieh Dir das genau an«, murmelt Buisson, »denn durch diesen Hof tragen die Angestellten jeden Morgen die Geldsäcke; sie gehen dort durch die kleine Tür rechts hinein, die als Personaleingang dient.«

»Kapiert«, sagt Joyeux. »Ich werde mit dem Wagen also am Ende der Straße warten, an der Ecke der Rue Joséphine, und wir verschwinden durch die Rue de Verdun. So, jetzt können wir unsere Frauen abholen.«

Ungefähr eine Stunde später setzt Joyeux Emile und Yvette vor dem Hotel Gallien in Saint-Maur, Avenue Foch 120, ab. Joyeux kennt den Besitzer des Hotels, Fernand, er hat ihm jedoch nicht verraten, wer sein neuer Gast in Wirklichkeit ist, der sich unter dem Namen Jean Lucien eingetragen hat.

Buisson und Yvette haben ein hübsches Zimmer im ersten Stock. Er hat es ausgesucht, weil das Fenster auf den Garten hinaus geht, der nur vier Meter tiefer liegt, so daß er im Notfall durchs Fenster fliehen kann.

Beide führen ein friedliches, stilles Leben. Wegen seines gepflegten Äußeren, seiner dunklen Anzüge, des Figaro, den er stets unter dem Arm trägt, und seines höflichen Benehmens, halten ihn alle, sowohl der Wirt als auch die Stammgäste der Bar, für einen netten, freundlichen Notar, der sich mit seiner kleinen Freundin ein paar schöne Wochen machen will. Emile genießt einen so ausgezeichneten Ruf, daß er sich oft des Abends mit den Gendarmen des Viertels bei ein paar ausgedehnten Partien Billard unterhält.

Buisson ist glücklich mit Yvette. Und er ist sehr verliebt in sie. Die beiden Mädchen, die die Zimmer machen, und denen er großzügige Trinkgelder gibt, haben eine kleine Schwäche für ihn. Wenn sie gegen Mittag das Bett machen, das noch die Spuren der nächtlichen Liebesspiele des Notars trägt, beneiden sie Yvette, weil sie es fertiggebracht hat, einen reichen, großzügigen und obendrein noch leidenschaftlichen vierzigjährigen Herrn an Land zu ziehen. Und eins steht fest, Buisson liest Yvette förmlich jeden Wunsch von den Lippen ab und ist so liebevoll zu ihr, daß seine Kumpel aus dem ›Milieu‹ wahrscheinlich ihren Augen nicht trauen würden. Manchmal überrascht er sich selbst dabei, wie er davon träumt, mit ihr ein ganz normales Leben zu verbringen, und diese Existenz eines Verfolgten und Gejagten aufzugeben, die er nun schon führt, solange er sich erinnern kann.

Nachts, wenn Yvette schläft und er auf das geringste Geräusch im Hotel achtet, kommt es gelegentlich vor, daß er an die denkt, die er früher einmal geliebt hat, Odette. Die beiden sind sich übrigens sehr ähnlich. Beide sind klein und zierlich, haben dunkles Haar und blaue Augen, den gleichen graziösen Gang, das gleiche Lächeln, die gleichen sanften Lippen, im Bett zeigen sie die gleiche Schamhaftigkeit und ihre Seufzer, wenn sie sich hingeben, sind fast gleich.

1940 hat er sie kennengelernt. Ein paar Monate vor seiner dummen Verhaftung im Zug durch die Deutschen. Odette war ihm treu geblieben trotz der Trennung. Ja, sogar so treu, daß sie am 29. Oktober 1941 im Gefängnis von Troyes geheiratet hatten vor zwei mit Maschinenpistolen bewaffneten Inspektoren und einer ganzen Armee von aufmerksamen Aufsehern. Odette war schwanger und sollte im März niederkommen. Wegen Odette und dem Kind, das sie erwartete, hatte er sich während seiner Gefängniszeit so untadelig verhalten. Damals hatte er einen Entschluß gefaßt. Sobald er wieder frei wäre, wollte er Frau und Kind holen, und zu dritt würden sie ein neues Leben beginnen, weit weg von Frankreich, in Südamerika zum Beispiel oder in Australien.

Im Dunkel seines Hotelzimmers erinnert Emile sich, als wär es erst gestern geschehen, an dieses aufflammende Gefühl der Leidenschaft, das ihn ergriff, als er von Odette erfuhr, daß sie eine Tochter geboren hatte. Plötzlich war die Resignation verschwunden, in der er bisher gelebt hatte, die Gelassenheit, mit der er seine Gefangenschaft akzeptierte.

Um seine Tochter zu sehen, wollte Buisson aus dem Knast raus. Sofort! Und deshalb hatte er, seine guten Vorsätze vergessend, versucht, den Aufseher Vincent umzubringen und zu fliehen.

Nach diesem mißglückten Versuch hatte man ihm neunzig Tage verschärften Arrest aufgebrummt. Als er wieder in seine Zelle zurückkehrt, erwartet ihn dort eine schreckliche Nachricht. Odette schrieb ihm, daß ihre Tochter an Meningitis gestorben sei.

»Wenn Du diesen Brief liest«, schrieb sie ihm in ihrer zierlichen, sorgfältigen Handschrift, »werde ich wohl nicht mehr am Leben sein. Ich sehe es wohl, aus den Blicken der Ärzte und Krankenschwestern, daß sie nichts mehr für mich tun können, daß meine Tuberkulose unheilbar ist und ich zum Tod verurteilt bin. Ich spüre jeden Tag, wie ich schwächer werde und der Husten mich innerlich zerreißt. Ich werde also sterben, mein geliebter Emile, und ich muß Dir gestehen, daß ich glücklich darüber bin. Seit unsere Kleine dahingegangen ist, möchte ich selbst nicht mehr leben. Und ich möchte auch nicht mehr leben, nachdem Du dieses gräßliche Verbrechen begangen hast, und ich nicht sicher bin, ob ich Dich überhaupt noch liebe. Sei so lieb und bitte Deine Familie, von Zeit zu Zeit Blumen auf das Grab unseres Kindes zu legen. Es ist vielleicht gut so, daß es seine Eltern nie kennengelernt hat. Letzten Endes ist Gott wohl barmherzig mit ihm gewesen.«

Dieser Brief war bereits ein paar Wochen alt. Als Buisson ihn las, war auch Odette bereits tot. Er weinte nicht. Er weinte überhaupt nie mehr.

Seitdem hat Emile nie mehr eine Frau geliebt. Er benutzte die Weiber, die ihm begegneten, lediglich, um seinen Hormonspiegel auszugleichen. Er betrachtete sie als lästige und launenhafte Geschöpfe und normalerweise zog er ihnen ein gutes Essen oder einen scharfen Boxkampf vor.

Diesen praktischen Standpunkt behielt er bis zu dem Abend bei, an dem er Yvette in der Bar Les Calanques traf. Sie ist knapp zwanzig, sie weiß, wer er ist, wie er lebt, und trotzdem liebt und bewundert sie ihn. Er weiß, daß sie die letzte Frau sein wird, die er liebt, daß es nach ihr keine andere mehr geben wird. Er ist jetzt 48. Wenn alles gut geht, wird er seinen Lebensabend mit ihr teilen, sonst . . .

Einmal hat Yvette ihn gefragt, warum sie nicht Frankreich verlassen. Es wäre doch ein Kinderspiel für ihn, sich einen falschen Paß zu besorgen und über die Grenze zu gehen. Aber davon wollte er nichts wissen.

Eigentlich ist es dumm, aber Emile redet sich immer wieder ein, daß er für seine Schwester Jeanne, die stumm ist, sorgen muß. Jedesmal, wenn er ein bißchen Geld hat, gibt er ihr welches, damit sie die besten Hals-, Nasen- und Ohrenärzte aufsuchen kann.

Und außerdem muß man jung sein, um das Land zu verlassen. In seinem Alter ist Emile nicht mehr neugierig genug, um fremde Länder entdecken zu wollen. In Paris ist er zu Hause. Hier hat er seine Freunde, die Möglichkeit, überall unterzutauchen; an diese Stadt ist er gewöhnt. Im ›Milieu‹ respektiert man ihn, selbst wenn man seine Handlungen nicht immer billigt. Vor allem die Korsen werfen ihm vor, daß er zu viel Staub aufwirbelt. Jedesmal, wenn Emile aktiv wird, gehen die Polizisten auf die Barrikaden; sie besetzen geradezu die verdächtigen Viertel, buchten die Zuhälter ein, holen sich die Mädchen von der Straße und erpressen ihre Spitzel. Das ist eine ganze Menge Ärger und schuld daran ist nur ein einziger Mann. Buisson weiß genau, daß ein paar seiner ›Kollegen‹ sofort bereit wären, ihn an die Bullen zu verpfeifen, um endlich Ruhe zu haben. Deshalb hat er auch wenig vertraute Freunde und die, die sein jeweiliges Versteck kennen, sind noch dünner gesät.

Außer Joyeux weiß niemand, daß er in Saint-Maur ist. Aber es könnte ja sein, daß auch Joyeux mal aus irgendeinem nicht voraussehbaren Grund beschattet wird, und deshalb verabredet er sich mit ihm für den Abend des 9. Januar an der Porte-Dorée im Café des Cascades. Sie sitzen in einer Ecke des Saals nebeneinander, zwei Gläser Pernod vor sich, und Buisson ergreift das Wort:

»Ich hab die Sache genau überdacht«, sagt er, »und ich hab auch schon einen konkreten Plan.«

»Wie solls denn laufen, Emile?«

»Das erfährst Du schon noch rechtzeitig genug. Ich wollte Dir nur sagen, daß wir das Ding Mittwoch, den 11., drehen wollen. Du bist hier pünktlich um sieben Uhr morgens mit dem Wagen und den beiden anderen.«

»Verdammt«, seufzt Joyeux, »so früh!«

35

Buisson tritt vorsichtig aus einem Torbogen, überquert den Platz Edouard-Renard, geht auf den schwarzen Peugeot zu, der gerade vor dem Café des Cascades hält und setzt sich auf den Rücksitz.

»Und die anderen?«

»Sie kommen gleich«, sagt Joyeux. »Sie trinken rasch noch einen in der Kneipe.«

Buisson ist schweigsam. Im halbdunklen Wagen zieht er seinen Colt heraus und vergewissert sich noch ein letztes Mal, ob die Waffe auch in Ordnung ist. Endlich kommen Loubier und Labori. Simon nimmt vorn neben Joyeux Platz, Labori setzt sich gelassen neben Buisson; keiner spricht ein Wort.

Es dämmert gerade und ist noch ziemlich kalt. Joyeux läßt den Motor an und fährt in Richtung Champigny. Zur gleichen Zeit ist Roger Goumont, der Direktor der Banque Régionale d'Escompte et Dépôt gerade dabei, seinen Toast zu verzehren, wobei er sich überlegt, ob er nun seine Pistole, eine 7,65er, nehmen soll oder nicht; und sein Bürovorsteher, Félix Sentou, der das Klingeln des Weckers überhört hat, springt hastig aus dem Bett und geht unter die Dusche.

8 Uhr 10. Es ist immer noch dunkel. Der Peugeot hält nicht weit vom Eingang zu der alten Bank: Drei Männer steigen aus und gehen die Avenue Jean-Jaurès entlang. Der Wagen fährt weiter, biegt in die Rue Pierre-Renaudel ein und bleibt dann mit laufendem Motor vor dem Eingang in die Passage stehen.

Wie immer ist Buisson völlig gelassen. Er spürt zwar, wie sein Herz ein klein wenig schneller schlägt, doch weder Lampenfieber noch Angst sind der Grund dafür. Es ist eine Art Rausch, die ihn jedesmal wieder überfällt, wenn er kurz vor einem Coup steht: Es ist genau, wie wenn er mit einer Frau zum ersten Male ins Bett geht. Er bleibt ohne sich zu rühren am Rande des Bürgersteigs stehen, wie einer, der ein Taxi sucht oder auf einen Kollegen aus dem Büro wartet, um mitgenommen zu werden. Ja, er dreht der Passage der neuen Bank sogar den Rücken zu. In Wirklichkeit lauscht er auf das geringste Geräusch von Schritten, das aus dem Inneren des Neubaus kommen könnte.

Eben hat er noch kontrolliert, ob seine Komplizen auch seine Befehle befolgt haben. Joyeux steht mit dem Wagen genau da, wo er stehen sollte. Loubier geht vor der Tür der alten Bank auf und ab, und spielt den ungeduldigen Kunden, der darauf wartet, daß die Schalter aufmachen. Und Laboris Platz ist an der Rue Pierre-Renaudel, ein paar Schritte von der Tür zum Hof entfernt, durch die die beiden Angestellten hindurch müssen.

Eine gelbliche Helligkeit scheint jetzt die Dämmerung zu durchbrechen und Buisson hofft, daß die beiden Bankbeamten herauskommen, bevor es vollends Tag wird. Diese Dunkelheit kommt ihnen nämlich hervorragend zustatten. Nicht nur, daß durch sie jede Beschreibung von seiten eventueller Zeugen fast unmöglich wird, sondern sie könnte ihnen auch, falls irgendwas schiefgehen sollte, die Flucht bedeutend erleichtern.

Plötzlich zuckt Emile zusammen. Er hat gehört, daß hinter seinem Rücken zwei Stimmen Worte miteinander wechselten, die er nicht verstand; dann hört er eilige Schritte, die sich entfernen. Sofort dreht sich Emile um. In diesem Augenblick ist er einem geduckten Raubtier vergleichbar, das zum Sprung ansetzt.

Lautlos läuft er auf seinen Gummisohlen mit großen Schritten hinter den beiden Gestalten her, die gerade die Avenue überqueren. Die eine untersetzte Gestalt muß, nach dem, was Loubier ihm gesagt hat, die des Bürovorstehers sein; er hält einen Koffer in der Hand. Der andere ist der Direktor; seine rechte Hand steckt in seiner Manteltasche. Emile stellt sich vor, wie seine Finger den Lauf des Revolvers umklammern, und denkt dabei fast mitleidig: »der arme Idiot«. Denn was kann dieser unglückliche Kerl denn gegenüber ein paar entschlossenen Leuten ausrichten? Emile weiß, daß, bevor der andere auch nur seine Waffe ziehen kann, er schon sein ganzes Magazin auf ihn verschossen hätte. Doch, während er sich den beiden Männern nähert, die ihren Weg fortsetzen, ohne die Gefahr zu ahnen, sagt er sich lächelnd, daß der Direktor nicht der Typ ist, der durch seine Manteltasche schießt. Seine Frau würde ihm sicher eine Szene machen, wenn sein Mantel ein Loch hat.

Die beiden Bankbeamten gehen jetzt an dem alten Bankgebäude vorbei, das noch geschlossen ist, in deren Büros jedoch bereits Licht brennt. Sie kommen am Haupteingang vorbei, ohne auch nur einen Blick auf Loubier zu werfen, der ungeduldig den Türgriff umklammert.

Buisson ist etwa vier Meter hinter ihnen und seufzt erleichtert auf, denn seine einzige Sorge ist nun verflogen; bis zu diesem Augenblick fürchtete er immer noch, daß die Bankbeamten durch den Haupteingang gehen könnten; in diesem Fall hätten weder er noch seine Komplizen rechtzeitig reagieren können.

Es sind kaum ein paar Sekunden vergangen, seit er hinter den beiden Männern hergeht und das Tageslicht dringt jetzt immer rascher durch den wolkenbedeckten Himmel.

Buisson beschleunigt seinen Schritt und betritt die enge Passage fast im gleichen Augenblick wie die beiden Männer, die immer noch keine Ahnung von seiner Gegenwart haben.

Plötzlich bleibt der Bürovorsteher vor der kleinen Tür stehen, die dem Bankpersonal vorbehalten ist. Der Direktor folgt ihm; er will gerade den Hof betreten, als Emile ihm mit scharfer, drohender Stimme zuruft: »Keine Bewegung! Hände hoch.«

Roger Goumont dreht sich um. Überrascht sieht er sich einem kleinen Mann mit schwarzen Augen gegenüber, der eine Waffe in der Hand hält. Er weiß nicht, mit wem er es zu tun hat, fast unbewußt bewegt er seinen Arm und versucht, seinen Revolver zu ziehen.

Er hat gerade Zeit genug, die Geste anzudeuten. Es ist wirklich eine noch kaum wahrnehmbare Bewegung. Doch schon hallt ein Schuß durch den schmalen Gang. Roger Goumont spürt ein heftig schneidendes, doch kaum schmerzhaftes Brennen in seinen Eingeweiden, seine Augen öffnen sich weit, als wollte er sagen:

»Komisch, tut denn das nicht weh?«

Wenn er das wirklich dachte, so nimmt ihm die zweite Kugel jegliche Illusion. Diesmal ist es ihm, als würde sein Inneres zerrissen, als wühlten Scheren in seinem Bauch. Und, erstickt vom Schmerz, unfähig, noch einen Ton zu sagen, bricht Roger Goumont auf dem Steinpflaster zusammen; sein Körper krümmt sich, als könnte diese Haltung wie im Mutterleib den Schmerz bannen.

Als er die beiden Schüsse hörte, war Labori sofort zum Seiteneingang gerannt, um Buisson eventuell zu helfen, doch das ist nicht nötig. Als er um die Ecke biegt, sieht er, wie Emile auf Felix Sentou schießt. Mit einer verblüffend raschen Bewegung packt Emile den Koffer und entreißt ihn der Hand seines Opfers, bevor der Unglückliche zu Boden stürzt.

Buisson, der stets und in jeder Situation methodisch und vorsichtig vorgeht, wirft noch einen letzten Blick auf seine Opfer, um sich zu vergewissern, daß sie ihm im Augenblick keinen Ärger mehr machen können, dann läuft er hastig auf den Wagen zu. Auf der Straße trifft er auf Labori, dem er befiehlt:

»Rasch ins Auto, wir hauen ab.«

Loubier sitzt bereits vorn neben Joyeux, den Revolver in der Hand, bereit, wenn es nötig wäre, das Feuer zu eröffnen. Labori läßt sich auf den Rücksitz des Peugeot fallen, Emile folgt ihm auf dem Fuß. Die Wagentür ist kaum geschlossen, da hat Joyeux bereits den ersten Gang eingelegt und fährt mit Vollgas davon.

Die wenigen Passanten, die unabsichtlich Zeugen der Szene wurden, hatten sich in Hauseingänge gedrückt oder flach auf den Bürgersteig geworfen. Sie sehen jetzt, wie der Peugeot die Rue Pierre-Renaudel entlangfährt und dann in die Rue Joséphine einbiegt.

Es ist 8 Uhr 31. In dem Wagen, der nun in Richtung Saint-Maur fährt, hat Buisson den Koffer geöffnet und betrachtet die Beute. Ein Blick genügt, um sie zu schätzen.

»Da sind mindestens vier Millionen drin«, sagt er befriedigt.

»Ich hätte allerdings gedacht, daß es noch mehr ist, bei einem so großen Koffer.«

Und er hat sich kaum verschätzt: der Koffer enthält vier Millionen zweihunderttausend Francs plus hunderttausend in Aktien.

36

Emile liegt im Bett, bequem gegen zwei Kissen gelehnt, Yvettes Kopf lehnt an seiner Schulter, das Tablett mit den Resten des Frühstücks steht auf dem Nachttisch, und er ist gerade dabei, einen Stoß Zeitungen zu überfliegen, die ihm das Zimmermädchen gebracht hat. Während Yvettes geschickte Finger unter seine gestreifte Pyjamajacke schlüpfen und ihm die Brust streicheln, wobei ihn kleine sinnliche Schauer durchlaufen, liest Emile die Morgenzeitung, die, mit einer Ungenauigkeit, die ihn enerviert, die Einzelheiten des Überfalls bringen, die lächerlichen Schilderungen der wenigen Zeugen und die vagen und vorsichtigen Erklärungen von Kommissar Friedrich und seinem Stellvertreter, Inspektor Nozeilles, die beide zu der 11. Brigade der Kripo gehören.

»Gibt es Ärger?«, fragt Yvette, und schmiegt sich noch enger an ihn, während sie ein Bein zwischen die seinen schiebt.

»Aber nein«, sagt Buisson. »Ich wollte auf jeden Fall einen Kumpel darum bitten, uns ein neues Versteck zu suchen. Übrigens werde ich für eine Weile auch die Verbindung mit den anderen aufgeben.«

»Schade, Emile, mir hat's hier so gut gefallen ...«

Wie jeden Morgen gegen zehn zieht Buisson sie zärtlich an sich. Und Yvette läßt es wie jeden Morgen ruhig geschehen. Ihre Liebe zu Emile hat sich noch vertieft seit jenem Tag, an dem er ihr von seiner Kindheit erzählt hat. Sie lagen nebeneinander im Bett, leicht erschöpft von ihren Zärtlichkeiten. Und plötzlich hatte sie ihn, aus dem Bedürfnis heraus, diesen Mann besser kennenzulernen, der ihr soviel Lust zu schenken verstand, mit ihrer sanften, naiven Stimme gefragt: »Liebling, weshalb führst Du nicht so ein Leben wie alle anderen, ein friedliches und anständiges?«

Emile hatte sie eine Weile ohne zu antworten angesehen und sich dann immer noch schweigend eine Zigarette angezündet. Er war ein kleines Stückchen von ihr abgerückt und hatte dann, den Blick an die Decke gerichtet, zu erzählen begonnen.

»Mein Vater, Auguste, war ein Säufer, so wie alle Väter aus meinem Viertel in Digoin. Er baute Backöfen für die Bäckereien und versoff sein ganzes Geld in den Kneipen. Wenn er blau wie ein Veilchen und schwankend nach Hause kam, aß er schweigend zu Abend, stand dann plötzlich auf und fing an, meine Mutter zu schlagen, entweder um seinen Armen etwas Bewegung zu verschaffen oder um auf meine Mutter draufzusteigen.«

»Meine Mutter, Reine, steckte die Schläge ein und wehrte sich nicht. Sie begnügte sich damit, wie ein Tier zu schreien und um Hilfe zu rufen. Doch niemand aus der Nachbarschaft ließ sich je blicken, denn woanders war es genauso wie bei uns. Nur mein älterer Bruder, Jean-Baptiste, den wir Le Nus nannten, und ich kamen ihr zu Hilfe. Ich war damals sechs. Ich zog mit all meinen Kräften an den Beinen meines Vaters. Und er war immer so besoffen, daß es mir gelang, ihn zu Boden zu werfen. Kaum lag er dort, schlug Le Nus ihm mit einem großen Holzlöffel auf den Kopf, bis er bewußtlos war, dann ließen wir ihn auf dem Steinfußboden liegen und die ganze Familie ging zu Bett. Natürlich waren wir nicht immer die Stärkeren. Manchmal expedierte mein Vater uns mit zwei Fußtritten bis zum anderen Ende der Küche und zog meine Mutter brutal ins Schlafzimmer. Daher kommt es auch, daß sie zehnmal schwanger war. Fünf meiner Brüder und Schwestern sind bei der Geburt gestorben.

Das ist auch kein Wunder, denn meine Mutter gebar ganz allein in der Küche. Wenn die Wehen kamen, streckte sie sich auf dem Boden aus, zog ihren Rock hoch, machte die Beine breit und schrie, während sie kräftig preßte.

Le Nus und ich standen neben ihr und warteten, daß das Kind zum Vorschein kam. Wir setzten Wasser zum Kochen auf, brachten es dann auf die richtige Temperatur, und sobald der Säugling geboren war, und meine Mutter selbst die Nabelschnur durchschnitten hatte, wuschen wir ihn. Ob er lebte oder nicht, das war uns egal. Im Gegenteil, Le Nus war eher dafür, das Kind auf einem Feld zu begraben, das wir gut kannten, denn dort verscharrten wir auch die Fötusse, die sich meine Mutter mit Nadeln selbst abtrieb, wobei sie ein klein wenig jammerte. Le Nus hatte nicht so ganz unrecht. Wir waren bereits sieben am Tisch, die Eltern und wir fünf, die dem Feld entronnen waren.

Da mein Vater nie einen Franc nach Hause brachte, mußten Le Nus und ich uns darum kümmern.

Er, als der ältere, hatte mir beigebracht, wie man in Bauernhöfen klaut und in Geschäften die Ladenkasse leert. Wir betraten gemeinsam irgendein Geschäft, und ich schlüpfte – zumeist unbemerkt, weil ich noch so klein war – hinter den Ladentisch, während Le Nus unter irgendeinem Vorwand die Verkäuferin ablenkte, der er natürlich nie etwas abkaufte. Wenn er dann ging, verschwand die Frau meist wieder im Hinterzimmer des Ladens. Ich leerte inzwischen geräuschlos die Kasse. Ich war immer ziemlich geschickt mit meinen Händen. Dann verließ ich eiligst den Laden.

Wir mußten stehlen, um etwas zu essen zu haben. Dieses Schwein von Vater verlangte es von uns. Ich erinnere mich noch daran, so als sei es erst gestern gewesen, daß meine Mutter mir zu meinem siebten Geburtstag als Geschenk eine in der Schale gebakkene Kartoffel bereitet hatte. Die mochte ich besonders gern. Bei Tisch reichte sie mir die Kartoffel. Ich streckte die Hand aus. Da schlug mir mein Vater mit dem Messergriff auf das Handgelenk und sagte: ›Wenn man Hunger hat, Emile, sucht man sich was zu essen.‹

Und damit aß er selbst meine Kartoffel. In diesem Augenblick begriff ich, daß ich allein sehen mußte, wie ich zurecht kam.

Meine Alte ist im Irrsinn gestorben, kurz nachdem Le Nus's

früher als alle anderen, aus dem Krieg zurückkam: er war 1917 desertiert. Ich freute mich riesig, daß ich ihn wiedersah und damals beschlossen wir, daß wir beide in Zukunft auf Leben und Tod zusammenhalten würden.«

Ein paar Tage, nachdem er aus dem Hotel Gallien ausgezogen ist, erfährt Buisson eine Neuigkeit, die ihn, wenn auch nicht erschüttert, so doch zumindest verstimmt. Er hat sich gerade in der Auberge de la Grenouille in Saint-Vrain eingemietet, deren Besitzer, der alte Georges, ein Freund von Henri Bolec ist, als er erfährt, daß der Schreiner Dezalleux, der – ohne es zu ahnen – Grosjean den Tip mit der Bank in Champigny gegeben hat, an einem Balken in seinem Häuschen erhängt aufgefunden wurde. Wie alle Arbeiter, die an der Baustelle gearbeitet hatten, war Dezalleux zusammen mit den Angestellten der Banque Régionale d'Escompte ein paar Mal von der Polizei verhört worden. Seine Nerven hatten das nicht ausgehalten. Er hatte schon bald begriffen, daß dieser Überfall nur geplant werden konnte, weil er sich gegenüber Grosjean allzu vertrauensselig gezeigt hatte: die Gewissensbisse wegen seiner Unvorsichtigkeit, die Furcht vor dem Gefängnis und vor der Schande, die eigene Scham und der Alkohol, der schließlich seine einzige Zuflucht war, trieben ihn zum Selbstmord.

Buisson macht sich keinerlei Illusionen. Er weiß, daß die Polizisten mit Sicherheit alle Bekannten von Dezalleux ausquetschen und früher oder später auch auf Grosjean stoßen müssen. Das ist praktisch nur eine Frage der Zeit, und die Gefahr ist da und wird immer größer und rückt immer näher.

Wenn er Geld genug hätte, würde Emile jetzt mit Yvette nach Südfrankreich gehen und von dort nach Italien, wo es genug Häfen gibt, von denen aus man sich einschiffen kann, wo immer man hin will. Aber der Haken ist, Emile hat nicht mehr genug Geld, um sich aus dem Staub zu machen und den Touristen zu spielen. Der Coup von Champigny hat ihm eine runde Million eingebracht, und alles, was ihm davon übriggeblieben ist, sind höchstens 200 000 Francs. Dieses Riesenloch in seiner Brieftasche verdankt er einer impulsiven Geste des Mitleids und seitdem verflucht er sich selbst deswegen.

»Verdammt, wie konnte ich nur so ein Esel sein«, brüllt er und geht in seinem Zimmer erregt auf und ab, »wie konnte ich denn nur so ein Esel sein.«

»Nun beruhige Dich doch, Liebling, eine gute Tat wird stets belohnt«, versucht Yvette ihn zu besänftigen, die ganz erschrocken über seinen plötzlichen Wutanfall ist. Dabei hat Buisson wirklich allen Grund, seine Freigebigkeit zu verfluchen. Es war ein paar Tage nach dem Hold-up in Champigny. Emile kehrte mit Yvette von einem Spaziergang über die Felder zurück, als sie aus einer Villa nicht weit von ihrem Gasthof Schreie, Jammern und herzzerreißendes Schluchzen vernahmen. Neugierig waren sie vor dem hölzernen Zaun eines kleinen Gartens stehen geblieben. Sie sahen, wie zwei Frauen aus dem Haus traten, durch den Garten gingen und auf sie zukamen. Die eine, die ältere von beiden, eine recht untersetzte Frau, sah nicht gerade freundlich aus. Die andere, jüngere war tränenüberströmt, schluchzte verzweifelt, trocknete ihre Nase, ihre Augen mit einem Taschentuch und wiederholte immer wieder: »Ich flehe Sie an . . ., ich flehe Sie an . . .«.

»Was ist denn los?«, fragte Emile und ging auf die beiden zu.

Die Alte antwortete mit scharfer, keifender Stimme: »Was los ist«, schrie sie verächtlich, »ganz einfach, wenn man Kinder in die Welt setzt und sie dann in Pension gibt, muß man wohl auch dafür bezahlen. Wenn man die Schenkel öffnet, weil einem das Spaß macht, muß man anschließend auch das Portemonnaie öffnen und den Balg ernähren! Die Dame da (sie zeigte dabei mit dem Finger auf die junge Frau) hat mir ihren Sohn in Pension gegeben. Und seit fünf Monaten hab ich keinen roten Heller mehr bekommen. Und deshalb hab ich ihr gesagt, daß jetzt Schluß ist und daß ich sie mit ihrem Säugling auf die Straße setze.«

Was sich dann ereignete, war wirklich ziemlich absurd. Yvette war erschüttert von der Verzweiflung der Mutter. Sie umklammerte Emiles Arm, und dieser sah, wie Tränen in ihren Augen standen. Er war von diesem jammervollen Schauspiel so ergriffen, daß er jenen Anfall von Großherzigkeit hatte, der ihn seitdem so erbitterte. Er steckte die Hand in die Tasche und zog ein Bündel Geldscheine heraus; sein Anteil an der Beute, den er stets bei sich trug. Selbst überwältigt von seiner Güte, hatte er der Alten 500 000 Francs gegeben: er zahlte die Schulden und noch gleich für zwei Jahre im voraus.

Bevor die junge Mutter ihm danken konnte, war er bereits verschwunden. Seitdem war Buisson so gut wie pleite. Denn außerdem hatte er ja auch seiner Schwester Geld gegeben und für sich und Yvette die Hotelpension bezahlt, die ihn pro Monat 100 000 Francs kostete. Kein Wunder, daß seine Taschen jetzt fast leer waren.

»Ich muß unbedingt ein neues Ding drehen«, sagte er zu Yvette, die ihn vertrauensvoll anblickte.

Jene Säuglingsnahrung sollte einem Menschen das Leben kosten. Den Plan für das neue Ding, das Buisson unbedingt drehen will, liefert ihm Henri Bolec. Es gelingt ihm, durch die Vermittlung von Paul Brutus, Buisson im Café des Cascades zu treffen.

»Eine ganz einfache Sache, Emile«, meint Bolec. »Ich hab von einem Kumpel erfahren, daß die täglichen Einnahmen der Straßenbahngesellschaft von Versailles jeden Abend einem bestimmten Schaffner übergeben werden, der sie anschließend zum Sitz der Gesellschaft in die Rue Colbert 13 bringt.«

»Nicht schlecht. Bist Du Dir da auch sicher?«

»Ganz sicher, Emile. Ich hab mich schon ein bißchen umgesehen und der Schaffner, ein gewisser Bourven, fährt jeden Abend um 19 Uhr 30 in der Rue Colbert vor. Ich hab sogar schon einen Kumpel gefragt, ob er bei der Sache mitmachen will. Es ist der kleine Grigot. Er hat mir versprochen, daß wir auf ihn zählen können. Er braucht dringend Kohlen, um seine Wettschulden zu zahlen.«

Und so kommt es, daß sich Buisson am 17. Februar 1950 in Versailles befindet, nachdem er zuvor des öfteren die Örtlichkeiten genau inspiziert hat. Bolec sitzt am Steuer des gestohlenen Simca. Buisson und Grigot stehen bewaffnet ein paar Meter vom Haupteingang des Gebäudes entfernt, in dem sich die Straßenbahngesellschaft befindet.

Um 19 Uhr 30 taucht der Wagen mit dem Schaffner auf. Nichtsahnend steigt Bourven aus und geht, die Geldtasche in der Hand, auf einen jungen Büroangestellten zu, der ihm entgegenkommt. Die beiden Männer trennen nur noch wenige Meter. Da kommt Grigot. Buisson, dem er imponieren will, zuvor, springt, seine 7,65er in der Hand, auf Bourven zu, entreißt ihm die Geldtasche mit dem Schrei:

»Die da ist für mich«, und verpaßt ihm eine Kugel in die rechte Seite.

Schwerverletzt und blutend versucht der Schaffner dennoch, hinter Grigot herzulaufen, doch nach ein paar Schritten kann er sich vor Schmerzen nicht mehr auf den Beinen halten und stürzt auf die Straße, während die Räuber im Wagen entkommen.

Enttäuscht stellt Emile fest, daß die Tasche nur 154 900 Francs enthält. Drei Tage später stirbt der Straßenbahnschaffner, dem die Kugel die Leber zerrissen hat, im Krankenhaus von Versailles.

37

Die Brasserie du Sentier ist ein Lokal, in dem kleine Bürger und dicke Stoffhändler verkehren. Die Besitzerin ist eine stattliche Frau mit einer dicken roten Nase, die mit ihren winzigen Schweinsäuglein den friedlichen Betrieb in ihrer Kneipe überwacht. Von Zeit zu Zeit taucht sie aus ihrer Lethargie auf, um mit scharfer Stimme ihre beiden Kellner, einen kleinen Dicken und einen großen Mageren, zu beschimpfen, die das jedoch kaum beeindruckt. Im Hintergrund des Saals weist die grüngestrichene Wand eine komische Vertiefung auf, wie eine Art Nische. Das ist der Lieblingsplatz obdachloser Paare, die sich hier ungestört von fremden Blicken auf jede nur erdenkliche Art vergnügen können.

Diese Ecke hat Buisson ausgesucht, um sich jetzt mit Paul Brutus zu treffen. Sein Schwager hatte ihn an eben diesem Tag morgens in Saint-Vrain angerufen – was er gewöhnlich nur tut, wenn es irgend etwas besonderes Dringendes gibt –, um ihm zu sagen, daß er ihn unbedingt sprechen müsse.

»Der Teufel ist los«, hatte er hinzugefügt, bevor er den Hörer auflegte.

Sie hatten dieses Café gewählt, weil es in der Nähe von Pauls Schlupfwinkel lag und im übrigen immer gut besucht war.

»Es ist wirklich der Teufel los, Emile.«

»Wieso?«

»Die Bullen spielen verrückt. Sie haben gerade Bolec geschnappt, und Joyeux und Pinel sitzen bereits. Grosjean schicken sie unaufhörlich Ladungen ins Haus, aber im Augenblick reagiert er noch nicht darauf.«

»Pinel der ist mir egal, den kenne ich nicht«, murmelt Buisson. »Aber Joyeux und Bolec, das ist ein harter Schlag. Weißt Du, wie sie an die beiden herangekommen sind?«

»Ja, so ungefähr. Grosjean hat's mir erzählt. Steckt ein dämlicher Zufall dahinter. Irgend ein Scheißkerl, keine Ahnung wer es war, hat der Polizei den Tip gegeben, daß in den Garagen von Grosjean in Saint-Mandé gestohlene Wagen versteckt werden. Die Bullen hatten keine Beweise und warteten. Eines Tages fährt Pinel mit einer geklauten Karre vor. Die Bullen notieren sich die Nummer, gehen der Sache nach und stellen fest, daß die Karre einem Arzt gehört, der auch Anzeige erstattet hat. Am nächsten Tag, als Pinel zurückkam, fielen sie über ihn her und schleppten ihn in die grüne Minna. Und der Idiot hat zugegeben, daß Joyeux der Eigentümer ist und er ihm für die Überfälle die gestohlenen Wagen lieferte. Daraufhin rannten die Bullen gleich wieder nach Saint-Mandé, und als Joyeux dort auftauchte, haben sie ihn auch geschnappt.«

»Hat er geredet?«

»Wie ein Grammophon. Er hat gestanden, daß er bei dem Coup in Champigny beteiligt war. Und außerdem hat das Schwein Dich und Bolec verpfiffen.«

»Bist Du sicher?«

»Wenn ich's Dir sage. Er hat sogar erzählt, daß Du Dich mit ihm, nachdem die Sache vorbei war, noch ein bißchen unterhalten hättest und dabei hättest Du damit geprahlt, daß du die beiden Typen umgelegt hast.«

Emile Buisson kratzt sich hinterm Ohr.

»Und die anderen?«, fragt er.

»Labori ist aus einer Pension in der Passage Saint-Martin ausgezogen und wohnt bei irgend einer Puppe im 18. Bezirk; Loubier hatte sich in der Auvergne verkrochen, bei der Familie seiner Frau. Vor ein paar Tagen ist er wieder zurückgekommen, und Orsetti hat ihn irgendwo in einem Vorort bei einem Kumpel untergebracht. Du siehst, die Lage ist ziemlich beschissen. Was hast Du vor, Emile?«

Besorgt denkt Buisson eine ganze Weile nach, bis er antwortet. Schließlich leert er sein Glas in einem Zug und steht auf.

»Ich werde mit Yvette telefonieren. Sie muß sofort unsere Koffer packen und sich dann mit mir in Paris treffen. Unser Versteck in Saint-Vrain ist nicht mehr sicher genug. Mein armer Paul, wenn jetzt alle Gangster gleich anfangen, wie die Kanarienvögel zu singen, wenn man sie nur einmal scharf anschaut, dann haben wir in unserem ›Milieu‹ wirklich nur noch Hampelmänner . . . «

Gelassenen Schritts begibt Buisson sich zur Kasse, verlangt einen Jeton und geht dann in die Telefonkabine. Knapp zwei Minuten später verläßt er sie wieder. Sein Gesicht ist bleich und sein Blick finster, und der Steife Brutus errät sofort, daß eine neue Katastrophe geschehen sein muß. Buisson setzt sich neben ihn, bestellt zwei Cognacs und wartet, bis sie ihnen gebracht worden sind, bevor er spricht.

»Im Gasthof geht niemand mehr ans Telefon«, murmelt er und trinkt einen Schluck, »das ging noch rascher als ich dachte.«

Emile Buisson leert sein Glas in einem Zug. Er ist immer noch gelassen; aber er ist klarsichtig genug, um nicht zu spüren, daß der Ring der Polizei sich immer enger um ihn schließt. Doch er ist nicht bereit, sich kampflos zu ergeben.

»Sei morgen um die gleiche Zeit hier«, sagt er. »Bring mir eine Waffe und eine Handgranate mit, Paul.«

»Wohin gehst Du, Emile?«

»Mach Dir keine Sorgen, bis morgen also.«

38 Seitdem am 3. August 1949 nicht weit von Cannes vier Banditen die Begum um ihren Schmuck im Wert von zweihundert Millionen – unter dem sich auch ein kieselsteingroßer Diamant, die berühmte Marquise, befand – erleichtert haben, wird die Polizei von heftigen inneren Kämpfen erschüttert.

Die Polizei von Marseille tappt völlig im dunklen; die Spitzel schießen wie Pilze aus dem Boden, geblendet von der Belohnung, die von Lloyds, der Versicherung, ausgesetzt wurde, und hetzen die Polizisten. Der oberste Direktor der Sûreté, der sich über die sogenannte Inkompetenz oder was er darunter versteht, aufregt, holt zum großen Gegenschlag aus. Albert Biget, der aus dem Norden stammt, tritt an die Stelle des Südfranzosen Valantin an die Spitze der Kriminalpolizei; Kommissar Spotti, ein Freund des großen Chefs, wird aus Bordeaux abberufen und dem Dicken vor die Nase gesetzt, der bisher als Abteilungsleiter fungierte. Selbst meine eigene Gruppe wird von den Wellen erfaßt. Sie wird neu organisiert unter dem Markenzeichen A.V.B., was im Klartext heißt: ›Abteilung zur allgemeinen Verbrechensbekämpfung‹. Ich bleibe zwar in der Abteilung des Dicken, arbeite jedoch in Zukunft mit Charles Gillar zusammen, einem vierschrötigen und gutmütigen Kommissar, und Maurice Hours, einem spindeldürren Inspektor, der aus Nîmes stammt, und den der Pariser Akzent auf die Palme bringt. Hidoine und Poiret wurden andere Aufgaben zugewiesen.

Den Dicken bekommt man überhaupt nicht mehr zu Gesicht. Beleidigt sitzt er in seinem Büro und wartet darauf, daß Spotti die Güte hat, ihn in sein Büro zu rufen, um sich mit ihm über die laufenden Fälle zu unterhalten. Es herrscht eine Art kalter Krieg, man verkehrt miteinander durch Hausmitteilungen. Unsere fünfte Etage, die früher ein so fröhlicher Laden war, hat sich in eine Kathedrale verwandelt, durch die auf leisen Sohlen Beamte wandeln, die nur noch ein Schatten ihrer selbst sind. Man beobachtet sich. Das einzige, was von Zeit zu Zeit durch eine der sonst hermetisch verschlossenen Türen dringt, ist die dröhnende Stimme Poirets, der es immer noch nicht verwunden hat, daß er von meiner Gruppe wegversetzt wurde.

»So ein verdammtes Affenhaus«, schreit er. »Wenn das so weitergeht, hau ich hier ab und geh zu den Verkehrspolizisten.«

Gott sei Dank gibt es noch Victor. Wenn der Dicke und ich uns abends im Deux Marches treffen, können wir uns miteinander unterhalten, ohne befürchten zu müssen, daß fremde Ohren lauschen. An einem Januarabend schüttet der Dicke mir bei einem Glas Pernod sein Herz aus:

»Ach, Borniche, was wird aus uns werden?«, seufzt er. »Solange Spotti da ist, kann ich wohl lange warten, bis ich eine Treppe höher falle. Wenn wir irgend eine spektakuläre Sache hätten.«

»Aber was, Chef?«

»Was weiß ich. Haben Sie nicht irgend einen Fall, irgend etwas, das ein bißchen Wind macht?«

»Buisson?«

Der Dicke zuckt ohne Begeisterung die Schultern:

»Ach, Buisson«, sagt er resigniert, »daran glaube ich nicht mehr. Wir können bei dem Rennen einfach nicht mithalten, Borniche. Unser Stern ist in Bry-sur-Marne untergegangen. Sehen Sie sich doch nur unsere neuen Mitarbeiter an. Gillard ist ein guter Theoretiker, aber er schnüffelt nicht gern herum; Hours ist ein ausgezeichneter Polizist, aber er kommt aus der Provence und kennt in Paris keinen Menschen. Ich selbst bin den ganzen Tag ans Büro gebunden; und wenn ich nur mal für eine Stunde aus dem Haus ginge, würde mir bestimmt in der Zeit Spotti irgendeinen sensationellen Fall wegschnappen oder es käme sonst irgend ein Ärger auf mich zu. Nein, im Augenblick ist da nichts zu machen.«

»Und Mathieu, Chef?«

»Was soll mit Mathieu sein?«

»Mathieu der Bretone. Robillard. Wie wär's, wenn wir ihn wieder auf freien Fuß setzten?«

Da tritt gerade Victor Marchetti lächelnd und blendend gelaunt, die Pernodflasche in der Hand, an unseren Tisch. »Das ist meine Runde, Kinder. Wie geht's?«

Er füllt uns die Gläser und schiebt uns mit der linken Hand die Wasserkaraffe zu.

»Es geht so«, erwidere ich und gebe ein paar Tropfen Wasser in das Glas des Dicken, der seinen Pernod ziemlich pur trinkt, »wir sprachen gerade von Orsetti. Wo steckt der eigentlich, man sieht ihn gar nicht mehr? Er ist doch hoffentlich nicht krank?«

Victor räuspert sich und wirft mit einer kurzen Kopfbewegung seine Haarsträhne nach hinten.

»Ich glaube nicht«, erwidert er. »Es ist schon eine ganze Weile her, seit der Kleine mit mir telefoniert hat. Ich verstehe das auch nicht. Entschuldigen Sie, ich muß noch meine Partie zu Ende spielen.«

Er lächelt uns erneut zu, doch hab ich den Eindruck, daß er etwas verkrampft ist. Langsam geht Victor an einen Tisch zurück, an dem zwei Journalisten Karten spielen. Dem Dicken ist es ebenfalls aufgefallen, daß der Korse leicht verlegen war: »Haben Sie gesehen? Es schien ihm nicht zu gefallen, daß wir Jeannot erwähnten. Ich frage mich, was es zwischen den beiden gegeben hat . . . So, also Sie wollen Robillard wieder herauslassen?«

»Ja. Aber er soll draußen nicht gegen uns, sondern für uns arbeiten.«

»Was soll das heißen?«

Und jetzt entwickle ich dem Dicken meinen Plan, den ich bereits seit ein paar Tagen hin und her wälze.

Ich kam ganz zufällig auf diese Idee, als ich, mit einer Schürze angetan, die Teller abtrocknete, die Marlyse mir reichte. Und während ich mich ohne besonderen Eifer dem Geschirr widmete, dachte ich an Buisson, dessen Partner im Laufe der Jahre allmählich verschwanden, sei es, weil die Polizei sie aus dem Verkehr gezogen hatte, sei es, weil sie Manschetten bekamen oder unverhofft das Zeitliche segneten.

Von seinen früheren Komplizen war meiner Meinung nach nur Francis Caillaud interessant. Seit Emiles Ausbruch war er sein treuester Kumpel gewesen. Er hat bei fast allen Überfällen mitgemacht, hatte seine verschiedenen Verstecke geteilt. Er hatte in der Auberge d'Arbois, im Jardin des Plantes, in Vigneux und Boulogne an Buissons Seite gestanden. Er hatte bis zum letzten gegen die Bullen gekämpft, nur um Emile die Gelegenheit zu geben, abzuhauen. Als er schließlich verhaftet war, hatte er trotz aller Mißhandlungen standhaft geschwiegen. Er hatte sich wirklich wie ein Mann benommen, auf den man sich verlassen kann, und Emile war von seinem Verhalten sicher äußerst beeindruckt. Einen Augenblick lang hatte ich auch an Dekker gedacht. Doch sein Geständnis damals, als ich den Mord an Russac untersuchte, hatte ihm bestimmt nicht gerade Buissons Sympathie eingetragen. Je länger ich überlegte, desto überzeugter war ich, daß Caillaud der einzige war, bei dem man ansetzen konnte. Ich war sicher, daß er mit Buisson immer noch in freundschaftlicher Verbindung stand. Als ich mich diskret bei der Gefängnisleitung der Santé erkundigte, erfuhr ich, daß er regelmäßig nicht gerade magere, anonyme Lebensmittelpäckchen bekam. Marlyse erkundigte sich:

»Woran denkst Du, Liebling?«

»An Caillaud. Siehst Du, ich überlege mir, ob ich nicht für ein, zwei Monate ins Gefängnis gehen und mit Caillaud die Zelle teilen soll. Ich glaube bestimmt, er bekäme nach und nach Vertrauen zu mir und würde mit mir reden. Und eines Tages würde ich dann auch Buissons Versteck erfahren.«

Marlyse hatte mit gespieltem Entsetzen die Augen gen Himmel gehoben und mir energisch erklärt: »Red kein dummes Zeug, Roger, kannst Du Dir vorstellen, wie Du als Polyp mit Caillaud eine Zelle teilst? Was Du brauchst, ist etwas ganz anderes, nämlich einen von der Bande. Einen echten Gangster, der ein Kumpel von ihnen ist und den Du überreden kannst, für Dich zu arbeiten.«

Marlyse hat mir schon oft in schwierigen Situationen einen guten Tip gegeben. Ich stelle das Glas auf den Tisch, an dem ich bereits seit fünf Minuten herumreibe, sehe Marlyse überrascht an und rufe: »Du hast recht. Und ich weiß auch schon, wer da in Frage kommt. Robillard. Was meinst Du?«

»Ich denke, daß Du ihn irgendwie in der Hand haben mußt, und zwar verdammt fest.«

»Robillard ist ein Freund von Girier. Ich kann ihn in der Sache mit der Patronenfabrik wegen Beihilfe einbuchten. Ich hab mich wegen der Juwelen von der Begum nicht mehr um ihn gekümmert, und er ist vor kurzem entlassen worden. Vielleicht wäre es ihm nicht so lieb, wenn ich ihn gleich wieder in den Knast schicke.«

»Ist das alles, was Du ihm bieten kannst?«

»Nein. Ich hab von Poiret erfahren, der übrigens von Tag zu Tag brauchbarer wird, daß die Kripo von Rouen nach ihm fahndet, und zwar wegen eines Diebstahls, den er als Polizist verkleidet in Etretat begangen hat. Poiret hatte gerade Dienst, als die Nachricht durchkam und hat sie an mich weitergegeben. Du siehst also, ich habe eine ganze Menge in der Hand, um Mathieu rumzubekommen. Das ist aber noch nicht alles. Die Direktion der Banque Régionale d'Escompte et de Dépôt hat gerade öffentlich bekanntgegeben, daß sie eine Million Francs als Belohnung aussetzt, die der erhalten soll, der entscheidend zur Ergreifung der Täter beiträgt. Und nachdem es neun zu zehn steht, daß der kleine Mann mit den schwarzen Augen, der auf die Bankbeamten geschossen hat, Buisson ist, könnte Robillard vielleicht in Versuchung geraten. Was meinst Du?«

Der Dicke hat mir nachdenklich zugehört, gründlich das Für und Wider erwogen und sich unsere Chancen ausgerechnet: »Ihre Idee ist nicht schlecht, Borniche«, erklärt er mir schließlich. »Und wenn die Sûreté noch 500 000 Francs dazulegt, läßt er sich vielleicht wirklich darauf ein. Wir reden morgen weiter darüber.«

Als wir beide das Deux Marches verlassen, blicken wir wieder einmal hoffnungsvoll in die Zukunft, genauso wie vor zwei Jahren, als ich hoffte, Buisson in der Rue Bichat zu schnappen.

Am nächsten Tag erfahre ich, daß Spotti, der Dicke und Gillard nach Marseille gefahren sind, wo unsere Kollegen endlich die drei

Banditen verhaftet haben, die die Juwelen der Begum auf dem Gewissen haben.

Ich bin etwas enttäuscht, ich wäre gerne mitgefahren. Doch so ist es nun einmal, auf Reisen gehen nur die Chefs und nicht die Arbeitssklaven, wie zum Beispiel die Inspektoren. Drei Tage später bekomme ich einen Anruf von Spotti persönlich:

»Borniche«, sagt er, »uns fehlt noch der vierte. Er ist in Paris und wir brauchen ihn dringend.«

Befehl ist Befehl, ich verhafte den vierten und Hours bringt ihn nach Marseille. Die beiden sind kaum im Polizeipräsidium eingetroffen, als Spotti mich wieder anruft:

»Borniche, uns fehlt noch der Spitzel, der uns die Sache verpfiffen hat. Wir brauchen ihn hier dringend.«

Ich mache mich also zusammen mit Berilley, einem Kollegen, der ein paar Zimmer weiter sitzt, auf die Socken, um auch noch diesen Singvogel aufzutreiben. Durch seine Frau erfahren wir, daß er gerade im Elsaß ist. Unsere Kollegen in Straßburg holen ihn ab und setzen ihn in einen Zug nach Marseille.

Drei Tage später, während alle Zeitungen des Lobes voll sind über die Erfolge der Polizei, brüllt die Stimme des Dicken in meinen Apparat: »Borniche, ich hoffe, Sie vergessen Mathieu nicht?«

Nein, ich vergesse ihn nicht. Im Gegenteil, ich denke fast Tag und Nacht an ihn. Ich habe herausbekommen, daß er in Joinville-le-Pont untergetaucht ist und habe ebenfalls erfahren, daß seine Frau krank ist. Ich beobachtete nämlich gerade das Haus, als der Arzt herauskam, der sie behandelt.

»Polizei, Doktor. Wie steht es?«

»Sie hat Leukämie.«

Der Typ hat zwar die ärztliche Schweigepflicht verletzt, aber das ist mir egal; jetzt habe ich noch einen Trumpf mehr in der Hand.

Doch leider wirbeln die Juwelen der Begum erneut Staub auf. Wie durch ein Wunder hat die Polizei von Marseille am Fuße eines Baumes, der auch noch ausgerechnet im Hof des bischöflichen Palastes stand, ein verschnürtes Paket mit Juwelen gefunden, die von unbekannter Hand hingelegt waren. Aber es fehlt die berühmte Marquise, die allein schon sechzig Millionen wert ist. Die Herren von Lloyds sind völlig aus dem Häuschen. Und so kommt es, daß der Dicke sich wieder an mich wendet.

»Borniche, die Marquise fehlt.«

»Na schön, und was soll ich machen?«

»Sie wiederfinden.«

Am 7. März ist die Marquise in meiner Hand. Die Journalisten stehen vor unserem Büro in der Rue des Saussaies Schlange und der Dicke jubelt: endlich hat er Spotti eins ausgewischt.

»Und jetzt ist Buisson an der Reihe«, befiehlt er.

Am nächsten Tag steht Mathieu Robillard vor mir.

39

Dank seiner guten Manieren und seiner liebenswürdigen Art vermag Mathieu sich in den verschiedensten Kreisen leicht und ungezwungen zu bewegen. Er ist zugegebenermaßen ein hübscher Junge, und ich kann nicht umhin, ihn ein bißchen zu beneiden.

Der Aufenthalt im Gefängnis hat sein Selbstbewußtsein nicht erschüttert. Und jetzt steht er genauso vor mir, wie ich ihn das erste Mal vor acht Monaten im Favart sah: blond, blauäugig und mit imponierenden Muskeln. Als er mein Büro betritt, ist er offensichtlich in der Defensive und betrachtet mich aufmerksam; zweifellos überlegt er, wo er mich schon einmal gesehen hat. Er ist entschlossen, sich nicht nervös machen zu lassen, doch meine erste Frage bringt ihn etwas aus der Fassung:

»Na, Mathieu, wie fährt sich denn der BMW so?«

Robillard sieht mich überrascht an. Zwei griesgrämige Polizisten haben ihn heute morgen abgeholt, seine Wohnung auf den Kopf gestellt, ihn in die Rue des Saussaies gebracht, nachdem sie ihm seinen Gürtel, seine Schnürsenkel und seine Krawatte abgenommen haben, und ich, ich frage ihn nach seinem Wagen, statt ihn in die Mangel zu nehmen. Eins ist sicher, ich hab wahrscheinlich nicht mehr alle Tassen im Schrank.

Ich stehe auf, gehe um den Schreibtisch herum und setze mich rücklings auf einen Stuhl neben ihn.

»Beruhige Dich, Mathieu, ich habe Dich nicht herkommen lassen, um mit Dir über Deine Fahrkünste zu reden, obwohl Du die wirklich unter Beweis gestellt hast, als Du Deinen Freund Girier in Point-C'Evêque abgeholt hast. (Bei diesen Worten holt Mathieu tief Luft.) Ich will Dich auch nicht an Deine Schnelligkeitsrekorde erinnern, als Du aus dem Favart, dem Terminus, der Porte de Vincennes oder der Auberge des Oiseaux in Bry-sur-Marne kamst. Ich war dabei, ich weiß, daß Du Dich aufs Autofahren verstehst. Und ich will Dich auch nicht wegen Deiner Künste am Steuer loben, als Du als Polizist verkleidet Dein Ding in Etretat gedreht hast; die Kollegen aus Rouen, die die Sache bearbeiten, haben mich bereits hinreichend über Deine Art, in die Kurven zu gehen, unterrichtet.

Nein, ich will Dir auch gar nicht beweisen, daß die Polizisten gar nicht so dämlich sind, wie sie aussehen, sondern was mich interessiert ist, Emile Buisson hinter Schloß und Riegel zu bringen. Und ich bin der Meinung, daß wir beide das auch schaffen können, wenn wir uns einig werden.«

Damit ist meine Predigt zu Ende; Robillard hat mir zugehört, ohne sich zu rühren. Nur sein nervöses Schlucken bewies mir, daß meine Worte ins Schwarze trafen.

»Ich verstehe gar nicht, was Sie meinen«, erwidert er schließlich. »Ich kenne Buisson nicht. Ich habe überhaupt noch nie von ihm gehört, und ich begreife wirklich nicht . . . «

Ich nehme mir eine Zigarette, zünde sie an, mache einen tiefen Zug und atme dann den bläulichen Rauch aus, der in Spiralen hochsteigt.

»Mathieu, Du spinnst.«

Er wirft mir einen nervösen Blick zu und sagt:

»Ehrenwort, Inspektor.«

»Mach Dich nicht lächerlich mit Deinem Ehrenwort. Es könnte nämlich sein, daß ich Dir überhaupt nichts mehr glaube, wenn Du so verschwenderisch damit umgehst. Du kennst doch das Sprichwort: Wer einmal lügt . . . Also, Du sagtest eben, daß Du Buisson nicht kennst.«

Robillard nickt, ohne zu antworten. Ich fahre fort:

»Und deshalb warst Du auch nicht sein Komplize bei dem Überfall auf den Lieferwagen des Crédit Lyonnais?«

Er sieht mich fassungslos an und ich stelle befriedigt fest, daß ich einen weiteren Pluspunkt für mich verbuchen kann.

»Mathieu, es hat keinen Zweck, den Ahnungslosen zu spielen. Ich habe genügend Trümpfe in der Hand, um Dich mühelos für eine Weile in den Knast zu schicken. Alles, was ich Dir sage, ist wohlüberlegt, und da gibt es keine einzige Lücke, durch die Du hindurch schlüpfen könntest. Und ich hab mein ganzes Material nur deshalb noch nicht gegen Dich verwandt, weil ich mich um andere und wichtigere Fälle kümmern mußte. Aber heute brauche ich Buisson. Nicht mehr und nicht weniger. Und das ist mein Angebot.«

Ich stehe auf und gehe zu meinem Schreibtisch, auf dem die Akte Robillard liegt. Ich tue so, als würde ich darin blättern, dann wende ich mich erneut an ihn: »Also?«

»Nicht also. Ich kenne Buisson nicht, ich weiß nicht, wo er sich versteckt, und selbst wenn ich es wüßte, würde ich ihn bestimmt nicht verpfeifen. Mit mir brauchen Sie da nicht zu rechnen. Ich bin kein Kanarienvogel.«

»Du lügst, denn Du kennst Buisson, aber das ist Deine Sache. Nun, Du mußt selbst wissen, wie Du Dich zu entscheiden hast.«

Ich bemerke, daß Robillards Gesicht jetzt schweißüberströmt ist, nur bin ich mir nicht ganz sicher, ob seine übermäßige Transpiration auf die Angst oder die Hitze im Büro zurückzuführen ist. Ich lege die Akte wieder auf den Tisch zurück.

»Ich habe Dir eben nur ganz beiläufig aufgezählt, was wir Dir alles zur Last legen können. Außerdem hab ich auch noch ein Haftbefehl gegen Dich wegen des Diebstahls in Etretat. Wenn ich will, kann ich Dich also gleich jetzt einbuchten.«

»Wie Sie wollen, Inspektor«, erwidert Mathieu, der sich inzwischen wieder aufgerappelt hat. »Sie können mich mit Ihren Drohungen nicht beeindrucken. Schön, der Knast ist nicht gerade lustig, aber es ist ja auch nicht das erste Mal. Das werd ich schon überleben. Und lieber sitze ich hinter Gittern, als daß ich zu einem Verräter werde. Ich kann vieles im Leben verstehen und einem Kumpel eine ganze Menge Schwächen nachsehen, außer einer: daß er zum Verräter wird. Ich bin ein Gangster, Monsieur Borniche, und kein Mörder. Aber wenn mich eines Tages jemand verpfeifen würde, könnte ich, glaube ich, den Kerl mit meinen eigenen Händen erwürgen, und zwar mit Vergnügen.«

Ich habe Robillard zugehört, ohne ihn zu unterbrechen, und ich weiß, daß seine Worte aufrichtig sind. Aber ich muß ihn dazu bringen, daß er für mich arbeitet. Um jeden Preis. Selbst, wenn ich mir anschließend selbst wie ein Schwein vorkomme.

»Schön«, erwidere ich gelassen, »ich kann Dich ja nicht zwingen, Mathieu. Ich kenne das berühmte Gesetz des Schweigens, obgleich man in dem Milieu, in dem Du verkehrst, oft davon spricht und sich selten daran hält.«

Ich spiele jetzt mit einem Geldstück, das ich abwechselnd verschwinden und wieder auftauchen lasse, und füge in sehr sanftem Ton zu, ohne ihn dabei anzusehen: »Mathieu, Du solltest nicht so eigensinnig sein. Denn Du hast eins vergessen.«

»Ach, und was?«

»Etwas sehr Wichtiges, Mathieu, etwas, das für Dich sehr wichtig ist.«

Er lächelt ironisch.

»Tut mir leid, Inspektor, ich weiß nicht, was Sie meinen.«

Und ich weiß, daß jetzt der Augenblick gekommen ist, in dem ich wie ein Schwein handeln muß. Jetzt muß ich ihm den letzten Schlag versetzen, sein selbstsicheres Lächeln zerstören, kurz und gut, mich ziemlich mies verhalten, wobei meine einzige Entschuldigung die ist, daß die Gesellschaft geschützt werden muß.

»Deine Frau, Mathieu.«

»Wieso, meine Frau?« fragt er und runzelt die Stirn.

»Ja, Deine Frau. Wenn ich Dich wieder einsperre, wirst Du sie nicht wiedersehen. Sie ist krank, und zwar sehr krank, ich weiß es. Du riskierst sechs Jahre. Und von denen wird Dir keins geschenkt. Glaubst Du, daß sie noch am Leben sein wird, wenn Du wieder herauskommst? Daß sie noch da ist und auf Dich wartet?«

Ich sehe vom Schreibtisch auf. Und mein Blick begegnet dem seinen. Und in seinen Augen liegt ein solcher Haß und eine solche Verachtung mir gegenüber, daß ich mich unendlich schäme.

»Es ist widerlich, was Sie da tun.«

Robillards Stimme klingt heiser. Er hat die Hände zu Fäusten geballt. Ich spüre, daß er am liebsten auf mich losgehen würde, aber er beherrscht sich. Er weiß, daß das, was ich sage, wahr ist. Er kämpft zwischen seinem Ekel, mit der Polizei gemeinsame Sache zu machen, und seiner Liebe zu dieser Frau, deren Tage gezählt sind, wenn nicht ein Wunder geschieht.

Es ist nicht schwer, seinem Gedankengang zu folgen. Ich bin geschult genug in der Psychologie der Gangster. Er und ich, wir gehören zwei Welten an, die sich ständig gegenüber stehen, die ewig miteinander im Krieg liegen, zwei Welten, die sich voneinander durch ihre Gesetze, ihre Moral, ihre List und ihre Gefahren unterscheiden.

Ich sehe Robillard an, dessen Gesicht durch Angst und Wut verzerrt ist. Und ich gebe ihm den Gnadenstoß.

»Denk' daran, daß sie allein sein wird, während Du im Knast sitzt, gerade dann, wenn sie Dich am nötigsten braucht, mehr als je zuvor. Denk daran, daß sie Dich nicht mehr im Gefängnis besuchen kann, Dir beistehen kann, denk daran.«

»Es reicht.«

Robillards Stimme ist schneidend. Unsere Blicke treffen sich erneut, und ich weiß, daß ich gewonnen habe. Im Kampf zwischen Liebe und Ehre zog die Ehre den kürzeren.

»Was wollen Sie von mir?« fragt er.

»Ich habe es Dir bereits gesagt: Buisson. Und was für Dich dabei herausspringt, ist zunächst Deine Freiheit; wir ziehen einen Strich unter all Deine Sünden, und vergessen sie. Den Haftbefehl des Untersuchungsrichters von Etretat verschließ ich in meinem Schreibtisch solange, bis ich die Sache mit ihm in Ordnung gebracht habe. Und dann das Geld. Die Bank von Champigny hat eine Belohnung von einer Million für denjenigen ausgesetzt, der entscheidend zur Ergreifung der Täter beiträgt. Das Geld kannst Du Dir verdienen. Außerdem wird Dir die Sûreté 500 000 Franc für Deine Mitarbeit überreichen. Überleg Dir mal, anderthalb Millionen, damit kannst Du Deiner Frau die besten Ärzte zahlen. Das lohnt sich doch?«

Er schweigt und senkt den Blick. Ich frage voller Sanftmut:

»Also, wie ist es, ja oder nein?«

»Ja«, flüstert er.

»Siehst Du, ich wußte doch, daß wir beide uns einig werden würden«, versichere ich ihm verständnisvoll.

Er blickt mir gerade in die Augen.

»Hören Sie«, sagt er, »ersparen Sie mir Ihre Kommentare und sagen Sie mir, was ich zu tun habe.«

»Ganz einfach, Du gehst jetzt ins Gefängnis.«

»Was?« fragt er überrascht.

»Nun werd nicht gleich nervös und laß es Dir erst einmal erklären. Ich laß Dich in der Santé einbuchten, wo Du Dein möglichstes tun wirst, um mit einem gewissen Francis Caillaud gut Freund zu werden. Kennst Du ihn?«

»Nie gesehen.«

»Das macht nichts, Du wirst ihn ja jetzt kennenlernen. Du mußt sein Freund werden, ein Freund, dem er vertraut. Ich weiß, daß Caillaud, obwohl er im Knast sitzt, weiß, wie man an Buisson herankommt. Es ist unbedingt erforderlich, daß Du diesen Kontakt auch bekommst. Sobald die Sache erledigt ist, bist Du wieder frei. Okay?«

Der Bretone erwidert nichts und verläßt mit gesenkten Schultern mein Büro.

Ich war noch nie von mir selbst derart angewidert.

Alles ist bereit. Am übernächsten Tag hält Mathieu Robillard, sein Bündel in der Hand, seinen Einzug in der Santé; die Beschuldigung lautet auf Begünstigung bei dem geplanten Überfall auf die Patronenfabrik.

Den Gefängnisdirektor habe ich eingeweiht, nachdem ich mich der Unterstützung des Untersuchungsrichters und der Staatsanwaltschaft versichert habe. Um Buisson zu fangen, kann man schon ein paar Verstöße gegen die Vorschriften mit in Kauf nehmen.

Ich habe Mathieu unter der Obhut des Aufsehers zurückgelassen. Ohne sich noch einmal umzudrehen, ging er durch das Tor und verschwand im Gefängnisgebäude.

Jetzt kann ich nur noch hoffen, daß er seine Rolle gut spielt.

40

Francis Caillaud hat während des Spaziergangs den Neuankömmling bemerkt, der als letzter etwa zehn Meter hinter ihm geht. Als er kurz darauf bei seinem Rundgang die gleiche Höhe erreicht hat, macht Francis ihn durch ein leises Pfeifen auf sich aufmerksam, während der Aufseher so tut, als sei er taub. Mathieu hat verstanden. Rasch bückt er sich, hebt die Zigarette auf, die Francis ihm zugeworfen hat, dankt ihm mit einer leichten Kopfbewegung und steckt die Gauloise in die Tasche seines Kittels. Und sie drehen weiter ihre Runde.

Erst in der Zelle schüttelt Mathieu den Tabak heraus, der eine Nachricht enthält:

»Ich hab von Dir gehört. Sei morgen hinter mir.«

Am nächsten Tag, als die Gefangenen sich zum Spaziergang bereit machen, stellt Mathieu sich geschickt hinter Caillaud. Während sic ihre Runde drehen, flüstert Francis:

»Hast Du Nachricht von dem Kleinen?«

Der ›Kleine‹ ist Buisson. Doch Mathieu tut so, als ob er nicht verstünde.

»Ich kenne keinen Kleinen.«

Francis stolpert fast vor Überraschung.

»Emile«, sagt er leise.

»Ich kenne keinen Emile«, erwidert hartnäckig Mathieu.

»Verdammt noch mal, Du kennst doch wohl Buisson?«

»Ich kenne keinen Buisson«, sagt Mathieu in scharfem und bestimmtem Ton. »Was willst Du eigentlich?«

Francis geht weiter. Mathieus Verhalten ist ihm durchaus nicht unsympathisch; er macht noch einen letzten Versuch:

»Schade, ich hätte gern gewußt, was es Neues gibt. Ich hab gehört, daß zwei seiner Freunde, Bolec und Joyeux, geschnappt worden sind . . .«

»Na schön«, unterbricht ihn Mathieu, »dann wende Dich doch an die und laß mich in Ruhe.«

Er ist mit sich zufrieden. Er hat seine Rolle sehr natürlich gespielt. Sie gehen weiter spazieren. Francis dringt im Augenblick nicht weiter in ihn. Der Bretone scheint kein Schwätzer zu sein und er hat so eine besondere Art, einen anzusehen; kurz und gut, es ist wohl besser, ihn nicht zu verärgern. Selbst im Knast.

Eines Nachmittags geht Mathieu nach einem Spaziergang wieder in seine Zelle zurück. Inzwischen sind drei Wochen vergangen, seit er hier herkam, und er findet die Zeit allmählich lang. Einmal wurde er dem Untersuchungsrichter vorgeführt, der ihm eröffnete, welcher

Tat man ihn beschuldigte, seitdem war nichts geschehen. Mit wachsender Unruhe fragt er sich, wie es seiner Frau geht und ob sie durchhalten wird. Da dreht sich ein Schlüssel im Schloß.

»Ins Sprechzimmer«, sagt der Aufseher.

Mathieu springt erstaunt auf; er erwartet doch gar keinen Besuch. Hinter dem Aufseher herschlurfend, betritt er das Sprechzimmer der Anwälte. Dort warten zwei Männer auf ihn, der eine im Regenmantel, mit rundem, rosigem Kindergesicht, der andere faltig und mit schütterem und grauem Haar, Bullen. Sie kommen wegen der Sache in Etretat. Mürrisch geht Mathieu auf sie zu, während der Aufseher vor der Türe auf dem Flur auf und ab geht.

Mathieu begreift nicht mehr. Was ist aus den Versprechungen geworden, die man ihm gemacht hat? Wenn er sich jetzt auf die Sûreté beruft, würden die Inspektoren sicher wohlwollend reagieren, und die Sache von Etretat wäre abgeschlossen, aber dann wäre auch bekannt, daß er ein Spitzel ist. Wenn er aber nichts sagt, wird er mit Sicherheit angeklagt und in ein Gefängnis in der Normandie überführt. Da hat er sich schön in die Tinte gesetzt. Um Zeit zu gewinnen, brummt Mathieu:

»Ich rede nur in der Gegenwart meines Anwalts.«

»Was sagst Du da?« fragt der dicke Inspektor mit gerunzelter Stirn.

»Ich sagte, daß ich nur in der Gegenwart meines Anwalts spreche.«

»Sag mal, Kleiner, Du bist wohl übergeschnappt?«

»Ich bin überhaupt nicht übergeschnappt. Aber ich habe Ihnen nichts zu sagen, und damit hat sich's«

»Ich werd' Dich schon zum Reden bringen, Du Schweinehund«, brüllt der dicke Inspektor und hebt die Hand, die er bereits zur Faust geballt hat.

Robillard springt zurück.

»Was hast Du gesagt?«

»Schweinehund habe ich gesagt«, wiederholt der Koloß und geht drohend auf ihn zu, »und wenn Du nicht redest, wirst Du bald nicht mehr wissen, ob Du Männchen oder Weibchen bist.«

Mathieu ist vor Wut bleich geworden. Das Wort hat ihn schwer getroffen. Er wirft den Tisch um, auf den die Polizisten ihre Schreibmaschine gestellt hatten, ergreift einen Stuhl und droht:

»Versuch' nur, mich zu schlagen, Du Dickwanst, versuch's nur . . . «

Der Aufseher hat durch die Glastür die Szene beobachtet. Jetzt schließt er rasch die Tür auf, während Mathieu, Schaum vor den

Lippen, weiter schreit:

»Selber Schweinehund! Du mieser kleiner Feigling! . . . «

Der wutschnaubende Bretone wird in seine Zelle zurückgebracht. Wer aber auch noch vor Wut schnaubt, das ist Poiret, als er mir von der Szene im Sprechzimmer berichtet. Ich kann es mir nicht verkneifen, ironisch zu lächeln:

»Na so was, den großen Champion des Ringkampfs hat er einen miesen kleinen Feigling genannt?«

Poiret rollt mit den Augen und schüttelt seine Fäuste:

»Ja, mich. Und das kannst Du mir glauben, wenn ich nicht gerade im Dienst gewesen wäre, hätte ich Deinem Mathieu sämtliche Zähne eingeschlagen. Ich hab mir obendrein das Glas meiner Armbanduhr zerkratzt, als ich die Papiere aufhob, die er zu Boden gefegt hatte. Er hat wirklich Glück gehabt, daß man ihn in die Zelle zurückgebracht hat.«

Im Laufe des Nachmittags erscheinen zwei Aufseher, um den Bretonen zum Direktor zu bringen.

»Na, Robillard, man fühlt sich wohl stark?« murmelt er, ohne von seinem Schreibtisch aufzusehen. »Fünfzehn Tage verstärkten Arrest.«

Mathieu findet seine Strafe hart, als er, seine Decke unter dem Arm, hinter dem Aufseher hergeht. Die ganze Sache spricht sich rasch im Gefängnis herum, und die Gefangenen billigen einstimmig sein Verhalten.

Als die fünfzehn Tage um sind, erfährt Mathieu, daß er auf Befehl des Direktors in eine andere Zelle verlegt wird. Mit dem Schild »gefährlich« an seiner Tür sitzt er jetzt neben Caillaud in der Zelle.

Die beiden Männer können sich durch die Zentralheizungsröhre hindurch unterhalten. Es ist nicht gerade ideal, aber immerhin kein schlechtes Telefon, und man kann sich doch besser kennenlernen und Freundschaft miteinander schließen. Sie sprechen über ihre Frauen zu Hause und über vieles andere, doch nie über Emile. Vorsichtig wartet Mathieu darauf, daß Francis von sich aus damit anfängt, aber er weiß, daß er sein Vertrauen gewonnen hat.

Zwanzig weitere Tage sind vergangen, als der stellvertretende Direktor des Gefängnisses, der mich auf dem laufenden hält, berichtet, daß Robillards Verhalten gegenüber den Aufsehern von Tag zu Tag feindseliger wird. Er terrorisiert die Gefangenen und droht sogar, in den Hungerstreik zu treten, wenn der Richter nicht bald seinen Fall entscheidet.

Lediglich sein Zellennachbar, Francis Caillaud, scheint ein wenig Einfluß auf ihn zu haben. Deshalb ruft der stellvertretende Direktor ihn auch eines Tages zu sich:

»Caillaud, nach dem, was mir berichtet wird, scheinen Sie sich mit Robillard nicht allzu schlecht zu verstehen?«

»Ich, Herr Direktor?« erwidert Caillaud und dreht seine Mütze zwischen den Fingern.

»Ja, Sie. Ich sage das nicht, um Sie zu kritisieren. Nein, aus einem ganz anderen Grund: Glauben Sie, daß Robillard vielleicht weniger aggressiv wird, wenn er in Ihre Zelle käme?«

»Ich weiß es nicht, Herr Direktor.«

»Schön, wir machen den Versuch, Caillaud, und wenn es nicht geht, sagen Sie mir Bescheid.«

»Okay, Herr Direktor.«

Vom nächsten Tag an teilt Robillard Caillauds Zelle. Mehr konnten wir nicht für ihn tun.

41

Plötzlich eröffnet sich uns eine neue Spur.

Während ich mich mit dem Untersuchungsrichter unterhalte, der mich ebenfalls über Mathieu Robillards Verhalten und seine Fortschritte unterrichtet, klopft es an der Tür. Mein Kollege Sol, vom Ersten Mobilen Einsatzkommando, dem ich auch anfangs angehörte, erscheint. Er ist gekommen, um für Henri Bolec eine Haftentlassung zu erwirken. In unserer Wiedersehensfreude beschließen wir, in der Brasserie du Palais ein Glas zu trinken. Und dabei erfahre ich, daß Henri Bolec, der Normanne, schon ein paarmal vorübergehend freigelassen wurde und daß er im Begriff ist, Kommissar Denis, Sols Chef, wichtige Informationen über Buissons möglichen Aufenthaltsort zu liefern.

»Verstehst Du«, erzählt mir Sol lächelnd, »der Normanne sehnt sich so schrecklich nach seiner Frau. Deshalb lassen wir ihn von Zeit zu Zeit raus, damit er sie wenigstens sehen kann. Es ist rührend. Wir haben ihm versprochen, daß er sogar mit ihr schlafen kann, wenn wir nur erst mal Buisson geschnappt haben.«

Ich kenne Kommissar Denis recht gut. Ich habe mit ihm zusammen in derselben Abteilung gearbeitet und seine beruflichen Qualitäten, seine Höflichkeit und seine Menschlichkeit schätzen gelernt. Er ist ein gefährlicher Konkurrent. Wir gehören zwar dem gleichen Haus an, bei dieser Sache aber muß ich auch ihm Knüppel zwischen die Beine werfen. Es wäre mir lieber gewesen, wenn ich es mit einem anderen Kommissar zu tun gehabt hätte.

Der Dicke, dem ich Bericht erstatte, ist ziemlich bestürzt. Wieder einmal sind wir ganz nahe am Ziel, und wieder einmal taucht eine andere Abteilung auf, um unseren Plan zu sabotieren.

»Als hätten wir nicht schon genug damit zu tun, uns mit der Kripo herumzuschlagen«, entrüstet sich der Dicke.

»Hören Sie, Borniche, Sie müssen Bolec sofort für einen Nachmittag aus dem Gefängnis entlassen, damit er seine Frau beschlafen kann. Sofort!«

Ich sehe ihn etwas überrascht an, doch der Dicke scheint es ernst zu meinen, deshalb frage ich ihn:

»Und wo, Chef? Vielleicht in unserem Büro?«

»Meinetwegen, Borniche, wo Sie wollen. Das ist mir egal!«

Natürlich ist das dem Dicken egal, denn das Risiko trägt nicht er. Ich überlege. Im Büro, das ist natürlich ausgeschlossen. Im Hotel auch nicht, da könnte Bolec uns zu leicht entwischen, also wo? Ganz einfach, bei ihm zu Hause, in Clamart, in seinem ehelichen Schlafzimmer. Ich werde die nötigen Vorkehrungen treffen.

Ich habe in diesem Beruf schon wirklich alles gemacht, jetzt spiele ich auch noch den Kuppler.

Als ich am nächsten Tag im Justizpalast erscheine, um für Bolec eine vorübergehende Haftentlassung zu erwirken, blitzen die Augen des Richters hinter seinen Brillengläsern ironisch auf: »Dieser Bolec ist ja eine wahre Goldmine. Um den reißen sich wirklich alle.«

Ich hüte mich, ihn aufzuklären. Zusammen mit Poiret, den ich als Verstärkung angefordert habe, und Maurice Hours begeben wir uns nach Clamart.

Die Bolecs bewohnen in der Allee des Matrets ein kleines zweistöckiges Haus. Mireille, eine langbeinige Bretonin, 28 Jahre alt, blond und grünäugig, empfängt uns und bricht in Tränen aus, als sie ihren Mann erblickt, der an Poiret gefesselt ist.

Um ihnen die Gelegenheit zu geben, sich zu lieben, haben wir uns eine Haussuchung als Vorwand genommen.

Natürlich ist diese Durchsuchung rasch beendet, vor allem, nachdem meine Kollegen von der Kripo hier bereits jeden Nagel herumgedreht haben. Das Zimmer im ersten Stock ist für Bolecs Schäferstündchen nicht so geeignet: das Zimmerfenster liegt unmittelbar über dem Metalldach eines Schuppens. Das Zimmer im zweiten Stock dagegen scheint obgleich kein Bett darin steht, mir besser geeignet, weil es nur eine winzige Dachluke hat, die man vom

Treppenabsatz aus beobachten kann.

»Mach ihn los«, sage ich zu Poiret.

Ungeschickt sucht Poiret in seiner Tasche nach dem Schlüssel für die Handschellen, findet ihn nicht, seufzt und entdeckt ihn schließlich an seinem eigenen Schlüsselbund. Er schließt auf, die Handschellen öffnen sich.

»Also dann, umarmt Euch mal«, sage ich zu Bolec, »ich gebe Euch zehn Minuten. Aber versuch keine faulen Tricks, wir behalten das Fenster im Auge.«

Damit schiebe ich Bolec und seine Frau ins Zimmer, mache die Tür hinter ihnen zu und bleibe mit Poiret auf dem Treppenabsatz stehen.

Zwei Stunden später fahre ich Bolec ins Gefängnis zurück. Ich habe ihn bisher nichts gefragt, aber als er vor dem Gefängnistor steht, nimmt er mich kurz beiseite.

»Danke schön, Inspektor, Sie sind prima«, sagt er. »Und da haben Sie Ihren Tip. Buisson wohnt im Moment bei Madame Rousseau, am Quai Louis-Blériot 168 in Paris. Ich hab ihn selbst am 30. März dorthin gefahren. Seien Sie vorsichtig, er trägt eine Handgranate bei sich, um sich zusammen mit dem Bullen, der Hand an ihn legt, in die Luft zu sprengen.«

Am späten Nachmittag stehe ich zusammen mit dem Dicken auf dem Quai Louis-Blériot, der etwa zwei Schritte vom Viadukt von Auteuil entfernt ist.

»Ich hätte mir einen dunkelblauen Mechanikeranzug anziehen sollen«, sage ich zu dem Dicken, »das wäre weniger auffallend gewesen.«

Der Dicke antwortet nicht. Ich spüre, daß er nervös ist, sicher ist er ungeduldig, endlich Buisson Auge in Auge gegenüberzustehen. Dann trennen wir uns, und wir gehen einmal um das Gebäude herum, er nach links und ich nach rechts. Als wir uns danach unter dem Viadukt wiedertreffen, um zu erfahren, ob der andere etwas Verdächtiges bemerkt hat, was jedoch offenbar nicht der Fall war, starrt er eine Weile vor sich hin.

»Wissen Sie, Borniche«, unterbricht er schließlich das Schweigen, »was mich verrückt macht, ist der Gedanke, daß Buisson uns wieder durch die Lappen geht. Seit gestern weiß ich, daß ich auf der Beförderungsliste stehe.«

»Meinen Glückwunsch, Chef. Das ist doch eine gute Nachricht, oder?«

»Wie man's nimmt. Ich bin der achte und sieben Plätze stehen nur zur Verfügung.«

»Ach!«

»Das hat der Direktor natürlich absichtlich so gedreht. Er hat erstmal die vorgeschlagen, die sich bei den ganzen politischen Säuberungsaktionen ins Zeug gelegt haben.«

»Glauben Sie, Chef?« frage ich.

»Bestimmt«, erwidert der Dicke, »ich hätt' mich wirklich mehr um Politik kümmern müssen. Ich finde, es ist wirklich ein Skandal.«

Ich nicke. Doch in meinem Inneren denke ich, daß ich bisher nicht auf der Beförderungsliste stehe und sicher auch nie daraufstehen werde, es sei denn, daß mir wirklich ein aufsehenerregender Coup gelingt. Und das hat der Dicke mir auch nie verheimlicht, denn seit drei Jahren lockt er mich mit zwei Versprechungen.

»Wenn Sie Buisson verhaften«, und »wenn Sie Girier verhaften!«

Zugegeben, bisher hat mich Buisson stets nach Runden geschlagen. Aber über meine Beförderungsliste wird im Juli verhandelt und bis dahin . . .

Die Concierge öffnet auf mein Klopfen hin ihr kleines Fensterchen. Sie hält mich wohl für einen Vertreter und weist auf das Schild: »Für Bettler und Hausierer ist das Betreten verboten.« Das steht gleich neben der Tür, über der Telefonnummer des Überfallkommandos, damit es leicht drohend wirkt. Der Dicke wartet auf mich auf der Straße. Ich zeige meine Polizeimarke vor: ja, die Concierge kennt Madame Rousseau gut, sie kennt auch ihren Mieter, einen netten kleinen Mann mit großen schwarzen Augen, der stets elegant gekleidet ist, einen Hut mit nach oben gebogener Krempe trägt und oft eine schwarze Aktentasche in der Hand hat.

»Er ist Notar«, flüstert sie mir zu. »Er muß oft geschäftlich aufs Land verreisen. Vorgestern hat er die Wohnung verlassen. Ich glaube, er hat einen Unfall gehabt, denn kurz darauf kam die Polizei.«

»Die Polizei?«

Im Aufzug überlege ich mir, daß Bolec wahrscheinlich auch mit meinen Kollegen gesprochen und ihnen denselben Tip gegeben hat, im Austausch gegen ein Rendezvous mit seiner Frau. Dieser Mistkerl, wie oft der jetzt wohl seine Frau beschläft?

Madame Rousseau ist allein, als ich an ihrer Tür klingele. Sie ist klein, hat ein spitznasiges Gesicht und weiße Haare und erzählt mir sofort, daß Herr Lucien etwa zwei Wochen als Untermieter bei ihr gewohnt hat. Er war aufgrund einer Annonce zu ihr gekommen; für eine alleinstehende Frau sei ihre Wohnung eben etwas zu groß. Sie wußte nicht, wer der kleine Mann in Wirklichkeit war, bis die

Polizisten vom Mobilen Sonderkommando bei ihr auftauchten und unter dem Schrank in seinem Zimmer eine Handgranate fanden.

Seitdem hat sie auch nichts mehr von ihm gehört. Aber der Herr Lucien sei wenigstens korrekt gewesen: bevor er ausgezogen sei, habe er in einem Briefumschlag die Miete hinterlassen.

Einerseits enttäuscht und andererseits zufrieden verlasse ich ihre Wohnung. Enttäuscht, weil es Buisson wieder einmal gelungen ist, rechtzeitig zu verschwinden, und zufrieden, weil Bolecs Tip auch meinen Konkurrenten nichts mehr nützen wird.

Die einzige Spur, die mir jetzt noch etwas bringen kann, ist die von Mathieu.

Und die kennen die anderen Gott sei Dank nicht.

42

»Verdammt, was macht der Kerl so lange?«

Der Dicke, der hinten in unserem Citroën sitzt, den Montuire, unser neuer Chauffeur, fährt, wird allmählich ungeduldig. Es ist neun Uhr abends, wir warten bereits seit zwei Stunden an der Ecke der Rue de la Santé und der Rue Jean-Dolent auf Robillard, dessen Entlassung uns der Untersuchungsrichter für heute angekündigt hat. Es sind schon mehrere Gefangene durch das große Tor getreten. Einige sind auf Verwandte oder Freunde zugelaufen, die auf sie warteten, wieder andere gingen geradewegs gegenüber in das Café A la Bonne Santé. Robillard sollte bereits um sieben Uhr entlassen werden, doch bis jetzt ist er noch nicht aufgetaucht.

»Ich hoffe nur, daß er nicht zu guter Letzt noch irgendeine Dummheit gemacht hat«, sagt der Dicke. »Das fehlte gerade noch.«

Ich bin auch reichlich nervös. Nur Montuire bleibt gelassen. Ihm ist das völlig gleichgültig. Eine weitere halbe Stunde vergeht, ich rauche eine Zigarette nach der anderen.

Plötzlich ruft der Dicke »da« und deutet auf das Gefängnistor. Dort steht Robillard, sein Bündel in der Hand, in einem zerknitterten, viel zu weiten Anzug, zögert, welche Richtung er einschlagen soll, und geht schließlich auf unseren Wagen zu. Als er an uns vorbeikommt, drehe ich die Scheibe herunter: »Psst!«

Robillard verlangsamt den Schritt. Plötzlich erkennt er mich, sieht sich vorsichtig nach allen Seiten um und setzt sich dann vorne neben unseren Chauffeur. Wir fahren sofort weiter.

»Also?«

Ungeduldig hatte der Dicke diese Frage gestellt, noch bevor er Robillard begrüßt und ihm die Hand geschüttelt hat. Ich stelle die beiden einander vor. Der Wagen fährt inzwischen den Boulevard Arago entlang und biegt am Place Denfert-Rochereau in die Avenue du Maine ein. Den linken Ellbogen auf die Armlehne gestützt, dreht Mathieu sich zu mir herum:

»Francis weiß nicht, wo Emile im Augenblick steckt, aber sein Schwager, der »Steife Brutus«, steht mit ihm ständig in Verbindung. Ich habe ein kleines Empfehlungsschreiben für Emile.«

»Ist das wahr?«

»Ja.«

Ich kann meine Ungeduld kaum noch bezwingen.

»Zeig mal.«

»Kann ich nicht. Es ist in meine Jacke eingenäht. Ich muß es morgen Paul Brutus überbringen. Ich glaube bestimmt, daß alles gutgehen wird.«

»Es muß gutgehen«, sage ich. »Den schwierigsten Teil haben wir, glaube ich, hinter uns. Jetzt hängt alles davon ab, ob Buisson sich sehen läßt.«

Montuire setzt uns in der Rue des Saussaies ab. Das Tor ist bereits geschlossen, und als wir so spät noch hineingehen, mustert die Wache uns erstaunt.

Wir steigen in mein Büro hinauf. Es dauert nur ein paar Sekunden, da habe ich den Saum aufgetrennt und nehme ein sorgfältig zusammengefaltetes Blatt Papier heraus. Caillauds Handschrift ist reichlich sonderbar, die Buchstaben sind so schräg nach rechts geneigt, und mit der Orthographie steht er auch auf dem Kriegsfuß. In der deutlichen Unterschrift bestehen die beiden L's aus parallel stehenden Strichen.

»Mein lieber Emile. Den Kumbel, den ich zu Dir schike, ist verläslich. Du kanst voles Vertrauen zu ihm haben, ich habe ihn genau unter die Luhpe genommen. Aber paß auf den Normanen auf, den haben die Bullen schon ein paar Mal aus dem Knast geholt. Ich grüse Dich. Francis Caillaud.«

Das ist alles. Unter die Unterschrift sind noch drei Kreise mit einem Punkt in der Mitte gemalt, das Ganze sieht aus wie eine Zielscheibe. Mathieu lächelt, als er sieht, wie ich fragend die Stirn runzle.

»Das ist ihr vereinbartes Zeichen. Auf diese Weise weiß Emile sofort, ob der Brief auch wirklich von Francis stammt.«

Am liebsten würde ich diesen Brief fotokopieren, doch in der technischen Abteilung ist jetzt niemand mehr. Aber auf jeden Fall müssen wir erst einmal den Brief wieder in die Jacke einnähen.

Und so sitzt Mathieu Robillard um elf Uhr abends vor der grellen Lampe unseres Büros auf dem Rand des Tisches, läßt ein Bein herunterbaumeln und bemüht sich, das Futter wieder anzunähen, mit einer Nadel, die wir erst nach langem Suchen aufgetrieben haben, und dem Faden, den er sorgfältig aufbewahrt hat. Aber leider ist er ein bißchen zu kurz. Mathieu verspricht uns aufzupassen, daß das Futter bis morgen nicht ausreißt.

»Wie wär's, wenn wir noch zusammen essen gingen?« schlägt der Dicke vor.

Aber Mathieu möchte lieber so bald wie möglich nach Hause, und wir haben dafür auch Verständnis. Deshalb essen wir nur rasch einen Sandwich am Bahnhof Saint-Lazare und fahren dann weiter in Richtung Joinville-le-Pont. Bald hat unser Citroën den Wald von Vincennes hinter sich gelassen.

Kurz bevor er aussteigt, sagt Mathieu:

»Ich bin morgen mittag mit Paul Brutus im Café Le Petit-Saint-Denis verabredet. Wir könnten uns ja um zwei Uhr treffen, okay?«

»Okay, aber wo?«

»Ich weiß auch nicht. Vielleicht im Thermomètre, an der Place de la République?«

Wieder einmal verbringe ich eine unruhige Nacht.

Ich erkenne Mathieu fast nicht wieder, als er in seinem dunkelblauen Anzug, der inzwischen sorgfältig gebügelt ist, frisch rasiert und gekämmt, pünktlich um zwölf das Café Le Petit-Saint-Denis betritt. Er hat seinen BMW an der Porte Saint-Denis geparkt.

In der Toreinfahrt eines heruntergekommenen Mietshauses versteckt, beobachte ich ihn, denn ich konnte dieser Versuchung einfach nicht widerstehen. Der Steife Brutus wartet bereits auf ihn; er sitzt an einem Tisch im Hintergrund des Saales vor einem Glas Rotwein. Ein sorgfältig gezogener Mittelscheitel trennt seine glatt nach hinten gekämmten Haare. Die Sonne, die sich auf der verglasten Vorderfront spiegelt, hindert mich daran, genau zu beobachten, was drinnen geschieht, doch um 12 Uhr 30 sehe ich, wie die beiden Männer zusammen aus dem Café kommen, auf den BMW zugehen und zusammen fortfahren.

Mir bleibt nichts weiter übrig, als bis drei Uhr zu warten. Ich laufe ziellos durch die Straßen. Es ist zwar Essenszeit, aber ich habe keinen Hunger.

Erst nach drei erscheint Mathieu endlich im Thermomètre. Nervös habe ich inzwischen schon mehrmals im Büro angerufen, um zu erfahren, ob der Dicke irgend etwas erfahren hat. Aber meine

Anrufe hatten nur zur Folge, daß der Dicke genauso nervös wurde wie ich.

»Sie werden sehen«, prophezeit er, »der hat uns doch an der Nase herumgeführt. Ihr Mathieu wird sich verdrücken, und wie stehen wir dann da?«

Ich hielt es für klüger, ihm nicht zu antworten und abzuwarten. Als Mathieu schließlich aufkreuzt, sieht er frisch und rosig aus, wie einer, der soeben gut gespeist hat.

»Es ist wirklich widerlich, was ich mache«, sagt er und setzt sich neben mich. »Paul Brutus hat mich zu sich zum Mittagessen eingeladen. Auf der Anrichte steht in einem Glasrahmen Emiles Foto mit einer getrockneten Blume in einer Ecke.«

»Werd nur nicht gefühlsduselig«, sage ich. »Für Emile ist das doch ein Fremdwort. Also?«

»Wir haben den Brief aus dem Jackenfutter geholt, und Paul Brutus hat ihn gelesen. Er hat gesagt, er würde sich darum kümmern, ich soll ihm meine Telefonnummer dalassen. Dann haben wir von was anderem gesprochen. Es sind wirklich arme Schweine.«

»Ich werde daran denken«, erwidere ich. »Und welche Telefonnummer hast Du dagelassen?«

»Die von der Kneipe bei mir um die Ecke. Ich hab dem Steifen Brutus geraten, vorsichtig zu sein. Übrigens, ich brauch auch dringend ein bißchen Kies, Sie wissen ja, durch die Krankheit meiner Frau und die laufenden Arztrechnungen bin ich im Moment ziemlich pleite.«

Ich verspreche ihm, mit dem Dicken darüber zu reden, denn obgleich ich ihm gern behilflich wäre, vor allem jetzt, kann ich ihm beim besten Willen nichts pumpen. Es ist Ende Mai und von meinem Gehalt ist nicht mehr viel übrig.

»Ruf mich morgen an«, erkläre ich ihm, »bis dahin hab ich das Problem gelöst.«

Ich sehe Robillard nach, wie er aus dem Café geht. Seine bisherige Karriere war bestimmt nicht gerade vorbildlich, aber das, was er jetzt auf meinen Befehl tut, ist beschissen. Nie hätte ich gedacht, als ich in den Polizeidienst trat, daß ich einmal der Falschheit, der Lüge und dem Verrat derart Vorschub leisten würde. Ich wurde von meinem Vater nach harten, aufrechten Prinzipien erzogen, und jedesmal, wenn ich als Kind meine ältere Schwester verpetzte, bekam ich von ihm eine Ohrfeige. Natürlich kann ich mir eine Entschuldigung suchen, mir sagen, daß dies alles zum Wohl der Gesellschaft geschieht, um zu verhindern, daß Unschuldige den Kugeln eines Mörders zum Opfer fallen, aber ich hab doch ein schlechtes Gewissen. Sobald wie möglich werde ich die Sûreté verlassen.

»Lassen Sie mich bloß mit Ihren Skrupeln in Ruhe«, unterbricht mich der Dicke, als ich ihm meine Seelenqualen schildere, »mit Moralisten kann die Polizei nichts anfangen. Wenn Sie erst mal so alt sind wie ich . . .«

43

29. Mai 1950. Diesen Montagmorgen sollte ich im Kalender rot anstreichen: Mathieu hat eine Verabredung mit Buisson. Gerade, als ich gar nicht mit seinem Telefonanruf rechnete, war er plötzlich am Apparat. Ich soll ihn dringend im Café de la Paix am Opernplatz treffen. Es ist genau zwölf. Bis ich da bin, ist es viertel nach zwölf. Ich weiß nicht, wie Mathieu es immer fertig bringt, mich genau zur Mittagszeit irgendwohin zu bestellen. Der läßt es sich in dieser Luxuskneipe wohlsein, während ich mich mit knurrendem Magen auf den Weg machen muß.

Seufzend drückt der Dicke mir 20 000 Francs in die Hand, die ich hastig einstecke. Zehn Minuten später stehe ich vor einem strahlenden Mathieu in einem funkelnagelneuen Anzug. Für mich ist das einfach ein Rätsel. Er hat kein Geld und ist trotzdem immer wie ein Grandseigneur gekleidet.

»Es ist soweit«, sagt er, während ich mich setze.

»Paul Brutus hat mich angerufen. Morgen früh um zehn Uhr soll ich ihn abholen, und anschließend treffen wir uns mit Emile. Buisson wohnt in Boulogne. Ich hab zwar seine Adresse nicht, ich weiß aber, daß er knapp bei Kasse ist. Ich hab versprochen, daß ich ihm 20 000 pumpe.«

Ich bin sprachlos, Mathieu muß Hellseher sein, das ist ja genau die Summe, die ich bei mir habe, plus hundert Francs, die mir gehören.

Mit leisem Bedauern übergebe ich sie ihm und verspreche ihm obendrein, daß er morgen für sich selbst auch noch was bekommen soll.

»Das ist aber noch nicht alles«, fügt Mathieu hinzu. »Ich brauche auch eine Knarre.«

»Eine Knarre?«

»Ja, für Emile. Und mindestens fünfzig Schuß Munition dazu. Er meint, in diesen unruhigen Zeiten müßte er wenigstens gut bewaffnet sein.«

»Sag mal, bist Du verrückt geworden? Ich werde doch nicht so blöd sein und Dir eine Knarre für Buisson geben, damit er besser auf uns schießen kann, wenn wir ihn uns holen.«

»Das ist Ihre Sache, Inspektor. Wenn ich die Knarre nicht kriege, kriegen Sie Ihren Buisson auch nicht«, erklärt Robillard mir seelenruhig und streckt bequem die Beine von sich.

Er amüsiert sich königlich über meine Verlegenheit. Plötzlich sind unsere Rollen vertauscht, und er ist jetzt derjenige, der die Lage beherrscht.

»Wenn ich ihm keine Knarre mitbringe, wird Buisson bestimmt kein Vertrauen zu mir haben«, sagt Robillard eindringlich, um mich endgültig zu überzeugen.

»Ich hab schon begriffen. Aber das ist keine Entscheidung, die ich allein treffen kann. Ich muß darüber mit meinem Chef sprechen. Wenn Du willst, können wir uns morgen um vier Uhr im Terminus am Saint-Lazare treffen.«

Der Dicke hat erst einmal einen Schluckauf bekommen, als ich ihm von meinem Gespräch mit Robillard berichtete. Wie mir ist auch ihm völlig klar, daß unsere Situation absurd ist. Er denkt eine Weile nach und hat tatsächlich eine Idee, wie wir das Risiko, Buisson auch noch mit einer Waffe zu versehen, wieder ausgleichen können. Auf der Plattform des Busses, der uns nach Saint-Lazare bringt – denn er hat natürlich darauf bestanden, bei dem Gespräch dabei zu sein –, erläutert er es mir: »Machen Sie sich keine Sorgen, Borniche, ich habe einen Plan. Wir beschatten Robillard und folgen ihm bis Billancourt. Dort besetzen wir dann das Haus, in dem Buisson sich versteckt hält. Selbst wenn's dabei ein paar Scherben gibt.«

Doch im Terminus zerstört Mathieu den Plan des Dicken, noch bevor wir ein Wort sagen oder auch nur etwas zu trinken bestellen konnten.

»Ehrenwort, daß ihr meinem Wagen nicht folgt?« empfängt er uns. »Ich habe keine Lust, daß Paul Brutus irgendwie mißtrauisch wird, sonst ist die Sache nämlich im Eimer. Und außerdem bin ich auch nicht scharf darauf, von Emile in ein Sieb verwandelt zu werden.«

Widerwillig gibt der Dicke ihm sein Wort. Ich sehe ihn verstohlen an. Er nickt mir unmerklich zu. Da ziehe ich, auch nicht gerade begeistert, aus meiner Tasche ein kleines, wohlverschnürtes Päckchen, die Waffe und die Munition für Monsieur Emile.

Diese Waffe, eine Mauser 9 mm, ist meine eigene. Nicht die, die ich von der Verwaltung bekommen habe, sondern eine Pistole, die ich eines Tages bei einer Haussuchung entdeckte, als ich erst ein paar Tage im Polizeidienst war. Die Mauser war beschlagnahmt worden, versiegelt und dann vergessen, wie so viele Sachen in dieser sonderbaren Periode nach dem Krieg. Ich habe sie sorgfältig geölt, poliert und einmal sogar im Wald ausprobiert, an einem Blecheimer, den ich als Ziel auf einen Zweig gehängt hatte. Die Präzision der Waffe ist erstaunlich: von neun Kugeln trafen neun ins Ziel. Seitdem hatte ich sie in meinem Schreibtisch aufbewahrt und von Zeit zu Zeit herausgenommen, um sie mir anzusehen.

Jetzt trenne ich mich von ihr nicht ohne ein flaues Gefühl im Magen bei dem Gedanken, daß Buisson vielleicht mit ihr auf mich zielen wird.

Wie verabredet, treffen wir uns am nächsten Tag um vier Uhr in dem gleichen Lokal.

»Auftrag ausgeführt«, sagt Robillard. »Ich habe Buisson getroffen, ich bin sogar zwei Stunden bei ihm geblieben. Als ich ihm die Waffe überreichte, war er entzückt. Er ist eigentlich sympathisch. Wissen Sie, wo er wohnt?«

»Nein. Dafür geben wir Dir ja den Kies, damit wir's erfahren.«

»Bei einem armen Schwein, Jean dem Maler, in der Rue de Billancourt. Emile kennt ihn von früher, er ist ein Freund von Bolec. Als sie den Normannen verhaftet haben, ist er dort untergetaucht. Er zahlt ihm 10 000 Francs pro Tag für das Zimmer und das Essen; er ist ziemlich am Ende. Ich soll ihm ein anderes Versteck suchen, das noch sicherer ist.«

»Wo will er denn hin?«

»Weiß ich auch nicht«, erwidert Mathieu. »Er vertraut mir völlig. Ich soll ihn übermorgen, Donnerstag morgen, zusammen mit Paul Brutus abholen. Bis dahin muß ich was finden. Kennen Sie denn nicht irgendein friedliches Plätzchen?«

Es wird immer besser. Nicht nur, daß ich Monsieur Emile Geld, einen Revolver und Munition besorgen mußte, jetzt soll ich mich auch noch darum kümmern, wo er unterkommt. Wirklich eine Zumutung.

Aber meine Gereiztheit ist nicht von langer Dauer, denn wenn man sich's recht überlegt, hat dieser Auftrag auch seine erfreulichen Seiten. Buisson in Boulogne zu verhaften, ist riskant. Denn ohne Zweifel gäbe es dabei Scherben, wie der Dicke zu sagen beliebt. Aber wenn ich Buisson in einem friedlichen, kleinen, abseits gelegenen Winkel verhafte, könnte man ein Blutvergießen vielleicht ganz vermeiden.

»Okay«, erwidere ich, »sei morgen um neun im Büro.«

Doch Robillard erscheint nicht zur verabredeten Zeit.

Als er mich schließlich anruft und mir mitteilt, daß er mit seinem BMW eine Panne hat und noch in Joinville-le-Pont ist, bin ich ziemlich sauer. Wir haben schließlich nur den einen Tag, um für Emile was zu mieten, und können nicht einfach herumtrödeln.

»Ich wart auf Dich am Château de Vincennes, vor der Metrostation, in einer halben Stunde, beeil' Dich.«

Der Dicke öffnet gerade die Tür zu meinem Büro und, als er mich allein sieht, verfällt er gleich wieder in Panik. Ich erzähle ihm, was passiert ist, und er zieht mißmutig wieder ab. Alles in allem, kein guter Anfang.

Um 9 Uhr 30 treffe ich Robillard am vereinbarten Ort. Er ist verärgert wegen der Panne.

»Die Reparatur kostet bestimmt 20 000!« sagt er.

Ich gehe auf diese Anspielung nicht weiter ein. Aber ich konstatiere, daß das offensichtlich sein Einheitspreis ist: 20 000. Er setzt sich neben mich auf den Rücksitz des Citroën und Montuire fragt:

»Wohin fahren wir denn?«

»Richtung Paris«, befiehlt Mathieu.

Montuire setzt den Wagen in Bewegung, dreht an der Endhaltestelle der Autobusse und fährt nach Paris zurück.

»Biegen Sie links ein und fahren Sie die Umgehungsstraße«, sagt Robillard, »wir nehmen die Autobahn.«

Montuire gehorcht und wir kommen ziemlich rasch zur Porte de Saint-Cloud.

»Wenn Emile mich bloß nicht in einem Polizeiauto entdeckt«, murmelt Mathieu und kauert sich ganz in die Ecke.

Über den Boulevard de la Reine kommen wir auf die Autobahn. Es ist zehn Uhr.

»Ich hab mir gedacht, wir könnten zu einem Freund von mir in Fécamp gehen«, erklärt Robillard, »er war früher ein Gangster und ist jetzt ehrlich geworden. Er hat eine Pension. Aber es ist ziemlich weit, noch zweihundert Kilometer.«

Ich schaue kurz auf die Uhr: »Wir könnten gegen eins dort sein, ohne uns zu beeilen«, sage ich, »und dort mittagessen. Immerhin ist es ein netter kleiner Ausflug; und vielleicht wäre das auch kein schlechter Aufenthaltsort für Buisson.«

Montuire drückt ein bißchen mehr auf das Gaspedal. Bald verlassen wir die Autobahn und fahren auf der Landstraße Nummer 12 in Richtung d'Evreux. Kurz vor Bonnières dreht Robillard sich zu mir um:

»Ich hab auch einen Kumpel in Rouen, aber das ist ein Zuhälter, und ich frage mich, ob Emile damit einverstanden wäre.«

»Wahrscheinlich nicht«, erwidere ich, »man sagt ja, daß die meisten Luden sich auch als Spitzel betätigen.«

Kaum hab ich das gesagt, beiße ich mir selbst auf die Zunge, aber Mathieu sagt kein Wort. Wir fahren durch Paxysur-Eure und dann durch Evreux.

Nach zehn Kilometern sehen wir links ein Schild mit einem Pfeil: Auberge de la Mère Odue.

»Oh«, ruft Robillard plötzlich, »der Wirt von dem Gasthof ist ja ein Kumpel von mir. Verdammt, weshalb hab ich nicht gleich daran gedacht! Wir brauchen gar nicht weiter zu fahren. Am besten bleibt ihr hier stehen; ich erledige das schon.«

»Was hast Du denn vor?«

»Ich werd bei ihm mittagessen gehen, so als käme ich aus Deauville. Ihr wartet hier auf mich im Grünen, und in zwei oder drei Stunden bin ich wieder da. Ihr müßt mir nur die Karre borgen.«

»Und wo sollen wir essen?«

»Ach so«, überlegt Mathieu. »Schön, fahren wir bis zum nächsten Ort weiter, und dann drehen wir wieder um.«

In der Metzgerei von Saint-Martin-la-Campagne lassen wir uns riesige Sandwichs mit Schinken und Wurst machen, dann fahren wir nach Quatre-Routes zurück, das nicht weit von dem Gasthof entfernt ist und zum Landkreis von Claville gehört. Montuire überläßt Robillard das Steuer. Wir strecken uns im Gras aus, essen unsere Sandwichs und behalten unseren schwarzen Citroën im Auge, der jetzt vor dem Restaurant von Mère Odue steht.

Zwei Stunden vergehen. Da sehe ich, wie Mathieu den Gasthof in Begleitung eines jungen Mannes verläßt, der nach seinem weißen Kittel zu urteilen der Koch ist. Als er mit dem Wagen neben uns hält, grinst er zufrieden: Grignard, der Besitzer, hat eingewilligt, Mathieus Freund aufzunehmen, der ein bißchen Ruhe, frische Luft und gutes Essen braucht. Über den Pensionspreis wurde nicht diskutiert, er ist ja auch nebensächlich.

Wir fahren nach Paris zurück, gleichzeitig erleichtert und nervös. Morgen um dieselbe Zeit wird Emile, wenn alles gut geht, an einem sicheren Ort sein, wo ihn meine schnüffelnden Kollegen so leicht nicht aufspüren können und ich praktisch nur die Hand nach ihm auszustrecken brauche. Morgen ist der 1. Juni; der 10. ist ein Sonnabend, dann können wir ihn in aller Ruhe am Sonntag verhören, ohne daß seine Verhaftung gleich publik wird.

»Wir sind da«, sagt Montuire.

Ich blicke auf, und wahrhaftig, wir sind bereits in der Rue des

Saussaies angelangt. Jetzt muß ich dem Dicken noch von der letzten Schwierigkeit berichten: Robillard hat im Moment kein Auto, um Buisson nach Claville zu fahren. Aber die Abreise in das neue Domizil darf nicht verschoben werden.

»Nach dem Kies, der Knarre, der Munition und dem gemütlichen Heim müssen wir uns jetzt auch noch nach einem Wagen umsehen, der Monsieur Emiles Zustimmung findet«, sage ich. »Wir werden die reinste Heilsarmee.«

»Das ist ja nun wirklich nicht weiter schlimm«, beruhigt mich der Dicke. »Den schaffe ich schon herbei. Seid morgen früh alle drei bei mir zu Haus.«

Es ist wirklich erstaunlich, was für Beziehungen dieser Mann hat.

44

Die Idee des Chefs ist eine einzige Katastrophe.

Am nächsten Morgen um 8 Uhr 30 laufen der Dicke, Robillard und ich nervös vor dem Café Le Cluny auf und ab.

Wir warten auf einen Reporter von Paris-Presse, einen Freund des Chefs, der ihm versprochen hat, ihm einen Wagen zu leihen, selbstverständlich gegen eine Exklusivinformation. Er erscheint auch pünktlich. Aber als ich den Wagen sehe, fallen mir fast die Augen aus dem Kopf. Es ist ein grellroter Simca mit weißen Streifen, der in riesigen schwarzen Lettern auf beiden Seiten den Namen der Zeitung trägt. Der Journalist bremst, bleibt stehen und winkt uns fröhlich zu.

»Gefällt er Ihnen?«

»Großartig«, sagte der Dicke, »wirklich großartig, um der Tour de France zu folgen. Leider ist er für unsere Zwecke etwas zu auffällig.«

Er verhandelt noch ein paar Minuten mit dem Journalisten, der anschließend beleidigt und enttäuscht davonfährt.

Wir stehen da und wissen nicht mehr weiter. Wir haben nur noch knapp zwei Stunden Zeit, um Robillard einen Wagen zu besorgen.

»Was sollen wir nur tun!« jammert der Dicke und wischt sich den Schweiß von der Stirn. »Das ist das Ende! Denn wenn Mathieu bei Emile nicht pünktlich aufkreuzt oder ohne Wagen, wird er bestimmt mißtrauisch.«

»Ich weiß auch nicht mehr, was wir machen sollen. Am besten wärs wahrscheinlich, Mathieu würde Paul Brutus anrufen und ihm sagen, daß er etwas später kommt. Inzwischen müssen wir sehen, wie wir ein passendes Auto beschaffen, zum Beispiel einen schwarzen Peugeot, kurz, eins, das Buisson genehm ist.«

Da hab ich plötzlich eine blendende Idee. Mir fällt ein, daß ein junger Inspektor aus der Gruppe von Kommissar Petit, wenn er einer kleinen Freundin imponieren will, sich einen Wagen in der Rue Duhesme im 18. Arrondissement leiht, wo er auch wohnt.

»Fahr rasch zu Paul Brutus«, sage ich zu Mathieu, »in einer Stunde treffen wir uns hier wieder. Sag ihm, daß Du eine Panne hast und auf einen neuen Wagen wartest.«

Zwanzig Minuten später steigen der Dicke und ich aus einem Taxi und stehen vor dem Inhaber des Autoverleihs. Wir suchen uns einen schwarzen Peugeot aus. Der Vertrag wird ausgefüllt: Unterschrift, Vollkasko, Kaution. Aber ich hab nicht einen Franc in der Tasche. Ohne zu zögern, zückt der Dicke sein Scheckheft und stellt einen Scheck über die geforderte Summe aus 50 000 Francs. Dann zeigt er seinen Personalausweis vor. Als der Mann darin liest, Beruf: Polizeikommissar, ist er beruhigt. Ich setze mich ans Steuer, fahre im Eiltempo durch Paris und stehe nach einer Rekordzeit bereits wieder am Boulevard Saint-Germain, wo Mathieu Robillard vor dem Cluny auf und ab geht.

»Nur gut, daß ich nicht auf Sie gehört habe und zu Paul Brutus gegangen bin«, sagt er, »jetzt haut's bestimmt noch hin. Wenn ich mich beeile, bin ich rechtzeitig da.«

Ich übergebe ihm die Wagenschlüssel, die Papiere und mahne:

»Paß auf, Mathieu. Versteck ja die Wagenpapiere gut, wenn Du nicht willst, daß Dein Name auch noch auf der Liste von Buissons Opfern erscheint. Die Papiere lauten nämlich auf den Namen eines Bullen, der obendrein noch Kommissar ist!«

Um 10 Uhr 45 trinken der Dicke und ich den sechsten Kaffee. Um 11 Uhr sind wir in Gedanken mit Paul Brutus und Mathieu in Boulogne. Um 11 Uhr 05 nehmen wir, immer noch in Gedanken, an ihrer Abfahrt in Begleitung von Buisson teil.

Um 11 Uhr 10 stellt sich ein Polizist mit einem Maschinengewehr im Arm, allerdings in Wirklichkeit, an der Ecke der beiden Boulevards auf, und kurz darauf wimmelt es überall von zur Verstärkung herbeieilenden Polizisten. Ich bin neugierig, das ist schließlich mein Beruf, deshalb erkundige ich mich:

»Wir haben Alarmstufe 3«, erklärt mir der Polizist, nachdem ich ihm meine Polizeimarke gezeigt habe. »Es ist ein Überfall mit einem schwarzen Peugeot verübt worden, und wir halten alle Wagen an. Wir haben Schießbefehl, wenn einer durchzufahren versucht.«

Ich renne sofort ins Cluny zurück, um dem Dicken zu berichten.

Der fällt fast in Ohnmacht:

»Jetzt ist alles aus!« haucht er und schließt die Augen, »entweder wird Mathieu an einer Straßensperre angehalten oder er wird versuchen, durchzukommen. Und in beiden Fällen wird Buisson schießen, das ist sicher. Er wird versuchen, seine Haut zu retten. Und wir sind seine Komplizen bei einem Mord, klarer Fall, denn wir haben ihm schließlich den Wagen, die Waffe, den Kies und was weiß ich geliefert. Und davon abgesehen haben wir einen Kriminellen gedeckt, den wir hätten verhaften müssen, anstatt mit ihm aufs Land hinauszufahren. Das ist das Ende.«

Der Dicke wischt sich zum x-ten Mal den Schweiß von der Stirn. Meine Aussichten sind nicht weniger finster: wenn Buisson schießt, dann mit dem Revolver, den er von mir persönlich bekommen hat, und mit meiner eigenen Munition. Und Mathieu wird nicht lange schweigen. Dabei wollten wir doch nur Buisson hinter Schloß und Riegel bringen. Aber werden das unsere Chefs, die Kripo und die Staatsanwaltschaft glauben? Schwerlich. Im Gegenteil, für unsere lieben Kollegen ist das doch ein gefundenes Fressen. Sie werden uns am Boden zerstören: wir haben ja schon immer gesagt, daß ihre Methoden mehr als zweideutig sind. Aber wir bringen ihnen gern Orangen in die Zelle. Wie könnten wir ihnen auch erklären, daß wir einerseits unseren Spitzel nicht in Gefahr bringen und andererseits auch unseren Platz auf der Beförderungsliste retten wollten.

Von Zeit zu Zeit telefonieren wir mit dem Büro, um zu erfahren, ob es irgend etwas Neues gibt. Nichts. Schließlich machen wir uns mit hängenden Ohren und wankenden Knien auf den Weg in die Sûreté. Und da passiert das Wunder. Genau um 18 Uhr, als ich gerade im Büro des Dicken bin, stellt die Zentrale einen Anruf von außerhalb durch: »Das Paket ist gut angekommen.« Es ist Mathieu.

Der Dicke und ich fallen uns gegenseitig in die Arme.

Emile gefällt es gut in der Auberge de la Mère Odue. Der Wirt hat ihn sofort mit großer Herzlichkeit empfangen und, bevor Paul Brutus und Mathieu wieder weggefahren sind, hat er für alle eine Flasche Champagner auf den Tisch gestellt.

Buissons Zimmer befindet sich im Nebentrakt, im Erdgeschoß; es ist geräumig und hell und geht auf die Felder hinaus. Von seinem Fenster aus betrachtet Emile die Kuhherden, die nur ein paar Meter vom Hotel entfernt auf der saftig grünen Wiese weiden. Morgens wird er von dem Gezwitscher der Vögel geweckt, die in den Sträuchern vor seinem Zimmer sitzen, und Grignard hat ihm eine

Schrotflinte geliehen. Die verpestete Großstadtluft ist vergessen: hier atmet er tief und befreit. Vergessen ist auch die hartnäckige Polizei, und vergessen sind ebenfalls seine ehemaligen Komplizen, die bereits hinter Schloß und Riegel sitzen.

Robillard und der Steife Brutus haben ihm versprochen, ihn zusammen mit seiner Schwester Jeanne am 7. Juni zu besuchen. Er erwartet sie ungeduldig. Dieser Mathieu ist wirklich ein prächtiger Partner, überlegt sich Emile, da hat Francis 100% Recht gehabt. Er wird versuchen, mit ihm ein wirklich lohnendes Ding zu drehen, schließlich hat Mathieu seinetwegen eine Menge Kosten gehabt. Dann wird er sich neue Papiere verschaffen und erstmal für eine Weile ins Ausland gehen. Vielleicht nach Südamerika. Monsieur Emile träumt vor sich hin.

»Mathieu ist ein echter Freund«, erklärt Paul Brutus bereits recht angeheitert, als sie beim Käse angelangt sind, »und er ist ein verdammt guter Fahrer. Wenn uns jemand gefolgt ist, dann muß der Typ schon ganz schön auf dem Gaspedal gestanden haben.«

Buisson, dessen Mißtrauen sofort wieder erwacht, zeigt sich etwas verärgert über diese Bemerkung. Doch Paul Brutus beruhigt ihn rasch, voller Selbstsicherheit:

»Unsinn, Emile, ich hab natürlich auch aufgepaßt. Und der Bulle, der mich in den April schickt, der ist noch nicht geboren.«

45

10. Juni 1950. Ich hab die ganze Nacht kein Auge zugemacht. Ich bin schrecklich aufgeregt. Denn dieser Tag wird der Entscheidungstag sein. Dieser Fall Buisson ist zu meinem eigenen geworden, zu dem Fall meines Lebens, und diesmal kann und darf nichts schiefgehen. Neben mir schlief Marlyse ruhig, und von Zeit zu Zeit berührte ihr nackter Körper den meinen. Ich spürte ihre Wärme, den Duft ihrer Haut, hörte ihrem ruhigen Atem zu und fühlte mich dennoch allein. Wie eine heimtückische Krankheit überfiel mich mehr und mehr das Lampenfieber, schnürte mir die Kehle zu, drehte mir den Magen um.

Um drei Uhr morgens stand ich auf, ging im Dunkeln tappend bis zur Küche und trank dort einen Schluck Wasser aus dem Hahn. Doch schon ein paar Minuten später waren meine Lippen schon wieder ausgetrocknet.

Ich warf mich im Bett hin und her, Buissons Bild vor meinen Augen, das einfach nicht verschwinden wollte. Eine unbestimmte

Furcht ergriff mich. Ein Gefühl, das einen aufreiben kann, und das ich noch nie zuvor gespürt hatte.

Ich habe mit Marlyse geschlafen in der Hoffnung, daß ich nachher ein wenig einschlafen könnte. Das ist ein ganz gesundes Heilmittel, das ich manchmal anwende, um mir eine schlaflose Nacht zu ersparen, und normalerweise gelingt mir das auch ganz gut. Meine Hand fuhr über Marlyses Körper hin, die im Schlaf lächelte, sie seufzte leicht auf, ob zustimmend oder nur unbewußt, und ließ mich dann schlafend gewähren.

Doch auch danach lag ich mit offenen Augen wach da, unbefriedigt und immer noch voller Angst, und sah, wie langsam das Morgengrauen zwischen die Ritzen der Fensterläden drang. Um sechs Uhr morgens fiel ich schließlich in einen unruhigen Schlaf. Um 7 Uhr 30 läutete der Wecker.

»Roger«, seufzte Marlyse, »ach bitte, Liebling, mach Du doch den Kaffee heute, ja?«

Mit geschwollenen Augen, völlig verstört, stehe ich auf. Für einen Augenblick dreht sich alles um mich; endlich verschwindet das Schwindelgefühl. Ich bin gerade dabei, meinen Morgenmantel anzuziehen, als Marlyse mich, noch mit geschlossenen Augen, fragt: »Roger?«

»Ja.«

»Sag mal, Roger, glaubst Du, daß das in meinem Alter normal ist?«

»Was denn?«

»Daß ich erotische Träume habe.«

»Du solltest zu einem Arzt gehen. Ich war schon immer der Meinung, daß Du sexbesessen bist.«

»O weh, Du bist aber brummig heute morgen.«

Ich erwidere nichts. Manchmal frage ich mich, ob Marlyse nicht genauso dumm ist wie ihre Mutter.

Um elf Uhr halte ich mit dem Delahaye, den mir Paul Villard, ein befreundeter Rechtsanwalt, geliehen hat, auf dem Seitenstreifen der Autobahn, hinter dem schwarzen Citroën aus unserer Garage. Daneben stehen rauchend der Dicke, Gillard und Hours.

»Sie scheinen ja nicht besonders in Form zu sein, heut morgen!« bemerkt der Dicke stirnerunzelnd und leicht beunruhigt.

»Ich bin erst ziemlich spät eingeschlafen, Chef, aber machen Sie sich keine Sorgen, es wird schon alles gutgehen.«

»Schön«, erwidert der Dicke, »wir dürfen keine Zeit mehr verlieren. Und vergessen Sie nicht, Borniche, Sie haben mir versprochen, daß Sie mich bei dem geringsten Ärger, wenn irgend etwas schiefläuft, sofort verständigen. Sie müssen das schaffen, hören Sie.«

»Ja, Chef.«

»Gut. Hours und ich werden wie vereinbart in dem Wald auf der anderen Seite der Landstraße warten. Wenn's nötig ist, brauchen wir nur eine Minute, um Ihnen zu Hilfe zu kommen.«

»Ja, Chef.«

»Haben Sie wenigstens eine Waffe bei sich?«

»Nein, Chef.«

»Sie sind ein Idiot, Borniche, ein hirnverbrannter Idiot. Na schön, es ist ja Ihre Haut, die Sie da zu Markte tragen. Haben Sie wenigstens die Handschellen dabei?«

»Sie sind in Marlyses Tasche. Sie gibt sie mir dann, wenn es soweit ist.«

»Also, viel Glück, mein Lieber. Nehmen Sie Gillard mit und dann bis bald mit Buisson.«

»Bis gleich, Chef.«

Der Dicke hält lange meine Hand in der seinen und sieht mir dabei in die Augen. Es ist vielleicht ein wenig theatralisch, aber mir tut es trotzdem wohl.

Ich setze mich wieder ans Steuer meines Delahaye, in dem Marlyse Fingernägel feilend auf mich gewartet hat, während Gillard sich nach hinten setzt. Mit einem tiefen Brummen setzt sich der Motor in Bewegung.

Während etwa zwanzig Kilometern vergesse ich Buisson, den Dicken, meine Beförderung und den ganzen Ärger. Nie in meinem Leben, es sei denn, es würde ein Wunder geschehen, werde ich so viel Geld haben, um mir so eine Karre leisten zu können, deswegen will ich sie jetzt auch genießen. Ich beschäftige mich damit, Gas zu geben, mit den Gängen zu spielen, mit Vollgas zu überholen und so in die Kurven zu gehen, daß die Reifen quietschen. Der Citroën hinter mir quält sich ab wie ein Maulesel. Ab und zu holt er ein bißchen auf. Ich stelle mir vor, wie der Dicke, der nur ein mäßiger Bewunderer meiner Fahrkünste ist, wütend dasitzt und mich jedesmal verflucht, wenn ich aufs Gaspedal trete.

Von Zeit zu Zeit werfe ich einen Blick in den Rückspiegel, um nach Gillard zu sehen. Er hat sich in eine Ecke verkrochen, wo er regelrecht zusammengeschrumpft ist und zu Boden blickt, um nicht die Landschaft sehen zu müssen, die an uns vorüberrast. Er stammt noch aus der Zeit, wo man in Bewunderung ausbrach, wenn jemand

»die 100« riskierte. Der Geschwindigkeitsanzeiger, der so um die 160 anzeigt, verursacht ihm ein flaues Gefühl im Magen.

So geht es weiter bis Evreux. Dort halten wir erneut. Schütteln uns erneut die Hand. Der Dicke erspart mir seine Bemerkungen über meine Fahrweise, schließlich kann es ja sein, daß ich bald nicht mehr unter den Lebenden weile. Wahrscheinlich könnte ich mir heute alles erlauben: ihn an den Ohren ziehen, seine Krawatte abschneiden, ihm auf die Füße treten, ihm die Zunge herausstrekken, ihn an den Haaren ziehen, er würde nicht protestieren. Er ist mir gegenüber von jener Nachsicht, die man den *morituri te salutant* gegenüber hegt.

Dann machen wir uns allein auf den Weg. Wie vereinbart, läßt der Dicke uns jetzt etwas Vorsprung; dann wird er auf ein paar Nebenstraßen in den Wald fahren und dort warten.

Als ich mit Mathieu nach Claville gekommen bin, hatte ich bemerkt, daß vor der Auberge de la Mère Odue zwei Benzinpumpen standen, das berühmte Duo »super – normal«. Ich halte jetzt vor dem Super. So ein Delahaye ist wirklich ein irrer Schlitten, sein tiefes »brumm brumm« ist echt berauschend, aber er ist auch verdammt versoffen. Paris-Claville: 120 Kilometer, 25 Liter. Für mich ist das jetzt ein guter Vorwand, um anzuhalten und vollzutanken.

Ich drücke kurz auf die Hupe, öffne das Fenster, erhebe mich von meinem Ledersitz und stehe dann draußen in der Sonne in meinem Sommerhemd: mit der eleganten Lässigkeit und Selbstsicherheit eines jungen, aufsteigenden Industriemanagers.

Ich strecke mich unbekümmert und lächle Marlyse mit der Selbstgefälligkeit des Verführers zu. Dann stelle ich mich breitbeinig hin, die Hände an den Hüften, und blicke zu der Besitzerin des Gasthofes, die gerade aus der Tür tritt. Sie kommt auf mich zu, mit rosigem Gesicht, leicht verschwitzt, feuchten Lippen und einer Bluse, die sich knapp um die rundlichen Brüste spannt, die sich unter ihrem raschen Atem heben und senken, wie eine Welle auf hoher See.

»Voll bitte, Madame.«

Während sie mir das Benzin einfüllt, sehen wir uns lächelnd an. Sie ist wirklich bezaubernd, die Wirtin.

»Ach, würden Sie auch noch so lieb sein«, sage ich, als sie fertig ist, »und auch mal nach dem Öl schauen?«

»Natürlich, Monsieur, das gehört ja dazu.«

Ich klappe die Wagenhaube meines Wunderautos auf. Vergeblich suche ich den Haken, damit sie nicht wieder herunterfällt, doch der ist offenbar verschwunden. Also muß ich stehenbleiben und die Haube festhalten.

Die Besitzerin ist gerade dabei, den Meßstab mit einem Lappen abzuwischen, als plötzlich ein kleiner Mann mit dunklem Haar und schwarzen Augen aus der Tür des Gasthofs tritt. Er starrt mich an. Er betrachtet den Wagen.

Ich fange an zu zittern. Zum ersten Mal, nach drei Jahren Ermittlungen voll Ärger und Mißgeschick, sehe ich Buisson vor mir. Er steht da, zwei Meter von mir entfernt, die Hände an den Hüften und sieht mißtrauisch herüber. Wenn ich nicht die schwere Haube halten müßte, könnte ich jetzt versuchen, auf ihn zuzuspringen. Aber wenn ich sie loslasse, würde wahrscheinlich die arme Frau verletzt, die jetzt den Meßstab wieder hineinsteckt. Und vor allem könnte es sein, daß ich jenen kostbaren Bruchteil einer Sekunde verliere, den Buisson dazu nutzen wird, seine Waffe zu ziehen und mich wie ein Kaninchen niederzuschießen. Bei der Entfernung, in der er jetzt steht, kann er mich gar nicht verfehlen. Natürlich hätte Gillard, der hinten im Wagen kauert, genug Zeit, um ebenfalls zu ziehen und ihn umzulegen. In der Grammatik würde man das einen Konjunktiv nennen. Aber ich bin inzwischen im Perfekt bereits tot.

Es ist nicht die Angst, die mich in diesen Minuten, in denen ich spüre, wie Buissons mißtrauischer Blick mich aufmerksam mustert, davon abhält zu handeln: Von dem Augenblick an, als er in Hemdsärmeln aus der Tür trat, hat das Lampenfieber mich verlassen. Nein, wenn ich jetzt kein Risiko eingehe, so aus einem ganz einfachen Grund: ich will Buisson haben.

Er hat inzwischen auf dem Absatz kehrtgemacht und ist wieder in den Gasthof gegangen. Ich verfluche den fehlenden Haken an der Motorhaube; wenn ich nicht damit beschäftigt gewesen wäre, sie festzuhalten, hätte ich schon einen Vorwand gefunden, um mich dem Mörder zu nähern. Dann wäre jetzt alles vorbei. Ich hielte ihn bereits fest.

Aber dieses kleine Mißgeschick hat auch sein Gutes: ich bin mir wenigstens sicher, daß Buisson immer noch da ist. Nun ist es an mir, ihn nicht aus den Fängen zu lassen, wie das so oft meinen Kollegen von der Kripo passiert ist.

Ich werfe einen Blick auf meine Uhr: es ist zwanzig nach zwölf.

»Kann man bei Ihnen zu Mittag essen, Madame?«

»Aber ja, Monsieur, wir haben ein Restaurant.«

»Fabelhaft. Wenn es Sie nicht stört, dann würde ich gern mein

Auto in den Hof fahren und in den Schatten unter die Platane stellen.«

»Aber gern.«

»Reservieren Sie uns doch bitte einen Tisch und bringen Sie uns eine Flasche Wein, und zwar den besten.«

Ich fahre den Wagen in den Hof, der sich hinter dem Gasthof befindet, und wir steigen aus. Während Marlyse ihren Rock glattstreicht und ich die Türen verriegele, erscheint Buisson erneut; er steht etwa fünf Meter von mir entfernt im Gemüsegarten neben dem Erdbeerbeet. Er beobachtet uns. Ich spüre, wie mich sein harter, erbarmungsloser Blick durchdringt.

Er ist klein und schmächtig, und doch wirkt er irgendwie eindrucksvoll. Genau diesen Augenblick sucht sich Gillard, der ihn nicht gesehen hat, da er ihm den Rücken zudreht, aus, um mir zuzurufen:

»Ach, Borniche, ich hab meine Knarre im Wagen gelassen.«

»Halt den Mund, um Gottes willen«, erwidere ich, krank vor Angst, daß Buisson ihn gehört haben kann.

Ich ergreife Marlyses Arm und gehe mit ihr auf das Haus zu. Beuge mich zu ihr herab und frage sie leise, ob sie auch ja nicht die 6.35er vergessen hat. Doch sie deutet beruhigend auf ihre Tasche. Ich gebe zu, bis jetzt hat Marlyse sich erstaunlich verhalten. Ich weiß nicht, ob es einfach ihr Leichtsinn ist, aber auf jeden Fall ist sie von einer verblüffenden Gelassenheit, als ob es sich bei dieser Sache um nichts anderes als um einen kleinen netten Ausflug aufs Land handele.

Wir betreten den Gasthof. Wir kommen zuerst zur Bar. Links ist der Speisesaal; ländlich mit weiß gekalkten Wänden, Holzbalken und rotweißkarierten Baumwollvorhängen; aus demselben Stoff sind auch die Tischdecken. Rechts die Küche, von der Bar durch halbhohe Schwingtüren getrennt, die es gestatten, die ankommenden Gäste zu beobachten wie auch die Speiseplatten ungehindert hinüberzutragen.

»Möchten Sie lieber drin oder auf der Terrasse essen?« fragt die Wirtin und reicht mir die Speisekarte.

Ich tue so, als schaute ich fragend meine Freunde an, und entscheide dann jedoch sogleich: »Lieber im Speisesaal. Dort ist es kühler und man hört auch nicht so den Autoverkehr. Bitte geben Sie uns doch noch drei Pernods zum Aperitif.«

Während sich die Wirtin hinter der Theke zu schaffen macht, wählen wir unser Menü: Fleischpastete, gemischten Salat und

Hasenbraten, dazu eine gute Flasche Saint-Emilion. Die Zeit vergeht, Buisson läßt sich nicht wieder sehen. Wir müssen Zeit gewinnen.

»Noch eine Runde«, sage ich, »und ein Glas für den Wirt.«

Ich werfe einen Blick in die Küche, aus der der Wirt mir dankend zunickt. Ich kann fast nicht mehr stillsitzen. Ich schaue erneut in den Speisesaal, immer noch keine Spur von Buisson. In einer Ecke des Raumes entdecke ich ein altes Klavier, ich setze mich daran und fange an, Blues zu spielen. An meine Schulter gelehnt, trällert Marlyse die Melodie mit, während Gillard sorgenvoll die Stirn runzelt.

Die Minuten vergehen. Es ist jetzt 12 Uhr 30, und ich bin auch deshalb so beunruhigt, weil ich mit dem Dicken vereinbart hatte, daß ich so rasch wie möglich die Sache hinter mich bringen würde. Ich muß einen Weg finden, um ihn zu benachrichtigen, damit er nicht etwa von sich aus etwas unternimmt, was leicht in einer Katastrophe, die alles verpatzt, enden könnte. Ich stehe auf: Ich hab eine Trompete bemerkt, die an der Wand hängt. Gillard trottet wie ein Hund hinter mir her.

»Passen Sie auf.«

Ich greife nach dem Instrument, befeuchte meine Lippen und setze es an den Mund. Grell ertönt der kriegerische Ruf nach der »Suppe« und zerreißt uns fast das Trommelfell, aber ich hoffe, daß der Dicke ihn im Wald gegenüber vernommen und verstanden hat.

»Aber, aber«, sagt die Wirtin und erscheint mit einem Dutzend Töpfen und Tellern, »wer wird denn so ungeduldig sein. Setzen Sie sich doch erst einmal.«

Ich habe einen Tisch gewählt, der ziemlich in der Mitte des Saales am Fenster steht. Gillard und ich drehen der Küche den Rücken zu, während Marlyse so sitzt, daß sie sie im Auge hat. Ich hoffe, auf diese Weise das berühmte Mißtrauen des Mörders mit den schwarzen Augen einzuschläfern.

»Siehst Du ihn?«

»Nein, ich seh im Augenblick nur den Wirt.«

Wir beginnen mit dem Hors d'Oeuvre. Ich habe bereits die Pastete und den grünen Salat nervös heruntergeschlungen, als Marlyse mich plötzlich unter dem Tisch mit dem Fuß anstößt.

»Eben ist er durch die Küche gegangen, aber er ist durch die Hintertür im Hof verschwunden.«

Ich spüre, wie sich mein Magen verkrampft, und habe keinen Hunger mehr. Ich gieße mir ein Glas Wein ein. Marlyse gibt mir wieder einen Stoß mit dem Fuß.

»Da ist er wieder ... (Schweigen) ... Er hält eine Schüssel Erdbeeren in der Hand ... Jetzt ist er weg ... Er kommt zurück ... Jetzt setzt er sich mit dem Wirt zusammen an den Tisch und fängt an zu essen. Von seinem Platz aus kann er uns genau beobachten.«

Die letzte Information beglückt mich ganz und gar nicht, denn ich frage mich, wie ich es jetzt fertigbringen soll, Hand an Buisson zu legen. Ich hab immer gedacht, er würde mit uns zusammen im Speisesaal sitzen, vielleicht am Nachbartisch. Ich hab nicht im Traum geahnt, daß er seine Mahlzeiten mit dem Wirt zusammen in der Küche einnimmt, von wo aus er den ganzen Saal im Auge hat.

Etwa sieben oder acht Meter trennen unseren Tisch von dem seinen, und ich muß schon einen guten Grund finden, um mich ihm zu nähern, damit er mich nicht wie eine Schießscheibe durchlöchert.

46

Nachdenklich knabbere ich an meinem Hasenbraten, mir fällt einfach kein Vorwand ein, um auf Buisson zuzugehen, der mit vollen Backen kauend uns jedoch keinen Augenblick aus den Augen läßt.

»Was sollen wir tun?« fragt Gillard.

»Ich weiß nicht. Sind Sie unruhig?«

»Unruhig?« sagt Gillard. »Sie haben vielleicht Humor: ich schlottere an allen Gliedern, und das nicht wenig. Sie nicht?«

»Noch nicht. Aber es bleibt mir nichts anderes übrig, ich muß hingehen ... «

Ich lege meine Serviette auf den Tisch, rücke den Stuhl zurück, stehe mit dem natürlichsten Gesicht von der Welt auf und gehe auf die Küche zu. Ich weiß noch nicht, was ich tun oder sagen soll.

Ich gehe durch das Lokal und will gerade die kleine Tür aufstoßen, aber in diesem Augenblick wirft mir Buisson, der mich die ganze Zeit genau beobachtet hat, einen solchen Blick zu, daß ich wie angewurzelt stehenbleibe: Ich weiß genau, ich darf jetzt keinen Schritt weitergehen. Seine rechte Hand hat das Messer hingelegt und gleitet jetzt langsam zu seiner Jackentasche. Einen kurzen Augenblick lang habe ich den Eindruck, als sei ich völlig leer. Es ist ein seltsames Gefühl, so als sei ich eine riesige Hülle ohne Skelett. Ich stehe da mit blutleerem Gesicht, hämmerndem Herzen und weichen Knien, die mir wegzuknicken drohen. Ob man nun dieses psychologische Phänomen Angst nennt oder deutliches Bewußtsein einer Gefahr, das Resultat ist gleich: ich bin wie versteinert.

Nur ein paar Meter trennen mich von Buisson, der mich immer noch anstarrt, bereit, sofort zu reagieren, ein Tisch mit dem schmutzigen Geschirr und der Wirt, der mit dem Rücken zu mir zwischen uns sitzt und friedlich weiter ißt. Unter unendlicher Anstrengung gelingt es mir, mit ziemlich fester Stimme zu sagen:

»Ach bitte, Madame, ich möchte gern nach Deauville telefonieren, ist das wohl möglich?«

Glücklicherweise hatte ich bemerkt, daß rechts in der Ecke der Küche, zwischen dem Fenster zur Straße und der Spüle, ein Wandtelefon hing. Einen besseren Anlaß konnte ich kaum finden.

»Aber ja, Monsieur, welche Nummer wollen Sie?«

»Die 432.«

Ich hätte natürlich genauso 73 oder 852 sagen können, es wäre völlig egal gewesen. Inzwischen gehe ich wieder auf meinen Platz zurück, damit sich Buissons Mißtrauen wieder verflüchtigt.

Von unserem Tisch aus höre ich, wie die Wirtin die Kurbel dreht, die Vermittlung um das Gespräch bittet und dann wieder auflegt. Sie kommt an unseren Tisch.

»Wir werden gleich zurückgerufen«, sagt sie.

»Glaubst du, daß es klappen wird?« flüstert Gillard mir zu.

»Ich hoffe, sonst müßt ihr eben ohne mich weiteressen.«

In diesem Augenblick klingelt das Telefon, und ich spüre plötzlich, wie das Blut rascher durch meine Adern läuft; eine beklemmende Hitze steigt in mein Gesicht. Mit starren Muskeln mache ich mich wieder auf den Weg zur Küche. Ein wahres Spießrutenlaufen. Zweimal begegnet mein Blick dann Buissons, und eine Art Panik überfällt mich.

Völlig entmutigt sage ich mir, daß es mir nie allein gelingen wird, die gespannte Aufmerksamkeit des Mörders abzulenken und ihn zu überwältigen. Die Jahre der Flucht haben aus Monsieur Emile ein schlaues Wild gemacht, das ständig witternd auf der Hut ist.

Wieder bannt Buissons Blick mich an der Schwelle zur Küche. Dieser Blick verengt sich, wird tödlich und erschreckend, als die Wirtin, die den Hörer in der Hand hinter ihm steht, mir erstaunt zuruft: »Die Vermittlung sagt, daß Ihre Nummer gar nicht existiert.«

Nur mit letzter Anstrengung gelingt es mir, nicht krampfhaft zu schlucken: Die Bewegung meines Adamsapfels würde Buisson nicht entgehen und mich sofort verraten. Und außerdem muß ich meine Stimme in der Gewalt behalten, damit sie nicht anfängt zu zittern, und um in leicht indigniertem Ton zu erwidern:

»Wie bitte? Diese Nummer soll nicht existieren? Es ist doch die Nummer von meinem Krankenhaus! Bitte, sagen Sie der Vermittlung, sie soll es noch einmal versuchen.«

Mir erschien meine Stimme eher vorm Überkippen, doch Buisson hat sich nicht gerührt. Seine rechte Hand steckt jedoch immer noch in seiner Jackentasche und umklammert den Revolver. Das weiß ich genau, auch ohne es zu sehen.

Ich kehre zum zweiten Mal an meinen Tisch zurück. Mein Hemd klebt an meinem Körper, so sehr schwitze ich vor Angst. Bei jedem Schritt bin ich darauf gefaßt, eine Kugel in den Rücken zu bekommen, genau zwischen die Schulterblätter. Ich laufe wie ein Automat. Wie erschlafft von einer gewaltigen Anstrengung lasse ich mich auf meinen Stuhl fallen und trinke mein Glas Wein in einem Zug aus.

»Scheißspiel«, sagt Gillard. »Das fängt ja böse an.«

Ich hab nicht die Zeit, ihm zu antworten, denn in dem Moment ruft mich die Wirtin, sichtlich befriedigt: »Monsieur, da ist Ihr Gespräch, die Vermittlung hat sich in der Nummer geirrt.«

Ich gehe wieder zurück. Zum ersten Mal wage ich es, die Küche zu betreten; ich gehe an Buisson, knapp einen Meter von ihm entfernt, vorbei; aber ich setze meinen Weg fort, ohne ihn anzusehen, denn der Mörder hat sich auf seinem Stuhl umgedreht und verfolgt jeden meiner Schritte, die Hand in seiner rechten Tasche: Ich bemerke sogar, wie der Stoff von dem Revolver leicht ausgebeult wird.

Den Hörer in der Hand drehe ich ihm den Rücken zu.

»Hallo? Ist dort das Krankenhaus? Hier Doktor André. Ich werde mich ein bißchen verspäten, ich bin zwar auf dem Weg nach Deauville, aber vor halb zwei werde ich's wohl nicht schaffen . . . ? Nein, hören Sie zu . . . Nummer 6 soll weiter die üblichen Penicillinspritzen bekommen. Wegen Nummer 27 warten Sie bitte auf mich . . . Sagen Sie bitte dem Laboratorium, daß sie sich mit den Analysen beeilen . . . Ich werde mir dann die Resultate gleich ansehen, wenn ich komme. Vielen Dank.«

Ich hänge auf. Während des ganzen Gesprächs hatte ich nur eine Angst, daß nämlich die Dame am anderen Ende der Leitung, die mir in immer ärgerlicherem Ton wiederholte: »Hier ist nicht das Krankenhaus, sondern der Friedhof«, das Gespräch einfach abbricht.

Die Wirtin lächelt mir zu, und ich lächle zurück. Ich habe meine Ruhe wiedergewonnen, und ich fühle mich sehr viel besser. Jetzt muß ich handeln.

Ich habe mich einen Schritt von dem Telefon entfernt, so, als ob ich jetzt wieder in den Speisesaal zurückgehen wolle, ohne weiter auf Buisson zu achten, dessen beide Hände auf dem Tisch liegen. Nur ein Meter trennt uns, und da springe ich los. Im Bruchteil einer Sekunde stürze ich mich auf ihn, halte ihn fest. Mit all meinen Kräften drücke ich seine Arme zusammen und stelle ihn auf die Füße.

Der Mann ist klein, aber stark. Ich spüre, wie seine Muskeln sich spannen. Er leistet heftigen Widerstand, um sich aus meinem Griff zu befreien, doch der leichte Rausch, den ich habe, verzehnfacht meine Kräfte, und man müßte schon einen ganzen Kran einsetzen, um mich von ihm wegzuziehen.

Buisson schäumt, knurrt, windet sich. Halb erstickt keucht er hervor:

»Was fällt Ihnen denn ein? Sind Sie verrückt geworden?«

»Es ist aus mit Dir, Emile«, sage ich mit heiserer Stimme.

Er versucht einen letzten Ausbruch, und diesmal kann ich ihn nur mit Mühe bezwingen, dann erschlaffen seine Muskeln. Marlyse kommt in die Küche gerannt, zieht die Handschellen aus ihrer Tasche: zweimal ertönt ein metallisches Klicken, und dann sind die Handgelenke des Mörders »eisern« gefesselt.

Buisson ist bleich, seine Lippen bewegen sich, und er stößt unverständliche Worte hervor. Ich fasse in seine Tasche, ziehe meine Mauser heraus, die ich wirklich mit Erleichterung wieder an mich nehme, dann ein Magazin und schließlich einen falschen Personalausweis auf den Namen Ballu.

»Das haben Sie gut gemacht«, sagt Buisson, der jetzt seine Beherrschung wiedererlangt, während ich anfange, nachträglich an allen Gliedern zu zittern, »trinken Sie einen Schluck, das wird Ihnen helfen.«

»Er hat recht«, sagt Marlyse, »zwei Cognacs bitte.«

»Und ich?« fragt Gillard beleidigt, der inzwischen auch in die Küche gekommen ist und jetzt auf das offene Fenster zugeht, eine Pfeife aus der Tasche zieht und heftig hineinbläst, um den Dicken und Hours zu verständigen.

»Dann also drei Cognacs«, sagt Marlyse gelassen, »und einen Fliedertee für mich.«

Der Wirt und seine Frau haben die Szene verfolgt, ohne sich zu rühren, mit weitaufgerissenen Augen und offenem Mund, wobei sie fast an ihrer Fleischpastete erstickt wären.

»Also so was! Also so was!« ruft jetzt der Wirt, nachdem die Erstarrung etwas von ihm gewichen ist.

Seine Frau, die fast in Ohnmacht gefallen wäre, geht wie ein Automat auf die Theke zu. Als sie zurückkommt, trägt sie ein Tablett mit Gläsern und einer Flasche Cognac. Wir stoßen auf unsere Gesundheit an, und natürlich besonders auf den Erfolg unserer Aktion. Seit Buisson gefesselt ist, habe ich kein Wort mehr gesagt, und Marlyse fragt jetzt leicht beunruhigt:

»Woran denkst du, Liebling?«

Ich antworte nicht.

Eigentlich sollte Buissons Gefangennahme mich mehr als befriedigen: was Dutzenden von Polizisten aller Dienstgrade und aller Abteilungen sowie jeden Alters nicht gelungen ist, ich hab es geschafft.

Für einen Grünschnabel wie mich, der erst ein paar Jahre Polizeiarbeit hinter sich hat, ist das wirklich nicht schlecht. Morgen würde man im ganzen Haus mein Loblied singen, mich um meinen Sieg beneiden und meinen tollkühnen Mut – oder meinen Leichtsinn – kritisieren, daß ich eine junge Frau in mein Abenteuer mit hineingezogen habe, die nicht einmal der Polizei angehört. Für die einen werde ich der Superbulle sein, für die anderen der Bulle, der halt ein unverschämtes Glück gehabt hat, und für die übrigen der Bulle, der seinen Erfolg nur den Spitzeln verdankt. Mir soll es gleich sein. Von der Prämie in Höhe von 30 000 Francs, die der Dicke mir versprochen hat, werde ich endlich Marlyse einen anständigen Gasherd kaufen können.

Mit unverhohlener Genugtuung entdecke ich kurz darauf in Buissons Zimmer – dessen Fußboden mit ausgedrückten Zigarettenstummeln bedeckt ist – den Colt mit dem Kaliber 11 mm 45, die Waffe seiner Verbrechen, mit der er Polledri umgelegt, den Juwelenhändler Baudet verletzt, die Bankangestellten von Champigny und wahrscheinlich noch viele andere getötet hat. Buisson hat meine Gedanken erraten:

»Oh, Sie irren sich. Ich habe diese Waffe nie benutzt. Sie können sie ja in Ihrer technischen Abteilung untersuchen lassen, dann werden Sie schon sehen.«

Der gelassene Ton, in dem er diese Worte spricht, bringt mich leicht aus der Fassung. Drei Stunden später steht Emile Buisson in der Rue des Saussaies vor dem Tor zur Sûreté.

»Borniche«, sagt der Dicke in feierlichem Ton zu mir, »von heute an können Sie sich als Oberinspektor betrachten.«

Das war am 10. Juni 1950, um 18 Uhr 09. Sechs Monate lang mußte ich noch darauf warten, bis ich wirklich befördert wurde. Aber der Dicke bekam seine Ernennung sofort. Und zwar als erster!

Sechste Runde

47 Wir vernehmen Buisson den ganzen Sonntag über, ohne daß etwas von seiner Verhaftung durchsickert. Am Montag morgen um neun Uhr ist es dann jedoch soweit: der Dicke wird der Presse die erstaunliche Neuigkeit bekanntgeben. Nervös ruft er mich an:

»Also, Borniche, kommen Sie jetzt oder nicht, ich versuche schon seit einer Stunde, Sie anzurufen.«

Vor der Tür rutsche ich auf dem bohnerwachsgepflegten Parkett aus, dann stehe ich in seinem Büro. Der Dicke hat einen dunklen Anzug an, trägt ein weißes Hemd und glänzend polierte schwarze Schuhe. Ohne sich die Zeit zu nehmen, mir auch nur die Hand zu drücken, verkündet er mir mit strahlender Miene:

»Borniche, jetzt werden wir uns rächen.«

Ich betrachte ihn verdutzt, doch ich komme gar nicht erst dazu, ihm eine Frage zu stellen:

»Ja, mein Lieber, jetzt werden wir der Kripo eins auswischen, die uns seit drei Jahren ständig Knüppel zwischen die Beine wirft. Buisson ist nicht in Claville verhaftet worden, haben Sie verstanden, Borniche, sondern wir haben ihn uns an der Porte de Saint-Cloud geschnappt, im Restaurant Les Trois Obus, wo er zu Mittag aß.«

Ich lächle verwirrt.

»Wieso denn das, Chef?«

Der Dicke zuckt gereizt die Schultern, pflanzt sich dann in voller Größe vor mir auf:

»Sagen Sie, wollen Sie nicht verstehen, oder was ist los? Wo hat die Kripo denn Girier verhaftet, nun? In Montfermeil, auf unserem ureigenen Gebiet, wo sie überhaupt nichts zu suchen hat. Na schön, und ich verhafte Buisson jetzt auf ihrem Terrain. Damit sie auch mal wissen, wie das ist, wenn man von allen Seiten einen Anpfiff bekommt.«

Und der Dicke reibt sich schadenfroh die Hände bei dem Gedanken an den Streich, den er da seinen unglücklichen Kollegen spielt. Er läßt sich dann in einen Sessel fallen und fügt hinzu:

»Wenn ich besonders bösartig wäre, könnte ich ihnen noch viel mehr Ärger machen. Ich könnte zum Beispiel erzählen, daß ich Buisson verhaftet habe, als er gerade vor dem Quai des Orfèvres 36 auf und ab ging. Aber soweit will ich ja gar nicht gehen.«

Zwei Stunden später kann ganz Frankreich in den Abendausgaben lesen, daß Buisson, der Unsichtbare, friedlich in einem Restaurant in Boulogne zu Mittag aß, als der Dicke mit seinen Mitarbeitern auftauchte.

Es ist alles eine Frage des Glücks. Bei der Polizei wie beim Billardspiel. Wenn nur der erste Stoß wirklich gelungen ist, kann man anschließend ein erstaunliches Glück haben. So ging es mir auch im Fall Buisson.

Nach Emiles Verhaftung bekam Mathieu Robillard seine 150 000 Francs ausbezahlt, wobei die Direktion ihr Mißfallen bekundete, so gerupft zu werden. Dank des aufsehenerregenden Fanges, den ich mit Buisson gemacht hatte, gelang es mir, die Unterwelt zu verunsichern, und so konnte ich auch noch Vérando, Loubier und Labori mit rund dreißig anderen Komplizen aufstöbern, die alle wegen Bandenüberfalls hinter Schloß und Riegel kamen. Nur der kleine Orsetti hat es fertiggebracht, mir bisher zu entkommen, aber sein Glück wird auch nicht ewig dauern.

Und dank meines günstigen Sterns, läuft mir auch Girier eines Tages auf der Place de l'Opéra in die Falle, der zwei Monate zuvor seinen Aufsehern entwischt war, indem er den Boden einer grünen Minna durchsägt hatte. Plötzlich bin ich der Superbulle von ganz Frankreich. Seitdem Buisson wieder seine Zelle in der Santé bezogen hat, widme ich mich Tag für Tag seinem Verhör, denn er will nur mir gegenüber sprechen. Ich muß jedoch, so seltsam das klingen mag, zugeben, daß wir im Verlauf der Zeit eine gegenseitige Sympathie füreinander entwickelt haben. Es ist wirklich komisch, aber es ist die reine Wahrheit: Wir sind fast zu Freunden geworden. Emile und ich haben uns auf einen besonderen und unveränderbaren Stundenplan geeinigt. Morgens hole ich ihn in einem Dienstwagen in der Santé ab.

»Wie geht's?«

»Danke, gut.«

Wir schütteln uns die Hand, er steigt in den Wagen, nachdem ich ihm die Handschellen angelegt habe, und wir begeben uns in die Rue des Saussaies. Während der Fahrt wechseln wir kaum ein paar Worte, außer vielleicht über das Wetter, die französische Fußballmannschaft oder ein besonders hübsches Mädchen auf der Straße. In meinem Büro feßle ich Emiles linkes Handgelenk mit Handschellen an den Heizkörper, dann schiebe ich ihm einen bequemen Sessel hin, den ich extra für ihn besorgt habe. Er macht es sich gemütlich. Mit seiner rechten Hand gießt er sich ein Glas guten Bordeaux ein – jeden Morgen kaufe ich ihm eine Flasche – zieht seine dicke Hornbrille aus der Tasche und greift nach dem Figaro, der, ebenfalls für ihn, auf meinem Tisch liegt. Es ist neun Uhr. Bis halb eins stelle ich ihm keine einzige Frage. Zwischen uns herrscht völliges Schweigen, jeder von uns hält sich genau an die Abmachung. Während er sich von Zeit zu Zeit ein neues Glas einschenkt, liest Emile bedächtig die Zeitung. Er liest alles, Zeile für Zeile, besonders aber die politischen Informationen.

Eines Tages habe ich ihn neugierig gefragt, warum er sich so sehr für die internationale Lage interessiert, und er antwortete mit hochgezogenen Brauen:

»Ich versuche, herauszubekommen, ob die Russen und die Amerikaner aneinandergeraten, Borniche.«

»Warum, hast du Angst?«

»Natürlich nicht, im Gegenteil. Ich hoffe, daß es mal wieder Krieg gibt. Das ist meine einzige Chance. 1940 ist es mir dank des Rückzugs gelungen, aus dem Gefängnis von Troyes auszubrechen. Denn wenn wir weiter Frieden haben, Monsieur Borniche, weiß ich genau, daß Sie alles tun werden, damit ich im Sägemehl ersticke.«

Gegen Mittag blickt Buisson kurz von seiner Zeitung auf und fragt:

»Was gibt's heute zu essen, Monsieur Borniche?«

»Warte, ich werde fragen.«

Ich telefoniere mit dem Wachposten im Erdgeschoß und lasse mir den Speisezettel vorlesen, den ich dann Wort für Wort Emile wiederhole. Er nickt meist zustimmend. Um ein Uhr fängt Emile an, in seinem Sessel unruhig zu werden. Er legt die Zeitung beiseite, trinkt sein Glas aus, steckt die Brille wieder ein und meint:

»Wie wär's, wenn wir jetzt pinkeln gingen, Monsieur Borniche?«

Ich bin einverstanden. Ich schließe die Handschelle um unsere beiden Handgelenke, und so begeben wir uns zu den Toiletten auf dem Treppenabsatz. Von dort aus gehen wir bis ins Untergeschoß des Gebäudes, wo er in einer Zelle zusammen mit zwei Aufsehern zu Mittag ißt, die wahrscheinlich auch noch nie ihr Mahl mit einem Mörder geteilt haben. Inzwischen esse ich rasch eine kalte Platte in der Santa-Maria.

Um zwei Uhr beginnt dann der Ernst des Tages. Buisson wird zurückgebracht, und ich feßle ihn erneut an den Heizkörper; er ist sichtlich befriedigt, weil er hier ein weit besseres Essen als in der Santé bekommt. Ich wende mich dem 1 m 50 hohen Aktenstoß zu, der alle Protokolle bezüglich der 36 Morde und Überfälle enthält, deren Buisson angeklagt ist.

»Was soll denn heut an die Reihe kommen, Monsieur Borniche?«

Mit diesen Worten fängt unweigerlich jedes meiner Verhöre an. Bei uns spielt sich alles ruhig und in freundschaftlichem Ton ab. Ich weiß genau Bescheid über Emiles Aktivitäten. Alle seine früheren

Freunde, mit nur wenigen Ausnahmen, haben ausgepackt. Ich lese Emile ihre Geständnisse vor, der ruhig zuhört, sich überhaupt nicht mehr wundert und sich auch nicht mehr darüber entrüstet, daß seine Komplizen ihn so bereitwillig verraten. Sie schieben alles Emile in die Schuhe, selbst das, was er nicht getan hat. Und damit stehen sie nicht allein, ganz Frankreich begräbt Emile fast unter einer Lawine von Anklagen. Alle vergewaltigten Mädchen, gestohlenen Fahrräder, alles verschwundene Silber, alle Überfälle und alle Morde werden ihm angehängt. Ich muß so gut es geht die Wahrheit feststellen, und Emile hilft mir dabei nach Kräften; abends unterschreibt er die Protokolle, die ich mit der Maschine getippt habe, ohne sie noch einmal durchzulesen und sagt:

»Ich hab Vertrauen zu Ihnen, Monsieur Borniche.«

Er gesteht alles. Er gibt alles zu, außer den Kapitalverbrechen.

Er ist bereits zu lebenslangem Zuchthaus verurteilt; aber er will nichts zugeben, was ihn aufs Schafott bringen könnte. Sobald die Rede auf die verletzten oder getöteten Bankangestellten kommt, auf die Morde an Russac und Polledri, leugnet er hartnäckig trotz der Beweise, trotz aller Zeugenaussagen; er gibt nichts zu. Wenn er seinen ehemaligen Komplizen gegenübergestellt wird, starrt er sie mit wütenden und verächtlichen Blicken an.

Ein einziges Mal erwacht wieder seine Grausamkeit, und in seinem Blick blitzt eine so erschreckende Wildheit auf, daß ich wirklich froh bin, daß er fest an den Heizkörper gefesselt ist. Das ist an dem Tag, an dem wir über Mathieu Robillard sprechen. Mit heiserer und wutverzerrter Stimme sagt er:

»Wenn ich den zwischen die Finger bekäme, dem würde ich den Hals mit einer Blattsäge durchsägen. Und von Zeit zu Zeit würde ich kurz aufhören, damit man ihn besser schreien hören kann.«

Unsere Verhöre ziehen sich über drei Jahre hin. Als er erfuhr, daß René Girier aus der grünen Minna ausgebrochen ist, konnte ich ein wehmütiges Aufleuchten seines Blickes beobachten. Als er hörte, daß ich ihn wieder geschnappt habe, ging ein kleines befriedigtes Lächeln über sein Gesicht. Ich berichtete ihm von all meinen Verhaftungen: die Gangster, mit denen er früher zusammengearbeitet hatte, seine kleinen oder großen Komplizen gingen mir einer nach dem anderen ins Garn. Eines Tages sagte ich mit gewisser Genugtuung und voller Stolz:

»Siehst Du, Emile, das ist jetzt meine 35. Verhaftung in Deiner Sache.«

Er sah mich an, und in seinem Blick flammte eine kleine Ironie auf. Er trank einen Schluck Wein, stellte sein Glas ab und sagte dann im Ton der Herausforderung:

»Aber einen haben Sie noch übersehen.«

Er versetzt mir damit einen ganz schönen Schock. Mit gerunzelter Stirn und leicht beleidigt frage ich ihn schließlich neugierig, weil mir niemand anders als Orsetti einfällt:

»Wer denn?«

»Courgibet, Monsieur Borniche. Den haben Sie noch nicht geschnappt, und so bald werden Sie den auch nicht bekommen.«

»Courgibet? Aber das ist doch eine uralte Sache, die mich nicht mehr interessiert.«

»Ach? Das ist schade.«

»Warum«, erkundige ich mich, »weißt Du, wo er steckt?«

»Natürlich, er ist jetzt in Amerika, aber Amerika ist groß.«

»Das mag schon sein, aber meine Kollegen vom F.B.I. sind nicht schlecht organisiert. Die würden Deinen Courgibet schon auftreiben, glaub mir.«

»Das würde mich wundern, Monsieur Borniche, wirklich. Denn den Namen Emile Courgibet kennt man dort nicht.«

»Was willst Du damit sagen, Emile?«

»Aber Monsieur Borniche, Sie sind doch intelligent, verstehen Sie denn immer noch nicht?«

»Hm, vielleicht hat er sich inzwischen einen anderen Namen zugelegt?«

»Genau. In Amerika nennt Courgibet sich Fernand Châtelain und arbeitet als Kunstschreiner.«

Ich schweige eine ganze Weile und betrachte Buisson, der, sein linkes Handgelenk in den Handschellen, mit unerträglich süffisanter Miene gelassen in seinem Sessel sitzt. Und ich denke an das soviel gerühmte Gesetz des Schweigens in der Unterwelt und überlege mir, daß im Fall Buisson wirklich wenige danach gehandelt haben. Die, die trotz der Drohung erheblicher Strafverschärfung sich geweigert haben, zum Verräter zu werden, kann ich an den Fingern einer Hand abzählen. Es sind Caillaud, La Nus, Paul Brutus und Labori. Bisher gehörte auch Buisson dazu. Doch auch Emile wird jetzt von meiner kurzen Liste verschwinden. Auch er hat sich jetzt wie die »Kanarienvögel« verhalten, die er so sehr verachtet hat.

»Warum lieferst Du Courgibet ans Messer?« frage ich ihn.

»Ich sitze jetzt im Loch, und andere Freunde sitzen auch im Loch. Können Sie mir einen Grund sagen, weshalb Courgibet dann nicht auch drin sitzen soll?«

»Du sinkst in meiner Achtung, Emile.«

48

12. Februar 1952. Ein eisiger Wind bläst im Hafen von Le Havre. Ich warte zusammen mit Leclerc, unserem neuen Inspektor, dem Nachfolger von Hours, der nach Marseille versetzt wurde, auf die Ankunft der ›America‹. An Bord dieses Schiffes, in der Kabine Nummer 324, befindet sich Emile Courgibet, den mir meine Kollegen vom F.B.I. schicken. Als ich mich aufgrund von Buissons Denunziation mit ihnen in Verbindung setzte, haben sie gleich eine Fahndung aufgenommen; und es dauerte nicht lange, bis sie Courgibet ausfindig machten. Er hatte vier Jahre zuvor ein hübsches Mädchen aus Kalifornien geheiratet und in New York eine Kunsttischlerei aufgemacht, wobei er sich auf den Louis-XV-Stil spezialisiert hatte. Es kam sogar vor, daß das Weiße Haus bei ihm bestellte. In zwei Monaten sollte er die amerikanische Staatsangehörigkeit erhalten. In ihrem Bericht hoben meine amerikanischen Kollegen hervor, daß Courgibet-Châtelain drüben ein einwandfreies Leben geführt hat. Wäre Buissons Verrat nicht gewesen, hätte er seine Vergangenheit vergessen können.

Die ›America‹ hat inzwischen angelegt. Die Brücke wird heruntergelassen. Leclerc und ich gehen an Bord, wo der Schiffskommissar uns bereits erwartet. Dann folgen wir einem Steward, der uns durch verwirrende Gänge und mehrere schmale Treppen hinunter geleitet, bis wir vor der Kabine Nummer 324 stehen. Ich klopfe. Ich öffne die Tür. Ich trete ein. Leclerc folgt mir. Ein hochgewachsener, vornehm aussehender Mann starrt uns verblüfft an.

»Na los, Courgibet, mach schon!« sage ich und weise meine Polizeimarke vor.

Der Mann wird rot, verliert völlig die Fassung, stammelt mit stark amerikanischem Akzent ein paar kaum verständliche Worte und hält mir schließlich seinen Diplomatenpaß entgegen.

»Ausgezeichnet«, bemerke ich ironisch, »keine schlechte Fälschung, aber bei mir verfängt das nicht.«

Ich packe ihn am Arm und will gerade mit ihm die Kabine verlassen, als ein Schiffsoffizier bleich und außer Atem hereinstürzt.

»Lassen Sie sofort den Mann los«, befiehlt er, »das ist der Botschafter von Norwegen. Das Ganze ist ein Irrtum. Der Mann, den Sie suchen, wurde in eine andere Kabine gebracht; er ist jetzt in Nummer 264.«

Jetzt werde ich vor Verlegenheit rot. Leclerc und ich entschuldigen uns gebührend und begeben uns dann im Laufschritt zu Courgibets neuer Kabine.

Diesmal treten wir ein, ohne zu klopfen. Blaß und traurig steht

Emile Courgibet mitten im Raum und wartet auf uns. Mit wehmütigem Lächeln deutet er auf das Bullauge hinter sich und sagt zu mir:

»Wenn ich noch zwanzig Jahre jünger wäre, hätte ich versucht, dort hinaus zu entkommen. Aber ich bin 55, und diesmal ist mein Leben wohl zu Ende.«

Emile Courgibet ist nicht groß und hat eine sanfte Stimme. So wie er da vor mir steht, gut gekleidet, den Hut in der Hand, bedächtig seine Worte wählend, ähnelt er eigentlich eher einem wohlsituierten Geschäftsmann als einem Gangster auf der Flucht.

Während wir im Zug zurück nach Paris fahren, sind Leclerc und ich immer mehr von diesem liebenswürdigen und höflichen Mann beeindruckt. Und als wir plötzlich bemerken, wie ein paar Tränen über seine Wangen laufen, sind wir beide sogar von Mitleid gerührt.

Gleich am nächsten Morgen lasse ich Courgibet in mein Büro kommen, um mit der Vernehmung zu beginnen. Er ist blaß, offenbar hat ihn seine erste Nacht im Gefängnis erschüttert. Ich setze mich ihm gegenüber und, während ich das Papier in meine Schreibmaschine einspanne, frage ich ihn, ob er einen Kaffee möchte, aber er schüttelt den Kopf. Ich habe ihn nicht an den Heizkörper gefesselt.

»Na schön«, sagte ich, »am besten, wir bringen es so schnell wie möglich hinter uns. Einverstanden?«

»Wie Sie wollen, Inspektor.«

»Fangen wir ganz von vorn an; am 18. November 1918 wurden Sie von dem Geschworenengericht in Paris zu acht Jahren Zwangsarbeit in Cayenne verurteilt, wegen Mordes an der Frau, die Sie liebten. Es war ein Verbrechen aus Leidenschaft, nicht wahr?«

»Ja. Eines Abends im Jahre 1919 wurde ich gefesselt mit einigen anderen auf ein Schiff gebracht, dessen Zielhafen Saint-Laurent-du-Maroni war. Dort kam ich in das Lager Colbert; zusammen mit Männern, mit denen ich nichts gemeinsam hatte, die völlig verschieden von mir waren.«

Und so erzählte Courgibet mir seine Geschichte, eine erschütternde Geschichte, die zwanzig Jahre später ein anderer gebührend ausgeschmückt als seine eigene niederschreiben sollte. Ein ehrlich gewordener Verbrecher.

»Natürlich mußte ich mich ihren Sitten anpassen, mußte ebenso brutal und gewalttätig werden wie sie, wenn ich mir nicht eines Nachts die Kehle durchschneiden lassen oder die Geliebte eines anderen Sträflings werden wollte.«

»Und dann sind Sie geflohen.«

»Ja. Am Abend des 20. September 1922. Es war ein Sonntag.

Unter dem Vorwand, wir, d. h. zwei andere Sträflinge und ich, wollten Wäsche waschen gehen, sind wir immer tiefer in den Busch eingedrungen; wir liefen so lange, bis wir zum Maroni-Fluß kamen. Auf der anderen Seite lag Holländisch-Guayana: Wir mußten also den Fluß überqueren. Das haben wir auch getan, und zwar schwimmend. Ich hab mich oft gefragt, wie es kam, daß uns die schreckliche Strömung des Flusses nicht mitgerissen hat. Endlich lagen wir erschöpft am anderen Ufer, in Holländisch-Guayana. Meine beiden Gefährten und ich liefen und liefen, praktisch ohne Rast; wir nährten uns von Wurzeln, unsere Kleider hingen in Fetzen herunter, und das Fieber quälte uns. Das war der Anfang unserer Leiden, aber ich war bereit, alles zu ertragen, um dem Bagno zu entrinnen.

Und so kamen wir eines Tages, ohne es zu wollen, zu einem Bauxitbergwerk. Dort arbeiteten bereits neun andere geflohene Häftlinge, die meine beiden Kameraden kannten. Sie verschafften auch uns Arbeit in dem Bergwerk. Wir wurden erbärmlich bezahlt – aus gutem Grund –, und trotzdem sparten wir, so viel wir konnten. Ich hatte nur einen Gedanken: ein Boot zu kaufen, mit dem wir an der Küste von Britisch-Guayana entlang fahren und bis nach Venezuela kommen könnten, einem Land, das mit Frankreich keinen Auslieferungsvertrag hatte. Die anderen wollten sich mir anschließen.

Dieses Fischerboot entdeckte ich schließlich bei einem Neger; es kostete fast nichts, war dickwandig, schwer und stabil. Aus Jutesäkken fertigten wir die Segel an, bepackten es mit Lebensmitteln und zwei Tonnen Wasser und machten uns auf die Fahrt. Ich konnte ein bißchen segeln, und meine Kumpel vertrauten mir.

Am achten oder neunten Tag kam Sturm auf. Der Himmel hatte sich schwärzlich grau gefärbt, und der Wind wehte mit zunehmender Stärke. Wir holten einen Teil des Segels ein und ließen nur so viel, wie wir brauchten, um das Boot zu lenken. Zwei Tage lang kämpften wir gegen den Sturm. Dann riß das restliche Segel, der Mast stürzte ein, und unser Boot wurde ein Spiel der Wellen.

In den ersten Morgenstunden passierte es dann. Wir kenterten. In ein paar Sekunden war alles vorbei. Eine riesige Welle ergriff uns wie die Hand eines Riesen, schleuderte uns in die Luft. Dann schlugen die Wellen über mir zusammen. Der Wind verschlang unsere Schreie. Alles geschah sehr rasch. Meine Freunde versanken einer nach dem anderen, außer mir und noch zwei anderen. Wir schwammen stundenlang weiter. Wir waren besessen von dem Willen zu überleben, und das hielt uns über Wasser.

Plötzlich sah ich ringsum weiße Bäuche und schwarze Mäuler: es waren Haifische. Ich brüllte vor Angst, doch vergebens: Im gleichen Augenblick spürte ich einen schrecklichen Schmerz im linken Arm. Ein Hai hatte mich angegriffen, ich hielt mich bereits für verloren und wurde ohnmächtig . . .

Als ich wieder zu mir kam, lag ich auf einem Strand. Indianergesichter beugten sich über mich. Es waren Fischer, und sie hatten mich gerettet. Sie waren nackt und trugen nur einen winzigen Lendenschurz. Aus ihren bartlosen Gesichtern lächelten sie mir zu. Sie brachten mich dann in ihr Dorf, das aus einem knappen Dutzend Häusern bestand. Ich war auf einer Insel gelandet, von der aus man sogar einen Leuchtturm erkennen konnte, der die Küste von Venezuela anzeigte.

Eine junge fünfzehnjährige Indianerin pflegte mich mit rührender Hingabe. Sie lehrte mich die Sprache ihres Stammes. Ich wurde ihr Mann, nachdem der Häuptling der kleinen Dorfgemeinde unser Bündnis gebilligt hatte. Sechs Jahre lang lebte ich unter ihnen, lernte, wie man Tische und Stühle anfertigt, wie man auf die Jagd und zum Fischfang geht und wie man die Perlmuscheln auf dem Meeresgrund sucht. Meine Frau hieß Lila. Sie schenkte mir zwei Kinder. Aber eines Tages nahm ich traurig Abschied von der tränenüberströmten Lila, dem alten Häuptling und allen anderen.«

»Warum?«

»Ach, Inspektor, es war die Sehnsucht nach Paris! Wie alle Gefangenen hatte auch ich immer den gleichen Traum gehabt: meine Flucht und die Rückkehr nach Paris. Mit einem Kanu, das der Häuptling mir geschenkt hatte, brach ich nach Caracas auf. Als ich von ihm Abschied nahm, sagte er zu mir: ›Ich wußte, daß Du eines Tages wieder fortgehen würdest.‹ Einen Monat brauchte ich, um Caracas zu erreichen, und als ich dort ankam, war ich völlig erschöpft.

Ich suchte mir als erstes Arbeit. Einem meiner älteren Brüder, der in Buenos Aires lebt, schrieb ich, daß er mir ein bißchen Geld und vor allem falsche Papiere schicken sollte. Ich wußte, daß alle Schiffe, die von Caracas nach Buenos Aires fuhren, unterwegs in Französisch Guayana anlegten. Dieses Risiko war für mich zu groß. Ich wollte schließlich nicht nach Saint-Laurent-du-Maroni zurückgebracht werden.

Deshalb entschloß ich mich, über Peru nach Argentinien zu fahren, über den Pazifik. Dazu mußte ich die Anden überqueren. Erst 1933 kam ich bei meinem Bruder an: eine Reise, die fünf Jahre gedauert hatte. Wäre ich friedlich auf meiner Sträflingsinsel geblieben, hätte ich meine Strafe schon seit Jahren verbüßt und mein

Schicksal wäre ganz anders verlaufen.«

»Warum sind Sie nicht in Argentinien geblieben?«

»Ich sagte es Ihnen doch schon: die Sehnsucht nach Paris. Mit der Hilfe meines Bruders konnte ich mich nach Spanien einschiffen. Damals brach gerade der Bürgerkrieg aus. Ich war in Barcelona. Eines Abends hörte ich in einer Bar zwei Männer neben mir französisch sprechen. Seit Jahren hatte ich niemanden mehr in meiner Muttersprache reden gehört. Wir schlossen Bekanntschaft: Es waren die Brüder Buisson.«

»Und dann sind Sie mit ihnen zusammen nach China gegangen. Und noch ein bißchen später haben Sie mit Emile zusammen den Raubüberfall in Troyes verübt.«

»Ja, das ist wahr. Aber eins muß ich noch dazu sagen. Ich war in Troyes nicht bewaffnet. Ich habe niemanden bedroht. Wenn ich etwas zutiefst verabscheute, so war es Mord. Als ich begriff, daß Emile Buisson ein Mörder war, habe ich mich von ihm getrennt.«

»Ich weiß; das war kurz vor dem Krieg. Sie sind dann nach Amerika ausgewandert.«

»Ja, ich wollte ein neues Leben beginnen. Ein ehrbares Leben. Es war mir auch gelungen . . . «

Courgibet verstummt. Er muß wieder an sein Unglück denken, und eine Träne läuft ihm die Wange herunter. Seine ganze Haltung, jede seiner Gesten und die unauffällige Eleganz seiner Kleidung beweisen mir, daß er es drüben zu Reichtum und Ansehen gebracht haben mußte. Er hatte seine Vergangenheit hinter sich gelassen, war in Amerika auf der Stufenleiter des Erfolgs Sprosse um Sprosse emporgestiegen und nun saß er hier vor mir als Gefangener, ein paar Monate vor der Verjährung wieder brutal zurückgeworfen in diesen Abschaum; und dies alles nur, weil Buisson ihn denunziert hatte.

»Hören Sie«, sagte ich zu ihm, »es wird Sie vielleicht wundern, Courgibet . . . «

Er hebt den Kopf, wischt sich über die Augen und gewinnt rasch seine Beherrschung zurück.

»Wieso, Inspektor?«

»Bei Ihrem Prozeß werde ich zu Ihren Gunsten aussagen.«

49

Alles hat ein Ende. An einem Sonntag im September schlendere ich mit Marlyse Arm in Arm den Boulevard Rochechouart hinunter. Die Sonne scheint.

»Wie wär's, wenn wir noch bis Barbès hinuntergingen?« schlägt Marlyse vor. »Wir gehen dann auf der anderen Seite wieder zurück.«

Ich weiß, was das bedeutet: Marlyse bleibt vor jedem Schaufenster stehen, was ich hasse. Ich verlege mich aufs Bitten:

»Ach, Liebling, laß uns nach Hause gehen. Ich hab noch so viel zu tun. Ich muß noch die Kacheln über den Spülstein kleben.«

Aber was nützt's; ich lasse mich doch überreden. Gerade als wir an der Métrostation vorbeigehen, kommt ein kleiner, dunkelhaariger Mann mit dunklem Teint die Treppe heraufgelaufen und geht mit raschen Schritten in Richtung Boulevard Barbès. Seine Gestalt, seine Haare, sein Gesicht kommen mir irgendwie bekannt vor. Natürlich: es ist Orsetti.

Mit einem Sprung stehe ich vor ihm.

»Oh, Jeannot, welche Überraschung!«

Orsetti steht wie erstarrt da. Seine dunklen Augen blicken mich verzweifelt an.

»Monsieur Borniche!«

»So ist es. Was machst Du denn hier, Jeannot?«

Marlyse hat inzwischen ein Taxi gerufen und öffnet uns die Tür.

»Bis gleich, Liebling.«

Während sie ihren Spaziergang allein fortsetzt, fährt das Taxi uns in mein Büro. Ich durchsuche ihn kurz, rufe dann Victor an, um ihn zu bitten, er möge seinem Vetter Wäsche und vielleicht ein extra Lebensmittelpaket vorbeibringen, und schreibe dann den Haftschein aus. Und schon schließt sich die Zellentür hinter Jeannot, der seit unserer Begegnung kaum ein Dutzend Worte von sich gegeben hat. Ich weiß genau, er wird auch weiterhin schweigen. Aus ihm wird nichts herauszukriegen sein. Ich überlasse es dem Untersuchungsrichter, ihn zu verhören und den anderen Zeugen vorzustellen. Für mich ist die Akte Buisson geschlossen.

Der Überfall auf die Bank von Champigny kann trotz Buissons hartnäckigem Leugnen, trotz Loubiers Lügen, trotz Laboris erheblichen Gedächtnislücken und Grosjeans hartnäckigem Schweigen geklärt werden. Es ist Bolec, der als erster anfängt auszupacken. Ich habe ihm von Zeit zu Zeit wieder ein kleines Rendezvous mit seiner Frau verschafft, und er hat mir eine rührende Dankbarkeit bewahrt. Auch Joyeux hat schließlich geredet. Das Versprechen, seine Geliebte auf freien Fuß zu setzen, hat ihn dazu gebracht, seine Komplizen zu verraten. Er hat offiziell ausgesagt, daß Buisson derjenige sei, der auf Polledri, den Juwelier Baudet und die Bankangestellten in Champigny geschossen hat. Buisson, der immer noch seine Unschuld beteuert, schlägt sich auf die Schenkel:

»Der Mann muß verrückt sein! Sie wissen doch genau, Monsieur Borniche, daß mit meiner Waffe gar nicht geschossen wurde.«

Das ist wahr: die technische Abteilung hat mit Sicherheit festgestellt, daß aus dem Colt, den ich in seinem Zimmer gefunden habe, keine einzige Kugel verschossen wurde, während die Patronenhülsen, die wir in der Passage Landrieu in Paris, auf dem Boulevard Jean-Jaurès in Boulogne und in der Rue Jean-Jaurès in Champigny fanden, aus der Waffe stammen müssen, die ich Vérando bei seiner Verhaftung in einer Bar in der Rue de Richelieu abgenommen habe. Und auch hier läßt der Bericht des Erkennungsdienstes keinen Zweifel offen. Nun war jedoch Vérando zwar Buissons Komplize bei dem Mord an Polledri und dem Überfall in Boulogne; in Champigny ist er aber nicht dabei gewesen. Das wissen wir aus Joyeux' und Bolecs Aussagen, und außerdem hat keines der Opfer – die Buisson spontan als den Mann mit dem Colt identifizierten – Vérando wiedererkannt. Es gibt also nur zwei Möglichkeiten. Entweder hat Vérando Buisson seinen Colt geliehen, oder die Waffen wurden bei irgendeiner Gelegenheit versehentlich vertauscht.

»Nein«, schreit Buisson, »ich hatte nie eine andere Waffe als den Colt, den Sie in meinem Zimmer gefunden haben. Nie hat Vérando mir seine geborgt. Ich bin auch nie in Champigny gewesen. Vérando ist der Mörder, er hat Polledri, die Bankbeamten und den Juwelenhändler erschossen.«

Zum Glück löst sich dieses Rätsel durch die Aussage der Geliebten von Joyeux ganz einfach:

»Wenn Buisson und Vérando zu meinem Freund kamen, nahmen sie meist ihre Colts aus dem Gürtel und legten sie in die unterste Kommodenschublade.«

Vielleicht sind so nach dem Überfall in Champigny die beiden Waffen vertauscht worden, ohne daß es jemand merkte?

Als ich Buisson diese Möglichkeit erläutere, fängt er nervös an zu lachen, aber – durch ein kleines ironisches Aufblitzen in seinem Blick – wird mir klar, daß dieser Tausch ganz und gar nicht versehentlich geschah. Vérando verließ eines Abends Joyeux, ohne es zu ahnen, mit der verräterischen Waffe.

Als das Geschworenengericht Buisson zur Todesstrafe verurteilt, leugnet Buisson immer noch hartnäckig, irgend etwas mit den Bluttaten, deren man ihn beschuldigt, zu tun zu haben.

Mit ausgestrecktem Finger wendet er sich an seine früheren Komplizen.

»Ihr gemeinen Schweine!«, schreit er, bevor er abgeführt wird. »Ihr werdet es noch bereuen, ihr habt soeben einen Unschuldigen verurteilt.«

Auch François Marcantoni hat es erwischt. Kommissar Denis verdächtigt den ehrbaren Geschäftsmann, sich, getarnt als Barbesitzer, mit Dingen befaßt zu haben, die nichts mit seiner Limonade zu tun hatten. Obwohl er seine Unschuld hoch und heilig beteuert, buchtet man ihn ein.

In der Nacht vom 27. zum 28. Februar 1956 findet Marcantoni keinen Schlaf. Er raucht bereits sein zweites Päckchen Zigaretten. Die Nacht ist lang und kalt.

Plötzlich lauscht er gespannt. Er glaubt, auf dem Gang leise Schritte gehört zu haben, die sich der Todeszelle nähern, in die Buisson nach seiner Verurteilung gebracht worden ist. Jetzt hört er ein Flüstern, leises Rascheln. Er hält den Atem an. Mit dem Stiel seines Löffels, den er auf dem Zementboden seiner Zelle geschärft hat, gelingt es ihm, das Guckloch in seiner Tür ein paar Zentimeter hochzuschieben. Er erkennt das schmale dunkle Gesicht seines Landsmannes, Charles Carboni, der Buissons Verteidiger war. Sie sind gekommen, um Emile zu holen. Buisson tritt seinen letzten Weg zur Guillotine an.

Marcantoni hat Buisson nur zweimal gesehen; einmal, als dieser zusammen mit Orsetti ins Calanques kam; und als er Orsetti später traf, hat er ihm heftige Vorwürfe wegen seiner Unvorsichtigkeit gemacht. Und das zweitemal traf er Buisson, als sie mit dem gleichen Polizeiwagen in den Justizpalast gebracht wurden. Er hat nie mit ihm gesprochen. Trotzdem ist er jetzt erschüttert, diesen Mann zu sehen, den der Tod erwartet.

Denn durch sein Guckloch beobachtet Marcantoni nun Buisson, der erstaunlich ruhig ist, bereits den irdischen Dingen entrückt, und inmitten einer Gruppe übernächtigt aussehender Männer steht. Marcantoni sieht, wie er in der Kanzlei verschwindet, wo ihm sein Hemdkragen abgeschnitten wird, wo die gleichen Papiere wie bei einer Haftentlassung ausgefüllt werden und wo man ihm noch ein Glas Rum und eine Zigarette anbietet.

François Marcantoni schiebt das Guckloch wieder zurück und setzt sich auf sein Bett, das Kinn in seine Hände gestützt.

6 Uhr 05. Emile Buisson schüttelt seinem Anwalt die Hand. Mit der gleichen Ruhe, mit der er vor einem Raubüberfall aufbrach, wendet er sich jetzt an den Henker:

»Ich bin bereit, Monsieur. Wir können gehen. Die Gesellschaft wird es Ihnen danken.«

Das Brett kippt nach vorn, das Beil fällt, und ein kopfloser Körper wird in den Korb gelegt.

Monsieur Emile hat, wie man so sagt, für seine Verbrechen gezahlt.

Fast zur gleichen Stunde und nur ein paar hundert Meter vom Gefängnishof entfernt, weint ein Mann in dem Zimmer eines Krankenhauses.

Annick, Mathieu Robillards Frau, um derentwillen er zum Denunzianten geworden ist, für deren Rettung er sich seine Belohnung auszahlen ließ, liegt im Sterben.

Die Ärzte können nichts mehr für sie tun. Seit drei Wochen liegt Annick im Krankenhaus und lächelt Mathieu, der keine Minute von ihrem Bett weicht, zu.

6 Uhr 10. Mathieu Robillard schließt seiner Frau für immer die Augen.

Noch einmal konnte ich wegen des Falls Buisson die ganze Nacht lang keinen Schlaf finden, dabei hatte ich, nach einem anstrengenden Tag, gehofft, mich ausruhen zu können. Ich war gerade im Bad, als das Telefon klingelte.

»Wenn es der Dicke ist, bin ich nicht zu Hause«, flüsterte ich Marlyse zu, die schon im Bett lag.

Marlyse streckte ihren nackten Arm nach dem Telefon aus, lauschte einen Augenblick, reichte mir dann den Hörer und flüsterte, während sie die Ohrmuschel mit der Hand bedeckte:

»Es ist Carboni, der Anwalt. Was will er denn von Dir?«

Ich begriff sofort. Als Buisson vor dem Geschworenengericht stand, hatten Carboni und ich gelegentlich ein paar scharfe Worte gewechselt, vor allem als meine Zeugenaussage von der Verteidigung kritisiert wurde, obgleich sie wirklich objektiv war. Ich nehme den Hörer in die Hand:

»Die Hinrichtung ist morgen früh«, sagt der Anwalt, »ich wurde soeben davon unterrichtet. Soll ich ihm noch etwas ausrichten?«

Ein paar Sekunden lang gehorchte mir meine Stimme nicht mehr. Dann murmelte ich, in der Stille des Zimmers, die nur von den regelmäßigen Atemzügen Marlyses unterbrochen wird:

»Sagen Sie ihm, daß ich ihn grüßen lasse. Ich werde Sie morgen anrufen.«

Ich lege sacht den Hörer zurück und begegne Marlyses aufmerksamem Blick:

»Nun?«

»Weißt Du«, erwidere ich, »Monsieur Emile war sicher ein Schwein, aber ich glaube wirklich, ja, ganz bestimmt, daß ich für diesen Beruf nicht geschaffen bin!«

Nachtrag: was aus ihnen geworden ist

Emile Buisson. Er liegt auf dem Friedhof von Thiais, in dem Teil, der den Hingerichteten vorbehalten ist.

Jean-Baptiste Buisson, genannt Le Nus. Er erschoß am 24. Dezember 1952 mit zwei Kugeln aus seinem Colt Michel Cardeur, weil er sich beleidigend über seinen Bruder Emile geäußert hatte, was Le Nus erzürnte. Er wurde am 3. April 1953 durch Roger Borniche in Juan-les-Pins verhaftet. Zu lebenslänglichem Zuchthaus verurteilt. Krank und alt wartet er im Zuchthaus auf das Ende seiner Leiden.

Henri Bolec. Er starb am 3. August 1957 in der Krankenabteilung des Gefängnisses von Fresnes, weil er nicht länger leben wollte, aus Verzweiflung über seine lange Gefängnisstrafe und die Trennung von seiner Frau.

Antoine Borgeot. Er führt seine wehmütigen Erinnerungen und seine 130 Kilo zwischen Boulogne-Billancourt, der Rue de Lappe und der Rue Gît-le-Coeur spazieren. Trauert der Zeit nach, als »Männer noch Männer« waren.

Paul Brutus, genannt der Steife Brutus. Das Gericht sprach ihm mildernde Umstände zu und ließ ihn frei. Er starb am 13. Oktober 1962 in Paris in äußerster Armut.

Francis Caillaud. Zum Tode verurteilt. Durch Gnadenerlaß wurde die Strafe umgewandelt in zwanzig Jahre Zuchthaus. Wurde wegen guter Führung vorzeitig entlassen. Kehrte in die Bretagne, seine Heimat, zurück, wo er jetzt in einem kleinen Bauerndorf als Schmied arbeitet.

Emile Courgibet. Er wurde am 24. April 1953 zu fünf Jahren Gefängnis und zehn Jahren Aufenthaltsverbot durch das Geschworenengericht von Troyes verurteilt. Aufgrund einer Eingabe von Roger Borniche bei François Mitterand, dem damaligen Justizminister, wurde seine Strafe ausgesetzt. Er kehrte am 31. Mai 1954 nach Amerika zurück, wo er zusammen mit seiner Frau ein ehrbares Leben führt.

Roger Dekker. Zu zwanzig Jahren Zuchthaus verurteilt. Er brach am 15. Juni 1955 aus dem Gefängnis von Fontevrault aus, nachdem er sich ein Gewehr und die Uniform eines Aufsehers verschafft hatte. Er wurde ein paar Tage später in einem Wald entdeckt, wo er sich versteckt hielt, und von den Gendarmen erschossen.

Suzanne Fourreau. Von Kummer und Krankheit verzehrt, überlebte sie ihren früheren Liebhaber, Roger Dekker, nur um wenige Jahre. In der Rue Bichat 57 erinnert man sich ihrer als einer braven, tapferen Frau.

René Girier, genannt Spazierstock-René. Seine spektakulären Ausbrüche machten aus ihm eine Berühmtheit. Nach seiner Entlassung zog er einen endgültigen Strich unter seine Vergangenheit. Er leitet heute in der Provinz eine Metallverarbeitungsfabrik. Sein Arbeitseifer und seine beruflichen Fähigkeiten verblüffen die Polizei und die Gemeindeverwaltung. Seine Kunden kennen ihn unter einem anderen Namen.

Pierre Labori. Er starb in Paris am 18. November 1964, kurz nach seiner Entlassung aus dem Gefängnis.

Simon Loubier. Zu lebenslänglichem Zuchthaus verurteilt. Er verbüßte seine Strafe in verschiedenen Anstalten. Er soll demnächst entlassen werden.

François Marcantoni. Er geistert immer noch durch die Akten der Polizei. Der älteste Angeklagte Frankreichs, der nie verurteilt wurde.

Jean Orsetti. Hat sich, erschüttert durch die Mordtaten seiner früheren Freunde, Abel Danos und Emile Buisson, nach Korsika zurückgezogen. Ist Besitzer eines Hotel-Restaurants in der Nähe von Bonifacio.

Mathieu Robillard, genannt der Bretone. Nach dem Tod seiner Frau 1956 verließ er Paris und ging nach Dunkerque. Arbeitete dort als Dockarbeiter. Heuerte 1962 auf einem Frachter nach Ozeanien an. Man hat nie wieder etwas von ihm gehört.

Jacques Vérando, genannt Jacques von der Côte. Er wurde wegen guter Führung vorzeitig entlassen und zog sich an die Côte d'Azur zurück. Dort scheint er inzwischen ein normales Leben zu führen.